10
18

12, AVENUE D'ITALIE. PARIS XIIIe

Sur l'auteur

Khaled Hosseini est né à Kaboul, en Afghanistan, en 1965. Fils de diplomate, il a obtenu avec sa famille le droit d'asile aux États-Unis en 1980. Son premier roman, *Les Cerfs-volants de Kaboul*, a bénéficié d'un extraordinaire bouche à oreille. Acclamé par la critique, il est resté de nombreuses semaines en tête des listes aux États-Unis, où il est devenu un livre-culte. Il a reçu le prix RFI et le prix des lectrices de *Elle* en 2006, et a été adapté au cinéma en 2008 par Marc Forster. Il a publié depuis un second roman, *Mille soleils splendides* (Belfond 2007).

KHALED HOSSEINI

LES CERFS-VOLANTS
DE KABOUL

Traduit de l'américain
par Valérie BOURGEOIS

10
18

« *Domaine étranger* »
dirigé par Jean-Claude Zylberstein

BELFOND

Ce livre est une œuvre de fiction. Les noms, les personnages, les lieux et les événements sont le fruit de l'imagination de l'auteur ou utilisés fictivement, et toute ressemblance avec des personnes réelles, vivantes ou mortes, des établissements d'affaires, des événements ou des lieux serait pure coïncidence.

Titre original :
The Kite Runner
(publié par Riverhead Books,
a member of Penguin Group (USA) Inc., New York.)

© Belfond, un département de Place des éditeurs, 2005,
pour la traduction française
ISBN 978-2-264-04357-3

Ce livre est dédié à Harris et Farah, qui sont tous deux le *noor* de mes yeux, ainsi qu'aux enfants afghans.

1

Décembre 2001

Je suis devenu ce que je suis aujourd'hui à l'âge de douze ans, par un jour glacial et nuageux de l'hiver 1975. Je revois encore cet instant précis où, tapi derrière le mur de terre à demi éboulé, j'ai jeté un regard furtif dans l'impasse située près du ruisseau gelé. La scène date d'il y a longtemps mais, je le sais maintenant, c'est une erreur d'affirmer que l'on peut enterrer le passé : il s'accroche tant et si bien qu'il remonte toujours à la surface. Quand je regarde en arrière, je me rends compte que je n'ai cessé de fixer cette ruelle déserte depuis vingt-six ans.

L'été dernier, mon ami Rahim khan m'a téléphoné du Pakistan pour me demander de venir le voir. Le combiné collé à l'oreille, dans la cuisine, j'ai compris que je n'avais pas affaire seulement à lui. Mes fautes inexpiées se rappelaient à moi, elles aussi. Après avoir raccroché, je suis allé marcher au bord du lac Spreckels, à la limite nord du Golden Gate Park. Le soleil du début d'après-midi faisait miroiter des reflets dans l'eau où voguaient des douzaines de bateaux miniatures poussés par un petit vent vif. Levant la tête, j'ai aperçu deux cerfs-volants rouges dotés d'une longue queue bleue qui volaient haut dans le ciel. Bien au-dessus des arbres et des moulins à vent, à l'extrémité ouest du parc, ils dansaient et flottaient côte à côte, semblables à deux yeux rivés sur San Francisco, la ville où je me sens maintenant chez moi. Soudain, la voix d'Hassan a résonné en moi : *Pour vous, un millier de fois*, me chuchotait-elle. Hassan, l'enfant aux cerfs-volants affligé d'un bec-de-lièvre.

Je me suis assis sur un banc, près d'un saule, pour réfléchir aux paroles que Rahim khan avait prononcées juste avant de raccrocher, un peu comme une idée qui lui serait venue sur le moment. *Il existe un moyen de te racheter.* J'ai contemplé les cerfs-volants jumeaux. J'ai pensé à Hassan. À Baba. À Ali. À Kaboul. J'ai pensé à la vie que j'avais menée jusqu'à ce que l'hiver 1975 vienne tout bouleverser. Et fasse de moi ce que je suis aujourd'hui.

2

Enfants, Hassan et moi grimpions aux peupliers de l'allée qui menait à la maison de mon père et, munis d'un fragment de miroir, nous ennuyions nos voisins en réfléchissant sur eux la lumière du soleil. Assis l'un en face de l'autre sur de hautes branches, les pieds nus ballant dans le vide et les poches remplies de mûres séchées et de noix, nous jouions à les éblouir chacun à notre tour, tout en mangeant nos fruits et en nous les lançant à la figure entre deux éclats de rire. Je revois encore Hassan, perché dans un arbre, et son visage presque parfaitement rond moucheté de taches lumineuses par le soleil qui perçait à travers le feuillage – un visage semblable à celui d'une poupée chinoise sculptée dans du bois dur, avec un nez plat et large, et des yeux bridés étroits comme des feuilles de bambou qui, selon la lumière, paraissaient tantôt dorés, tantôt verts, tantôt même couleur saphir. Je me rappelle ses petites oreilles basses et son menton pointu, appendice de chair dont on eût dit qu'il avait été ajouté après réflexion. Et puis son bec-de-lièvre, légèrement décalé à gauche, comme si le burin du sculpteur avait dérapé ou que l'artiste, fatigué, eût prêté moins d'attention à son ouvrage.

Parfois, je persuadais Hassan de bombarder de noix le berger allemand borgne de notre voisin. Il s'y opposait systématiquement, mais quand j'insistais, quand j'insistais *vraiment*, il finissait par céder. Hassan me cédait toujours en tout. Et avec son lance-pierre, il était redoutable. Son père, Ali, se mettait en colère lorsqu'il nous surprenait – enfin, autant que le pouvait un homme d'une telle gentillesse. Il nous menaçait du doigt, nous faisait signe de redescendre et nous confisquait le miroir en nous répétant ce que sa mère lui assenait autrefois, à savoir que le diable aussi s'en servait pour aveugler les gens, en particulier les musulmans durant la prière.

— Et il rit en même temps, concluait-il avec un regard sévère à l'intention de son fils.

— Oui, père, marmonnait Hassan, les yeux baissés.

Jamais il ne me dénonçait cependant. Jamais il ne révélait que l'idée du miroir, tout comme celle de jeter des noix sur le chien, venait de moi.

L'allée de brique rouge qu'encadraient les peupliers conduisait à un portail en fer forgé et se poursuivait, une fois franchis les deux battants de ce dernier, jusqu'à notre maison, située à gauche du chemin. Le jardin, lui, était au bout.

Chacun s'accordait à penser que mon père, mon Baba, avait fait construire la plus belle demeure du district de Wazir-Akbar-Khan, un quartier riche et récent du nord de Kaboul. Certains étaient même d'avis qu'il n'y en avait pas de plus belle dans toute la ville. Un large passage flanqué de rosiers donnait accès à cette bâtisse aux innombrables pièces en marbre pourvues de grandes fenêtres. Des mosaïques complexes, sélectionnées avec soin par Baba à Ispahan, ornaient le sol des quatre salles de bains, tandis que des tapisseries tramées de fil d'or, achetées à Calcutta, recouvraient les murs. Un lustre en cristal pendait du plafond en voûte.

À l'étage se trouvaient ma chambre et celle de Baba, ainsi que son bureau, également connu sous le nom de « fumoir », où flottait en permanence une odeur de tabac et de cannelle. Après qu'Ali avait fini de servir le dîner, Baba et ses amis s'installaient sur des fauteuils en cuir noir pour bourrer leurs pipes – sauf Baba, qui « engraissait » la sienne, selon ses propres termes – et discuter de leurs trois sujets favoris : la politique, les affaires et le football. Je sollicitais parfois la permission de me joindre à eux, mais mon père me barrait toujours le chemin sur le seuil de la pièce.

— File, maintenant, m'ordonnait-il. C'est l'heure des grands. Pourquoi tu ne vas pas lire un de tes livres ?

Il fermait ensuite la porte, me laissant m'interroger sur les raisons qui faisaient que, avec lui, c'était *toujours* l'heure des grands. Je m'asseyais alors par terre, les genoux ramenés contre la poitrine, et il m'arrivait de rester ainsi un long moment à écouter leurs rires et leurs conversations.

Dans le salon, au rez-de-chaussée, des vitrines montées sur mesure s'alignaient le long d'un mur incurvé. À l'intérieur étaient exposées des photos de famille encadrées : l'une d'elles, vieille et au grain épais, montrait mon grand-père en compagnie du roi Nader shah en 1931, deux ans avant l'assassinat de celui-ci. Bottés et le fusil en bandoulière, tous deux posaient devant un cerf mort. Il y avait aussi une photo de mes parents, prise le soir de leur mariage, sur laquelle Baba apparaissait fringant dans son costume noir et ma mère semblable à une jeune princesse souriante vêtue de blanc. S'y ajoutait un cliché de mon père et de son meilleur ami et associé, Rahim khan, debout devant notre maison, aussi sérieux l'un que l'autre. Je suis le bébé que Baba tient dans ses bras avec un air fatigué et sévère. Lui me porte, mais c'est le petit doigt de Rahim que serre mon poing.

Le mur incurvé conduisait à la salle à manger, au centre de laquelle trônait une table en acajou d'une longueur telle qu'une trentaine d'invités pouvaient y prendre place sans problème – ce qui, considérant le goût de mon père pour les soirées dispendieuses, se produisait presque chaque semaine. Enfin, au fond de la pièce, se dressait une imposante cheminée de marbre, constamment illuminée par la lueur orangée d'un feu de bois en hiver.

Une large porte vitrée coulissante permettait ensuite d'accéder à une terrasse semi-circulaire ouvrant sur les cent ares de terrain qu'occupaient le jardin et les rangées de cerisiers. Baba et Ali avaient planté un petit potager le long du mur est, avec des tomates, de la menthe, des poivrons et un rang de maïs qui n'avait jamais vraiment poussé. Hassan et moi avions baptisé cet endroit le « Mur du maïs mal en point ».

À l'extrémité sud du jardin, un néflier du Japon ombrageait la maison des domestiques, une modeste hutte en pisé dans laquelle Hassan logeait avec son père.

C'était là, dans cette cabane, qu'il avait vu le jour au cours de l'hiver 1964, un peu plus d'un an après que ma mère fut morte en me donnant naissance.

Je n'ai mis les pieds chez eux que deux ou trois fois durant les dix-huit années où j'ai habité cette propriété. Quand le soleil s'abaissait derrière les collines, Hassan et moi cessions nos jeux et nous nous séparions. Je longeais les rosiers pour regagner la somptueuse demeure de Baba, tandis que lui se dirigeait vers la masure dans laquelle il était né et avait vécu toute sa vie. Je me rappelle son intérieur austère, propre et faiblement éclairé par deux lampes à pétrole. Deux matelas se faisaient face de part et d'autre de la pièce, avec au milieu un tapis élimé à motif *herati* [1] dont les bords s'effilochaient et, dans le coin où Hassan dessinait, un tabouret à trois pieds et une table en bois. Les murs étaient nus à l'exception d'une unique tapisserie brodée de perles formant les mots *Allah-u-akbar*, « Dieu est grand ». Baba l'avait achetée pour Ali lors de l'un de ses voyages à Mashad.

C'était dans cette hutte que la mère d'Hassan, Sanaubar, avait accouché par une froide journée de cet hiver 1964. Si la mienne était morte des suites d'une hémorragie, Sanaubar avait choisi, elle, de laisser son fils orphelin moins d'une semaine après sa naissance en l'abandonnant au profit d'un sort que la plupart des Afghans jugent pire que la mort : elle s'était enfuie avec une troupe itinérante de chanteurs et de danseurs.

Hassan ne parlait pas de Sanaubar, faisait comme si elle n'avait jamais existé. Je me suis toujours demandé s'il rêvait d'elle, de son visage, de l'endroit où elle se trouvait. S'il aspirait à la rencontrer. Son absence lui

1. Motif décoratif en forme de rosette utilisé dans l'ornementation des tapis orientaux. Il tire son nom de la ville d'Herat, en Afghanistan. *(N.d.T.)*

pesait-elle autant qu'à moi celle de ma mère ? Un jour que nous nous rendions à pied au cinéma Zainab, où passait un nouveau film iranien, nous avons coupé par les baraquements militaires situés près du collège Istiqlal. Baba nous avait interdit d'emprunter ce raccourci, mais il était alors au Pakistan avec Rahim khan. Nous avons sauté par-dessus la barrière ceignant les casernes, franchi un petit ruisseau et débouché sur le terrain vague où de vieux tanks abandonnés prenaient la poussière. Quelques soldats s'étaient serrés à l'ombre de l'une de ces carcasses pour fumer et jouer aux cartes. L'un d'eux nous aperçut, décocha un coup de coude à son voisin et interpella Hassan.

— Hé, toi là-bas ! Je te connais !

Nous n'avions jamais vu cet homme trapu au crâne rasé qui affichait une barbe noire de quelques jours. Son sourire goguenard m'effraya.

— Ne t'arrête pas, murmurai-je à Hassan.

— Hé toi, le Hazara ! Regarde-moi quand je te cause ! aboya le soldat.

Il tendit sa cigarette au type à côté de lui et forma un rond avec son pouce et son index. Puis il enfonça le majeur de son autre main au milieu. Il l'enfonça et le ressortit. L'enfonça et le ressortit encore.

— J'ai fréquenté ta mère, tu le savais, ça ? Je l'ai bien fréquentée, même. Je l'ai enfilée par-derrière près de ce ruisseau.

Ses compagnons éclatèrent de rire. L'un d'eux poussa un cri aigu. Je répétai à Hassan de ne surtout pas s'arrêter.

— Elle avait une petite chatte étroite toute sucrée ! ajouta l'inconnu, hilare, en échangeant des poignées de main avec ses amis.

Plus tard, une fois le film commencé, j'entendis Hassan marmonner d'une voix rauque dans le noir. Des larmes coulaient le long de ses joues. Je me penchai vers lui, l'entourai de mon bras et l'attirai contre moi. Il appuya sa tête sur mon épaule.

— Il t'a confondu avec quelqu'un d'autre, lui chuchotai-je. Il t'a confondu avec quelqu'un d'autre.

La fuite de Sanaubar n'avait étonné personne, paraît-il. Les gens s'étaient déjà montrés sceptiques lorsque Ali, un homme qui avait appris le Coran par cœur, s'était marié avec cette femme de dix-neuf ans sa cadette, certes très belle, mais que l'on savait dépourvue de principes et qui n'avait pas failli à sa mauvaise réputation. Tous deux étaient chiites, membres de la communauté des Hazaras et cousins de surcroît. Il semblait donc naturel que son choix se portât sur elle. Au-delà de ces liens d'appartenance, cependant, peu de points communs les rapprochaient, surtout pas leur apparence physique. Alors que, d'après la rumeur, Sanaubar en avait entraîné plus d'un dans le péché avec ses yeux verts étincelants et sa mine espiègle, Ali souffrait d'une paralysie congénitale des muscles inférieurs du visage qui l'empêchait de sourire et lui conférait en permanence un air lugubre. C'était une chose étrange que de le voir heureux ou triste, car seuls ses yeux marron s'éclairaient ou s'assombrissaient. Les yeux sont le miroir de l'âme, affirme-t-on. Jamais ce dicton n'a été plus vrai que dans le cas d'Ali, car elle ne pouvait se dévoiler qu'à travers eux.

J'ai entendu dire que la démarche chaloupée et provocante de Sanaubar engendrait des rêves d'infidélité chez les hommes. À l'inverse, Ali devait à la polio une jambe droite tordue aux muscles si atrophiés que c'était à peine s'ils pouvaient faire glisser ses os sous sa peau cireuse. Je me souviens d'un jour – j'avais huit ans – où il m'emmena au bazar acheter du *naan* [1]. Je

1. Pain en forme de galette. *(N.d.T.)*

16

cheminais derrière lui en fredonnant et en tentant d'imiter ses déhanchements. Sa jambe squelettique décrivait un arc de cercle, puis son corps s'inclinait jusqu'à former un angle impossible vers la droite quand il prenait appui sur ce pied-là. Qu'il ne basculât pas à la renverse à chaque pas constituait un petit miracle en soi. Lorsque j'essayai de reproduire ce mouvement, il s'en fallut de peu que je ne m'affale dans le caniveau. Cela me fit rire. Ali se tourna alors et me surprit à le singer. Il ne m'adressa aucun reproche. Ni à cet instant, ni jamais par la suite. Il continua à avancer.

Ses traits et son allure effrayaient les jeunes enfants du quartier. Le vrai problème venait toutefois des plus âgés. Ceux-là le pourchassaient dans la rue et se moquaient de lui lorsqu'il passait en boitillant. Certains avaient pris l'habitude de l'appeler Babalu le Croque-mitaine.

— Hé, Babalu, t'as mangé qui aujourd'hui ? lui lançaient-ils dans un concert de ricanements. T'as mangé qui, Babalu le nez plat ?

Ils l'affublaient de ce surnom, le nez plat, en raison de ses traits mongoloïdes propres aux Hazaras. Des années durant, mes connaissances sur ces derniers se sont résumées à cette seule caractéristique – qu'ils descendaient des Mongols et ressemblaient un peu aux Chinois. Les manuels scolaires n'en parlaient presque pas et ne faisaient que brièvement allusion à leurs ancêtres. Cependant, un jour que je jetais un œil sur les affaires de Baba dans son bureau, je tombai sur l'un des vieux livres d'histoire de ma mère. Il avait été écrit par un Iranien nommé Khorami. Je soufflai dessus pour en ôter la poussière, l'emportai discrètement dans mon lit ce soir-là et découvris avec surprise un chapitre entier consacré à l'histoire des Hazaras. Un chapitre entier sur le peuple d'Hassan ! Je lus que mon ethnie, les Pachtouns, avait persécuté et opprimé les Hazaras. Que ceux-ci s'étaient efforcés de recouvrer leur liberté à de nombreuses reprises au fil des siècles, mais que les Pachtouns avaient « réprimé ces tentatives avec la plus grande cruauté ». Le livre expliquait que les miens avaient tué et torturé les Hazaras, brûlé leurs maisons et vendu leurs femmes. Il expliquait que ces massacres tenaient en partie au fait que les Pachtouns étaient des musulmans sunnites, alors que les Hazaras étaient chiites. Il expliquait une foule de choses que j'ignorais, des choses que mes professeurs n'avaient jamais évoquées. Ni Baba, d'ailleurs. En revanche, il ne m'apprenait rien en ajoutant par exemple que les gens traitaient les Hazaras de « mangeurs de souris » et de « mulets de bât au nez plat ». J'avais déjà entendu des enfants crier ces insultes à Hassan.

La semaine suivante, après la classe, je montrai le livre à mon professeur en attirant son attention sur le chapitre en question. Il en parcourut rapidement quelques pages, ricana et me le rendit.

— Les chiites ne sont bons qu'à ça, commenta-t-il en même temps qu'il rassemblait ses papiers. Se faire passer pour des martyrs.

Il fronça le nez en prononçant le mot « chiite », comme s'il s'agissait d'une maladie.

Malgré leur héritage ethnique commun et leurs liens de parenté, Sanaubar n'était pas en reste de railleries à l'égard d'Ali. D'après ce que l'on m'a raconté, elle affichait même ostensiblement le mépris que lui inspirait son physique.

— Vous parlez d'un mari, ironisait-elle. J'ai vu de vieux ânes mieux taillés pour ce rôle !

Au bout du compte, la plupart des gens ont soupçonné ce mariage d'être une sorte d'arrangement conclu entre Ali et son oncle, le père de Sanaubar, afin d'aider celui-ci à laver une partie du déshonneur qui entachait son nom.

Ali ne s'en est jamais pris à aucun de ses persécuteurs, en raison, je suppose, de cette jambe tordue qui l'empêchait de les attraper. Mais le fait est surtout que leurs insultes ne l'atteignaient pas. Il avait trouvé une source de joie et un antidote à l'instant même où Sanaubar avait mis Hassan au monde. L'affaire avait été assez vite expédiée. Pas d'obstétricien, pas d'anesthésiste, pas d'appareil sophistiqué. Juste Sanaubar, allongée sur un matelas sale, avec Ali et une sage-femme pour l'assister. Encore qu'elle n'ait guère eu besoin d'aide, car Hassan s'était montré fidèle à sa nature dès la naissance, c'est-à-dire incapable de blesser quiconque. Deux ou trois grognements, quelques poussées, et il était sorti. Tout sourire.

Ainsi que l'avait confié la volubile sage-femme à l'une des servantes de nos voisins, laquelle l'avait à son tour rapporté à quiconque voulait bien l'écouter, Sanaubar s'était contentée de jeter un bref coup d'œil au bébé que berçait Ali et, à la vue de son bec-de-lièvre, avait eu un rire amer.

— Tu es content ! Maintenant, tu as un gamin débile qui sourira à ta place !

Elle avait refusé de prendre son fils dans ses bras et s'était enfuie cinq jours plus tard.

Baba avait engagé la même femme qui m'avait allaité pour prendre soin d'Hassan. Ali nous la décrivait comme une Hazara aux yeux bleus originaire de Bamiyan, la ville aux statues de Bouddha géantes.

— Elle avait une si jolie voix, disait-il.

Hassan et moi lui demandions souvent ce qu'elle chantait, tout en connaissant déjà la réponse – Ali nous l'avait répété je ne sais combien de fois. En réalité, nous voulions juste l'entendre entonner ce refrain.

Il se raclait la gorge et se lançait :

« Au sommet d'une montagne
J'ai crié le nom d'Ali, Lion de Dieu.
Oh Ali, Lion de Dieu, Roi des Hommes
Apporte la joie dans nos cœurs attristés. »

Puis il nous rappelait qu'il existait une fraternité entre les hommes nourris au même sein, des liens que même le temps ne pouvait rompre.

Hassan et moi avions bu le même lait. Nous avions effectué nos premiers pas sur la même pelouse, dans le même jardin. Et, sous le même toit, nous avions prononcé nos premiers mots.

Le mien avait été « Baba ».

Le sien, « Amir ». Mon prénom.

Avec le recul, je crois que ces deux mots portaient déjà en germe les événements de l'hiver 1975 – et tout ce qui s'ensuivit.

3

Il circule au sujet de mon père une histoire selon laquelle il aurait un jour affronté à mains nues un ours noir du Bélouchistan. Eût-elle concerné n'importe qui d'autre, les gens n'y auraient vu qu'un exemple de *laaf*, cette tendance à l'exagération propre malheureusement à presque tous les Afghans – au point que lorsque l'un d'eux se vante d'avoir un fils médecin, il y a de fortes chances pour que ce dernier ait simplement réussi un devoir de biologie au lycée. Mais personne n'a jamais rien mis en doute au sujet de Baba. Et quand bien même cela aurait été le cas, ma foi, il pouvait montrer les trois cicatrices parallèles qui dessinaient des sillons irréguliers le long de son dos.

J'ai imaginé son combat avec cet ours un nombre incalculable de fois, jusqu'à en rêver. Et dans mes rêves, je ne les distinguais jamais l'un de l'autre.

C'est Rahim khan qui, le premier, a donné à Baba son célèbre surnom de *Toophan agha*, M. Ouragan. Celui-ci lui allait à merveille. Mon père était une force de la nature, un immense spécimen pachtoun à la barbe drue, aux cheveux bruns bouclés coupés court, aux mains si puissantes qu'elles semblaient capables de déraciner un saule et au regard noir si menaçant qu'il aurait poussé le diable « à s'agenouiller devant lui pour implorer sa pitié », ainsi que le prétendait Rahim. Lors de soirées, il suffisait que son mètre quatre-vingt-douze déboulât dans une salle pour que toutes les têtes se tournent vers lui, comme les tournesols vers le soleil.

Il était impossible d'ignorer Baba, même lorsqu'il dormait. J'avais beau m'enfoncer des boules de coton dans les oreilles et rabattre ma couverture par-dessus ma tête, les ronflements de Baba – semblables au grondement d'un moteur de camion – emplissaient la pièce. Ma chambre était pourtant située à l'autre bout du couloir. Comment ma mère a pu dormir dans la même pièce que lui relève pour moi du mystère. Cette question figure sur la longue liste de celles que je lui aurais posées si je l'avais connue.

À la fin des années soixante, alors que j'avais cinq ou six ans, Baba décida de bâtir un orphelinat. Je tiens cette histoire de Rahim khan, qui me raconta comment, bien qu'il n'eût aucune expérience en la matière, mon père traça lui-même les plans du bâtiment. Les sceptiques tentèrent de le raisonner et le pressèrent d'engager un architecte. Il refusa bien sûr, et chacun secoua la tête avec consternation devant son entêtement. Puis il mena son projet à bien, et chacun hocha cette fois la tête avec respect devant son air triomphant. Baba finança personnellement la construction d'un édifice d'un étage, à deux pas de l'avenue Jadeh-Maywand, au sud de la rivière de Kaboul. Toujours selon Rahim khan, il paya tout de sa poche – les ingénieurs, les électriciens, les plombiers et les ouvriers, sans parler des autorités municipales, à qui il convenait de « graisser la patte ».

La construction de l'orphelinat dura trois ans. J'avais huit ans à la fin des travaux. Je me souviens que, le jour précédant l'inauguration, Baba m'emmena au bord du lac Kargha, à quelques kilomètres au nord de Kaboul. Avant de partir, il voulut m'envoyer chercher Hassan, mais je mentis en prétendant qu'il avait la courante. Je voulais mon père pour moi tout seul. Lors d'une précédente excursion à cet endroit, Hassan et moi nous étions amusés à lancer des cailloux et lui avait réussi huit ricochets alors que je n'en avais pas totalisé plus de cinq. Baba avait tapoté Hassan dans le dos. Il lui avait même passé un bras autour des épaules.

Nous nous assîmes à une table de pique-nique, juste tous les deux, pour manger des œufs durs accompagnés de sandwichs au *kofta* – du *naan* avec des boulettes de viande et des pickles. L'eau était d'un bleu profond et sa surface scintillait au soleil, aussi limpide qu'un miroir. Le vendredi, par beau temps, le lac attirait toujours de nombreuses familles, mais ce jour-là tombait en milieu de semaine et il n'y avait que Baba et moi, en plus de quelques touristes barbus aux cheveux longs – des hippies, à ce que j'avais entendu dire. Ils pêchaient assis sur le ponton, les pieds dans l'eau. Je demandai à Baba pourquoi ils avaient les cheveux longs, mais il grogna sans me répondre. Il préparait son discours pour le lendemain, feuilletant des pages manuscrites en désordre, ajoutant des notes au crayon à papier ici et là. Je mordis dans mon œuf et m'enquis s'il était vrai, comme me l'avait affirmé un garçon de mon école, que lorsqu'on avalait un bout de coquille d'œuf, il fallait ensuite le pisser. Baba grogna de nouveau.

Je m'attaquai à mon sandwich. L'un des touristes éclata de rire et donna une tape dans le dos de son voisin. Au loin, de l'autre côté du lac, un poids lourd négocia un virage sur la colline. Le soleil se réfléchit dans son rétroviseur extérieur.

— Je crois que j'ai le *saratan*, déclarai-je.

Le cancer. Baba leva la tête de ses feuilles agitées par la brise. Il me répliqua que si je voulais du soda, je pouvais me servir tout seul, je n'avais qu'à regarder dans le coffre de la voiture.

Le lendemain, les chaises manquaient à l'extérieur de l'orphelinat, si bien que beaucoup durent rester debout pour assister à l'inauguration. J'avais quant à moi pris place derrière Baba, sur la petite estrade dressée juste devant l'entrée principale du nouveau bâtiment. Vêtu d'un costume vert et d'un chapeau en caracul, mon père perdit ce dernier au beau milieu de son discours à cause d'une bourrasque, ce qui provoqua l'hilarité de l'assistance. Il me fit signe de le lui tenir. J'en fus heureux : tout le monde saurait ainsi qu'il était *mon* Baba. Se retournant ensuite face au micro, il exprima le souhait que l'orphelinat fût plus solidement arrimé au sol que son couvre-chef sur sa tête ; à ces mots, l'assemblée éclata de nouveau de rire. À la fin, tous se levèrent pour l'acclamer. Les applaudissements se prolongèrent un long moment et plusieurs personnes vinrent lui serrer la main – à lui, mais aussi à moi. J'étais si fier de Baba, si fier de *nous*.

Cependant, malgré ses diverses réussites, les gens ne croyaient pas en lui. On soutenait qu'il ne possédait pas le sens des affaires et serait plus avisé d'étudier le droit, comme son père. Baba leur avait donné tort sur toute la ligne : non content de diriger sa propre entreprise, il était devenu l'un des plus riches marchands de Kaboul et, après s'être lancé avec un franc succès dans l'exportation de tapis, avait également ouvert deux pharmacies et un restaurant avec Rahim khan.

Puis, quand on lui avait prédit qu'il ne ferait jamais un bon mariage – après tout, il n'était pas de sang royal –, il avait épousé ma mère, Sofia Akrami, une femme très instruite, considérée partout comme l'une des plus belles, des plus vertueuses et des plus respectées de Kaboul. Elle enseignait la littérature persane à l'université et descendait de la famille royale, ce que mon père se plaisait à rappeler aux sceptiques en l'appelant « ma princesse ».

En dehors d'une exception notable – moi –, Baba modelait le monde autour de lui à sa convenance. Le problème, bien sûr, était qu'il voyait tout en noir et blanc. Et il décidait lui-même de ce qui relevait de l'une ou l'autre de ces catégories. On ne peut aimer une telle personne sans éprouver en même temps une certaine crainte à son égard. Ni peut-être un peu de haine.

En sixième, au vieux collège Istiqlal, nous avons eu pour professeur un mollah qui nous prodiguait des cours sur l'Islam. Mollah Fatiullah khan. Cet homme petit et trapu, au visage scarifié par l'acné, nous sermonnait d'une grosse voix sur les vertus de la *zakat*, l'aumône légale, et le devoir du *hadj*, le pèlerinage à La Mecque. Il nous expliquait aussi les rites complexes à observer cinq fois par jour lors du *namaz*, la prière ; il nous obligeait à apprendre par cœur des versets du Coran et, bien qu'il ne traduisît jamais leur sens, insistait lourdement, parfois à l'aide d'une branche de saule dénudée, sur le fait que nous devions prononcer les mots arabes correctement afin que Dieu nous entende mieux. Il nous déclara un jour que l'Islam considérait la boisson comme un péché terrible et que ceux qui s'y adonnaient en répondraient lors du *Qiyamat*, le Jugement dernier. À l'époque, la consommation d'alcool était assez courante à Kaboul. Même si personne ne les flagellait en public pour avoir levé le coude, les Afghans buvaient surtout chez eux, par respect. Ils achetaient leur scotch auprès de « pharmaciens » choisis, sous forme de « médicament » glissé dans un sachet en papier, et sortaient en le dissimulant avec soin – ce qui, parfois, leur valait malgré tout des regards furtifs et désapprobateurs de la part des passants qui connaissaient la réputation de l'officine pour ce genre de transaction.

Baba et moi étions à l'étage, dans son bureau, lorsque je lui répétai ce que le mollah Fatiullah khan nous avait inculqué en classe. Mon père était occupé à se servir un whisky au bar qu'il avait aménagé dans un coin de la pièce. Il m'écouta, hocha la tête, avala une gorgée. Puis il s'installa sur le canapé en cuir et, posant son verre, me hissa sur ses genoux. J'eus l'impression d'être assis sur deux troncs d'arbre. Il prit une profonde inspiration puis expira par le nez ; cela produisit un sifflement d'air à travers sa moustache qui me parut durer une éternité. Je ne parvenais à déterminer ce dont j'avais le plus envie : l'étreindre ou bien sauter à terre, empli d'une peur panique.

— Je vois que tu confonds ce que tu apprends à l'école avec la véritable éducation, lâcha-t-il de sa grosse voix.

— Mais si ce qu'il dit est vrai, alors est-ce que tu es un pécheur, Baba ?

— Mmm, marmonna-t-il en broyant un glaçon entre ses dents. Tu veux savoir ce que ton père pense du péché ?

— Oui.

— Très bien. Mais d'abord, il faut que tu saisisses une chose et que tu la saisisses tout de suite, Amir : tu ne tireras aucun enseignement précieux de ces stupides barbus.

— Tu parles du mollah Fatiullah khan ?

Il agita son verre. Les glaçons s'entrechoquèrent.

— Lui et tous ses semblables. Je pisse à la barbe de ces singes imbus de leur dévotion.

Je commençai à pouffer. L'image de Baba pissant à la barbe de n'importe quel singe, imbu de sa dévotion ou autre, était trop drôle.

— Ils ne font qu'égrener leur chapelet et réciter un livre écrit dans une langue qu'ils ne comprennent même pas. (Il but une gorgée.) Que Dieu nous aide si jamais l'Afghanistan tombe un jour entre leurs mains.

— Le mollah Fatiullah khan a pourtant l'air gentil, réussis-je à objecter entre deux gloussements.

— Gengis khan aussi avait l'air gentil. Mais assez discuté. Tu m'as posé une question sur le péché et j'entends y répondre. Tu m'écoutes ?

— Oui, acquiesçai-je en serrant les lèvres.

Un petit rire m'échappa cependant par le nez et ce bruit, semblable à celui d'un cheval qui s'ébroue, me fit de nouveau ricaner bêtement.

Baba plongea son regard glacial dans mes yeux. Il n'en fallut pas plus pour que je me calme aussitôt.

— Je veux te parler d'homme à homme, reprit-il. Tu penses être à la hauteur pour une fois ?

— Oui, Baba jan, marmonnai-je, sidéré comme à de précédentes occasions déjà par sa capacité à me blesser autant avec si peu de mots.

Nous venions de passer un bref mais agréable moment ensemble – ce n'était pas souvent que Baba bavardait avec moi, *a fortiori* qu'il m'asseyait sur ses genoux –, et j'aurais été stupide de le gâcher.

— Bien, approuva-t-il, l'air néanmoins sceptique. Peu importe ce que prétend le mollah, il n'existe qu'un seul et unique péché : le vol. Tous les autres en sont une variation. Tu me suis ?

— Non, Baba jan, répondis-je en souhaitant désespérément qu'il en fût autrement.

Je ne voulais pas le décevoir encore.

Baba soupira avec impatience. Je me sentis de nouveau piqué au vif, parce qu'il n'était pas du genre à s'énerver facilement. Je me rappelais toutes les fois où il n'était rentré à la maison qu'après la tombée de la nuit, toutes les fois où j'avais dîné seul. Je demandais à Ali où était mon père, quand il reviendrait, tout en sachant très bien qu'il se trouvait sur le chantier pour surveiller ci et superviser ça. Un tel projet ne requérait-il pas de la patience ? Je détestais déjà tous les enfants à qui cet orphelinat était destiné. Parfois, je regrettais même qu'ils ne fussent pas morts avec leurs parents.

— Lorsqu'on tue un homme, on vole une vie. On vole le droit de sa femme à un mari, on prive ses enfants de leur père. Lorsqu'on raconte un mensonge, on dépossède quelqu'un de son droit à la vérité. Lorsqu'on triche, on dérobe le droit d'un autre à l'équité. Tu comprends ?

Je comprenais. Quand Baba avait six ans, un voleur s'était introduit en pleine nuit dans la maison de mon grand-père, un juge respecté. Devant sa résistance, l'individu l'avait poignardé à la gorge, le tuant sur le coup – et enlevant son père à Baba. Les habitants de la ville avaient attrapé l'assassin, un vagabond de la région de Kunduz, juste avant midi le jour suivant et l'avaient presque aussitôt pendu à la branche d'un chêne. C'est Rahim khan qui m'a rapporté cette histoire. Ce que j'apprenais sur le compte de Baba venait en effet toujours d'autres que de lui.

— Aucun acte n'est plus vil que celui-là, Amir, enchaîna mon père. Un homme qui s'empare de ce qui ne lui appartient pas, que ce soit une vie ou du pain… je lui crache à la figure. Et si jamais je le croise sur ma route, que Dieu vole à son secours. Tu saisis ?

J'eus cette vision à la fois exaltante et terrifiante de Baba tabassant un voleur.

— Oui, Baba.

— Si Dieu existe, alors j'espère qu'il a mieux à faire que de s'occuper de savoir si je mange du porc ou si je bois. Maintenant descends. Tous ces beaux discours sur le péché m'ont donné soif.

Je le regardai remplir son verre au bar et me demandai combien de temps s'écoulerait avant que nous ayons une autre conversation de ce type. Car, en vérité, j'avais sans cesse le sentiment qu'une partie de lui me détestait. Quoi d'étonnant d'ailleurs ? Après tout, j'avais tué sa femme adorée, sa belle princesse, non ? J'aurais donc au moins pu avoir la décence de lui ressembler un peu plus. Mais je n'étais pas comme lui. Vraiment pas du tout.

À l'école, nous jouions à un jeu appelé *sherjangi*, « la bataille des poèmes ». Arbitré par notre professeur de farsi, il se déroulait de la manière suivante : un élève déclamait un vers et son opposant disposait de soixante secondes pour riposter avec un autre commençant par la dernière lettre du premier. Tout le monde dans ma classe voulait m'avoir dans son équipe parce que, à onze ans, j'étais capable de réciter des douzaines de vers de Khayyam, de Hafez ou du célèbre *Mathnawi* de Rumi. Un jour, j'affrontai et battis tous mes camarades. J'en informai Baba le soir même, mais il se contenta de hocher la tête et de grommeler « Bien ».

C'était ainsi que je fuyais la froideur de mon père. En me réfugiant dans la littérature. Et auprès d'Hassan, évidemment. Je dévorais sans distinction Rumi, Hafez, Sa'di, Victor Hugo, Jules Verne, Mark Twain, Ian Fleming. Lorsque j'eus fini les livres de ma mère – pas ceux d'histoire, trop ennuyeux, auxquels je n'avais jamais vraiment accroché, mais plutôt les romans, les épopées –, je me mis à en acheter d'autres avec mon argent de poche. J'en choisissais un par semaine à la librairie située près du cinéma Park et, faute de place sur mes étagères, le rangeais une fois terminé dans une boîte en carton.

Bien sûr, épouser une poétesse était une chose, mais engendrer un fils qui préférait se plonger dans des recueils plutôt que d'aller chasser… ce n'était pas ce dont Baba avait rêvé, je suppose. Les vrais hommes ne lisaient pas de poèmes – et à Dieu ne plaise qu'ils en écrivent ! Non, les garçons dignes de ce nom jouaient au football, eux, comme Baba dans sa jeunesse. Voilà une activité qui méritait qu'on se passionne pour elle ! À tel point même que, en 1970, il abandonna un mois le chantier de l'orphelinat pour se rendre à Téhéran suivre la retransmission de la Coupe du monde, la télévision étant encore inconnue en Afghanistan à cette époque. Il m'inscrivit dans divers clubs de foot, avec l'espoir de me faire partager sa ferveur pour ce sport. Mais je me révélai un joueur pathétique, un boulet maladroit qui déviait toujours les passes de ses coéquipiers ou bloquait involontairement un couloir dégagé. Je traînais mes jambes maigrelettes sur le terrain, réclamais à tue-tête un ballon qui ne venait jamais. Et plus je me démenais, agitant frénétiquement les bras au-dessus de ma tête et hurlant : « Je suis démarqué ! Je suis démarqué ! », plus l'on m'ignorait. Baba ne voulut pas renoncer cependant. Lorsqu'il devint franchement évident que je n'avais pas hérité d'une once de ses talents athlétiques, il résolut de me transformer en un ardent supporter. Ce devait être dans mes cordes tout de même, non ? Je feignis l'intérêt le plus longtemps possible. Je criai de joie avec lui le jour où Kaboul marqua un but contre Kandahar et injuriai l'arbitre lorsqu'il siffla un penalty contre notre équipe. Mais Baba perçut mon manque d'enthousiasme et finit par se résigner à cette triste réalité : son fils ne jouerait ni ne s'intéresserait jamais au football.

À neuf ans, je l'accompagnai au tournoi annuel de *buzkashi* qui avait lieu le premier jour du printemps, à l'occasion du nouvel an afghan. Le *buzkashi* était, et demeure aujourd'hui encore, le sport national de ce pays. Un cavalier émérite, appelé *chapandaz* et généralement parrainé par de riches admirateurs, doit extraire une carcasse de chèvre ou de bovin du milieu d'une mêlée, effectuer le tour du stade au galop, puis la laisser choir à l'intérieur d'un cercle, le tout pendant qu'une équipe adverse le pourchasse sans reculer devant rien – coups de pied, coups de griffe, coups de fouet, coups de poing – pour lui arracher sa prise. Ce jour-là, je me souviens, la foule déchaînée hurlait de joie au spectacle des cavaliers qui poussaient des cris de guerre et se disputaient la dépouille dans un nuage de poussière. La terre tremblait sous le fracas des sabots. Du haut des gradins supérieurs, nous observions les joueurs qui défilaient devant nous à bride abattue en vociférant. L'écume volait des naseaux de leurs montures.

À un moment donné, Baba me montra quelqu'un.

— Amir, tu vois cet homme assis là-bas, avec plusieurs personnes autour ?

Je le repérai.

— C'est Henry Kissinger.

— Oh, répondis-je.

J'ignorais complètement qui était Henry Kissinger. J'aurais certes pu poser la question, mais j'aperçus alors avec horreur l'un des *chapandaz* tomber de sa selle et se faire piétiner par la horde des chevaux. Son corps fut ballotté et projeté au sein de la mêlée comme une poupée de chiffon, avant de s'immobiliser lorsque les contestants se furent éloignés. Il tressauta une dernière fois puis resta immobile, ses jambes tordues formant des angles étranges, cependant qu'une mare de sang imbibait le sable.

Je fondis en larmes.

Je pleurai durant tout le chemin du retour. Je me rappelle la force avec laquelle Baba crispait ses mains sur le volant. Les crispait et les desserrait. Mais surtout, je n'oublierai jamais ses vaillants efforts pour masquer son dégoût tandis qu'il conduisait en silence.

Plus tard ce soir-là, alors que je passais devant son bureau, je surpris une conversation entre lui et Rahim khan. Je collai mon oreille contre la porte close.

— … reconnaissant qu'il soit en bonne santé, disait Rahim khan.

— Je sais, je sais. Seulement, quand il n'a pas le nez dans ses bouquins, il erre d'une pièce à l'autre à longueur de journée comme s'il était perdu dans un rêve.

— Et ?

— Je n'étais pas ainsi, conclut Baba avec frustration, presque avec colère.

Rahim khan éclata de rire.

— Les enfants ne sont pas des livres de coloriage. Tu ne peux pas les peindre avec tes couleurs préférées.

— Je te le répète, insista Baba, je n'étais pas ainsi. Pas plus qu'aucun des enfants avec qui j'ai grandi, d'ailleurs.

— Tu peux être si égocentrique, parfois, déclara Rahim khan.

Il était le seul à pouvoir assener impunément ce genre de réflexion à mon père.

— La question n'est pas là.

— Non ?

— Non.

— Alors quoi ?

Le cuir de son fauteuil craqua lorsque Baba s'agita. Je fermai les yeux et pressai encore plus mon oreille contre la porte, partagé entre le désir et la crainte d'entendre sa réponse.

— Il m'arrive de me poster derrière cette fenêtre pour le regarder jouer dans la rue avec les enfants du voisinage, avoua-t-il. Je vois comment ils le malmènent. Ils lui prennent ses jouets, le chahutent, le frappent. Il ne se défend jamais. Jamais. Il baisse juste la tête et…

— Il n'est pas violent, voilà tout.

— Ce n'est pas ce que je voulais dire, Rahim, et tu le sais très bien. Il manque quelque chose à ce garçon.

— Oui, une tendance à la cruauté.

— L'aptitude à se défendre n'a rien à voir avec la cruauté. Devine ce qui se produit chaque fois que ces gamins l'ennuient : Hassan s'interpose et les repousse. Je l'ai observé de mes propres yeux. Quand ils rentrent tous les deux à la maison, je demande à Amir : « Comment Hassan a-t-il récolté cette égratignure au visage ? » Et il me sort : « Il est tombé. » Non, crois-moi Rahim, il manque quelque chose à ce garçon.

— Sois patient, il finira par trouver sa voie.

— Et où le mènera-t-elle ? Un gamin qui se laisse marcher sur les pieds devient un homme incapable d'affronter la moindre épreuve.

— Comme d'habitude, tu simplifies trop.

— Je ne pense pas.

— Tu es en colère parce que tu as peur qu'il ne te succède pas à la tête de tes entreprises.

— Et c'est toi qui me reproches de trop simplifier ? Écoute, j'ai conscience que vous éprouvez de l'affection l'un pour l'autre et j'en suis heureux. Jaloux, mais heureux. Sincèrement. Il a besoin de quelqu'un qui… qui le comprenne, parce que Dieu sait que moi, j'en suis incapable. Seulement, il y a un truc chez lui qui me chiffonne, un truc que j'ai du mal à exprimer. C'est comme… (Je sentis qu'il cherchait les mots justes. Sa réponse me parvint ensuite, bien qu'il eût baissé la voix.) Si je n'avais pas vu en personne le médecin le sortir du ventre de ma femme, je ne croirais pas qu'il est mon fils.

Le lendemain matin, alors qu'il préparait mon petit déjeuner, Hassan me demanda si quelque chose me tracassait. Je le rabrouai et lui ordonnai de se mêler de ses affaires.

Rahim khan avait tort en ce qui concernait cette histoire de cruauté.

4

En 1933, année qui marqua la naissance de Baba et le début des quarante ans de règne de Zaher shah sur l'Afghanistan, deux frères issus d'une riche famille respectée de Kaboul empruntèrent à leur père son roadster Ford. Drogués au haschisch et rendus *mast* par trop de vin français, ils entrèrent en collision sur la route de Paghman avec la voiture d'un couple hazara, qui mourut dans l'accident. La police conduisit les jeunes gens quelque peu contrits et l'orphelin de cinq ans laissé par les défunts devant mon grand-père, lequel était un juge très estimé doublé d'un homme à la réputation irréprochable. Après avoir écouté la version des coupables et les appels à la clémence de leurs proches, il ordonna aux deux frères de se rendre à Kandahar sur-le-champ et de s'enrôler un an dans l'armée – alors même qu'ils avaient réussi à échapper à la conscription. Leur père contesta cette décision, mais sans trop insister, et chacun s'accorda à penser au bout du compte que la punition, pour sévère qu'elle fût, n'en était pas moins juste. Quant à l'enfant, mon grand-père l'adopta et l'accueillit dans sa propre maison, où il ordonna aux domestiques non seulement de l'éduquer, mais aussi de se montrer bons envers lui. Cet enfant se prénommait Ali.

Baba et lui grandirent ensemble et devinrent des compagnons de jeux – du moins jusqu'à ce que la polio rendît le second infirme –, tout comme Hassan et moi une génération plus tard. Mon père nous racontait souvent les tours pendables auxquels tous deux s'étaient livrés, à quoi Ali rétorquait en secouant la tête : « Mais, agha sahib, dites-leur qui en était l'instigateur et qui en était le pauvre exécutant. » Baba riait alors et le serrait contre lui.

Dans aucune de ses histoires cependant il ne qualifiait son serviteur d'ami.

Et curieusement, je n'ai jamais pensé non plus qu'Hassan ait été le mien. Tout du moins pas au sens où l'on entend ce mot d'ordinaire. Peu importait que chacun de nous se soit entraîné sous la houlette de l'autre à pédaler à vélo sans tenir le guidon, ou que nous ayons fabriqué ensemble un appareil photo entièrement fonctionnel à partir d'une boîte en carton. Peu importait que nous ayons fait voler des cerfs-volants durant des hivers entiers. Peu importait qu'à mes yeux l'Afghanistan eût l'apparence d'un garçon à l'ossature délicate, au crâne rasé et aux oreilles basses, un garçon au visage de poupée chinoise déformé par un bec-de-lièvre, mais continuellement éclairé d'un sourire.

Tout cela ne comptait pas. Parce que l'histoire ne s'efface pas facilement. De même que la religion. Au final, je restais un Pachtoun et lui un Hazara. J'étais sunnite et lui chiite. Personne n'y pouvait rien changer. Personne.

Nous n'en étions pas moins des garçons qui avaient appris à marcher ensemble, et cela, l'histoire, les ethnies, la société et la religion n'y changeraient rien non plus. J'ai passé la majeure partie de mes douze premières années à m'amuser avec Hassan. Parfois, mon enfance tout entière m'apparaît comme une longue journée d'été que nous aurions employée à nous poursuivre dans le jardin de mon père, à jouer à cache-cache, aux gendarmes et aux voleurs, aux cow-boys et aux Indiens, et à torturer des insectes – le summum en ce domaine étant sans conteste la fois où nous avons arraché son dard à une guêpe et noué autour de la pauvre bestiole un fil qui la retenait dès qu'elle tentait de s'échapper.

Nous chassions les Kuchis, ces nomades qui traversaient Kaboul pour gagner les montagnes du Nord. Les bêlements plaintifs des moutons et le tintement des cloches au cou des chameaux nous avertissaient en général de l'approche de la caravane. Nous courions alors observer la lente procession de ces hommes aux traits burinés, couverts de poussière, et de ces femmes arborant de longs châles colorés, des colliers, ainsi que des bracelets en argent autour des poignets et des chevilles. Nous jetions des cailloux aux chèvres, aspergions les mules avec de l'eau. J'obligeais aussi Hassan à se poster sur le Mur du maïs mal en point et à viser l'arrière-train des chameaux avec son lance-pierre.

Nous avons regardé notre premier western ensemble dans le cinéma implanté en face de ma librairie préférée. Il s'agissait de *Rio Bravo*, avec John Wayne dans le rôle principal. Je me rappelle avoir ensuite supplié Baba de nous emmener en Iran afin que nous puissions rencontrer cet acteur. Mon père avait éclaté d'un rire tonitruant qui n'était pas sans évoquer le bruit d'un moteur de camion au moment de l'accélération. Lorsqu'il avait enfin réussi à articuler deux mots, il nous avait expliqué le principe du doublage. Hassan et moi étions restés stupéfaits. Abasourdis. John Wayne ne parlait pas le farsi et n'était pas iranien ! Il était américain, tout comme ces gens sympathiques aux cheveux longs qui déambulaient sans cesse paresseusement dans Kaboul avec leurs chemises aux couleurs vives en loques. Nous avons vu trois fois *Rio Bravo*, et treize fois notre western favori, *Les Sept Mercenaires*. Chaque projection nous arrachait des larmes à la fin, au moment où les petits Mexicains enterrent Charles Bronson – qui n'était pas iranien lui non plus.

Nous nous promenions dans les bazars aux odeurs rances de Shar-e-Nau, la « nouvelle ville », un quartier de Kaboul situé à l'ouest de Wazir-Akbar-Khan. Nous discutions du dernier film que nous avions découvert tout en fendant la foule des *bazarris*, nous slalomions entre les porteurs, les mendiants et les charrettes, flânions dans d'étroits passages encombrés de minuscules étals serrés les uns contre les autres. Baba nous donnait à chacun dix afghanis par semaine, avec lesquels nous achetions du Coca-Cola tiède et des crèmes glacées à l'eau de rose saupoudrées de pistaches pilées.

Durant l'année scolaire, nous suivions tous les jours la même routine. Le temps que je me décide à me lever et que je me dirige péniblement vers la salle de bains,

Hassan s'était déjà débarbouillé, avait dit sa prière du matin avec Ali et préparé mon petit déjeuner – du thé noir brûlant avec trois sucres et une tartine de *naan* grillé recouverte de ma confiture de griottes préférée, le tout disposé avec soin sur la table. Pendant que je mangeais en me plaignant de mes devoirs, il faisait mon lit, cirait mes chaussures, repassait ma tenue de la journée, rangeait mes livres et mes crayons dans mon sac. J'entendais sa voix nasillarde chanter de vieux refrains hazaras dans l'entrée tandis qu'il s'affairait. Puis Baba m'emmenait dans sa Ford Mustang noire – une voiture qui nous valait partout des regards envieux car c'était ce modèle que Steve McQueen conduisait dans *Bullitt*, film qui avait tenu l'affiche d'un cinéma de Kaboul durant six mois. Hassan, lui, restait à la maison pour aider Ali dans ses corvées quotidiennes : laver à la main les habits sales et les étendre dans le jardin, balayer les pièces, acheter du *naan* frais au bazar, faire mariner la viande pour le dîner, arroser la pelouse.

Après l'école, Hassan et moi nous retrouvions et, munis d'un livre, courions au sommet d'une colline en forme de gros bol, juste au nord de la maison de mon père. Il y avait là un ancien cimetière abandonné dont les pierres tombales, anonymes, formaient des rangées irrégulières entre lesquelles un enchevêtrement de broussailles avait poussé. Le portail en fer avait rouillé et les murets de pierre blanche s'étaient désagrégés sous l'action des pluies et des chutes de neige des saisons précédentes. Un grenadier flanquait l'entrée du cimetière. Un jour, en été, j'utilisai l'un des couteaux de cuisine d'Ali pour graver nos noms sur son écorce : « Amir et Hassan, les sultans de Kaboul ». Ces mots le proclamaient officiellement : l'arbre nous appartenait. Après mes cours, nous grimpions tous deux dans ses branches pour y cueillir des grenades rouge sang. Puis, une fois que nous les avions mangées et nous étions essuyé les mains dans l'herbe, j'ouvrais le livre que j'avais emporté.

Assis en tailleur, les rayons du soleil et l'ombre des feuilles dansant sur sa figure, Hassan arrachait des brins d'herbe d'un air absent pendant que je lui lisais des histoires qu'il n'était pas en mesure de déchiffrer seul. Le fait qu'il demeurerait analphabète comme son père et la plupart des Hazaras avait été décidé à la minute où il était né, peut-être même dès l'instant de sa conception dans le ventre peu accueillant de Sanaubar. Après tout, à quoi pouvait bien servir à un domestique de savoir lire ? Malgré son illettrisme cependant, à moins que ce ne fût à cause de lui, Hassan éprouvait de la fascination à l'égard du mystère des mots et de ce monde secret qui lui était interdit. Je choisissais pour lui des poèmes et des histoires, parfois des devinettes – mais renonçai à ces dernières lorsque je le découvris plus doué que moi pour les résoudre –, et me cantonnais à des textes sans difficulté, tels les déboires du maladroit mollah Nasruddin et de son âne. Nous restions sous le grenadier jusqu'à ce que le soleil s'estompe à l'ouest, mais même alors, Hassan soutenait qu'il faisait encore assez jour pour un conte ou un chapitre de plus.

Au cours de ces lectures, rien ne m'amusait tant que de tomber sur un terme dont il ignorait le sens. Je me moquais de lui, mettais en évidence son ignorance. Un soir que je lui lisais une nouvelle mésaventure du mollah Nasruddin, il m'interrompit :

— Que veut dire ce mot ?

— Lequel ?

— « Ignare ».

— Tu ne le sais pas ? m'écriai-je, égayé.

— Non, Amir agha.

— Mais il est si courant !

— Je ne l'ai pourtant jamais entendu.

Si ma pique l'avait vexé, son visage souriant n'en montra rien.

— Tout le monde le connaît à l'école. Voyons. « Ignare ». C'est un synonyme de futé, intelligent. Je vais te faire une phrase avec : « En matière de mots, Hassan est un ignare. »

— Ah, fit-il avec un hochement de tête.

J'avais toujours mauvaise conscience après coup. J'essayais donc de me racheter en lui offrant l'une de mes vieilles chemises ou un jouet cassé. Je me persuadais que ces cadeaux compensaient largement mes farces inoffensives.

L'œuvre préférée d'Hassan était sans conteste le *Shahnameh*, le *Livre des rois*, une épopée du Xe siècle retraçant les exploits de héros perses. Il en aimait toutes les parties, les shahs de l'ancien temps, Fereydoun, Zal, Roudabeh, avec cependant une prédilection, comme moi, pour celle ayant trait à Rostam et Sohrab. Le premier, un grand guerrier accompagné de son destrier aux sabots ailés, Rakhsh, blesse mortellement le vaillant Sohrab au combat, mais découvre alors que celui-ci n'est autre que son fils disparu depuis longtemps. Accablé, il écoute ses dernières paroles :

« S'il est vrai que tu es mon père, alors tu as souillé ton épée avec le sang de ton fils. Et ce méfait doit tout à ton obstination. Car j'ai cherché à insuffler l'amour en toi, je t'ai imploré de me révéler ton nom tout en espérant te reconnaître à une marque dont m'avait parlé ma mère. Mais j'ai supplié ton cœur en vain, et l'heure des retrouvailles est maintenant passée… »

— Lisez-le encore s'il vous plaît, Amir agha, me suppliait-il.

Des larmes lui montaient parfois aux yeux lorsque je m'exécutais et je me demandais quel personnage pouvait l'émouvoir ainsi – Rostam lorsque, éperdu de douleur, il déchire ses habits et se verse des cendres sur la tête, ou bien Sohrab au moment où il agonise après n'avoir jamais aspiré qu'à l'amour de son père ? Personnellement, la destinée de Rostam ne m'apparaissait pas tragique. Après tout, les pères ne nourrissaient-ils pas tous au plus profond d'eux-mêmes le désir de tuer leurs fils ?

En juillet 1973, je jouai un autre tour à Hassan. En pleine lecture, je déviai soudain du récit original. Je feignis de continuer à lire et tournai régulièrement les pages, mais j'avais en réalité abandonné le texte et pris le relais de l'auteur en inventant ma propre suite. Hassan, bien sûr, ne s'aperçut de rien. Les mots imprimés sur les pages s'apparentaient pour lui à une série de codes indéchiffrables et mystérieux. Ils étaient des portes secrètes dont moi seul détenais les clés. À deux doigts de m'esclaffer, je l'interrogeai ensuite pour savoir si ce conte lui avait plu. Il se mit aussitôt à applaudir.

— Qu'est-ce qui t'arrive ? m'étonnai-je.

— C'est la plus belle histoire que vous m'ayez racontée depuis longtemps ! s'exclama-t-il.

— Vraiment ?

— Vraiment.

— Fascinant, marmonnai-je.

Je ne plaisantais pas. Voilà qui était… totalement imprévu.

— Tu es sûr, Hassan ? ajoutai-je.

— Oui, Amir agha, répondit-il en battant toujours des mains. Vous continuerez demain ?

— Fascinant, répétai-je, un peu soufflé, comme un homme qui vient de découvrir un trésor enfoui dans son propre jardin.

Lorsque nous redescendîmes la colline, des pensées fusèrent dans mon crâne tels les feux d'artifice de Chaman. *La plus belle histoire que vous m'ayez racontée depuis longtemps*, avait-il dit. Je lui en avais pourtant lu beaucoup. Je me rendis alors compte qu'il me posait une question.

— Quoi ?

— Que signifie « fascinant » ?

J'éclatai de rire et, le serrant contre moi, plantai un baiser sur sa joue.

— Pourquoi… ? s'enquit-il, surpris et rougissant.

Je lui donnai une bourrade amicale. Et lui souris.

— Tu es un prince, Hassan. Tu es un prince et je t'aime.

Ce soir-là, je rédigeai ma première nouvelle. Il me fallut une demi-heure pour coucher sur le papier la sombre aventure d'un homme qui dénichait un calice magique et apprenait que s'il pleurait au-dessus, ses larmes se changeraient en perles. Bien qu'il eût toujours été pauvre cependant, il vivait heureux et se lamentait rarement. Il imaginait donc des moyens de s'attrister, mais sa convoitise grandissait à mesure qu'il s'enrichissait. La fin de l'histoire le voyait sangloter désespérément sur son calice au sommet d'une montagne de perles, un poignard à la main et le corps de sa chère femme assassinée dans les bras.

Un peu plus tard, je portai à Baba les deux feuilles sur lesquelles j'avais griffonné ce conte. Rahim khan et lui fumaient la pipe et sirotaient un brandy dans le fumoir lorsque j'entrai.

— Qu'y a-t-il, Amir ? me demanda mon père en s'enfonçant dans le canapé et en croisant les doigts derrière sa tête.

Des volutes de fumée bleue flottaient autour de lui. La bouche soudain sèche devant son regard noir, je dus m'éclaircir la gorge avant de lui annoncer que j'avais écrit une nouvelle.

Il eut un fin sourire ne trahissant guère plus qu'un intérêt factice.

— Eh bien, tant mieux, n'est-ce pas ?

Il ne dit rien d'autre et se contenta de me fixer à travers le nuage de fumée.

Je ne restai probablement planté là qu'à peine une minute, mais celle-ci me semble aujourd'hui encore avoir été l'une des plus longues de ma vie. Les secondes s'écoulèrent lentement, chacune séparée de la suivante par une éternité. L'air devint lourd, moite, presque solide. Je respirais des briques. Baba continua à me toiser, sans me proposer de se pencher sur mon récit.

Comme toujours, Rahim khan vint à mon secours. Il tendit le bras et me gratifia d'un sourire qui n'avait rien de factice, lui.

— Puis-je y jeter un coup d'œil, Amir jan ? Tu éveilles ma curiosité.

Baba n'employait presque jamais ce terme affectueux, jan, lorsqu'il s'adressait à moi. Il se leva et haussa les épaules, l'air soulagé, comme si Rahim khan lui avait ôté une épine du pied à lui aussi.

— Oui, donne ça à kaka Rahim. Je monte me préparer.

Sur ce, il quitta la pièce. Je vénérais en général mon père avec une intensité proche de la dévotion religieuse mais, à cet instant, je regrettai de ne pouvoir m'ouvrir les veines pour me vider de son sang maudit.

Une heure après, alors que la lumière du jour baissait, tous deux se rendirent à une soirée dans la voiture de mon père. Juste avant, Rahim khan s'accroupit devant moi et me rendit mes feuillets accompagnés d'un morceau de papier plié.

— Pour toi, m'expliqua-t-il avec un clin d'œil. Tu en prendras connaissance tout à l'heure.

Il marqua alors une pause et articula un unique mot qui m'encouragea plus à persévérer que tous les compliments de n'importe quel éditeur : « Bravo. »

Une fois qu'ils furent partis, je m'assis sur mon lit en souhaitant que Rahim khan fût mon père. Puis je songeai à Baba, à son large torse et au bonheur qui m'envahissait quand il me serrait contre lui ; je me remémorai son parfum le matin, la manière dont sa barbe me picotait les joues. Submergé par un brusque sentiment de culpabilité, je me ruai vers la salle de bains et vomis dans le lavabo.

À la fin de la soirée, pelotonné dans mon lit, je lus et relus le message de Rahim khan :

« Amir jan,

« J'ai beaucoup aimé ce texte. *Mashallah*, Dieu t'a accordé un talent particulier. Il est à présent de ton devoir de l'affûter, car quiconque gaspille un don du ciel n'est qu'un imbécile. Ton récit témoigne d'une grammaire maîtrisée et d'un style intéressant. Cependant, sa qualité la plus impressionnante réside dans son ironie. Cette notion t'est peut-être inconnue, mais tu la comprendras un jour. C'est une chose que certains écrivains cherchent à acquérir tout au long de leur carrière sans jamais y parvenir. Toi, tu en fais preuve dès ton premier essai.

« Ma porte t'est et te sera toujours ouverte, Amir jan. N'hésite pas à me soumettre encore les fruits de ton imagination. Bravo.

« Ton ami,

« Rahim. »

Réconforté par ce message, je saisis mes feuillets et descendis quatre à quatre les escaliers jusqu'au vestibule, où Ali et Hassan dormaient sur un matelas. Ils ne restaient à la maison qu'en de telles occasions, lorsque Baba s'absentait et qu'Ali devait veiller sur moi. Je secouai Hassan et lui proposai de lui lire une nouvelle histoire.

Il frotta ses yeux lourds de sommeil et s'étira.

— Maintenant ? Quelle heure est-il ?

— Aucune importance. Cette histoire-là est spéciale. Je l'ai écrite moi-même, murmurai-je en espérant ne pas réveiller Ali.

Le visage d'Hassan s'illumina. Déjà, il repoussait sa couverture.

— Il faut que j'écoute ça alors.

Nous nous installâmes dans le salon, près de la cheminée de marbre. Pas question de se déconcentrer et de plaisanter cette fois, il s'agissait de moi ! Hassan offrait un public parfait à bien des égards. Il se laissait complètement absorber par le récit, à tel point que l'expression de son visage reflétait tour à tour les diverses tonalités de celui-ci. À la dernière phrase, il applaudit discrètement.

— *Mashallah*, Amir agha ! Bravo !

— Tu as aimé ? lui demandai-je, goûtant là pour la deuxième fois à une critique positive, ô combien savoureuse.

— Un jour, *Inch'Allah*, vous serez un grand écrivain. Vos livres se vendront partout dans le monde.

— Tu exagères, Hassan, le tempérai-je alors même que je l'adorai pour cette remarque.

— Non, non, vous deviendrez un grand écrivain, insista-t-il.

Il s'interrompit, comme sur le point d'ajouter quelque chose. Puis il pesa ses mots et se racla la gorge.

— Je peux vous poser une question ? hasarda-t-il timidement.

— Bien sûr.

— Eh bien…, risqua-t-il, avant de s'interrompre.

— Vas-y, Hassan, l'encourageai-je, même si l'auteur encore hésitant en moi doutait soudain de vouloir connaître le fond de sa pensée.

— Alors, si vous me permettez, pourquoi cet homme a-t-il tué sa femme ? En fait, pourquoi était-il obligé de se rendre malheureux pour pleurer ? Il n'aurait pas pu se contenter de peler un oignon ?

J'étais abasourdi. À aucun moment ce simple détail, si évident qu'il en était complètement ridicule, ne m'avait effleuré. Je remuai les lèvres en silence. Le sort voulait que, le soir même où m'était dévoilée l'une des subtilités de l'écriture, l'ironie, je découvre aussi ce piège qu'est l'intrigue boiteuse. Et il fallait que ce soit Hassan qui me donne cette leçon. Hassan qui ne savait pas lire et n'avait jamais rien écrit de toute sa vie. Une voix froide et sinistre me chuchota soudain à l'oreille : *Est-il seulement capable de juger de la qualité de ton travail, cet Hazara illettré ? Il ne sera jamais rien qu'un cuisinier. Comment ose-t-il trouver à redire à ton texte ?*

— Euh…, commençai-je.

Je n'eus toutefois pas l'occasion de finir ma phrase. Car soudain, l'Afghanistan changea à jamais.

5

Un grondement semblable à celui du tonnerre déchira le silence. La terre trembla un peu et nous perçûmes le crépitement d'une fusillade.

— Père ! cria Hassan.

Nous sautâmes sur nos pieds et nous précipitâmes hors du salon. Ali boitillait en tous sens dans le vestibule.

— Père ! Quel est ce bruit ?

Ali enroula ses bras autour de nous. Un éclair blanc illumina le ciel d'une lueur argentée. Un deuxième lui succéda, suivi d'un staccato rapide de coups de feu.

— Ils chassent les canards, nous rassura Ali d'une voix rauque. On les chasse la nuit, vous savez. N'ayez pas peur.

Une sirène se déclencha au loin. Du verre se brisa, quelqu'un hurla. J'entendais des gens dans la rue. Surpris dans leur sommeil, ils étaient sûrement en pyjama, les cheveux ébouriffés et les yeux gonflés. Hassan pleurait, et Ali l'étreignit avec tendresse. Plus tard, je me persuadai que je n'avais pas été jaloux d'Hassan. Non, pas du tout.

Nous restâmes blottis ainsi jusqu'au petit jour. Bien qu'elles aient duré moins d'une heure, ces clameurs et ces explosions nous avaient terrifiés car aucun de nous n'avait le souvenir de faits similaires à Kaboul. Ces sons nous étaient étrangers alors. La génération d'enfants afghans dont les oreilles ne connaîtraient rien d'autre que le fracas des bombes et des mitraillettes n'était pas encore née. Recroquevillés tous les trois dans la salle à manger, nous attendîmes donc le lever du soleil, sans imaginer qu'un certain mode de vie avait disparu. *Notre* mode de vie. Ou s'il n'avait pas encore tout à fait disparu, du moins cela ne tarderait-il plus. La vraie fin, l'officielle, surviendrait dans un premier temps en avril 1978 avec le coup d'État communiste, puis en décembre 1979, lorsque les chars russes s'engouffreraient dans les rues où Hassan et moi avions l'habitude de jouer, signant l'arrêt de mort de l'Afghanistan de mon enfance et marquant le début d'une période sanglante qui dure encore.

Juste avant l'aurore, la voiture de Baba s'engagea dans l'allée. La portière claqua, ses pas lourds martelèrent les escaliers et il apparut enfin dans l'entrée. Je remarquai alors quelque chose sur son visage, quelque chose que je ne pus nommer d'emblée faute de l'avoir déjà observé chez lui : la peur.

— Amir ! Hassan ! s'exclama-t-il en courant vers nous, les bras grands ouverts. Ils ont bloqué toutes les rues et le téléphone ne marchait pas. J'étais si inquiet !

Il nous serra contre lui et, durant un bref instant insensé, je me réjouis des événements qui s'étaient produits cette nuit-là, quels qu'ils fussent.

Finalement, personne n'avait tiré sur des canards. Il apparut même que l'on n'avait pas tiré sur grand-chose au cours de cette nuit du 17 juillet 1973. Au matin, Kaboul découvrit que la monarchie appartenait au passé. Le roi Zaher shah était parti pour l'Italie et son cousin Daoud khan avait profité de son absence pour le renverser et mettre fin sans effusion de sang à quarante ans de règne.

Je me revois le lendemain, tapi avec Hassan au pied du bureau de mon père tandis que Rahim khan et lui sirotaient du thé noir en écoutant l'annonce du coup d'État sur Radio Kaboul.

— Amir agha ? murmura Hassan.

— Oui ?

— Qu'est-ce que c'est une république ?

— Aucune idée, répondis-je en haussant les épaules.

Le mot ne cessait d'être répété à la radio.

— Amir agha ?

— Oui ?

— La république, est-ce que ça signifie que père et moi allons devoir nous en aller ?

— Je ne crois pas, chuchotai-je.

Il réfléchit un instant.

— Amir agha ?

— Oui ?

— Je n'ai pas envie qu'ils nous jettent dehors, père et moi.

Je souris.

— *Bas*, espèce d'idiot. Personne ne te jettera dehors.

— Amir agha ?

— Oui ?

— Vous voulez qu'on monte dans notre arbre ?

Mon sourire s'épanouit. Hassan avait cette autre qualité – il avait le chic pour toujours dire ce qu'il fallait au bon moment. Les nouvelles à la radio commençaient en effet franchement à me barber. Pendant qu'il retournait se préparer chez lui, je filai prendre un livre à l'étage, puis me rendis dans la cuisine où je remplis mes poches de pignons de pin avant de le rejoindre. Nous franchîmes le portail d'un bon pas et nous dirigeâmes vers la colline.

Nous avions traversé une rue résidentielle et marchions sur une portion de terrain en friche lorsque, soudain, Hassan reçut un caillou dans le dos. Mon courage flancha dès que nous nous fûmes retournés : Assef et deux de ses deux comparses, Wali et Kamal, s'approchaient de nous.

Assef était le fils d'un ami de mon père, un pilote de ligne du nom de Mahmood. Sa famille vivait à quelques rues au sud de notre maison, dans une propriété chic, entourée de hauts murs, où poussaient des palmiers. Tous les garçons de Wazir-Akbar-Khan connaissaient Assef et son célèbre coup-de-poing américain en acier inoxydable – pour les plus chanceux, pas par expérience. Né d'une mère allemande et d'un père afghan, ce blond aux yeux bleus affichait une taille bien supérieure à la moyenne. Sa réputation méritée de sauvagerie le précédait partout où il allait. Escorté par ses dociles compagnons, il se promenait dans le quartier comme un propriétaire terrien aurait parcouru son domaine avec ses courtisans. Ses paroles avaient force de loi, et quiconque avait besoin d'une petite leçon de droit trouvait dans son coup-de-poing un parfait professeur. Je l'avais vu s'en servir sur un gosse du quartier de Karteh-Char. Jamais je n'oublierai la lueur quasi malsaine qui avait brillé dans ses yeux bleus, ni son sourire, son *sourire*, pendant qu'il rouait de coups sa victime. Certains à Wazir-Akbar-Khan l'avaient surnommé Assef *Goshkhor*, c'est-à-dire Assef le Mangeur d'oreilles. Bien sûr, aucun d'eux ne se serait risqué à l'appeler ainsi en face, à moins d'avoir envie de subir le même sort que le pauvre gamin qui avait involontairement inspiré ce sobriquet le jour où, après s'être battu avec Assef au sujet d'un cerf-volant, il avait repêché son oreille droite dans un caniveau boueux. Des années plus tard, j'appris le terme désignant les êtres comme lui, un terme pour lequel le farsi n'a pas d'équivalent : sociopathe.

De tous ceux qui persécutaient Ali, Assef se montrait de loin le plus cruel. C'était lui qui l'avait le premier affublé de son surnom, Babalu. « Hé Babalu, t'as mangé qui aujourd'hui ? Hein ? Allez, Babalu, fais-nous un sourire ! » Les jours où il se sentait particulièrement en verve, il pimentait ses railleries de quelques qualificatifs : « Hé, Babalu le nez plat, t'as bouffé qui aujourd'hui ? Dis-le-nous, espèce de mulet aux yeux bridés ! »

Pour l'heure, il s'avançait vers nous, les mains sur les hanches, en envoyant voler un peu de poussière avec ses baskets.

— Salut, les *kunis* ! nous lança-t-il.

« Tapette », une autre de ses insultes favorites. Hassan se réfugia derrière moi lorsque les trois adolescents, tous vêtus de jeans et de tee-shirts, nous rejoignirent et se plantèrent devant nous. Assef, qui nous dominait de toute sa hauteur, croisa ses bras musclés sur sa poitrine avec un rictus. Il m'apparut une fois encore qu'il n'était peut-être pas tout à fait sain d'esprit. Et aussi que j'avais bien de la chance d'avoir Baba pour père – l'unique raison, à mon avis, pour laquelle Assef s'abstenait la plupart du temps de trop s'en prendre à moi.

Il désigna Hassan du menton.

— Salut, le nez plat. Comment va Babalu ?

Hassan ne souffla mot et s'abrita un peu plus derrière moi.

— Vous êtes au courant que le roi a foutu le camp ? enchaîna Assef sans se départir de son air goguenard. Bon débarras et vive le président ! Mon père connaît bien Daoud khan. Tu le savais, Amir ?

— Mon père aussi, répliquai-je, alors que je n'en étais même pas sûr.

— *Mon père aussi*, me singea Assef d'une voix geignarde.

Kamal et Wali ricanèrent à l'unisson. J'aurais donné cher alors pour que Baba soit là.

— Daoud khan a dîné chez nous l'année dernière. Ça t'épate, hein Amir ?

Je me demandai si quelqu'un nous entendrait crier dans cet endroit reculé. Nous nous trouvions à un bon kilomètre de la maison, et je regrettai soudain d'être sorti.

— Devine ce que j'ai l'intention de dire à Daoud khan la prochaine fois qu'il viendra chez nous, se vanta Assef. J'aurai une petite conversation avec lui, d'homme à homme. De *mard* à *mard*. Je lui répéterai ce que j'ai expliqué à ma mère. Au sujet de Hitler.

Voilà ce qu'on appelle un chef. Un grand chef. Un visionnaire. Je conseillerai à Daoud khan de ne pas oublier que si on avait laissé Hitler finir ce qu'il avait commencé, le monde se porterait mieux aujourd'hui.

— Baba pense que Hitler était fou et qu'il a ordonné le massacre de beaucoup d'innocents, me surpris-je à objecter avant d'avoir le temps de me coller une main sur la bouche.

— Il raisonne comme ma mère, et pourtant elle est allemande. Elle devrait avoir un peu plus de jugeote. Mais bon, ils font tout pour qu'on croie à ces bobards, non ? Ils ne tiennent pas à ce qu'on découvre la vérité.

J'ignorais qui se cachait derrière ce « ils » et quelle était cette vérité qu'« ils » nous dissimulaient, mais je m'en moquais. Je me mordais juste les doigts d'avoir laissé échapper cette remarque. Une fois encore, je songeai combien j'aurais aimé apercevoir Baba en levant les yeux.

— Seulement, il faut lire des livres qu'on ne nous recommande pas à l'école, affirma Assef. Moi je les ai étudiés. Et ils m'ont ouvert les yeux. J'ai maintenant une vision que je compte bien faire partager à notre nouveau président. Tu devines laquelle ?

Je secouai la tête. Il me le dirait de toute façon. Assef répondait toujours à ses propres questions.

Ses yeux bleus se tournèrent vers Hassan.

— L'Afghanistan est le pays des Pachtouns. Il l'est depuis toujours et le restera à jamais. Nous, nous sommes de vrais, de purs Afghans, contrairement à ce nez plat, là. Lui et les siens polluent notre patrie, notre *watan*. Ils souillent notre sang. (Il balaya l'espace devant lui d'un ample geste des deux bras.) L'Afghanistan aux Pachtouns. Voilà ma vision.

Assef reporta son attention sur moi, avec l'air de quelqu'un qui s'éveille après un beau rêve.

— Il est trop tard pour Hitler, ajouta-t-il en plongeant la main dans la poche arrière de son jean. Mais pas pour nous. Je demanderai au président de réaliser ce que le roi n'a pas eu le *quwat* de mettre en œuvre : vider l'Afghanistan de tous ces sales Hazaras *kasseef*.

— Laisse-nous partir, Assef, le priai-je d'une voix tremblante que je détestai. On ne t'a rien fait.

— Tu te trompes, siffla-t-il.

Accablé, je découvris alors ce qu'il avait sorti de sa poche. Évidemment. Son coup-de-poing américain étincela au soleil.

— Tu m'ennuies, Amir. Tu m'ennuies beaucoup. Plus que ce Hazara, même. Comment peux-tu lui parler, jouer avec lui, l'autoriser à te toucher ? cracha-t-il avec dégoût.

Wali et Kamal grognèrent leur approbation. Assef plissa les yeux. Lorsqu'il reprit la parole, il semblait perplexe.

— Comment peux-tu l'appeler ton *ami* ?

Ce n'est pas mon ami ! faillis-je rétorquer. *C'est mon serviteur !* L'avais-je vraiment pensé ? Bien sûr que non. Pas du tout. Je traitais Hassan comme un camarade. Mieux encore, comme un frère. Mais alors, pourquoi, lorsque des relations de Baba venaient lui rendre visite avec leurs enfants, ne l'incluais-je jamais dans nos jeux ? Pourquoi ne m'amusais-je avec lui que lorsque personne d'autre n'était là ?

Assef glissa les doigts dans son arme et me toisa froidement.

— Tu représentes une partie du problème, Amir. Si des idiots comme ton père et toi n'hébergeaient pas ces gens, on se serait déjà débarrassés d'eux à l'heure qu'il est. Ils pourriraient tous à Hazaradjat, là où est leur place. Tu déshonores l'Afghanistan.

Devant son regard fou, je compris qu'il ne plaisantait pas et projetait réellement de me frapper. Levant le bras, il s'avança vers moi.

Se produisit alors un mouvement vif dans mon dos. Du coin de l'œil, je vis Hassan se baisser et se redresser. Assef fixa quelque chose derrière moi qui lui fit ouvrir la bouche de surprise. Quant à Kamal et Wali, le même étonnement se lisait sur leur visage.

Je me retournai et tombai nez à nez avec le lance-pierre d'Hassan. L'élastique, tiré au maximum, n'attendait que d'être relâché pour catapulter directement sur Assef le caillou de la taille d'une noix logé dans la pochette. La main d'Hassan tremblait sous l'effort, des gouttes de sueur perlaient sur son front.

— S'il vous plaît, agha, laissez-nous tranquilles, articula-t-il d'un ton monocorde.

Il avait appelé Assef *agha*. Durant un bref instant, je me demandai ce que ce devait être de vivre avec un sens si ancré du rang qu'on occupe au sein d'une hiérarchie.

Assef grinça des dents.

— Pose ça, bâtard.

— S'il vous plaît, agha, laissez-nous tranquilles, répéta-t-il.

— Au cas où tu ne l'aurais pas remarqué, nous sommes trois contre deux.

Hassan haussa les épaules. Un étranger ne l'aurait pas jugé effrayé, mais je connaissais toutes les expressions de son visage, tous les tics et tous les tremblements qui troublaient sa surface. Et je perçus sa peur. Une peur panique.

— Vous avez raison, agha. Sauf que, au cas où vous ne l'auriez pas remarqué vous non plus, c'est moi qui tiens le lance-pierre. Si vous bougez, on vous surnommera Assef le Borgne à la place d'Assef le Mangeur d'oreilles. C'est votre œil gauche que je vise.

Il s'était exprimé d'une voix si éteinte que je dus me concentrer pour détecter la crainte cachée sous son calme apparent.

La bouche d'Assef se tordit. Wali et Kamal observaient cet échange avec une sorte de fascination. Quelqu'un avait osé défier leur dieu. L'avait humilié. Et ce quelqu'un était une demi-portion d'Hazara par-dessus le marché. Assef examina tour à tour le projectile et Hassan, en s'attardant sur le visage de celui-ci. Ce qu'il vit dut le convaincre du sérieux de la menace car il baissa le poing.

— Il y a une chose que tu dois savoir à mon sujet, Hazara, le prévint-il gravement. Je suis très patient. Nous n'en resterons pas là, crois-moi. (Puis il me fit face.) Je n'en ai pas fini non plus avec toi, Amir. Un jour, je t'obligerai à te mesurer à moi. Seul à seul.

Sur ces mots, il recula d'un pas. Ses disciples l'imitèrent.

— Ton Hazara a commis une grossière erreur aujourd'hui, Amir, conclut-il avant de pivoter sur ses talons et de s'éloigner.

Je les suivis du regard jusqu'à ce qu'ils eussent disparu derrière un mur, au bas de la colline. Hassan tentait de coincer son lance-pierre dans sa ceinture mais ses mains tremblaient. Ses lèvres se retroussèrent en un semblant de sourire rassurant, mais il s'y reprit à cinq fois pour nouer la corde qui maintenait son pantalon. Aucun de nous ne se montra très bavard sur le chemin du retour. Inquiets, nous nous attendions à chaque coin de rue à tomber dans une embuscade tendue par Assef et ses amis. Ils s'en abstinrent cependant, ce qui aurait dû nous réconforter un peu. Il n'en fut rien. Bien au contraire.

Durant les deux ou trois années qui s'écoulèrent ensuite, les mots « développement économique » et « réforme » émaillèrent souvent les conversations à

Kaboul. La monarchie, archaïque, fut abolie et remplacée par une république moderne à la tête de laquelle se trouvait un président. Un regain de jeunesse et une volonté d'aller de l'avant s'emparèrent du pays tout entier. On discutait droits de la femme et technologies de pointe.

Pour l'essentiel, même si un nouveau chef résidait à l'Arg, le palais royal de Kaboul, la vie continuait comme avant. Les gens travaillaient du samedi au jeudi et, le vendredi, se rassemblaient autour d'un pique-nique dans les parcs, sur les bords du lac Kargha ou dans les jardins de Paghman. Des bus et des camions multicolores remplis de passagers circulaient dans les rues étroites de la ville, guidés par les cris incessants d'hommes qui, perchés sur les pare-chocs arrière des véhicules, hurlaient au chauffeur quelle direction prendre avec un fort accent kabouli. Au moment de l'*Eid*, la fête de trois jours qui succède au mois saint du Ramadan, les habitants revêtaient leurs plus beaux habits pour rendre visite à leur famille. Ils s'étreignaient, s'embrassaient et se saluaient en se souhaitant *Eid Mubarak*, « Joyeux *Eid* », pendant que les enfants ouvraient des cadeaux et jouaient avec des œufs durs décorés.

Au début de l'hiver 1974, Hassan et moi nous amusions à construire un château de neige dans le jardin lorsque Ali appela son fils.

— Agha sahib veut te parler !

Il se tenait sur le seuil de la maison, vêtu de blanc, les mains calées sous ses aisselles. Son souffle formait de la vapeur dans l'air.

J'échangeai un sourire avec Hassan : c'était son anniversaire et nous avions attendu ce moment toute la journée.

— Qu'est-ce que c'est, père ? Tu es au courant ? Dis-le-nous ! le supplia-t-il, les yeux brillants.

Ali haussa les épaules.

— Agha sahib ne m'a pas mis dans la confidence.

— S'il te plaît, Ali, le pressai-je. C'est un carnet de dessin ? Un nouveau pistolet ?

De même qu'Hassan, Ali était incapable de mentir. Chaque année, il prétendait ne pas savoir ce que Baba nous avait acheté à l'un ou à l'autre. Et chaque année, ses yeux le trahissaient, si bien que nous le cajolions jusqu'à ce qu'il nous dévoile le secret. Cette fois cependant, il semblait sincère.

Baba n'oubliait jamais l'anniversaire d'Hassan. Durant un temps, il lui avait demandé ce qui lui ferait plaisir, mais il avait fini par renoncer tant la timidité d'Hassan l'empêchait de suggérer quoi que ce soit. Le moment venu, Baba choisissait donc lui-même un présent. Une année, il lui avait offert un jouet japonais ; une autre, un train électrique. Sa dernière surprise avait été un chapeau de cow-boy en tout point semblable à celui de Clint Eastwood dans *Le Bon, la Brute et le Truand* – qui avait détrôné *Les Sept Mercenaires* au palmarès de nos westerns favoris. Hassan et moi l'avions porté à tour de rôle cet hiver-là. Ainsi coiffés, nous escaladions des congères en chantant à tue-tête la célèbre musique du film et en nous tirant dessus.

Nous ôtâmes nos gants et nos bottes à l'entrée. Dans le vestibule, nous trouvâmes Baba assis près du poêle en fonte aux côtés d'un Indien presque chauve et de petite taille, habillé d'un costume marron et d'une cravate rouge.

— Hassan, déclara Baba avec un sourire faussement gêné, voici ton cadeau d'anniversaire.

Hassan et moi nous dévisageâmes sans comprendre. Nous n'apercevions aucun présent enveloppé de papier cadeau. Aucun sac. Aucun jouet. Juste Ali, debout derrière nous, et puis Baba et cet Indien chétif qui ressemblait un peu à un professeur de mathématiques.

L'homme nous sourit et tendit la main à Hassan.

— Je suis le Dr Kumar, se présenta-t-il. Ravi de vous rencontrer.

Il s'exprimait en farsi avec un fort accent hindi, en roulant les « r ».

— *Salaam alaykum*, le salua Hassan avec un signe de tête poli.

Hésitant, il chercha son père du regard. Ali se rapprocha et lui posa une main sur l'épaule.

— J'ai fait venir le Dr Kumar de New Delhi, expliqua Baba à Hassan devant son air circonspect et perplexe. C'est un chirurgien esthétique.

— As-tu déjà entendu parler de cette spécialité ? s'enquit l'Indien.

Hassan répondit non et se tourna vers moi en quête de soutien. Je demeurai cependant impuissant. Pour moi, on allait voir un chirurgien quand on avait une crise d'appendicite, voilà tout. Je le savais parce que l'un de mes camarades de classe en était mort l'année précédente, et notre professeur nous avait dit qu'on avait attendu trop longtemps avant de l'opérer. Nous scrutâmes tous deux Ali. Seulement, on ne pouvait rien deviner avec lui. Il affichait la même mine impassible que d'habitude, à ceci près qu'elle se teintait à cet instant d'une pointe de gravité.

— Eh bien, reprit le Dr Kumar, mon travail consiste à réparer le corps des gens. Parfois leur visage.

— Oh ! fit Hassan, qui examina tour à tour le Dr Kumar, Baba et Ali.

Sa main effleura sa lèvre supérieure. La tapota.

— Oh ! répéta-t-il.

— C'est un cadeau inhabituel, je sais, intervint Baba. Et sûrement pas celui que tu espérais, mais il te durera toute la vie.

— Oh ! lâcha de nouveau Hassan en se léchant les lèvres, puis en s'éclaircissant la voix. Agha sahib, est-ce que… est-ce que…

— Non, le rassura doucement le Dr Kumar. Tu n'auras pas mal. Je te donnerai un cachet et tu ne te souviendras de rien.

— Oh ! dit-il de nouveau, soulagé. Légèrement soulagé, tout du moins. Je n'avais pas peur, agha sahib, c'est juste…

Cet homme pouvait peut-être berner Hassan, mais on ne me la faisait pas à moi. Quand un docteur promettait qu'on ne sentirait rien, on était certain de passer un sale quart d'heure. Je me rappelai avec horreur ma circoncision, l'année passée. Le médecin m'avait assuré la même chose, prétendant que je ne souffrirais pas le moins du monde. Cependant, quand l'effet de l'analgésique s'était estompé cette nuit-là, j'avais eu l'impression que l'on appuyait un fer chauffé à blanc sur mes reins. Jamais je ne pardonnerais à Baba de m'avoir infligé si tard cette opération. Pareille décision me dépassait complètement.

— Joyeux anniversaire ! s'écria mon père en frottant le crâne rasé d'Hassan.

Soudain, Ali saisit ses deux mains et planta un baiser sur chacune d'elles avant d'y enfouir son visage. Baba le serra dans ses bras.

Le Dr Kumar observa la scène un peu en retrait avec un détachement tout professionnel.

Alors que je me joignais à la liesse générale, je regrettai de ne pas être affligé moi aussi d'une malformation qui m'aurait valu la pitié de Baba. Ce n'était pas juste. Hassan n'avait rien fait pour mériter son affection. Il était juste né avec ce stupide bec-de-lièvre.

L'intervention se déroula bien. Bien qu'un peu choqués la première fois qu'on lui ôta ses pansements, nous continuâmes de sourire, ainsi que le Dr Kumar nous l'avait recommandé. Ce ne fut guère facile, car sa lèvre supérieure se résumait à un entrelacs grotesque de chairs enflées et à vif. Quand l'infirmière lui donna un miroir, je m'attendis qu'il éclate en sanglots, horrifié. Ali lui tint la main pendant qu'il contemplait longuement son reflet d'un air pensif. Hassan murmura ensuite des paroles que je ne compris pas. J'approchai mon oreille de sa bouche.

— *Tashakor*, répéta-t-il. Merci.

Puis ses lèvres se tordirent et, cette fois, je n'eus aucun doute. Il souriait. Comme le jour où il était sorti du ventre de sa mère.

La tuméfaction se résorba et la plaie finit par guérir avec le temps. Elle se réduisit bientôt à une ligne rose irrégulière qui s'élevait à la verticale depuis sa lèvre, pour n'être plus qu'une fine cicatrice l'hiver suivant. Ironie du sort, c'est précisément cet hiver-là qu'Hassan cessa de sourire.

6

L'hiver.

Voici le rituel que j'observe chaque année lors de la première chute de neige : je sors de la maison tôt le matin, encore en pyjama, en serrant mes bras contre moi pour me réchauffer. Je découvre l'allée du jardin, la voiture de mon père, les murs, les arbres, les toits et les collines ensevelis sous une couche de trente centimètres. Je souris. Le ciel bleu s'étend à l'infini et la neige est si blanche que les yeux me brûlent. J'en ramasse un peu et la fourre dans ma bouche, j'écoute le silence assourdi interrompu par le seul croassement des corbeaux. Puis je descends les marches du perron, pieds nus, et j'appelle Hassan pour qu'il vienne admirer le spectacle.

L'hiver était la saison préférée de tous les gamins de Kaboul – du moins de ceux dont les pères pouvaient se payer un bon poêle. La raison en était simple : l'école fermait durant cette période. En ce qui me concernait, cela signifiait la fin des longues divisions manuelles et des noms de capitales à retenir. Débutaient alors trois mois que j'occupais à jouer aux cartes près du feu avec Hassan, à voir des films russes lors des séances gratuites du mardi au cinéma Park et, après une matinée passée à ériger des bonshommes de neige, à déguster du *qurma* aux navets servi avec du riz au déjeuner.

Sans oublier les cerfs-volants, bien sûr. Les cerfs-volants que l'on faisait voler. Et après lesquels on courait.

Pour une poignée de malchanceux cependant, l'année scolaire ne s'arrêtait pas là puisqu'il existait des cours d'hiver destinés aux prétendus « volontaires ». Aucun des enfants de ma connaissance ne s'était jamais déclaré candidat, bien sûr ; leurs parents s'en chargeaient à leur place. Baba ne comptait heureusement pas parmi ceux-là, mais je me souviens d'un garçon, Abdullah, qui habitait en face de chez nous et dont le père était médecin, je crois. Abdullah souffrait d'épilepsie et portait en permanence un gilet de laine et d'épaisses lunettes à monture noire – ce qui le désignait pour être l'une des victimes préférées d'Assef. Tous les matins, posté à la fenêtre de ma chambre, je regardais leur domestique hazara déblayer la neige de l'allée afin que leur Opel noire pût sortir. Je mettais un point d'honneur à ne jamais rater le départ d'Abdullah et de son père. J'attendais que leur voiture ait démarré et bifurqué à l'angle de la rue, puis je retournais me coucher, vêtu de mon pyjama en flanelle. La couverture remontée jusqu'au menton, je contemplais par la fenêtre les montagnes enneigées au nord. Je les contemplais jusqu'à ce que je me rendorme.

J'adorais l'hiver à Kaboul, le doux tambourinement des flocons sur mes carreaux la nuit, le crissement frais de la neige sous mes bottes en caoutchouc, la chaleur du poêle quand le vent mugissait dans les jardins et les rues. Mais à mes yeux, le charme de cette saison tenait surtout au fait que, lorsque les arbres gelaient et que le verglas recouvrait la chaussée, mes relations avec Baba, elles, connaissaient un léger redoux. L'explication tenait en deux mots : les cerfs-volants. Bien que vivant sous le même toit, mon père et moi évoluions dans des sphères différentes, et ce loisir représentait l'unique et infime jonction entre nos deux mondes.

Chaque année, plusieurs quartiers de Kaboul organisaient un combat de cerfs-volants que les garçons de la ville considéraient comme l'événement phare de cette époque de l'année. La veille, je ne parvenais jamais à trouver le sommeil. Je m'agitais dans mon lit, projetais des ombres chinoises sur le mur, m'asseyais parfois même sur le balcon, dans l'obscurité, enveloppé d'une couverture. Je me faisais l'effet d'un soldat qui tentait de se reposer dans les tranchées juste avant de livrer une grande bataille. C'était presque le cas, d'ailleurs. À Kaboul, participer aux tournois de cerfs-volants revenait pour ainsi dire à prendre part à une guerre.

Et, comme pour toute guerre, il convenait de se préparer. Au début, Hassan et moi fabriquions nous-mêmes nos cerfs-volants. Nous économisions une partie de notre argent de poche à partir de l'automne et la déposions dans une petite tirelire de porcelaine en forme de cheval que Baba nous avait un jour rapportée d'Herat. Lorsque les vents froids commençaient à souffler et la neige à tomber abondamment, nous démontions le fermoir logé sous le ventre de l'animal et filions au bazar acheter du bambou, de la colle, de la ficelle et du papier. Nous consacrions ensuite des heures chaque jour à raboter les tiges qui formaient les deux axes central et transversal, à découper le papier de soie – lequel facilitait les plongeons et les remontées dans le ciel – ainsi, évidemment, qu'à préparer notre ficelle, le *tar*. Si le cerf-volant était l'arme, alors le *tar*, la ligne hérissée d'éclats de verre, était la balle dans le barillet. Nous sortions dans le jardin et trempions un fil long de près de cent cinquante mètres dans une mixture composée de verre pilé et de colle, puis l'étendions entre des arbres pour le laisser sécher. Le lendemain, nous l'enroulions autour d'une bobine en bois. Le temps que la neige fonde et que les pluies du printemps s'annoncent, tous les garçons de Kaboul avaient les doigts lacérés de cicatrices horizontales révélatrices d'un hiver entier passé à livrer des combats de cerfs-volants. Je me souviens que mes camarades et moi nous regroupions afin de comparer nos blessures lors de la rentrée des classes. Les entailles, douloureuses, mettaient des semaines à guérir, mais je m'en moquais. Elles me rappelaient une saison chère à mon cœur et encore une fois trop vite enfuie. Puis, au coup de sifflet, nous regagnions nos salles en file indienne, déjà impatients de revivre un nouvel hiver, et accueillis à la place par le spectre d'une longue année d'étude.

Il apparut vite qu'Hassan et moi étions meilleurs joueurs que bricoleurs. Un défaut quelconque dans nos plans venait toujours tout gâcher, si bien que Baba décida de nous acheter nos cerfs-volants chez Saifo. En plus d'exercer le métier de *moochi* – cordonnier –, ce vieillard presque aveugle était aussi le fabricant de cerfs-volants le plus réputé de la ville. Il travaillait dans une minuscule masure située sur l'une des artères principales de Kaboul, Jadeh-Maywand, au sud des rives boueuses de la rivière. Il fallait se baisser pour entrer dans cette boutique pas plus grande qu'une cellule de prison, puis soulever une trappe et descendre une volée de marches en bois jusqu'au sous-sol humide où il entreposait ses précieuses réalisations. Baba nous offrait à chacun trois cerfs-volants identiques et une bobine de fil déjà préparé. Quand, changeant d'avis, j'en réclamais un plus gros ou plus beau, il cédait à mon caprice, mais prenait le même pour Hassan. J'aurais aimé parfois qu'il n'agisse pas ainsi. J'aurais aimé être son préféré.

Les combats de cerfs-volants relevaient d'une vieille tradition hivernale en Afghanistan. Le jour dit, ils débutaient tôt dans la matinée et ne se terminaient que lorsqu'il ne restait plus qu'un seul concurrent en lice – si bien que le tournoi s'était prolongé une fois jusqu'après la tombée de la nuit. Une foule de gens se pressait sur les trottoirs et les toits pour acclamer leurs enfants, les rues se remplissaient de participants qui tiraient sur leurs lignes par à-coups secs, les yeux rivés vers le ciel, en essayant de se placer dans une position leur permettant de trancher le fil des autres joueurs. Chacun disposait d'un assistant – dans mon cas, mon fidèle Hassan – chargé de tenir et de dévider la bobine.

Un gamin dont la famille s'était installée depuis peu dans le quartier nous avait expliqué une année que chez lui, en Inde, cette compétition obéissait à un règlement très strict.

— On doit jouer dans un périmètre fermé et se mettre perpendiculaire au vent, nous avait-il asséné fièrement. Et on n'a pas le droit d'utiliser d'aluminium pour fabriquer le fil.

Hassan et moi avions échangé un regard complice. Et éclaté de rire. Ce nouveau venu ne tarderait pas à apprendre ce que les Anglais avaient découvert un peu plus tôt au XXe siècle et que les Russes constateraient à la fin des années quatre-vingt : les Afghans sont un peuple indépendant. Ils chérissent les coutumes mais abhorrent les lois. Il en allait de même avec les combats de cerfs-volants. Les règles étaient simples : il n'y en avait aucune à respecter. Faites voler vos cerfs-volants. Coupez le fil de vos adversaires. Bonne chance.

Sauf que ce n'était pas tout. La partie la plus passionnante du tournoi commençait quand une ligne était sectionnée. Entraient alors en scène les coureurs : ces enfants s'élançaient à la poursuite du cerf-volant éliminé que le vent entraînait à la dérive jusqu'à ce qu'il tombe en vrille dans un champ, un jardin, sur un arbre ou un toit. Une course acharnée s'ensuivait. Des hordes de garçons envahissaient les rues en se bousculant comme ces fous en Espagne qui, je l'avais lu quelque part, fuyaient devant des taureaux. Une année, un jeune Ouzbek grimpa dans un arbre pour récupérer ce butin. Une branche céda sous son poids et il fit une chute de neuf mètres qui lui brisa le dos. Jamais il ne remarcha. Mais il s'était écrasé avec le cerf-volant dans les mains et, dès lors qu'un participant l'avait saisi, personne ne pouvait le lui reprendre. Ce n'était pas une règle qui en avait décidé ainsi. C'était la coutume.

L'objet de toutes les convoitises pour les coureurs s'incarnait dans le dernier cerf-volant éliminé. Il représentait le trophée d'honneur, le prix que l'on posait sur un manteau de cheminée afin que les invités l'admirent. Lorsque le ciel s'était vidé et que seuls deux concurrents s'affrontaient encore, chacun se préparait à tenter sa chance et se positionnait à un endroit dont il estimait qu'il lui donnerait un peu d'avance sur les autres. Les muscles contractés, on n'attendait plus que le moment de passer à l'action. Les cous se tendaient, les yeux se plissaient. Des bagarres éclataient. L'instant où le *tar* de l'un des finalistes était tranché marquait le début d'une pagaille indescriptible.

Au fil des ans, j'avais vu beaucoup de ces coureurs à l'œuvre. Mais Hassan les surpassait tous. La manière dont il repérait le point où le cerf-volant atterrirait, avant même que celui-ci y soit arrivé, avait quelque chose de surnaturel, comme s'il possédait une sorte de boussole interne.

Par un jour d'hiver nuageux, lui et moi participions justement à cette partie de l'épreuve. Je fonçais à sa suite, sautant par-dessus les caniveaux, me faufilant dans les ruelles. Bien que j'eusse un an de plus que lui, je ne parvenais pas à soutenir son allure, et il me distançait peu à peu.

— Hassan ! Attends-moi ! lui criai-je, les poumons en feu et le souffle court.

Il se retourna et m'adressa un signe de la main.

— Par ici ! me lança-t-il avant de bifurquer à toute vitesse dans une autre rue.

Je levai la tête et constatai que nous nous éloignions du cerf-volant.

— On est en train de le perdre ! On va du mauvais côté !

— Faites-moi confiance ! l'entendis-je me répondre, loin devant.

Ayant atteint l'angle de la rue, je l'aperçus qui filait, tête baissée, sans même un coup d'œil vers le ciel, le dos trempé de sueur. Je trébuchai sur une pierre et m'étalai par terre – j'étais non seulement plus lent que lui, mais aussi plus maladroit, au point de lui envier ses dons d'athlète. Je me redressai tant bien que mal, juste à temps pour le voir disparaître à un nouveau coin de rue, puis repris ma course en boitillant, les genoux écorchés et douloureux.

Je découvris alors que nous étions arrivés sur un chemin de terre, à proximité de mon collège, bordé d'un côté par un champ où poussaient des laitues en été et de l'autre par des rangées de cerisiers. Assis en tailleur au pied de l'un d'eux, Hassan mangeait des mûres séchées.

— Qu'est-ce qu'on fiche là ? haletai-je, nauséeux.

— Asseyez-vous, Amir agha.

Je m'écroulai plus que je ne m'allongeai sur une fine plaque de neige.

— Tu nous fais perdre du temps, lui reprochai-je. Il allait dans la direction opposée !

Il jeta une mûre dans sa bouche.

— Il ne va pas tarder, m'assura-t-il.

J'avais du mal à respirer alors que lui ne semblait même pas fatigué.

— Comment le sais-tu ?

— Je le sais.

— Mais comment peux-tu en être si sûr ?

Il pivota vers moi. Quelques gouttes de sueur dégoulinèrent de son crâne rasé.

— Croyez-vous que je vous mentirais, Amir agha ?

Je décidai brusquement de m'amuser à ses dépens.

— Aucune idée. Tu me mentirais, Hassan ?

— Plutôt avaler des excréments ! s'indigna-t-il.

— Vraiment ? Tu irais jusque-là ?

— Où ? s'enquit-il, perplexe.

— Jusqu'à avaler des excréments si je te le demandais.

J'avais conscience de me montrer cruel, autant que lorsque je me moquais de lui sous prétexte qu'il ignorait le sens de tel ou tel mot. Mais j'éprouvais une certaine fascination – certes assez malsaine – à agir de la sorte. Un peu comme quand nous torturions des insectes. Sauf que, à présent, c'était lui la fourmi et moi qui tenais la loupe.

Il me scruta un long moment. Là, sous ce cerisier, les deux enfants que nous étions se jaugèrent soudain du regard. Sans fard. Ce fut alors que le phénomène se reproduisit : les traits d'Hassan s'altérèrent. Enfin, s'altérer n'est peut-être pas le terme exact, pas tout à fait du moins, mais j'eus brusquement le sentiment d'avoir deux êtres devant moi. Celui qui m'était familier, qui représentait mon plus ancien souvenir, et l'autre, le second, tapi sous la surface. J'avais déjà observé ce phénomène auparavant et en avais été chaque fois ébranlé. Même si ce visage caché n'affleurait jamais plus d'une fraction de seconde, cela suffisait pour me donner l'impression troublante de l'avoir déjà vu quelque part. Puis Hassan cligna des yeux et redevint lui-même. Juste Hassan.

— Si vous me le demandiez, oui, répondit-il enfin.

Je baissai la tête. Aujourd'hui encore, les gens comme lui m'intimident, ces gens qui pensent sincèrement tout ce qu'ils disent.

— Mais je me pose une question, Amir agha. Seriez-vous capable de m'ordonner une chose pareille ?

Et ainsi, le plus simplement du monde, il m'imposa son propre test. Puisque j'étais décidé à le faire marcher et à défier sa loyauté, il me rendait la pareille en mettant mon intégrité à l'épreuve.

Je regrettai d'avoir entamé cette conversation.

— Ne sois pas stupide, rétorquai-je, faussement jovial. Tu te doutes bien que non.

Il me retourna mon sourire. À cette différence près que le sien ne paraissait pas forcé.

— Je sais, avoua-t-il.

Tel est le problème avec ceux qui ne s'expriment jamais qu'en toute franchise : ils sont persuadés que chacun agit comme eux.

— Tenez, le voilà ! s'écria-t-il en pointant le doigt vers le ciel.

Il se redressa et effectua quelques pas sur la gauche. Levant les yeux, je repérai le cerf-volant qui se dirigeait pile vers nous. Dans le même temps me parvinrent des bruits de pas et des cris – la mêlée des coureurs se rapprochait. Mais ils s'échinaient pour rien. Hassan écarta grands les bras et, le sourire toujours aux lèvres, attendit un peu. Et que Dieu me foudroie – à supposer qu'Il existe, bien sûr – si le cerf-volant ne tomba pas directement dans ses mains tendues.

En 1975, Hassan participa pour la dernière fois à cette course.

Alors que d'ordinaire chaque quartier organisait ses propres combats, le mien en convia plusieurs cette année-là – Karteh-Char, Karteh-Parwan, Mekro-Rayan et Koteh-Sangi. On ne pouvait guère se déplacer sans surprendre des discussions sur le tournoi à venir. À en croire la rumeur, il s'agirait du plus important depuis vingt-cinq ans.

Un soir de cet hiver, quatre jours seulement avant le début de la compétition, Baba et moi bavardions en buvant du thé, assis dans les fauteuils en cuir rembourrés de son bureau, près de la cheminée. Ali nous avait servi le dîner un peu plus tôt – des pommes de terre accompagnées de chou-fleur au curry et de riz – avant de se retirer pour la nuit avec Hassan. Baba engraissait sa pipe lorsque je le priai de me raconter l'histoire de la meute de loups qui, un hiver, avait dévalé les montagnes près d'Herat et obligé tous les habitants à se cloîtrer chez eux durant une semaine. Il frotta une allumette et, au lieu de me répondre, me lança négligemment :

— Il me semble que tu as des chances de remporter le tournoi cette année, non ?

Je ne savais que penser. Ni quoi dire. Devais-je comprendre qu'il n'en attendait pas moins de moi ? Me tendait-il une perche ? Je me défendais plutôt bien avec un cerf-volant. Très bien en fait. À plusieurs reprises, il s'en était fallu de peu que je gagne – j'avais même figuré un jour parmi les trois derniers concurrents en lice. Mais manquer de peu la victoire, cela n'avait rien à voir avec la décrocher pour de bon, n'est-ce pas ? Baba n'en était pas passé à deux doigts, lui. Il avait fini premier parce que les hommes nés pour vaincre triomphent toujours, obligeant les autres à rentrer bredouilles. Il avait l'habitude de réussir, et la diversité des projets auxquels il s'attaquait n'y changeait rien. N'était-il pas en droit d'espérer des résultats comparables de la part de son fils ? Supposez un peu... Si jamais je venais...

Baba continuait à parler tout en fumant sa pipe. Je feignis de l'écouter, mais ne lui prêtai en réalité guère d'attention. Sa remarque désinvolte avait fait germer une résolution en moi : celle de battre tout le monde cette année. J'allais gagner. Aucune autre option n'était envisageable. J'allais gagner, puis courir pour m'emparer du dernier cerf-volant. Je le rapporterais ensuite à mon père. Je lui prouverais une bonne fois pour toutes que son fils était digne de lui. Alors peut-être cesserais-je de n'être qu'un fantôme à ses yeux. Je me pris à rêver : j'imaginai des conversations et des rires à table au lieu de l'habituel silence interrompu par le tintement des couverts et les grognements occasionnels de mon père. Je nous vis partir en voiture un vendredi pour aller nous promener à Paghman. Nous nous arrêterions en chemin au bord du lac Kargha et nous régalerions d'une truite grillée et de pommes de terre. Nous irions au zoo admirer Marjan le lion, et peut-être Baba ne bâillerait-il pas cette fois, ni ne jetterait d'incessants coups d'œil à sa montre. Peut-être même accepterait-il de lire l'une de mes histoires. Je lui en aurais écrit cent si j'avais supposé qu'il en lirait une seule. Peut-être m'appellerait-il Amir jan, comme Rahim khan. Et peut-être… *peut-être*… me pardonnerait-il enfin d'avoir tué ma mère.

Baba me narrait la fois où il avait éliminé quatorze cerfs-volants en une seule journée. Je souris, approuvai, ris quand il fallait, sans retenir un mot de ce qu'il disait. J'avais une mission à remplir désormais. Je ne décevrais pas mon père. Pas cette fois.

Il neigea fort la nuit précédant le tournoi. Assis confortablement, Hassan et moi jouâmes au *panjpar* tandis que la branche d'un arbre agitée par le vent cognait doucement contre ma fenêtre. Un peu plus tôt, j'avais demandé à Ali de nous monter le *kursi* – un radiateur électrique fixé sous une table basse recouverte d'une épaisse couverture piquée. Il avait également disposé des matelas et des coussins autour, si bien qu'une vingtaine de personnes au moins auraient pu s'asseoir avec les jambes bien au chaud. Ainsi installés, Hassan et moi passions parfois des journées entières à disputer des parties d'échecs ou de cartes – avec, dans ce dernier cas, une prédilection pour le *panjpar*.

Je retournai le dix de carreau d'Hassan et jetai deux valets et un six. Dans la pièce à côté, le fumoir, Baba et Rahim khan discutaient affaires avec quelques invités – parmi lesquels j'avais reconnu le père d'Assef. À travers le mur nous parvenait le grésillement des infos de Radio Kaboul.

Hassan écarta mon six et ramassa les valets. À la radio, Daoud khan évoquait les investissements étrangers.

— Il dit qu'on aura un jour la télévision à Kaboul, expliquai-je à Hassan.

— Qui ça ?

— Daoud khan, idiot. Le président.

— La télévision, il paraît qu'ils l'ont déjà en Iran, pouffa-t-il.

— Ces Iraniens…, soupirai-je.

Pour beaucoup de Hazaras, l'Iran faisait figure de paradis – parce que ses habitants étaient eux aussi des musulmans chiites, je suppose. Mais je me rappelais ce que mon professeur avait déclaré l'été précédent au sujet des Iraniens. Il les avait qualifiés de beaux parleurs qui d'une main vous donnaient une tape dans le dos et de l'autre vous vidaient les poches. Quand j'avais rapporté ces propos à mon père, il m'avait répliqué que mon professeur comptait parmi ces Afghans jaloux ; jaloux car l'Iran était une puissance montante en Asie alors que la plupart des gens dans le monde ne pouvaient même pas situer l'Afghanistan sur une carte. « C'est dur à admettre, avait-il ajouté, mais il vaut mieux être blessé par la vérité que réconforté par un mensonge. »

— Je t'en offrirai une un jour, promis-je à Hassan.

Son visage s'illumina.

— Une télévision ? Vraiment ?

— Oui. Et pas en noir et blanc. On sera probablement adultes d'ici là, mais j'en achèterai deux. Une pour toi et une pour moi.

— Je la poserai sur ma table, là où je range mes dessins.

Ces paroles m'attristèrent. J'éprouvai de la peine pour lui en songeant à ce qu'il était, à l'endroit où il habitait. À la manière dont il s'était résigné à vieillir dans cette masure au fond du jardin, comme son père avant lui. Je tirai la dernière carte et abattis un dix et deux reines.

Hassan se les adjugea.

— Vous savez, je pense que vous rendrez agha sahib fier de vous demain.

— Tu crois ?

— *Inch'Allah.*

— *Inch'Allah*, répétai-je.

Cette invocation n'avait pourtant pas le même accent de sincérité venant de moi. C'était toujours la même chose avec Hassan. Il était si pur qu'on se sentait constamment hypocrite à côté de lui.

Je ramassai son roi et jouai en dernier lieu mon as de pique. Il n'eut pas d'autre choix que de le prendre. J'avais gagné, mais alors que je mélangeais les cartes pour entamer une nouvelle partie, je le soupçonnai très fortement de m'avoir facilité la victoire.

— Amir agha ?

— Oui ?

— Vous savez… j'aime l'endroit où je vis.

Lire dans mes pensées, ça aussi il en était coutumier.

— C'est ma maison, ajouta-t-il.

— Peu importe. Prépare-toi à perdre encore une fois.

7

Le matin suivant, alors que le thé de mon petit déjeuner finissait d'infuser, Hassan me raconta qu'il avait fait un rêve cette nuit-là.

— On se trouvait au bord du lac Kargha, vous, moi, père, agha sahib et Rahim khan, avec des milliers d'autres personnes. Le temps était magnifique. Mais personne ne se baignait parce que le bruit courait qu'un monstre était venu s'installer là. Il attendait, tapi tout au fond.

Il me versa du thé dans une tasse, le sucra et souffla dessus plusieurs fois. Puis il le plaça devant moi.

— Tout le monde avait donc peur de s'aventurer dans l'eau, jusqu'à ce que vous enleviez vos chaussures, Amir agha, et aussi votre chemise. Vous avez crié : « Il n'y a pas de monstre, je vais vous le prouver. » Et avant qu'on ait pu vous en empêcher, vous avez plongé et commencé à vous éloigner du bord. Moi, je vous ai suivi.

— Tu ne sais pas nager.

Il se mit à rire.

— C'est un rêve, Amir agha. Rien n'est impossible dans un rêve. Enfin bref, la foule hurlait : « Sortez ! Sortez ! », mais on a continué à avancer. Au bout d'un moment, on s'est arrêtés, on s'est tournés vers le rivage et on a fait signe à tous ces gens. Ils ne nous paraissaient pas plus gros que des fourmis et pourtant on les entendait applaudir. Ils avaient compris. Le monstre n'existait pas, il n'y avait que de l'eau. Après ça, le lac était rebaptisé « le lac d'Amir et Hassan, les sultans de Kaboul » et on réclamait un droit d'entrée aux touristes.

— Et quelle est la morale de l'histoire ?

Il tartina mon pain de confiture et me l'apporta sur une assiette.

— Aucune idée. J'espérais que vous pourriez me le dire.

— Eh bien, c'est un rêve stupide. Il ne s'y passe rien.

— Père prétend que les rêves signifient toujours quelque chose.

J'avalai une gorgée de mon thé.

— Pourquoi tu ne lui poses pas la question, alors ? Puisqu'il est si intelligent, observai-je d'un ton plus sec que voulu.

Je n'avais pas fermé l'œil de la nuit. Mon dos et mon cou me semblaient aussi raides que des ressorts comprimés et mes yeux me piquaient. Reste que j'avais été dur envers Hassan. Je faillis m'excuser, avant de me raviser. Il devait se douter que j'étais simplement nerveux. Il me comprenait toujours.

À l'étage, de l'eau coula dans la salle de bains de mon père.

Les rues scintillaient sous un ciel d'un bleu incomparable. Un manteau blanc recouvrait les toits et pesait sur les branches des mûriers rabougris qui bordaient notre rue. Durant la nuit, la neige s'était infiltrée dans tous les recoins, dans tous les caniveaux. Je plissai les yeux face à cette blancheur aveuglante lorsque Hassan et moi franchîmes le portail en fer forgé. Ali le referma derrière nous en marmonnant une prière – comme chaque fois que son fils sortait de la maison.

Je n'avais jamais vu autant de monde dans notre quartier. Les enfants se lançaient des boules de neige, se chamaillaient, s'amusaient à se courir après. Les concurrents se concertaient avec leurs coéquipiers, se livraient à des préparatifs de dernière minute. Des rues adjacentes me parvenaient des rires et des bavardages.

Les toits étaient déjà couverts de spectateurs allongés sur des transats, avec des Thermos de thé brûlant et des magnétophones d'où s'échappaient à plein volume des chansons d'Ahmad Zahir. Cet artiste immensément populaire avait révolutionné la musique afghane et outragé les puristes en mêlant guitares électriques, batteries et cors aux traditionnels tablas et harmoniums. Sur scène ou lors de galas, il écartait de son répertoire les refrains austères, quasi moroses, des vieux chanteurs et allait jusqu'à *sourire* en chantant – parfois même aux femmes. Je levai les yeux vers le toit de notre maison, où Baba et Rahim khan sirotaient un thé, assis sur un banc, tous deux vêtus de pulls en laine. Baba agita le bras, mais je n'aurais su dire si son geste s'adressait à moi ou à Hassan.

— C'est l'heure, me rappela Hassan.

Il portait des bottes en caoutchouc noires et un *chapan* vert vif par-dessus un gros pull et un vieux pantalon en velours côtelé. Plus que jamais, il ressemblait à une poupée chinoise inachevée. Le soleil inondait sa figure et je notai combien la cicatrice rose de sa lèvre s'était estompée.

J'eus soudain envie de renoncer. De tout remballer et de repartir chez moi. Qu'est-ce que je m'imaginais ? Pourquoi me donner autant de mal alors que je me doutais de l'issue de la compétition ? Baba m'observait. Je sentais son regard posé sur moi, brûlant comme un soleil de plomb. Ce serait un échec à grande échelle, même pour moi qui y étais habitué.

— Je ne suis pas sûr d'avoir envie de participer aujourd'hui.

— Il fait pourtant beau ! s'étonna Hassan.

Je me dandinai. Tentai de ne pas regarder de nouveau en direction de notre maison.

— Je ne sais pas. On devrait peut-être rentrer.

Il s'approcha de moi et me chuchota quelque chose qui m'effraya un peu :

— Souvenez-vous, Amir agha. Il n'y a pas de monstre, c'est juste une belle journée.

Comment parvenait-il à voir aussi clair en moi alors que la moitié du temps j'ignorais tout des pensées qui l'habitaient ? C'était pourtant moi qui allais à l'école et avais appris à lire, à écrire. J'étais le plus intelligent des deux. Mais alors qu'il ne pouvait déchiffrer un manuel de première année, Hassan lisait souvent en moi comme dans un livre ouvert. Je jugeais quelque peu perturbant d'avoir quelqu'un qui devinait toujours ce dont j'avais besoin, tout en reconnaissant le côté agréable de cette situation.

— Pas de monstre, répétai-je, surpris d'éprouver un léger réconfort.

— Pas de monstre.

— Tu en es certain ?

Il ferma les yeux. Opina du chef.

Je me tournai vers les gamins qui gambadaient dans la rue en se livrant à une bataille de boules de neige.

— Tu as raison, c'est une belle journée.

— Allons-y, me pressa-t-il.

Il m'apparut à cet instant qu'il avait pu inventer son rêve. Cette hypothèse tenait-elle la route ? Je décidai que non. Hassan n'était pas assez futé pour ça. Même moi je ne l'étais pas assez. Mais, inventé ou non, ce rêve insensé avait apaisé en partie mes craintes. Peut-être avais-je *vraiment* intérêt à ôter ma chemise et à piquer une tête dans le lac. Pourquoi pas ?

— C'est parti ! m'exclamai-je.

— Bien, approuva-t-il, la mine ravie.

Il saisit notre cerf-volant. Rouge avec des bordures jaunes, celui-ci arborait la signature aisément identifiable de Saifo juste en dessous de la croisée des axes. Hassan humecta son doigt, le leva et se mit à courir dans le sens du vent. En été, lors des rares occasions ou nous jouions ainsi, son truc pour le repérer consistait à envoyer voler la poussière à coups de pied. La bobine se dévida entre mes mains jusqu'à ce qu'Hassan s'arrête à environ quinze mètres de moi. Il brandit alors le cerf-volant à bout de bras, comme un athlète olympique exhibant sa médaille d'or. Je donnai deux coups secs sur la ligne – notre signal habituel – et il le lança.

Partagé entre les opinions professées par les mollahs à l'école et par Baba, je restais encore indécis quant à l'existence de Dieu. Mais lorsqu'un *ayat* du Coran appris en cours de *diniyat* me vint à l'esprit, je le murmurai. J'inspirai puis exhalai profondément, avant de tirer sur le fil. En moins d'une minute, mon cerf-volant prit de la hauteur. Il claqua au vent tel un oiseau de papier battant des ailes. Hassan applaudit, siffla et me rejoignit à toute vitesse. Sans lâcher le fil, je lui tendis la bobine afin qu'il enroule la partie de la ligne qui pendait lâchement.

Deux douzaines de cerfs-volants flottaient déjà dans le ciel, semblables à des requins de papier à l'affût d'une proie. Moins d'une heure plus tard, leur nombre avait doublé. Rouges, bleus, jaunes, ils glissaient et tournoyaient au-dessus de nos têtes. Une brise fraîche soufflait doucement dans mes cheveux. Elle était parfaite pour l'occasion, juste assez forte pour donner un peu d'impulsion et une bonne amplitude aux mouvements. À côté de moi, Hassan tenait toujours la bobine, les mains déjà en sang.

Bientôt, les combats débutèrent et le premier des cerfs-volants vaincu échappa à son propriétaire. Les uns après les autres, ils tombèrent telles des étoiles filantes, avec leurs queues étincelantes et ondulantes, et inondèrent les quartiers de trophées à récolter. Les clameurs des coureurs retentirent tandis qu'ils s'élançaient dans les rues. Quelqu'un cria qu'une bagarre avait éclaté un peu plus loin.

Je ne cessais de jeter des coups d'œil vers Baba et Rahim khan en me demandant à quoi songeait mon père. M'encourageait-il ? Ou bien une partie de lui se réjouissait-elle à l'idée de me voir échouer ? C'était toujours pareil avec les cerfs-volants. Vos pensées dérivaient en même temps qu'eux.

Il en pleuvait de partout à présent, mais le mien volait encore. *Je* volais encore. Mes yeux se posaient régulièrement sur Baba, bien au chaud dans son manteau de laine. Était-il surpris que je résiste ? *Si tu ne te concentres pas sur ce qui se passe là-haut, tu ne feras pas long feu.* Je braquai aussitôt mon regard vers le ciel. Un cerf-volant rouge s'approchait du mien – je l'avais repéré juste à temps. Nous nous affrontâmes quelques instants et je finis par l'emporter lorsque, impatient, il tenta de m'avoir par-dessous.

Le long des rues, des coureurs s'en retournaient triomphalement, serrant leur butin qu'ils montraient avec fierté à leurs parents et à leurs amis. Tous savaient cependant que le meilleur restait à venir. Le prix le plus prestigieux dansait toujours dans les airs. Je décapitai un cerf-volant jaune vif doté d'une queue blanche en spirale. Il m'en coûta une nouvelle entaille sur l'index, qui se mit à saigner jusqu'au creux de ma paume. Je confiai la ligne à Hassan, le temps de sucer la blessure, puis essuyai mon doigt sur mon jean.

Au cours de l'heure suivante, le nombre des concurrents passa de cinquante à douze. J'étais l'un d'eux. J'avais réussi à figurer parmi les douze derniers. Je m'attendais toutefois que cette partie du tournoi dure un long moment, car les garçons qui avaient tenu bon jusque-là se défendaient bien. Ils ne se laisseraient pas piéger par une ruse aussi simple que la montée-plongée, la préférée d'Hassan.

À trois heures de l'après-midi, des nuages s'étaient formés, masquant le soleil. Les ombres commençaient à s'allonger. Sur les toits, les spectateurs s'emmitouflaient dans leurs écharpes et leurs épais manteaux. Nous n'étions plus que six et j'étais toujours en lice. J'avais les jambes et le cou endoloris, mais chaque adversaire battu m'emplissait un peu plus d'espoir, comme la neige qui s'amoncelle flocon par flocon sur un mur.

Je surveillais sans relâche un cerf-volant bleu responsable à lui seul d'une véritable hécatombe durant l'heure précédente.

— Il a tranché combien de lignes ? demandai-je à Hassan.

— J'en ai compté onze.

— Tu sais à qui il appartient ?

Il fit claquer sa langue et plissa le menton, en signe d'ignorance. Le concurrent bleu régla son compte à un gros cerf-volant violet et balaya deux fois l'air en effectuant de grandes boucles. Dix minutes plus tard, il en avait éliminé deux autres, envoyant ainsi des hordes de coureurs à leur poursuite.

Au bout d'une demi-heure, seuls quatre concurrents bataillaient encore. Dont moi. Tout faux pas semblait devoir m'être épargné, comme si chaque bourrasque soufflait en ma faveur. Jamais je ne m'étais senti si sûr de maîtriser la situation, si chanceux. C'en était enivrant. Je n'osais perdre le ciel de vue une seule seconde pour glisser un regard vers Baba. Il fallait que je me concentre, que je joue en finesse. Un quart d'heure s'écoula et ce qui m'avait paru un rêve ridicule ce matin-là se réalisa : il n'y eut plus que moi et l'autre. Le cerf-volant bleu.

L'atmosphère était aussi tendue que le fil hérissé de verre que je manœuvrais de mes mains ensanglantées. Les gens tapaient du pied, applaudissaient, sifflaient et

scandaient : *Boboresh ! Boboresh !* « Coupe-le !
Coupe-le ! » Baba se joignait-il à eux ? La musique
rendait le vacarme assourdissant. L'odeur du *mantu*
cuit à la vapeur et des *pakoras* frits s'échappait des
toits et des portes ouvertes.

Seulement je n'écoutais rien d'autre – je me forçais
à n'écouter rien d'autre – que le sang cognant dans
ma tête. Je ne voyais rien d'autre que ce cerf-volant
bleu. Je ne humais rien d'autre que la victoire. Le
salut. La rédemption. Si Baba avait tort et que Dieu
existait vraiment, ainsi qu'on me l'affirmait à l'école,
alors Il m'accorderait la victoire. J'ignorais ce qui
motivait mon rival, peut-être le simple désir de
pouvoir ensuite fanfaronner, mais moi, je tenais là
mon unique chance de devenir quelqu'un à qui l'on
prêtait vraiment attention, quelqu'un que l'on ne
regardait plus comme s'il était transparent. Pour peu
qu'il y eût un Dieu, Il guiderait les vents et les ferait
souffler de telle sorte qu'en tirant simplement sur mon
fil je me libérerais de ma douleur, de ma soif de recon-
naissance. J'avais trop enduré, j'étais allé trop loin.
Et puis soudain, presque par enchantement, l'espoir
se transforma en certitude. J'allais gagner. Ce n'était
qu'une question de temps.

J'en eus confirmation plus tôt que prévu. Une rafale
souleva mon cerf-volant, me permettant de prendre
l'avantage. Je laissai filer la ligne. La stoppai. Me
plaçai au-dessus du cerf-volant bleu. Maintins ma
position. Mon adversaire, flairant le danger, tenta
désespérément de se sortir de ce pétrin. Je ne lâchai
pas prise. La foule sentit la fin toute proche et le chœur
des « Coupe-le ! Coupe-le ! » se mit à enfler,
semblable aux cris des Romains qui en appelaient à la
mise à mort des gladiateurs.

— Vous y êtes presque, Amir agha ! Presque !
haleta Hassan.

Et le grand moment arriva. Je fermai les yeux en libérant le fil, lequel m'entailla de nouveau les doigts à mesure que le vent l'emportait. Et puis… je n'eus pas besoin d'entendre le rugissement des spectateurs pour comprendre. Je n'eus pas non plus besoin de voir ce qui se passait. Hassan criait, un bras enroulé autour de mon cou.

— Bravo ! Bravo, Amir agha !

Je rouvris les yeux et aperçus le cerf-volant bleu qui tournoyait frénétiquement, tel un pneu détaché d'un bolide. Je clignai des paupières, essayai de dire quelque chose. Aucun son ne franchit mes lèvres. Soudain, je me retrouvai à flotter dans les airs et à me contempler de là-haut. Un blouson en cuir noir, une écharpe rouge, un jean délavé. Un garçon maigrelet au teint un peu jaunâtre, pas très large d'épaules et un tantinet petit pour ses douze ans, avec de légers cernes noirs sous ses yeux noisette. La brise agitait ses cheveux châtain clair. Il leva la tête vers moi et nous nous sourîmes.

Je hurlais à présent. Tout n'était que bruits, couleurs, joie de vivre. Je serrai Hassan avec mon bras libre et nous sautillâmes en riant et pleurant.

— Vous avez gagné, Amir agha ! Vous avez gagné !

— *Nous* avons gagné ! *Nous* avons gagné ! fut tout ce que je parvins à articuler.

Ce n'était pas possible. Dans un instant, j'allais m'éveiller et m'arracher à ce beau rêve, je sortirais de mon lit, descendrais à la cuisine et avalerais mon petit déjeuner sans personne d'autre qu'Hassan à qui parler. Je m'habillerais. J'attendrais Baba. Viendraient ensuite le renoncement, le retour au triste quotidien. Mais c'est alors que je remarquai mon père sur le toit de notre maison. Il s'était avancé tout au bord, les poings levés, et il braillait et applaudissait. Je connus là le plus beau moment de mes douze premières années. Voir Baba fier de moi, enfin.

Puis il s'efforça de me signifier autre chose, à grand renfort de gestes pressants. Je saisis.

— Hassan, on…

— Je sais, m'interrompit celui-ci en même temps qu'il s'écartait de moi. *Inch'Allah*, nous fêterons la victoire plus tard. Je vais d'abord courir vous chercher ce cerf-volant bleu.

Il lâcha la bobine et détala aussitôt, l'ourlet de son *chapan* vert traînant derrière lui dans la neige.

— Hassan ! lui criai-je. Reviens avec !

Déjà, il tournait au coin de la rue. Il s'arrêta cependant.

— Pour vous, un millier de fois ! me lança-t-il avec ses mains en porte-voix.

Il me décocha son sourire à la Hassan et disparut. Vingt-six années allaient s'écouler avant que je lui retrouve cet air joyeux et assuré, et ce serait sur un Polaroïd jauni.

J'entrepris de ramasser mon cerf-volant pendant que les gens se précipitaient vers moi pour me féliciter. J'échangeai des poignées de main avec eux, les remerciai. Les jeunes enfants me dévisageaient avec une lueur admirative dans le regard. J'étais un héros. On me donna des tapes dans le dos, on m'ébouriffa les cheveux. Je ramenai le fil à moi en rendant chaque sourire, mais mon esprit était tout entier accaparé par le cerf-volant bleu.

Après avoir récupéré le mien, j'enroulai la ligne qui gisait à mes pieds autour de la bobine, saluai encore quelques personnes et filai à la maison. Lorsque j'atteignis le portail, Ali attendait derrière.

— Félicitations, me dit-il.

Je lui remis mon cerf-volant, ainsi que la bobine, et lui serrai la main.

— *Tashakor*, Ali jan.

— J'ai tout le temps prié pour vous.

— Alors continue. Ce n'est pas terminé.

Je me hâtai de repartir. Je n'avais pas demandé à Ali où se trouvait mon père, préférant ne pas le rejoindre immédiatement. J'avais tout planifié : j'effectuerais une entrée triomphale, en héros, avec le trophée dans mes mains rouges de sang. Les têtes se tourneraient, les témoins observeraient la scène, hypnotisés. Le face-à-face de Rostam et Sohrab. S'ensuivrait un moment de silence d'une intensité dramatique. Puis le vieux guerrier s'avancerait vers son fils et l'embrasserait, reconnaissant ainsi sa valeur. L'honneur restauré. Le salut. La rédemption. Et après ? Ma foi… tout serait pour le mieux dans le meilleur des mondes, évidemment. Comment pourrait-il en être autrement ?

Les rues de Wazir-Akbar-Khan étaient numérotées et perpendiculaires les unes aux autres, à la manière d'une grille. Le quartier, récent, se développait encore et comportait un peu partout des terrains vides et des maisons en cours de construction à côté de vastes propriétés ceinturées par de hauts murs. Je longeai chaque rue en courant, à la recherche d'Hassan. Autour de moi, les gens s'employaient à replier leurs transats, à ranger nourriture et vaisselle après cette longue journée de détente. Certains, toujours assis sur leurs toits, me complimentèrent au passage.

À quelques centaines de mètres au sud de chez moi, je rencontrai Omar, le fils d'un ingénieur ami de mon père, qui jouait au foot avec son frère sur la pelouse de leur maison. Omar était un garçon sympa. Nous avions été dans la même classe au cours moyen et il m'avait offert un jour un stylo-plume, de ceux qui fonctionnent avec des cartouches.

— J'ai entendu dire que tu avais gagné, Amir. Félicitations ! me lança-t-il.

— Merci. Tu as vu Hassan ?

— Ton Hazara ?

J'acquiesçai d'un signe de tête, tandis qu'il effectuait une passe à son frère.

— À ce qu'il paraît, il n'a pas son pareil pour courir après les cerfs-volants ? ajouta-t-il après avoir récupéré le ballon et commencé à le faire rebondir sur un pied. Je me suis souvent demandé comment il se débrouillait. Je veux dire, avec ses tout petits yeux, comment arrive-t-il à distinguer quoi que ce soit ?

Son frère eut un bref éclat de rire et lui réclama la balle. Omar l'ignora.

— Tu l'as vu ? répétai-je.

Du pouce, il m'indiqua la direction du sud-ouest par-dessus son épaule.

— Il se dirigeait vers le bazar tout à l'heure.

— Merci, jetai-je avant de me sauver.

Le temps que j'atteigne la place du marché, le soleil avait presque disparu derrière les montagnes et le crépuscule colorait le ciel de rose et de pourpre. Un peu plus loin, à la mosquée Haji-Yaghoub, un mollah entama l'*azan*, le chant qui invitait les fidèles à dérouler leurs tapis et à incliner le front vers l'ouest pour prier. Hassan ne manquait jamais aucune des cinq prières quotidiennes. Même lorsque nous nous amusions ensemble, il s'excusait, tirait de l'eau du puits dans le jardin, se lavait, puis s'éclipsait dans sa cabane. Il en ressortait quelques minutes plus tard, tout sourire, et me trouvait assis contre le mur ou perché dans un arbre. Il allait déroger à ses habitudes à cause de moi ce soir-là.

Le bazar se vidait rapidement, les derniers clients finissaient d'ergoter sur le prix de leurs achats. Je pataugeais dans la boue entre des rangées d'échoppes si serrées qu'un faisan fraîchement abattu pouvait très bien côtoyer une calculatrice. La foule se dispersait peu à peu. Ne restaient plus que des mendiants boiteux vêtus de haillons, des vendeurs avec leurs tapis sur l'épaule, des marchands de tissus et des bouchers qui remballaient leurs affaires. Aucune trace d'Hassan.

Je m'arrêtai devant un étal de fruits et interrogeai un vieillard coiffé d'un turban bleu qui chargeait de gros cratères emplis de pignons et de raisins secs sur le dos de sa mule. L'homme interrompit son travail pour m'examiner longuement.

— Je l'ai peut-être aperçu, lâcha-t-il enfin.

— Où allait-il ?

Il continua à m'examiner de la tête aux pieds.

— Qu'est-ce qui peut bien pousser un garçon comme toi à chercher un Hazara à une heure pareille ?

Son regard s'attarda avec envie sur mon blouson de cuir et mon jean – qu'on appelait alors un pantalon de cow-boy. En Afghanistan, tout objet américain, surtout s'il n'était pas d'occasion, constituait un signe de richesse.

— J'ai besoin de lui, agha.

— Qu'est-il donc pour toi ?

Bien que l'intérêt de sa question m'échappât, je songeai que me montrer impatient ne l'inciterait pas à me renseigner plus vite.

— C'est le fils de notre domestique, lui expliquai-je.

Le vieillard haussa un sourcil.

— Ah oui ? Il a de la chance d'avoir un maître qui se soucie de lui, cet Hazara. Son père devrait s'agenouiller pour balayer le sol sous tes pas.

— Mais l'avez-vous vu oui ou non ?

Il s'appuya sur sa mule et tendit le doigt vers le sud.

— Ce doit être lui qui fonçait là-bas tout à l'heure. Il tenait un cerf-volant. Un cerf-volant bleu.

— C'est vrai ? m'écriai-je.

Pour vous, un millier de fois, avait-il promis. Ce cher Hassan. On pouvait toujours compter sur lui. Fidèle à sa promesse, il m'avait ramené le dernier cerf-volant.

— Évidemment, ils l'ont sûrement rattrapé, ajouta le vieux marchand, qui grogna en posant un carton sur le dos de son animal.

— Qui ?

— Les autres garçons. Ceux qui le pourchassaient. Ils étaient habillés comme toi. (Il jeta un œil au ciel et soupira.) File, maintenant. Tu vas me faire manquer le *namaz*.

Mais j'avais déjà détalé.

Durant les quelques minutes qui suivirent, je fouillai le bazar en vain. Peut-être les yeux du vieillard l'avaient-ils trahi. Pourtant, il avait bien mentionné le cerf-volant bleu. Dire qu'il allait bientôt être à moi… J'inspectai chaque allée, chaque échoppe. Toujours pas d'Hassan.

Je commençais à craindre de ne pas le retrouver avant la tombée de la nuit lorsque des éclats de voix retentirent plus loin devant moi. J'étais alors parvenu à un chemin de terre isolé qui formait un angle droit avec l'extrémité de la principale artère du bazar. Je l'empruntai en me dirigeant vers l'endroit d'où provenaient les cris. Mes bottes s'enfonçaient dans la boue à chaque pas, ma bouche laissait échapper des nuages blancs. L'étroit sentier longeait d'un côté un fossé empli de neige où coulait probablement un ruisseau au printemps. De l'autre se dressaient des cyprès enneigés qui agrémentaient ici et là des habitations en terre battue – de simples masures pour la plupart – séparées par d'étroites venelles.

De l'une d'elles s'élevèrent de nouveau les voix que j'avais entendues, plus fortes cette fois. Je m'avançai sans bruit. Retins mon souffle. Puis risquai un coup œil.

Je découvris Hassan figé dans une attitude de défi au fond d'une impasse, poings serrés, jambes légèrement écartées. Derrière lui, sur un tas d'ordures et de gravats, gisait le cerf-volant bleu. La clé qui m'ouvrirait le cœur de Baba.

Trois garçons lui bloquaient le passage, ceux-là mêmes que nous avions rencontrés sur la colline, le lendemain du coup d'État de Daoud khan, et contre lesquels il m'avait défendu avec son lance-pierre. Wali et Kamal s'étaient postés de part et d'autre d'Assef. Je me raidis, pris soudain de sueurs froides. L'air détendu, confiant, l'adolescent jouait avec son coup-de-poing américain. Ses deux acolytes se dandinaient nerveusement, dévisageant tantôt Assef, tantôt Hassan, comme s'ils avaient piégé un animal dangereux que seul leur chef était en mesure de dompter.

— Où est passé ton lance-pierre, Hazara ? ironisa ce dernier. Rappelle-moi ce que tu m'avais dit. « On vous surnommera Assef le Borgne. » C'est ça. Assef le Borgne. Très drôle. Oui, vraiment. Mais bon, c'est facile de faire de l'esprit quand on est armé.

Je m'aperçus que je retenais ma respiration depuis un moment. J'exhalai, lentement, doucement. Pétrifié, je les observai se rapprocher du garçon avec lequel j'avais grandi, le garçon dont le visage au bec-de-lièvre constituait mon premier souvenir.

— Tu as de la chance aujourd'hui, Hazara, enchaîna Assef, dont je devinai le sourire même s'il me tournait le dos. Je suis d'humeur à pardonner. Qu'en pensez-vous, les gars ?

— Quelle générosité, commenta Kamal. Surtout après la manière dont il nous a traités la dernière fois.

Malgré ses efforts pour s'exprimer avec autant d'assurance qu'Assef, un tremblement perçait dans sa voix. Je compris alors : Hassan ne l'effrayait pas. Pas réellement. Il avait peur parce qu'il n'avait aucune idée de ce que mijotait Assef.

Celui-ci l'ignora.

— *Bakhshida*. Je passe l'éponge. C'est oublié. (Il poursuivit alors un ton plus bas.) Bien sûr, rien n'est gratuit, et mon indulgence suppose un petit quelque chose en contrepartie.

— Normal, approuva Kamal.

— Rien n'est gratuit, répéta Wali.

— Tu as de la veine, Hazara, reprit Assef en s'avançant vers lui. Aujourd'hui, il ne t'en coûtera que ce cerf-volant. Mon offre est équitable, vous ne trouvez pas, les gars ?

— Plus qu'équitable, renchérit Kamal.

Même de là où j'étais, je vis la panique se profiler dans le regard d'Hassan.

— Amir agha a remporté le tournoi et j'ai couru pour lui. Ce cerf-volant, je l'ai gagné à la loyale. Il lui revient.

— Un Hazara fidèle à son maître, se moqua Assef. On croirait un brave toutou.

Kamal éclata d'un rire aigu et nerveux.

— Mais avant que tu te sacrifies, réfléchis deux secondes : ferait-il la même chose pour toi ? Tu t'es déjà demandé pourquoi il te tenait systématiquement à l'écart quand il avait des invités ? Pourquoi il ne jouait avec toi que lorsque personne d'autre n'était là ? Je vais te le dire, Hazara : parce que tu n'es qu'un animal domestique hideux à ses yeux. Un jouet avec lequel il peut s'amuser quand il s'ennuie et sur lequel il peut taper quand il est en colère. Ne va pas t'imaginer que tu représentes davantage.

— Amir agha et moi sommes amis, lui opposa Hassan, les joues en feu.

— Amis ? Pauvre idiot ! Tu finiras par comprendre un jour quel ami c'est. Maintenant, *bas* ! ça suffit. Donne-nous ce cerf-volant.

Hassan se baissa et ramassa un caillou.

Assef tressaillit. Il recula d'un pas, puis s'immobilisa.

— C'est ta dernière chance, Hazara.

Pour toute réponse, Hassan leva le bras.

— À ta guise.

À ces mots, Assef déboutonna son manteau. Il l'ôta, le plia avec une lenteur délibérée et le déposa au pied du mur.

J'ouvris la bouche. Il s'en fallut de peu que j'intervienne. De peu. Ma vie eût peut-être été différente si je l'avais fait. Mais je restai silencieux. Je me contentai de regarder. Paralysé.

Sur un signe de leur chef, Wali et Kamal s'écartèrent pour former un demi-cercle qui emprisonnait Hassan.

— J'ai changé d'avis, le prévint Assef. Je te laisse le cerf-volant. Je te le laisse pour que tu n'oublies jamais ce que je vais t'infliger.

Puis il chargea. Hassan lança son caillou de toutes ses forces. Atteint en pleine tête, Assef hurla en se jetant sur lui et en le renversant à terre. Wali et Kamal suivirent.

Je me mordis le poing. Fermai les yeux.

Un souvenir.

Vous a-t-on déjà raconté qu'Hassan et vous aviez eu la même nourrice ? Vous l'a-t-on déjà raconté, Amir agha ? Elle s'appelait Sakina. C'était une Hazara aux yeux bleus venue de Bamiyan. Elle vous fredonnait de vieux chants nuptiaux. Il paraît que les enfants nourris au même sein deviennent pour ainsi dire frères. Le saviez-vous ?

Autre souvenir.

« Une roupie chacun, les enfants. Juste une roupie et je lèverai pour vous le voile de la vérité », nous propose un vieillard assis contre un mur de pisé. Ses yeux aveugles ressemblent à des billes d'argent fondu encastrées au milieu de deux trous profonds. Courbé sur sa canne, il promène une main noueuse sur la peau distendue de ses joues. Puis il insiste : « Une roupie chacun, ce n'est pas cher payé pour la vérité, non ? » Hassan accepte, et moi aussi. Nous lui donnons chacun une pièce. « Au nom d'Allah le bienfaisant, le miséricordieux », murmure le vieux diseur de bonne aventure. Il commence par Hassan et caresse l'intérieur de sa paume avec son ongle dur comme de la corne, avant de dessiner des cercles sur sa peau, encore et encore. Après, il passe à son visage. Ses doigts calleux font entendre un petit grattement sec tandis qu'ils suivent lentement le contour de ses joues, de ses oreilles. Ils effleurent ses yeux. S'arrêtent. S'attardent. Ses traits s'assombrissent. Hassan et moi échangeons un regard. Le vieillard lui rend alors sa roupie et se tourne vers moi. « À ton tour, mon jeune ami. » Derrière le mur, un coq se met à chanter. L'homme avance le bras vers moi, mais je me recule.

Un rêve.

Je suis égaré au beau milieu d'une tempête de neige. Le vent hurle, précipite des rafales de flocons piquants qui m'aveuglent. Je trébuche sur un manteau blanc mouvant. J'appelle à l'aide – en vain, car mes cris se noient dans la tourmente. Je tombe et reste allongé par terre, à bout de souffle, perdu dans cette blancheur. Les empreintes de mes pas s'effacent peu à peu. Je suis un fantôme maintenant, un fantôme qui ne laisse aucune trace derrière lui. J'appelle de nouveau au secours, sans illusion. Mais cette fois, je perçois

une réponse étouffée. Tout en me protégeant les yeux,
je réussis à m'asseoir et distingue un mouvement
coloré derrière le rideau de neige. Une forme fami-
lière se matérialise. Une main se tend vers moi,
lacérée de profondes entailles parallèles d'où le sang
s'écoule, maculant le sol. Je l'attrape, et soudain tout
s'apaise. Autour de nous s'étale désormais un champ
verdoyant au-dessus duquel filent de petits nuages. Le
ciel est rempli de cerfs-volants verts, jaunes, rouges,
orange, qui brillent dans la lumière de l'après-midi.

Des monceaux de détritus jonchaient le passage
– pneus de bicyclette usés, bouteilles aux étiquettes
décollées, magazines déchirés, journaux jaunis, le tout
éparpillé sur une pile de briques et de dalles de ciment.
Un poêle en fonte rouillé et percé d'un trou béant sur
le côté était incliné contre un mur. Mais deux éléments
parmi ces rebuts accaparaient toute mon attention :
l'un était le cerf-volant bleu ; l'autre, le pantalon en
velours côtelé d'Hassan, jeté sur le tas de gravats.

— Je ne suis pas sûr, geignait Wali. D'après mon
père, c'est un péché.

Il semblait hésitant, excité et effrayé tout à la fois.
Kamal et lui avaient plaqué Hassan à terre, sur le
ventre, et lui maintenaient les deux bras pliés en
arrière. Assef lui écrasait la nuque avec le talon de sa
botte.

— Ton père n'en saura rien, rétorqua-t-il. Et ce
n'est pas pécher que de donner une leçon à un âne
irrespectueux.

— Je ne suis pas sûr, répéta Wali.

— Très bien. Et toi, Kamal ?

— Je… euh…

— Ce n'est qu'un Hazara, s'impatienta Assef.

Kamal détourna cependant la tête.

— Bande de mauviettes. Bon, je ne vous demande que de l'empêcher de bouger alors. Vous en êtes capables ?

Ils acquiescèrent, l'air soulagé.

Assef s'agenouilla derrière Hassan et, l'agrippant par les hanches, tira à lui ses fesses nues. Une main toujours appuyée sur le dos de sa victime, il défit sa ceinture. Baissa sa braguette. Puis son slip. Hassan ne lutta pas. Pas plus qu'il ne gémit. Il tourna juste légèrement la tête, si bien que j'entrevis un bref instant son visage. J'y lus la résignation. Cette expression, je l'avais déjà vue par le passé. Dans le regard de l'agneau sur le point de mourir.

C'est demain le dixième jour de Dhul-Hijjah, le dernier mois du calendrier islamique. Cette date marque le début de l'Eid Al-Adha, ou Eid-e-Qorban, comme le nomment les Afghans, c'est-à-dire la fête célébrant le sacrifice par le prophète Ibrahim de son propre fils. Comme d'habitude, Baba a choisi lui-même le mouton, un tout blanc avec des oreilles noires recourbées.

Nous nous trouvons dans le jardin, Hassan, Ali, Baba et moi. Le mollah récite la prière en se caressant la barbe. « Finissons-en », marmonne Baba. Ces formules interminables paraissent l'ennuyer, de même que le rituel qui consiste à rendre la viande halal. Il se moque de l'histoire à l'origine de l'Eid. Il se moque de tous les aspects de la religion, d'ailleurs. Cependant, il perpétue la tradition de l'Eid-e-Qorban, qui veut que l'on divise la viande en trois parts égales, l'une pour la famille, la deuxième pour les amis et la dernière pour les pauvres. Chaque année, il offre tout à ces derniers. « Les riches sont déjà assez gras comme ça », affirme-t-il.

Le mollah termine sa prière. Ameen. Il s'empare d'un long couteau de cuisine que, selon la coutume, il convient de cacher à la vue de l'animal. Ali donne un sucre à celui-ci – encore une règle à respecter, le but étant que la mort lui soit plus douce. La bête se débat un peu. Le mollah place une main sous sa mâchoire, appuie le couteau sur sa gorge. Juste avant qu'il la lui tranche d'un geste expert, j'aperçois les yeux du mouton. Ils hanteront mes rêves durant des semaines. J'ignore pour quelle raison j'assiste chaque fois à ce sacrifice, car mes cauchemars persistent longtemps après que les taches de sang sur l'herbe se sont estompées. Le fait est pourtant que j'y assiste. Le regard résigné de cet animal me fascine. C'est absurde, mais je m'imagine qu'il comprend. Qu'il saisit le noble dessein de cette mise à mort. Il a le même...

Je cessai de fixer la scène et reculai. Quelque chose de chaud coulait le long de mon poignet. Je m'aperçus alors que je m'étais mordu le poing jusqu'au sang. Et aussi que je pleurais. À deux pas de moi, derrière l'angle du mur, s'élevaient les grognements saccadés d'Assef.

Il me restait une dernière chance. Une dernière occasion pour décider de qui j'allais devenir. Je pouvais m'avancer dans cette allée, défendre Hassan – de la même façon qu'il m'avait secouru à bien des reprises – et en accepter toutes les conséquences. Ou je pouvais m'enfuir.

Au bout du compte, j'optai pour la seconde solution.

Je m'enfuis parce que j'étais lâche. J'avais peur d'Assef et de ce qu'il me ferait. J'avais peur d'être blessé. Voilà ce dont je me persuadai tandis que je tournais le dos à cet endroit et à Hassan. Voilà ce que je me forçai à croire. J'*aspirais* à la lâcheté parce que l'autre raison, la vraie, qui me poussait à me sauver était qu'Assef avait raison : on n'a jamais rien sans rien en ce bas monde. Et peut-être Hassan était-il le prix à payer, l'agneau à sacrifier, pour gagner l'amour de mon père. M'en coûtait-il trop ? La réponse surgit dans mon esprit avant que j'aie le temps de l'étouffer. Il n'était qu'un Hazara, n'est-ce pas ?

Je courus jusqu'au bazar presque désert. Titubant, je m'appuyai contre les portes cadenassées d'une échoppe et demeurai là, essoufflé, en sueur, souhaitant que les choses se soient déroulées différemment.

Environ un quart d'heure plus tard, des voix se firent entendre. Caché par mon étal, je vis Assef et les deux autres passer devant moi et longer la ruelle vide au pas de course, hilares. Je m'obligeai à patienter dix minutes de plus. Après quoi, je m'engageai de nouveau sur le sentier défoncé, plissant les yeux dans la pénombre de cette fin de journée, jusqu'à ce que je repère Hassan s'avançant lentement vers moi. Nous nous rejoignîmes devant un bouleau, près du fossé.

Je ne notai d'abord qu'une chose : il avait le cerf-volant. Et je mentirais aujourd'hui si je prétendais n'avoir pas vérifié du regard qu'il était intact. Le *chapan* d'Hassan était maculé de boue sur le devant et sa chemise déchirée juste sous le col. Il s'arrêta. Vacilla sur ses jambes, à deux doigts semblait-il de s'effondrer. Il se reprit toutefois et me tendit le cerf-volant.

— Où étais-tu ? lui demandai-je, en butant sur ces mots comme sur autant de cailloux. Je t'ai cherché partout.

Hassan essuya son visage baigné de morve et de larmes avec sa manche. J'attendis une réaction de sa part, mais nous restâmes tous deux immobiles et silencieux dans la lumière déclinante du soir. Par chance,

les ombres qui tombaient sur son visage dissimulaient aussi le mien. J'étais heureux de ne pas avoir à
affronter son regard. M'avait-il vu lui aussi ? Et dans
ce cas, que lirais-je dans ses yeux si d'aventure je les
fixais ? Le reproche ? L'indignation ? Ou, pis encore,
ce que je redoutais par-dessus tout : une candide dévotion ? Rien ne m'aurait été plus insupportable.

La voix d'Hassan se brisa lorsqu'il tenta enfin de
parler. Il ferma la bouche, parut de nouveau sur le
point de dire quelque chose, puis se ravisa. Recula
d'un pas. S'essuya une nouvelle fois la figure. Lui et
moi ne fûmes jamais plus près d'aborder ce qui s'était
produit dans l'impasse qu'à cet instant-là. Je crus qu'il
allait éclater en sanglots, mais à mon grand soulagement il se maîtrisa et je feignis de ne pas avoir
remarqué la fêlure dans sa voix. Ni la tache sombre
à l'arrière de son pantalon. Ni les gouttelettes qui
coulaient de son entrejambe et maculaient la neige.

— Agha sahib va s'inquiéter, me dit-il, avant de
s'écarter de moi et de s'éloigner en boitant.

La suite fut conforme à ce que j'avais imaginé.
J'entrai dans le bureau enfumé où Baba et Rahim khan
buvaient du thé en écoutant les nouvelles à la radio.
Un sourire se dessina sur les lèvres de mon père, qui
m'ouvrit en grand ses bras. J'allai m'y réfugier après
avoir posé le cerf-volant et, blotti contre son torse,
donnai libre cours à mes larmes. Baba me serra fort en
me berçant doucement. Dans ses bras, j'oubliai tout le
reste. Et ce fut bon.

8

Durant une semaine, je vis très peu Hassan. Le matin, je trouvais mon pain grillé, mon thé infusé et un œuf à la coque sur la table de la cuisine. Mes vêtements pour la journée, apprêtés et pliés, m'attendaient sur le fauteuil en rotin, dans l'entrée, là où Hassan avait l'habitude de les repasser. En temps normal, il ne s'attelait à cette tâche que lorsque j'avais pris place à table, ce qui nous permettait de bavarder. Et puis il chantait, couvrant ainsi le sifflement du fer avec de vieilles chansons hazaras qui parlaient de champs de tulipes. À présent, je n'étais plus accueilli que par mes habits. Et par un petit déjeuner que je finissais rarement.

Un matin couvert, alors que je poussais mon œuf de-ci de-là dans mon assiette, Ali entra avec du bois fendu. Je lui demandai où était Hassan.

— Il est retourné se coucher, m'expliqua-t-il en s'agenouillant devant le poêle, dont il ouvrit la petite porte carrée.

Hassan pourrait-il jouer avec moi ce jour-là ?

Ali s'immobilisa, une bûche à la main, la mine soucieuse.

— Depuis quelques jours, il ne pense qu'à dormir. Il fait son travail – j'y veille bien –, mais après, il n'a qu'une envie, c'est se glisser sous sa couverture. Puis-je vous poser une question ?

— S'il le faut vraiment.

— Après le tournoi, il est rentré à la maison la chemise déchirée et le pantalon taché de sang. Je l'ai interrogé, mais il m'a juste répondu que ce n'était rien, qu'il s'était un peu bagarré avec des enfants au sujet du cerf-volant.

Je ne soufflai mot. Je continuai juste à jouer avec mon œuf.

— Lui est-il arrivé quelque chose, Amir agha ? Quelque chose qu'il préfère me taire ?

— Comment veux-tu que je le sache ?

— Vous me le diriez, n'est-ce pas ? *Inch'Allah*, vous me le diriez si on lui avait fait du mal ?

— Je te le répète, comment veux-tu que je le sache ? Il est peut-être malade. Les gens tombent tout le temps malades, Ali. Maintenant, tu comptes allumer ce poêle aujourd'hui oui ou non ? Je vais finir frigorifié à ce rythme-là.

Ce soir-là, je suggérai à mon père une sortie à Djalalabad le vendredi suivant. Assis sur le fauteuil en cuir pivotant de son bureau, il s'arracha à la lecture d'un journal iranien et le reposa avant d'ôter ses lunettes que je détestais tant – il n'était pas vieux, loin de là, et il avait encore bien des années à vivre, alors pourquoi chaussait-il ces stupides lunettes pour lire ?

— Bonne idée, approuva-t-il.

Depuis peu, il cédait à tous mes caprices. L'avant-veille, c'était même lui qui avait suggéré qu'on aille ensemble au cinéma Ariana voir *Le Cid*, avec Charlton Heston.

— Propose à Hassan de nous accompagner, si tu veux, ajouta-t-il.

Pourquoi fallait-il qu'il gâche tout ?

— Il est *mareez*, objectai-je. Il ne se sent pas bien.

— Ah oui ? s'étonna Baba. Qu'est-ce qui ne va pas ?

Je haussai les épaules et m'affalai sur le canapé près de la cheminée.

— Un rhume, ou un truc du genre. Ali dit qu'il se repose.

— Je n'ai pas aperçu Hassan très souvent ces derniers jours. Ce n'est qu'un rhume, tu es sûr ?

J'exécrai malgré moi la vue de son front plissé d'inquiétude.

— Oui. On va à Djalalabad, alors ?

— D'accord, acquiesça-t-il. Dommage qu'Hassan ne puisse pas venir. Tu te serais plus amusé s'il avait été là.

— On s'amusera aussi bien tous les deux.

Baba sourit et m'adressa un clin d'œil.

— Habille-toi bien, me conseilla-t-il.

Nous étions censés ne partir que tous les deux – c'était ainsi que je l'envisageais –, mais le mercredi soir Baba avait réussi à nous adjoindre deux douzaines de personnes. Alors qu'il discutait au téléphone avec son cousin Homayoun – son cousin au second degré, en réalité –, il avait mentionné notre projet d'excursion. Homayoun, qui avait fait des études d'ingénieur en France et possédait une maison à Djalalabad, s'était exclamé qu'il aimerait beaucoup nous y recevoir, ainsi que ses enfants, ses deux femmes et, pendant qu'on y était, sa cousine Shafiqa et sa famille, qui étaient venues d'Herat pour lui rendre visite et aimeraient peut-être nous accompagner ; et puisque Shafiqa résidait chez son cousin Nader à Kaboul, il faudrait aussi convier la famille de celui-ci, même si un petit différend opposait Homayoun et Nader ; et si Nader était de la partie, alors on ne pouvait écarter son frère Faruq, sinon il se vexerait et risquerait de ne pas les inviter au mariage de sa fille le mois suivant et…

Nous remplîmes trois camionnettes. Je voyageai avec Baba, Rahim khan et kaka Homayoun – Baba m'avait appris très jeune à appeler tous les adultes kaka, c'est-à-dire oncle, ou khala, tante. Les deux épouses de kaka Homayoun étaient également montées avec nous – la plus âgée, très pincée, avait des verrues sur les mains, tandis que l'autre sentait toujours bon le parfum et dansait les yeux fermés –, ainsi que ses jumelles. Coincé sur le siège arrière entre les deux petites de sept ans qui ne cessaient de s'appuyer sur mes genoux pour se taper dessus, j'avais la nausée et le tournis. Nous suivîmes durant deux heures des routes de montagne sinueuses surplombant de tels à-pics que mon estomac se soulevait à chaque virage en épingle. Tout le monde parlait dans la camionnette, fort et en même temps qui plus est, ce qui est typique des Afghans. Je demandai à l'une des fillettes – Fazila ou Karima, je ne parvenais jamais à les distinguer – de me céder sa place près de la vitre car j'avais besoin de respirer un peu d'air frais. Elle me tira la langue. Très bien, la prévins-je, mais elle n'aurait qu'à s'en prendre à elle-même si je vomissais sur sa robe neuve. Une minute plus tard, j'étais penché à la fenêtre. Je regardai la route défoncée monter, descendre, s'enrouler autour de la montagne, et comptai les camions multicolores qui nous croisaient, emplis d'hommes accroupis. Je fermai ensuite les yeux, laissant le vent fouetter mes joues, et ouvris la bouche pour aspirer une bouffée d'air pur. Peine perdue, je ne me sentais toujours pas mieux. Quelqu'un m'enfonça un doigt dans les côtes. C'était Fazila/Karima.

— Oui ?

— Je racontais comment s'était passé le tournoi, me lança Baba au volant.

Installés sur la rangée de sièges du milieu, kaka Homayoun et ses femmes me sourirent.

— Il devait y avoir, quoi, une centaine de cerfs-volants ce jour-là, ajouta mon père. N'est-ce pas, Amir ?

— Je crois, marmonnai-je.

— Une centaine, Homayoun jan. Je n'exagère pas. Et le seul qui volait encore à la fin de la journée était le sien. Il a rapporté celui de son dernier adversaire à la maison. Un beau cerf-volant tout bleu. Hassan et lui ont disputé la course ensemble.

— Félicitations, déclara kaka Homayoun.

Sa première femme, celle avec les verrues, tapa dans ses mains.

— Bravo, Amir jan, nous sommes si fiers de toi ! s'exclama-t-elle.

La seconde épouse se joignit à elle et tous se mirent à applaudir, à m'abreuver de louanges, à me répéter combien je leur avais fait honneur. Seul Rahim khan, silencieux, me fixait d'un air bizarre.

— S'il te plaît, arrête-toi, Baba, suppliai-je.

— Quoi ?

— Envie de vomir, grommelai-je en m'inclinant sur mon siège, tout contre les filles de kaka Homayoun.

Fazila/Karima grimaça.

— Arrête-toi, kaka ! Il est tout jaune ! Je ne veux pas qu'il vomisse sur ma nouvelle robe ! glapit-elle.

Baba freina, mais trop tard. Je me retrouvai peu après assis sur un rocher au bord de la route pendant qu'ils aéraient la camionnette. Mon père fumait en compagnie de kaka Homayoun, lequel exhortait sa fille à ne plus pleurer et lui promettait de lui acheter une nouvelle robe à Djalalabad. Je fermai les yeux et tournai mon visage face au soleil. De petites silhouettes apparurent derrière mes paupières, telles des ombres chinoises sur un mur. Elles se tordirent, se mêlèrent, puis se fondirent en une seule image : celle du pantalon de velours marron d'Hassan, jeté sur un tas de vieilles briques dans une impasse.

La maison blanche de kaka Homayoun à Djalalabad comportait un balcon d'où l'on dominait un grand jardin muré, planté de pommiers et de plaqueminiers. S'y ajoutaient des haies que le jardinier taillait en forme d'animaux en été, ainsi qu'une piscine aux carreaux émeraude. Je m'assis au bord, les pieds ballants au-dessus de la couche de neige fondue qui recouvrait le fond du bassin. Les enfants de kaka Homayoun jouaient à cache-cache un peu plus loin, tandis que les femmes cuisinaient. Déjà, je humais l'odeur des oignons frits, j'entendais le pschitt-pschitt d'un autocuiseur, de la musique, des rires. Baba, Rahim khan, kaka Nader et kaka Homayoun fumaient sur le balcon. Le cousin de Baba expliquait qu'il avait apporté son projecteur pour leur montrer ses diapositives de la France. Bien que rentré de Paris depuis dix ans déjà, il continuait à nous imposer ces stupides clichés.

Je n'aurais pas dû éprouver un tel malaise. Baba et moi étions enfin devenus amis. Au cours d'une visite au zoo quelques jours plus tôt, nous avions tous deux admiré Marjan le lion, et j'avais profité d'un moment où personne ne me regardait pour lancer une pierre à un ours. Nous étions ensuite allés au Dad-khoda Kebab, en face du cinéma Park, où nous avions mangé du mouton avec du *naan* tout frais sorti du *tandoor*. Baba avait évoqué ses voyages en Inde, en Russie, et ses diverses rencontres, comme ce couple de culs-de-jatte manchots à Bombay qui, marié depuis quarante-sept ans, avait élevé onze enfants. Passer une telle journée avec lui, à l'écouter raconter ses histoires, aurait dû être une joie pour moi. J'en rêvais depuis tant d'années. Mais à présent que mon vœu était exaucé, je me sentais aussi vide que la piscine mal entretenue sous mes yeux.

Au coucher du soleil, les épouses et leurs filles apportèrent du riz, du *kofta* et du *qorma* au poulet. Nous dînâmes de manière traditionnelle, sur des coussins répartis autour de la salle, avec devant nous une nappe étalée à terre et des plats remplis chacun pour quatre ou cinq personnes, dans lesquels nous nous servions avec les doigts. Je n'avais pas faim, mais je m'installai tout de même avec Baba, kaka Faruq et les deux fils de kaka Homayoun. Mon père, qui avait bu quelques scotchs avant le repas, n'en finissait pas de vanter la manière dont j'avais battu tout le monde puis remporté le dernier cerf-volant lors du tournoi. Sa voix forte couvrait toutes les autres. Les gens levaient la tête de leur plat pour lancer des félicitations, kaka Faruq me donna une tape dans le dos avec sa main propre. J'avais envie de me planter un couteau dans l'œil.

Plus tard, bien après minuit, quand Baba et ses cousins eurent terminé leurs parties de poker, les hommes s'allongèrent sur des matelas disposés en rang dans la pièce où nous avions dîné, tandis que les femmes montaient à l'étage. Une heure s'écoula, et je n'arrivais toujours pas à dormir. Je ne cessais de me tourner en tous sens pendant que les autres grognaient, soupiraient et ronflaient dans leur sommeil. Je me redressai. Le clair de lune filtrait par la fenêtre.

— J'ai regardé Hassan se faire violer, déclarai-je.

Baba remua dans son sommeil. Kaka Homayoun grommela. Une partie de moi espérait que quelqu'un avait surpris mes paroles, afin de ne plus avoir à supporter le poids de ce secret. Mais tout le monde dormait et, dans le silence qui succéda à cet aveu, je compris la nature de ma malédiction : j'allais m'en tirer impunément.

Je songeai au rêve d'Hassan, celui où nous nagions tous les deux. *Il n'y a pas de monstre*, avait-il affirmé, *seulement de l'eau.* Il se trompait. Il existait bien un monstre, qui l'avait saisi par les chevilles pour l'entraîner vers les noires profondeurs du lac. Moi.

Ce fut cette nuit-là que je devins insomniaque.

Je ne parlai pas à Hassan avant le milieu de la semaine suivante. Ce jour-là, il faisait la vaisselle et je montais les escaliers afin de regagner ma chambre, laissant mon déjeuner presque intact, lorsqu'il me proposa de grimper sur la colline. Je tentai de me dérober en prétextant la fatigue. Lui aussi semblait épuisé – il avait maigri et des cernes gris étaient apparus sous ses yeux gonflés –, mais il insista, si bien que j'acceptai à contrecœur.

Nous gravîmes le coteau en pataugeant dans la neige boueuse sans que l'un de nous prononce un seul mot. Au moment de m'asseoir sous le grenadier, je compris mon erreur. Je n'aurais pas dû venir. Les mots gravés sur le tronc avec le couteau d'Ali, « Amir et Hassan, les sultans de Kaboul »... leur vue m'était trop pénible désormais.

Aussi, lorsque Hassan me pria de lui lire un passage du *Shahnameh*, lui répondis-je que j'avais changé d'avis. Que finalement, je préférais rentrer. Il détourna le regard avec indifférence et nous repartîmes comme nous étions venus : en silence. Pour la première fois de ma vie, j'eus hâte que le printemps revienne.

Mes souvenirs de la fin de cet hiver 1975 sont assez flous. Je me rappelle avoir été heureux les jours où Baba était à la maison. Nous mangions ensemble, allions au cinéma, rendions visite à kaka Homayoun ou kaka Faruq. Parfois, Rahim khan passait à la maison et Baba m'autorisait à m'asseoir dans son bureau et à partager un thé avec eux. Il me demanda même de lui lire certaines de mes histoires. Je croyais que ce bonheur durerait, et lui aussi à mon avis. Nous n'aurions pourtant pas dû être dupes. Durant les quelques mois qui suivirent le tournoi, chacun de nous se berça de douces illusions et se forgea une image de l'autre qu'il n'avait jamais eue et n'aurait jamais plus. Nous en étions arrivés à nous persuader qu'un jouet fait de papier de soie, de colle et de bambou pouvait combler le fossé entre nous.

Dès que mon père sortait – ce qui était fréquent –, je m'enfermais dans ma chambre. Je lisais un nouveau livre tous les deux ou trois jours, j'écrivais, j'apprenais à dessiner des chevaux. Le matin, quand Hassan s'affairait dans la cuisine, je prêtais l'oreille au cliquetis des couverts et au sifflement de la théière en attendant le moment où la porte se refermerait derrière lui. Alors seulement, je descendais avaler mon petit déjeuner. J'entourai la date de la rentrée des classes sur mon calendrier et commençai à compter les jours qui m'en séparaient.

À mon grand désarroi, Hassan s'efforçait continuellement de raviver notre complicité. Je me souviens de sa dernière tentative. J'étais plongé dans une traduction abrégée d'*Ivanhoé* lorsqu'il frappa à la porte de ma chambre.

— Qu'y a-t-il ?

— Je sors acheter du *naan*, m'annonça-t-il derrière le battant. Je me disais que… que vous auriez peut-être envie de venir avec moi.

— Je crois que je préfère rester ici pour lire, répliquai-je en me massant les tempes.

Depuis quelque temps, j'avais mal au crâne dès qu'il se trouvait à proximité.

— Il fait beau, observa-t-il.

— J'avais remarqué.

— Ce serait agréable d'aller marcher un peu.

— Vas-y, toi.

— J'aimerais que vous m'accompagniez, insista-t-il.

Il y eut un silence. Quelque chose heurta la porte, son front peut-être.

— Je ne sais pas ce que vous me reprochez, Amir agha. Expliquez-moi. Je ne comprends pas pourquoi on ne joue plus ensemble.

— Je ne te reproche rien, Hassan. Laisse-moi maintenant.

— S'il vous plaît. Je me corrigerai tout de suite.

J'enfouis ma tête entre mes genoux et la serrai comme dans un étau.

— Très bien, alors voilà ce que je veux que tu fasses, déclarai-je, les yeux fermés.

— Demandez-moi n'importe quoi.

— Je veux que tu arrêtes de me harceler ! Je veux que tu t'en ailles ! crachai-je.

Il eût mieux valu qu'il me rende la monnaie de ma pièce, qu'il enfonce la porte en m'insultant – les choses auraient été plus simples. Mais il n'en fit rien et lorsque je risquai un œil hors de ma chambre quelques instants plus tard, il était parti. Je retournai m'écrouler sur mon lit, cachai ma tête sous l'oreiller et pleurai.

Hassan bascula à la périphérie de ma vie après cet incident. Je veillais à ce que nos chemins se croisent le moins souvent possible et organisais chacune de mes journées en ce sens. L'oxygène semblait se raréfier dans une pièce sitôt qu'il y entrait. Oppressé, je peinais à respirer. Même quand il n'était pas là, sa présence s'imposait à moi. Elle se manifestait dans les habits lavés à la main et repassés qu'il plaçait sur le fauteuil en rotin, dans les pantoufles chaudes qu'il laissait derrière ma porte, dans le poêle déjà allumé à mon lever le matin. Partout autour de moi, je notais des signes de sa loyauté, de son indéfectible et satanée loyauté.

Au début du printemps, quelques jours avant la rentrée des classes, Baba et moi plantions des tulipes dans le jardin. Presque toute la neige avait fondu et des taches d'herbe verte apparaissaient déjà ici et là sur les montagnes du nord. C'était un matin frais et gris. Accroupi à côté de moi, Baba creusait des trous dans le sol pour y déposer les bulbes que je lui tendais. Il me racontait que la plupart des gens jugeaient préférable de les mettre en terre à l'automne, ce en quoi ils avaient tort, lorsque je l'interrompis :

— Baba, tu n'as jamais pensé à changer de domestiques ?

Il laissa tomber un bulbe et enfonça sa truelle dans la terre, avant d'ôter ses gants de jardinage. Je l'avais manifestement surpris.

— *Chi ?* Qu'est-ce que tu as dit ?

— Je me posais simplement la question.

— Pourquoi envisagerais-je une chose pareille ? m'interrogea-t-il avec brusquerie.

— Pour rien. C'était juste une idée, me défendis-je d'une voix qui n'était déjà plus qu'un murmure.

Je regrettai de ne pas m'être tu.

— Il y a un rapport avec Hassan ? J'ai bien vu que vous étiez fâchés tous les deux, mais quelle qu'en soit la raison, c'est à toi de régler le problème. Je refuse de m'en mêler.

— Je suis désolé, Baba.

Il renfila ses gants.

— J'ai grandi avec Ali, gronda-t-il. Mon père l'a adopté et aimé comme son fils. Il fait partie de la famille depuis quarante ans. Quarante ans, bon sang ! Et tu t'imagines que je pourrais le jeter dehors ? Je n'ai jamais levé la main sur toi, Amir, mais si jamais tu oses me redemander ça… (Il secoua la tête.) Tu me fais honte. Quant à Hassan… il n'ira nulle part, tu entends ?

Je baissai les yeux et ramassai une poignée de terre que je laissai s'écouler entre mes doigts.

— C'est bien compris ? fulmina-t-il.

— Oui, Baba.

— Hassan n'ira nulle part, répéta-t-il en attaquant furieusement un nouveau trou. Il reste ici, avec nous. C'est là qu'est sa place. Cette maison est la sienne et nous sommes sa famille. Ne t'avise plus d'insinuer le contraire !

— Oui, Baba. Je suis désolé.

Nous finîmes de planter les tulipes en silence.

Je fus soulagé de retourner à l'école la semaine suivante. Les élèves bavardaient par petits groupes ou déambulaient dans la cour avec leurs nouveaux cahiers et leurs crayons bien taillés en attendant le coup de sifflet des chefs de classe. Le collège Istiqlal était un vieux bâtiment d'un étage aux vitres brisées et aux sombres couloirs pavés, où la peinture jaune terne d'origine se devinait par endroits sur le plâtre effrité des murs. Baba me conduisit en voiture le long du chemin de terre menant à l'entrée. La plupart des garçons se rendant à l'école à pied, sa Mustang noire me valut encore une fois plus d'un regard envieux. J'aurais dû rayonner de fierté lorsqu'il me déposa – du moins aurait-ce été le cas avant l'hiver –, mais je n'éprouvai qu'une certaine gêne. Et un sentiment de vide aussi. Baba s'éloigna sans un au revoir.

J'esquivai la comparaison habituelle des cicatrices récoltées lors des combats de cerfs-volants pour prendre place dans le rang. Au signal, nous nous dirigeâmes vers nos salles de classe, deux par deux, en file indienne. Je m'assis au fond et, tandis que le professeur de farsi nous distribuait nos manuels, priai pour avoir beaucoup de devoirs cette année.

L'école me fournit un prétexte pour m'enfermer de longues heures dans ma chambre. Pendant un temps, elle me permit même d'oublier ce qui s'était produit cet hiver – ou plutôt ce que j'avais laissé se produire. Je me préoccupais de gravité et de masse, d'atomes et de cellules, de guerres anglo-afghanes, au lieu de penser à Hassan et à ce qu'il avait subi. Mais mon esprit me ramenait toujours à cette impasse. À son pantalon de velours jeté sur un tas de briques. Aux gouttes de sang rouge sombre, presque noires, qui souillaient la neige.

Par un après-midi indolent et brumeux, au début de l'été, j'invitai Hassan à m'accompagner au sommet de la colline afin de lui lire une histoire que je venais d'écrire. Il étendait des habits sur la corde à linge, dans le jardin, et je devinai son enthousiasme à la manière dont il se dépêcha de terminer.

Nous nous mîmes en route en échangeant de menus propos. Il me questionna sur mon école, sur ce que j'apprenais, et je lui parlai de mes professeurs, en particulier de celui de mathématiques, qui, impitoyable, punissait les élèves trop bavards en glissant une baguette métallique entre leurs doigts avant de serrer fort ces derniers. Hassan grimaça et me souhaita de ne jamais avoir à endurer ça. Je lui répondis que j'avais eu de la chance jusqu'à présent, tout en sachant que la chance n'avait rien à voir là-dedans. J'avais souvent discuté en classe moi aussi, mais parce que mon père était riche et connu de tous, ce traitement m'avait été épargné.

Nous nous assîmes contre le muret du cimetière, à l'ombre du grenadier. Encore un mois ou deux et la colline serait recouverte de mauvaises herbes roussies par le soleil. Pour l'heure, en raison des averses printanières qui, fait inhabituel, s'étaient prolongées tardivement, la verdure dominait, parsemée ici et là d'un fouillis de fleurs sauvages. Sous nos yeux s'étalaient les maisons blanches aux toits en terrasse de Wazir-Akbar-Khan, avec leurs jardins où les habits dansaient au vent comme des papillons.

Après que nous eûmes cueilli quelques grenades, je dépliai les feuilles sur lesquelles j'avais rédigé ma nouvelle et saisis la première. Mais je la reposai ensuite, me levai et ramassai par terre une grosse grenade talée.

— Comment réagirais-tu si je te l'envoyais en pleine figure ? le défiai-je en faisant sauter le fruit dans ma main.

Le sourire d'Hassan s'évanouit. Il me parut plus vieux que je ne l'avais jamais vu. Non, pas *plus* vieux, mais *vieux*. Était-ce possible ? Son visage bronzé s'était creusé de rides qui encadraient ses yeux et sa bouche. J'aurais tout aussi bien pu les graver moi-même avec un couteau.

— Comment réagirais-tu ? répétai-je.

Il pâlit. À côté de lui, la brise agitait les pages agrafées de l'histoire que j'avais promis de lui lire. Je lançai de toutes mes forces mon projectile, lequel l'atteignit en pleine poitrine et le macula de pulpe rouge. Hassan poussa un cri de surprise et de douleur.

— Frappe-moi ! lui ordonnai-je.

Son regard naviuga entre la tache sur son torse et moi.

— Lève-toi ! Frappe-moi !

Il se redressa enfin, mais resta immobile, l'air abasourdi, tel un homme entraîné au large par un courant marin alors que quelques instants plus tôt seulement il savourait une tranquille balade sur la plage.

Une nouvelle grenade le toucha cette fois à l'épaule. Le jus lui éclaboussa la figure.

— Frappe-moi ! criai-je. Frappe-moi, bon sang !

J'aurais voulu qu'il riposte. Qu'il m'inflige la correction à laquelle j'aspirais tant, pour qu'enfin je retrouve le sommeil. Peut-être les choses redeviendraient-elles alors comme avant entre nous. Il ne se défendit toutefois pas davantage lorsque je me mis à le mitrailler.

— Lâche ! l'insultai-je. Tu n'es qu'un lâche !

J'ignore combien de temps je m'acharnai ainsi sur lui. Je ne suis sûr que d'une chose : il était si barbouillé de rouge à la fin qu'on l'eût dit passé devant un peloton d'exécution. Je tombai à genoux, épuisé, haletant et frustré.

Ce fut le moment qu'il choisit pour ramasser un fruit. Il s'approcha de moi, l'ouvrit en deux et l'écrasa contre son front.

— Voilà, lâcha-t-il d'une voix rauque, tandis que le jus coulait tel du sang sur ses joues. Vous êtes satisfait ? Vous vous sentez mieux ?

Il me tourna le dos et redescendit la colline.

— Que vais-je faire de toi, Hassan ? sanglotai-je une fois seul. Que vais-je faire de toi ?

Le temps que mes larmes se tarissent et que je m'en revienne chez moi en traînant les pieds, j'avais la réponse.

Je fêtai mon treizième anniversaire durant l'été 1976, l'avant-dernier qu'allait connaître l'Afghanistan en termes de paix et d'anonymat. Déjà, mes rapports avec Baba s'étaient dégradés. J'en attribuais la cause à cette stupide remarque qui m'avait échappé le jour où nous plantions des tulipes. Je la regrettais amèrement, tout en étant persuadé que, avec ou sans elle, cet agréable interlude se serait achevé un jour. Peut-être pas si vite, mais dans tous les cas il n'aurait pas duré. À la fin de l'été, le tintement des cuillères et des fourchettes contre les assiettes avait remplacé nos discussions à table. Renouant avec ses anciennes habitudes, mon père se retirait dans son bureau après le dîner. Et me fermait sa porte. J'avais quant à moi repris la lecture de Hafez et de Khayyam, je me rongeais les ongles jusqu'au sang et j'écrivais des histoires que j'empilais sous mon lit, au cas où, même si je doutais qu'il m'invite de nouveau à les lui lire.

Quand il organisait une réception, Baba suivait à la lettre ce credo : invite toute la ville ou n'invite personne. Je me souviens d'avoir épluché la liste des convives une semaine avant mon anniversaire et de n'avoir pas reconnu les trois quarts des quatre cents kakas et khalas qui allaient m'offrir des cadeaux et me féliciter d'avoir atteint l'âge de treize ans. Puis je pris conscience qu'ils ne se déplaceraient pas vraiment pour moi. La fête serait donnée en mon honneur, mais je savais qui en serait la véritable star.

Durant plusieurs jours, la maison grouilla d'employés engagés pour l'occasion. Salahuddin le boucher débarqua avec un veau et deux moutons et s'opposa à ce que Baba les lui paie. Il égorgea lui-même les bêtes près d'un peuplier. « C'est bon pour les arbres », l'entendis-je déclarer alors que l'herbe se teintait de rouge. Des hommes que je n'avais jamais vus grimpèrent dans les chênes avec des rouleaux de guirlandes électriques et des mètres de rallonge. D'autres installèrent des douzaines de tables dans le jardin et étendirent une nappe sur chacune d'entre elles. Le soir précédant mon anniversaire, Del-Muhammad, un ami de Baba qui possédait un restaurant à Shar-e-Nau, arriva à la maison avec des sacs d'épices. Comme le boucher, il refusa toute rétribution pour ses services, sous prétexte que Baba avait beaucoup aidé sa famille par le passé. Pendant que Del-Muhammad – Dello, comme on le surnommait –

faisait mariner la viande, Rahim khan me murmura que mon père lui avait prêté l'argent nécessaire pour ouvrir son restaurant. Baba n'avait jamais voulu qu'il le rembourse jusqu'au jour où Dello avait débarqué chez nous au volant d'une Mercedes en jurant qu'il ne partirait pas avant d'avoir remboursé sa dette.

Je suppose que, à bien des égards, du moins ceux en fonction desquels on juge une soirée, cette fête fut un énorme succès. Jamais la maison n'avait été si bondée. Un verre à la main, les invités bavardaient dans les couloirs, fumaient sur les marches, s'appuyaient contre le chambranle des portes. Ils s'asseyaient où ils pouvaient, sur les plans de travail de la cuisine, dans le vestibule, et même sous la cage d'escalier. D'autres s'étaient rassemblés dehors, à la lueur des ampoules bleues, rouges et vertes qui clignotaient dans les arbres. La flamme des lampes à pétrole éparpillées un peu partout achevait de les illuminer. Baba avait également fait construire une estrade sur le balcon et disposé des haut-parleurs dans tout le jardin, à l'intention d'Ahmad Zahir, qui jouait de l'accordéon et chantait au-dessus de la foule des danseurs.

Je dus accueillir en personne tous les invités – Baba y veilla. Il n'était pas question que le bruit coure le lendemain qu'il avait un fils mal élevé. J'embrassai donc des centaines de joues et étreignis de parfaits étrangers que je remerciai de leurs présents. L'effort que requérait cette amabilité feinte en devint douloureux.

Je me tenais à côté de mon père, près du bar installé à l'extérieur, lorsque quelqu'un me lança : « Joyeux anniversaire, Amir ! » Je découvris Assef, entouré de son père, Mahmood, un petit homme dégingandé à la peau foncée et au visage étroit, et de sa mère, Tanya, une boule de nerfs qui clignait sans cesse des yeux. Assef les dominait de toute sa hauteur, un bras posé sur chacun d'eux. Il les poussa vers nous comme si c'était lui qui les avait menés là. Comme si c'était lui le parent, et eux les enfants. Alors que Baba leur exprimait sa joie de les voir, je me sentis pris d'un vertige.

— J'ai choisi moi-même ton cadeau, m'annonça Assef.

Un muscle tressauta sur le visage de Tanya. Son regard vola de son fils à moi et elle battit des cils avec un air hésitant. Je me demandai si Baba avait remarqué son tic.

— Tu joues toujours au football, Assef jan ? s'enquit celui-ci. (Il avait toujours voulu que je sois ami avec lui.)

Assef lui décocha un charmant sourire qui me fit froid dans le dos tant il semblait sincère.

— Bien sûr, kaka jan.

— Ailier droit, si je me souviens bien ?

— Non, je suis passé avant-centre cette année. J'aurai plus d'occasions de marquer. On affronte l'équipe de Mekro-Rayan la semaine prochaine. Ce sera un beau match à mon avis parce qu'ils ont de bons joueurs.

— Tu sais, j'étais avant-centre moi aussi dans ma jeunesse.

— Je parie que vous pourriez encore jouer, le complimenta Assef avec un clin d'œil.

Baba le lui retourna.

— Je vois que ton père t'a enseigné l'art de la flatterie, plaisanta-t-il en donnant une bourrade amicale à ce dernier.

Le petit bonhomme manqua en être renversé. Son rire fut aussi peu convaincant que celui de sa femme, et il m'apparut soudain que leur fils les effrayait peut-être. Je tentai de sourire moi aussi mais ne parvins qu'à esquisser une pâle grimace – mon estomac se soulevait devant la cordialité dont mon père faisait preuve envers Assef.

Celui-ci s'adressa à moi.

— Wali et Kamal sont là. Ils n'auraient raté ton anniversaire pour rien au monde, me dit-il avec une ironie sous-jacente.

Je hochai la tête sans un mot.

— On a prévu de disputer une partie de volley-ball chez moi demain, ajouta-t-il. Joins-toi à nous si tu veux. Et emmène Hassan.

— Bonne idée, approuva Baba, rayonnant. Qu'en penses-tu, Amir ?

— Je ne raffole pas du volley-ball, marmonnai-je.

L'enthousiasme de mon père retomba aussitôt et un silence gêné s'ensuivit.

— Désolé, Assef jan, s'excusa-t-il, ce qui me blessa.

— Non, non, ce n'est rien, le rassura Assef. Mon invitation tient toujours, Amir jan. Enfin, il paraît que tu aimes les livres, alors je t'en ai apporté un. L'un de mes préférés. Joyeux anniversaire, conclut-il en me remettant un présent enveloppé.

Il portait une chemise en coton, un pantalon bleu, une cravate en soie rouge et des mocassins en cuir noir brillant. Si l'on y ajoutait son parfum d'eau de Cologne et ses cheveux soigneusement peignés en arrière, il incarnait à première vue le rêve de tout parent : un garçon grand, fort, bien habillé et bien élevé, doté qui plus est d'une beauté frappante et d'assez d'esprit pour plaisanter avec un adulte. Mais ses yeux le trahissaient. Lorsque je plongeai mon regard dans le sien, sa belle façade s'altéra, me permettant d'entrevoir la folie qui l'habitait.

— Eh bien, Amir ? me demanda mon père.

— Hein ?

— Ton cadeau ! s'énerva-t-il. Assef jan t'a offert un cadeau.

— Oh.

Je pris la boîte et baissai la tête. J'aurais voulu être seul dans ma chambre, avec mes livres, loin de tous ces gens.

— Eh bien ?

— Quoi ?

— Qu'attends-tu pour remercier Assef jan ? C'est très gentil de sa part, gronda Baba d'une voix basse qu'il employait chaque fois que je lui faisais honte en public.

Je souhaitai qu'il arrête de l'appeler ainsi. Combien de fois avais-je eu droit à un « Amir jan », moi ?

— Merci, bafouillai-je.

La mère d'Assef me dévisagea, sur le point de dire quelque chose. Finalement, elle garda le silence, et je notai que ni elle ni Mahmood n'avaient prononcé un mot. Désireux de ne pas mettre encore plus mon père dans l'embarras – et surtout anxieux de fuir Assef et son sourire –, je m'écartai d'eux.

— Merci d'être venus, ajoutai-je.

Je me faufilai tant bien que mal entre les convives et franchis le portail. À deux pas de notre maison se trouvait un grand terrain vague qui, comme j'avais entendu Baba l'expliquer à Rahim khan, avait été acheté par un juge. Un architecte travaillait sur un projet d'aménagement mais, pour l'instant, l'endroit demeurait désert en dehors d'une grosse benne à ordures qu'Ali avait disposée à l'angle sud. Une semaine sur deux, lui et deux autres hommes la chargeaient sur un camion pour aller la vider à la décharge municipale.

Je déchirai le papier enveloppant le cadeau d'Assef et inclinai le livre vers le clair de lune. Il m'avait choisi une biographie de Hitler. Je la jetai dans la benne.

Je m'adossai ensuite contre le mur du voisin et me laissai glisser à terre. Je restai là un moment, dans le noir, les genoux ramenés contre ma poitrine, les yeux rivés sur les étoiles, attendant que la nuit s'achève.

— Ne devrais-tu pas t'occuper de tes invités ? s'enquit une voix familière.

Rahim khan s'avançait vers moi.

— Je ne sers à rien là-bas. Baba est là.

Des glaçons tintèrent dans son verre lorsqu'il s'assit à mes côtés.

— Je ne savais pas que vous buviez, m'étonnai-je.

— C'est pourtant le cas, me rétorqua-t-il avant de me donner un petit coup de coude. Mais seulement dans les grandes occasions.

Je souris.

— Merci.

Il but une gorgée à ma santé, puis alluma une cigarette sans filtre, une de celles que Baba et lui avaient l'habitude de fumer et qui étaient fabriquées au Pakistan.

— T'ai-je déjà raconté que j'ai failli me marier un jour ?

— Vraiment ?

Cette idée m'amusa. J'avais toujours vu en Rahim khan le discret alter ego de mon père. Il était pour moi un mentor littéraire, un ami, celui qui n'oubliait jamais de me rapporter un souvenir, un *saughat*, quand il rentrait d'un voyage à l'étranger. Mais un mari ? Un père ?

— Oui, m'assura-t-il. J'avais dix-huit ans. Elle s'appelait Homaira et c'était une Hazara, la fille des domestiques de nos voisins. Elle était belle comme un *pari*, avec des cheveux châtain clair, de grands yeux noisette… et son rire… je l'entends encore parfois. (Il agita son verre.) On se retrouvait en secret dans les vergers de mon père, toujours après minuit, quand

116

tout le monde dormait. On marchait sous les pommiers, main dans la main… cette histoire te gêne, Amir jan ?

— Un peu, avouai-je.

— Tu n'en mourras pas, décréta-t-il en tirant une bouffée. Enfin bref, nous rêvions d'organiser un mariage fastueux où seraient invités nos familles et tous nos amis de Kaboul jusqu'à Kandahar. Je projetais de construire une grande maison aux murs blancs, avec un patio carrelé et de larges fenêtres. Nous aurions planté des arbres fruitiers dans le jardin et fait pousser toutes sortes de fleurs, nous aurions eu une pelouse pour que nos enfants puissent y jouer. Le vendredi, après le *namaz* à la mosquée, nos proches se seraient rassemblés chez nous pour dîner dehors, sous les cerisiers. Nous aurions bu de l'eau fraîche du puits, pris le thé en regardant nos enfants jouer avec leurs cousins… (Il avala une rasade de scotch et toussa.) Tu aurais dû voir la tête de mon père lorsque je le lui ai annoncé. Ma mère s'est évanouie. Mes sœurs l'ont aspergée d'eau et l'ont éventée en me dévisageant comme si je venais de l'égorger. Mon frère Jalal est même allé chercher son fusil de chasse – heureusement, mon père l'a stoppé à temps. (Il éclata d'un rire amer.) Nous avions le monde entier contre nous. Et je vais te dire une chose, Amir jan : on ne gagne jamais contre le monde entier. C'est ainsi.

— Que s'est-il passé ?

— Mon père a aussitôt mis Homaira et les siens dans un camion et les a envoyés à Hazaradjat. Je ne l'ai jamais revue.

— Je suis désolé.

— Cela valait peut-être mieux, commenta froidement Rahim khan. Elle aurait souffert. Les membres de ma famille ne l'auraient jamais traitée comme une des leurs. Il est difficile d'ordonner un jour à quelqu'un de cirer tes chaussures et de l'appeler *sœur* le lendemain. (Il me fixa droit dans les yeux.) Tu peux me confier tout ce que tu veux, Amir. Quel que soit le moment.

— Je sais, acquiesçai-je avec hésitation.

Il me scruta longuement, avec l'air d'attendre quelque chose. Son regard noir sans fond semblait insinuer l'existence d'un secret entre nous. Je faillis m'ouvrir à lui. Lui avouer tout. Mais qu'aurait-il pensé de moi ? Il m'aurait haï, et à juste titre.

— Tiens, reprit-il en me tendant un paquet. J'allais presque oublier. Bon anniversaire.

C'était un cahier relié en cuir marron. J'effleurai du bout des doigts la couture dorée sur les bords et respirai l'odeur du cuir.

— Pour tes nouvelles, précisa-t-il.

Je m'apprêtais à le remercier lorsqu'une détonation retentit. Des gerbes d'étincelles embrasèrent le ciel.

— Un feu d'artifice !

Nous rebroussâmes vivement chemin jusqu'à la maison, où les invités s'étaient pressés sur la pelouse. Les enfants criaient, les gens poussaient des exclamations et applaudissaient chaque fois que des fusées sifflaient puis explosaient en bouquets flamboyants. Toutes les quelques secondes, de brusques éclairs rouges, verts ou jaunes illuminaient le jardin.

À la faveur de l'un d'eux, je surpris une scène qui restera à jamais gravée dans ma mémoire : un plateau d'argent à la main, Hassan servait des boissons à Assef et Wali. La lumière s'affaiblit. Un chuintement strident déchira l'air, suivi de crépitements et d'une nouvelle gerbe orangée. Je vis Assef écraser son poing sur la poitrine d'Hassan avec un large sourire.

Ensuite, Dieu merci, l'obscurité.

9

Assis par terre dans ma chambre, le lendemain matin, je déchirai l'un après l'autre les emballages de mes cadeaux. J'ignorais pourquoi je prenais cette peine dans la mesure où je ne leur accordais qu'un morne coup d'œil avant de les balancer dans un coin de la pièce. La pile grossissait peu à peu : un Polaroïd, un transistor, un train électrique et plusieurs enveloppes scellées contenant de l'argent. Je savais que je ne le dépenserais jamais, pas plus que je ne me servirais du poste de radio ou ne jouerais avec le train électrique. Je n'en voulais pas car ils étaient trop entachés de sang. Baba n'aurait jamais donné une telle fête en mon honneur si je n'avais pas remporté le tournoi.

Mon père m'offrit deux présents. Le premier ne pouvait manquer de susciter la convoitise des gamins du quartier puisqu'il s'agissait d'un Schwinn Stingray flambant neuf, le roi des vélos. Seuls quelques privilégiés dans tout Kaboul en possédaient un, et je comptais désormais parmi eux. Le mien avait un guidon haut avec des poignées noires en caoutchouc, une selle en forme de banane – célèbre particularité de la marque –, des rayons dorés et un cadre en acier aussi rouge qu'une pomme d'amour. Ou que du sang. N'importe qui l'aurait immédiatement enfourché pour s'essayer à un beau dérapage contrôlé, et j'en aurais probablement fait autant quelques mois plus tôt.

— Il te plaît ? me demanda Baba, appuyé contre ma porte.

— Oui, merci, balbutiai-je précipitamment et avec timidité, en regrettant de ne rien trouver d'autre à dire.

— On n'a qu'à aller l'étrenner, me proposa-t-il, mais à contrecœur.

— Plus tard peut-être. Je suis un peu fatigué.

— D'accord.

— Baba ?

— Oui ?

— Merci pour le feu d'artifice, ajoutai-je, moi aussi à contrecœur.

— Repose-toi.

Et il regagna sa chambre. Son deuxième cadeau – il n'attendit même pas que je l'ouvre – était une montre avec un cadran bleu et des aiguilles en or en forme d'éclair. Je la jetai sans même la passer sur la pile de jouets. Il n'y eut que le cahier en cuir de Rahim khan, que j'avais posé sur ma commode, pour échapper à ce sort. Lui seul ne me semblait pas récompenser mon crime.

Je m'assis sur le bord de mon lit, le tournai et le retournai en songeant à ce que Rahim khan m'avait raconté au sujet d'Homaira. Selon lui, son père avait agi au mieux en renvoyant la jeune femme. *Elle aurait souffert*. Comme lorsque le projecteur de kaka Homayoun restait bloqué sur une diapositive, une image ne cessait de s'imposer à moi : celle d'Hassan, tête baissée, servant des boissons à Assef et Wali. Peut-être serait-ce la meilleure solution. Atténuer sa souffrance. Et la mienne aussi. En tout cas, une chose au moins était devenue évidente : l'un de nous devait partir.

Plus tard cet après-midi-là, j'effectuai ma première et dernière balade avec le Schwinn. Je fis deux ou trois fois le tour du pâté de maisons, puis rentrai et remontai l'allée jusqu'au jardin jonché d'assiettes en carton, de serviettes de table froissées et de bouteilles de soda vides. Occupé à remettre un peu d'ordre, Ali pliait des chaises et les rangeait contre le mur. Il agita le bras en me voyant.

— *Salaam*, Ali ! le saluai-je en retour.

Il leva un doigt pour me prier d'attendre et se dirigea vers sa hutte. Quelques instants plus tard, il en ressortait avec un paquet.

— Hassan et moi n'avons pas eu l'occasion de vous donner ceci la nuit dernière, m'expliqua-t-il en me l'offrant. C'est un petit cadeau indigne de vous, Amir agha, mais nous espérons que vous l'apprécierez. Bon anniversaire.

Ma gorge se noua.

— Merci, Ali, réussis-je à souffler.

J'aurais préféré qu'ils ne m'achètent rien. J'ouvris la boîte et découvris un *Shahnameh* tout neuf, en version cartonnée et richement illustrée. Y étaient représentés Ferangis, couvant du regard son fils nouveau-né, Kai Khosrau, et aussi Afraziyab à cheval, l'épée tirée, à la tête de son armée. Sans oublier Rostam bien sûr, au moment où il infligeait une blessure mortelle à son fils, le guerrier Sohrab.

— Il est magnifique.

— Je savais grâce à Hassan que vous n'aviez qu'un vieil exemplaire abîmé auquel il manquait certaines pages. Toutes les illustrations ont été dessinées à la plume, précisa-t-il fièrement en lorgnant l'ouvrage que ni lui ni son fils ne pouvaient lire.

— Il est vraiment très beau, réitérai-je en toute sincérité.

Et cher aussi, certainement. Je me retins de lui avouer que ce n'était pas le livre qui était indigne de moi, mais plutôt l'inverse.

— Remercie Hassan pour moi, lui lançai-je en enfourchant mon vélo.

Son cadeau rejoignit la pile de ceux que j'avais entassés dans un coin. Parce que je ne parvenais pas à en détacher les yeux cependant, je finis par l'enfouir sous tous les autres. Ce soir-là, avant de me coucher, je demandai à Baba s'il avait vu ma nouvelle montre quelque part.

Le lendemain matin, j'attendis dans ma chambre qu'Ali ait débarrassé la table, fait la vaisselle et nettoyé la cuisine après le petit déjeuner. Dès que, par ma fenêtre, je l'aperçus qui s'en allait acheter des provisions au bazar avec Hassan, chacun d'eux poussant une brouette vide, je pris ma montre ainsi qu'une partie de l'argent que l'on m'avait offert et me glissai furtivement dans le couloir. Parvenu devant le bureau de Baba, je marquai une pause. Il s'était enfermé là en début de matinée afin de passer quelques coups de fil et discutait justement au téléphone d'une cargaison de tapis censée arriver la semaine suivante. Je descendis les escaliers, traversai le jardin et entrai dans la masure, près du néflier. Là, je soulevai le matelas d'Hassan pour fourrer dessous ma montre et une poignée de billets.

Je patientai ensuite une demi-heure avant de frapper à la porte de Baba et de lui raconter ce que j'espérais être le dernier d'une longue série de mensonges éhontés.

Posté derrière mes carreaux, je regardai Ali et Hassan remonter l'allée avec leurs brouettes chargées de viande, de *naan*, de fruits et de légumes. Baba sortit à cet instant et échangea avec eux quelques mots que je ne pus capter. Il pointa la maison du doigt, ce à quoi Ali acquiesça. Puis ils se séparèrent. Mon père rentra chez nous tandis qu'Ali regagnait sa hutte en compagnie d'Hassan.

Quelques instants plus tard, Baba vint me chercher.

— Va dans mon bureau, m'ordonna-t-il. Nous devons régler cette affaire tous ensemble.

J'obéis et allai m'asseoir sur l'un des canapés en cuir. Une demi-heure s'écoula avant qu'Hassan et Ali nous rejoignent.

Tous deux avaient pleuré – je le devinai à leurs yeux rouges et gonflés. À les voir ainsi devant Baba, main dans la main, je me demandai quand et comment j'étais devenu capable d'infliger autant de peine autour de moi.

— As-tu volé cet argent ? As-tu volé la montre d'Amir, Hassan ? attaqua Baba sans ambages.

La réponse fusa, prononcée d'une petite voix rauque :

— Oui.

Je sursautai comme si l'on m'avait giflé. Effondré, je faillis dévoiler la vérité. C'est alors que je compris : Hassan me consentait ce dernier sacrifice. S'il avait nié, Baba l'aurait cru parce que nous connaissions tous trop Hassan pour le soupçonner de mentir. Et si Baba l'avait cru, mon accusation se serait retournée contre moi ; j'aurais dû me justifier et me montrer sous mon véritable jour. Jamais mon père ne m'aurait tenu quitte d'une telle faute. Jamais. Une autre conclusion s'ensuivait : Hassan savait. Il savait que j'avais été témoin de ce qui lui était arrivé dans l'impasse. Il savait que j'étais resté là sans rien faire, que je l'avais trahi. Malgré tout, il volait encore à mon secours, peut-être pour la dernière fois. Je l'aimai à cet instant plus que je n'avais jamais aimé quiconque. Je voulus lui crier que c'était moi le serpent niché dans son sein, le monstre tapi au fond du lac. Je ne méritais pas un tel geste de sa part. Je n'étais qu'un menteur, un traître et un voleur. Tout cela, je l'aurais avoué si une partie de moi n'avait été soulagée. Cette histoire serait bientôt finie. Baba allait les renvoyer, il nous en coûterait quelques larmes, mais la vie continuerait. Voilà ce à quoi j'aspirais. Passer à autre chose, oublier, repartir de zéro. Je désirais respirer de nouveau librement.

— Je te pardonne, déclara cependant Baba, à ma grande stupéfaction.

Pardonner ? Le vol était pourtant le seul péché impardonnable, le dénominateur commun de tous les péchés, non ? *Lorsqu'on tue un homme, on vole une vie. On vole le droit de sa femme à un mari, on prive ses enfants de leur père. Lorsqu'on raconte un mensonge, on dépossède quelqu'un de son droit à la vérité. Lorsqu'on triche, on dérobe le droit d'un autre à l'équité. Aucun acte n'est plus vil que celui-là.* Baba ne m'avait-il pas assis sur ses genoux pour me l'affirmer ? Excuser Hassan ? Mais s'il tolérait ça de lui, pourquoi ne pouvait-il accepter que je ne sois pas le fils dont il rêvait ? Pourquoi…

— Nous partons, agha sahib, annonça Ali.

Mon père pâlit.

— Quoi ?

— Il ne nous est plus possible de vivre ici.

— Je lui pardonne, Ali, tu n'as pas entendu ?

— Je regrette, agha sahib. Nous partons.

Ali attira Hassan contre lui pour enrouler un bras protecteur autour de ses épaules. Je sentais bien qui il visait par là et, dans le regard froid et sans merci qu'il me coula ensuite, je lus qu'Hassan s'était confié à lui. Il lui avait tout rapporté, son viol, le cerf-volant, moi. Bizarrement, j'éprouvai un certain apaisement à penser que quelqu'un me percevait enfin tel que j'étais vraiment. J'en avais assez de jouer la comédie.

— Je me moque de l'argent et de cette montre, insista Baba, les paumes levées. Je ne comprends pas pourquoi tu réagis ainsi… que veux-tu dire par « plus possible » ?

— Je suis désolé, agha sahib, nous avons déjà fait nos bagages. Notre décision est prise.

Baba se redressa, le visage empreint d'une infinie tristesse.

— Ali, n'ai-je pas toujours subvenu à tes besoins ? Ne me suis-je pas occupé de toi et d'Hassan ? Tu es le frère que je n'ai jamais eu, tu le sais très bien. Ne pars pas, s'il te plaît.

— Ne rendez pas les choses encore plus difficiles, agha sahib, s'entêta Ali.

Sa bouche se tordit et, durant un instant, je crus le voir grimacer. Le mal dont j'étais responsable m'apparut alors dans toute sa force. Je leur avais causé à chacun une telle souffrance que même le visage paralysé d'Ali ne pouvait la masquer. Je me forçai à tourner les yeux vers Hassan. La tête baissée et les épaules affaissées, il triturait un fil qui pendait de l'ourlet de sa chemise.

— Explique-moi pourquoi, au moins, supplia Baba. J'ai besoin de comprendre.

Ali garda le silence, tout comme lorsque Hassan avait reconnu être l'auteur du vol. Ses motivations resteraient toujours un mystère pour moi, mais je me le représentai dans sa sombre petite hutte, en larmes, tandis que son fils l'implorait de ne pas me dénoncer. J'imaginai difficilement en revanche combien il avait dû se faire violence pour tenir cette promesse.

— Vous voudrez bien nous conduire à la gare routière ?

— Je t'interdis de partir ! rugit Baba. Tu m'entends ? Je te l'interdis !

— Avec tout le respect que je vous dois, agha sahib, vous n'êtes pas en mesure de m'interdire quoi que ce soit. Nous ne travaillons plus pour vous.

— Où irez-vous ? capitula mon père d'une voix brisée.

— À Hazaradjat.

— Chez ton cousin ?

— Oui. Vous voudrez bien nous conduire à la gare routière, agha sahib ? s'enquit de nouveau Ali.

Baba se laissa alors aller à une chose que je ne l'avais jamais vu faire auparavant : il pleura. De la part d'un adulte, cette réaction m'effraya un peu. Les pères n'étaient pas supposés pleurer. « S'il te plaît », répétait-il, alors même qu'Ali se dirigeait déjà vers la porte, Hassan sur les talons. Je n'oublierai jamais la manière dont Baba prononça ces mots, ni la douleur ni la peur qu'ils trahissaient.

Il pleuvait rarement à Kaboul en été. Le bleu du ciel s'étendait à l'infini, surplombé par un soleil qui vous brûlait la nuque en permanence. Les rivières au bord desquelles Hassan et moi nous amusions à lancer des cailloux au printemps s'asséchaient et la poussière volait dans le sillage des pousse-pousse. Une fois qu'ils s'étaient acquittés à la mosquée des dix *raka'ts* [1] imposés par la prière de midi, les gens se retiraient dans un coin ombragé pour y faire la sieste en attendant que le début de soirée apporte un peu de fraîcheur. L'été était également synonyme de longues journées d'école. Dans nos salles de classe bondées et mal aérées, nous transpirions en récitant des *sayats* du Coran dont nous écorchions les mots arabes, si difficiles à prononcer. Et puis il y avait les mouches, que l'on attrapait au vol pendant que le mollah discourait à n'en plus finir. Sans compter le vent chaud, qui charriait l'odeur d'excrément des toilettes situées à l'autre bout de la cour et soulevait la poussière autour du panneau de basket branlant et solitaire.

---

1. Partie de la prière, répétée plusieurs fois, qui consiste à réciter quelques vers du Coran puis à s'agenouiller et à se prosterner jusqu'à toucher le sol avec le front. *(N.d.T.)*

Mais il plut le jour où Baba emmena Ali et Hassan à la gare routière. De gros nuages menaçants teintèrent le ciel de gris argenté. En quelques minutes, des trombes d'eau se déversèrent sur nous et mes oreilles s'emplirent du bruissement régulier de la pluie.

Ali refusa la proposition de mon père de les conduire à Bamiyan. De ma fenêtre, je le distinguai vaguement qui traînait l'unique valise renfermant toutes ses affaires jusqu'à la voiture de Baba, stationnée devant le portail. Hassan portait sur son dos son matelas qu'il avait roulé et serré avec une corde. Il laissait derrière lui tous ses jouets – je les découvris le lendemain, empilés dans un coin de la cabane vide comme mes cadeaux d'anniversaire dans ma chambre.

Les gouttes ruisselaient le long de mes carreaux. Baba ferma le coffre de la Mustang et, déjà trempé, s'approcha du côté conducteur. Là, il se pencha vers Ali qui avait pris place sur le siège arrière – peut-être une ultime tentative pour le faire changer d'avis. Ils s'entretinrent ainsi un moment. Le dos voûté, un bras sur le toit de la voiture, Baba ne cherchait même pas à s'abriter. Lorsqu'il se redressa, sa mine abattue m'annonça la fin de la vie que j'avais connue depuis ma naissance. Il s'installa au volant. Les phares s'allumèrent, découpant deux rais de lumière sous l'averse. Si nous avions été les protagonistes de l'un de ces films indiens qu'il nous arrivait d'aller voir, je me serais précipité dehors à cet instant. Pieds nus dans les flaques, je les aurais poursuivis en leur hurlant de s'arrêter, j'aurais tiré Hassan de son siège pour lui dire que j'étais désolé, si désolé, mes larmes se seraient mêlées à l'ondée et nous nous serions jetés dans les bras l'un de l'autre. Seulement nous n'étions pas au cinéma. Certes j'étais désolé, mais je ne pleurai ni ne courus derrière eux. Je me contentai de regarder la Mustang quitter le trottoir et emmener celui dont le premier mot avait été mon nom. Hassan m'apparut brièvement une dernière fois, juste avant que mon père tourne à gauche à l'angle de la rue où nous avions si souvent joué aux billes.

Je reculai d'un pas et ne vis plus que le rideau d'argent de la pluie sur mes vitres.

10

Mars 1981

Habillée d'une robe vert olive et d'un châle noir serré autour de son visage pour la protéger du froid nocturne, la jeune femme assise en face de nous lâchait un « *Bismillah !* » strident suivi d'une prière à chaque embardée ou cahot du camion. Son mari, un homme de forte carrure en pantalon bouffant et turban bleu ciel, berçait un bébé d'une main tout en égrenant son chapelet de l'autre. Ses lèvres articulaient des paroles silencieuses. D'autres personnes les entouraient, une douzaine en tout, y compris Baba et moi. Nous étions collés contre ces étrangers, avec nos valises entre les jambes, sous la bâche d'un vieux camion russe.

Je souffrais de haut-le-cœur depuis que nous avions quitté Kaboul peu après deux heures du matin. Bien qu'il ne m'ait pas fait de remarque, je suspectais mon père de considérer mon mal des transports comme une preuve supplémentaire de ma faiblesse – je le compris à son air gêné les deux ou trois fois où mon estomac se tordit si violemment que j'en gémis. Le type corpulent au chapelet m'ayant demandé si je risquais de vomir, je répondis que ce n'était pas impossible. Baba détourna le regard. L'homme souleva alors le coin de la bâche et tapa à la vitre qui nous séparait du chauffeur pour le prier de s'arrêter. Ce dernier, Karim, un gringalet à la peau sombre et aux traits anguleux qui arborait une moustache toute fine, refusa d'un signe de tête.

— Nous sommes trop près de Kaboul. Dites-lui de s'accrocher.

Baba grommela quelque chose. Je voulus m'excuser, mais je me retrouvai soudain à saliver tandis qu'un goût de bile montait du fond de ma gorge. Je relevai vite la bâche pour me pencher à l'extérieur du véhicule. Derrière moi, Baba en appelait à l'indulgence des autres passagers. Comme si être malade en voiture constituait un crime. Comme si l'on n'était plus censé avoir la nausée à dix-huit ans. Je vomis encore deux fois avant que Karim accepte de marquer une halte, principalement pour éviter que j'empuantisse le gagne-pain qu'était son véhicule. Karim était passeur – profession très lucrative alors, qui consistait à conduire des gens depuis la capitale occupée jusqu'au refuge plus ou moins sûr offert par le Pakistan. Pour l'heure, il nous menait à Djalalabad, à cent soixante-dix kilomètres de Kaboul. Son frère Toor, qui possédait un plus gros camion, nous attendait là-bas avec un deuxième convoi de réfugiés pour nous faire traverser la passe de Khaybar et gagner Peshawar.

Nous étions à quelques kilomètres à l'ouest des chutes de Mahipar lorsqu'il se gara sur le bas-côté. Mahipar – littéralement, le « poisson volant » – désignait une haute falaise surplombant la centrale hydro-électrique construite par les Allemands en 1967. Baba et moi avions souvent emprunté cette route pour nous rendre à Djalalabad, la ville des cyprès entourée de champs de canne à sucre où les Afghans séjournaient en vacances l'hiver.

Je sautai à terre et me dirigeai en titubant vers le remblai poussiéreux. Ma bouche s'emplit de nouveau de salive, signe d'un spasme à venir, et je trébuchai près du précipice d'où l'on dominait toute la vallée enveloppée par les ténèbres. Je me courbai en avant, les mains sur les genoux. Une branche craqua quelque part, une chouette ulula. Une brise fraîche entrechoquait les branches des arbres et agitait les broussailles qui parsemaient le versant de la montagne. D'en bas s'élevait le léger clapotis de l'eau.

Sur cet accotement, je songeai aux conditions dans lesquelles nous avions quitté la maison où j'avais vécu toute ma vie. Nous étions partis comme si de rien n'était : des assiettes sales s'empilaient encore dans l'évier de la cuisine ; des habits remplissaient le panier en osier de l'entrée ; les lits n'étaient pas faits ; les costumes de Baba étaient pendus dans son placard ; les tapisseries ornaient toujours les murs du salon ; les livres de ma mère encombraient les étagères du fumoir. Seuls quelques indices discrets témoignaient de notre fuite : les photos de mariage de mes parents s'étaient envolées, de même que celle de mon grand-père en compagnie du roi Nader shah. Quelques vêtements manquaient par ailleurs dans les armoires, et le cahier en cuir que Rahim khan m'avait offert cinq ans plus tôt avait disparu.

Au matin, Jalaluddin – notre septième domestique depuis le départ d'Ali et Hassan – nous supposerait probablement sortis effectuer une balade ou une course. Nous ne lui avions rien dit. On ne pouvait plus se fier à quiconque à Kaboul désormais. Pour de l'argent ou sous la menace, les gens dénonçaient leur voisin, leur père, leur frère, leur maître, leur ami. Je me rappelai le chanteur Ahmad Zahir, qui avait joué de l'accordéon le jour de mes treize ans : il était allé se promener avec des proches et quelqu'un l'avait découvert plus tard au bord d'une route, une balle dans la tête. Présents partout, les *rafiqs* – les camarades – avaient divisé la ville en deux clans : les espions et les autres. L'ennui était que personne ne savait dans quel camp chacun se situait. Une banale remarque formulée pendant que votre tailleur prenait vos mesures pouvait vous envoyer dans les prisons de Poleh-Charkhi. Et il suffisait de se plaindre du couvre-feu auprès de son boucher pour se retrouver derrière les barreaux avec sous le nez le canon d'une kalachnikov avant d'avoir eu le temps de dire ouf. Même à table, dans l'intimité de leur maison, les habitants surveillaient leurs propos. Les rafiqs avaient aussi infiltré les écoles et appris aux enfants à épier leurs parents, à écouter leurs conversations et à les rapporter à qui de droit.

Que faisais-je sur cette route en pleine nuit ? J'aurais dû être dans mon lit, bien au chaud, avec à côté de moi un livre aux pages cornées. C'était un rêve. Forcément. J'allais me réveiller et, en regardant par la fenêtre, constater qu'il n'y avait pas de soldats russes en patrouille sur les trottoirs, pas de tanks dans les rues de ma ville avec leur tourelle qui pivotait, semblable à un doigt accusateur. Pas de ruines, pas de couvre-feu, pas de camions chargés de troupes russes se frayant un passage dans les bazars. Mais j'entendis derrière moi Baba et Karim discuter des dispositions prises à Djalalabad. Karim assurait à mon père que son frère possédait un gros camion de « première classe » et que le voyage jusqu'à Peshawar relèverait d'une simple formalité.

— Il pourrait vous y conduire les yeux fermés, affirma-t-il.

Il lui expliqua également que son frère et lui connaissaient bien les soldats russes et afghans des postes frontière et qu'ils s'étaient mis d'accord avec eux sur un arrangement « profitable aux deux parties ». Je ne rêvais donc pas. Comme pour me le confirmer, le passage d'un Mig au-dessus de nos têtes déchira le silence. Karim jeta sa cigarette et dégaina un revolver qu'il pointa vers le ciel en faisant mine de tirer. Puis il cracha par terre et maudit l'avion.

Je me demandais où était Hassan lorsque l'inévitable se produisit. Je vomis sur un enchevêtrement de mauvaises herbes, au milieu du rugissement assourdissant du Mig.

Nous atteignîmes le poste de contrôle de Mahipar vingt minutes plus tard. Notre chauffeur laissa tourner le moteur et descendit de son siège pour saluer les soldats dont les voix se rapprochaient. Le gravier crissa. Un bref conciliabule s'ensuivit à mots couverts. Un briquet fut allumé. « *Spassiba* », lâcha quelqu'un.

Nouveau bruit de briquet. Puis un rire aigu et sonore, qui me fit sursauter. La main de Baba s'abattit sur ma cuisse.

L'homme qui s'était esclaffé entonna alors une chanson, un vieil air nuptial afghan qu'il bafouilla avec un fort accent russe, en massacrant la mélodie :

Ahesta boro, Mah-e-man, ahesta boro.
« Va doucement, ma jolie lune, va doucement. »

Des talons martelèrent l'asphalte. La bâche qui recouvrait l'arrière du camion s'ouvrit et trois têtes nous apparurent – Karim et deux militaires, un Afghan et un Russe au visage de bouledogue, cigarette au bec. Derrière eux brillait une lune blafarde. Karim et le soldat afghan s'entretinrent en pachtou. Je surpris une partie de leur échange – quelque chose au sujet de Toor et de sa déveine. Pendant ce temps, le Russe avait tendu le cou à l'intérieur du camion. Il fredonnait toujours et tambourinait du doigt sur le bord du battant horizontal. Dans la pâle clarté, je vis ses yeux vitreux examiner les passagers un à un. La sueur perlait sur son front malgré le froid. Il s'attarda sur la jeune femme au châle noir et s'adressa en russe à Karim sans cesser de la fixer. Karim lui répondit sèchement, à quoi l'homme rétorqua d'un ton plus sec encore. Le soldat afghan intervint à voix basse pour le raisonner, mais le Russe cria quelque chose qui fit tressaillir les deux autres. Je sentis Baba se crisper à côté de moi. Karim s'éclaircit la gorge, baissa la tête. Et annonça que le soldat réclamait une demi-heure avec la dame.

Celle-ci se masqua derrière son châle en éclatant en sanglots. Son bébé l'imita, tandis que son mari devenait blanc comme un linge. Il demanda à Karim d'implorer l'« honorable monsieur » de se montrer charitable. Peut-être avait-il une sœur ou une mère, peut-être avait-il une femme lui aussi. L'homme écouta Karim lui traduire sa requête et aboya une série de mots.

— C'est son prix pour nous laisser passer, expliqua Karim, qui ne put se résoudre à regarder le mari en face.

— Mais nous avons déjà payé un bon prix. Il a touché une belle somme !

Karim et le Russe palabrèrent.

— Il dit... il dit que tout prix s'accompagne d'une taxe.

C'est alors que Baba se leva. Je voulus le retenir, mais il se dégagea et éclipsa le clair de lune de son imposante silhouette.

— Posez-lui cette question, ordonna-t-il à Karim tout en toisant l'officier. Qu'a-t-il fait de son honneur ?

Nouvelle concertation.

— Pour lui, c'est la guerre. Il n'y a pas d'honneur qui tienne en temps de guerre.

— Il a tort. La guerre ne dispense pas de se comporter décemment. Elle l'exige même, encore plus qu'en temps de paix.

Pourquoi faut-il toujours que tu joues les héros ? pensai-je, le cœur battant. *Pourquoi n'as-tu pas évité de t'en mêler pour une fois ?* Mais je l'en savais incapable – c'était dans sa nature d'agir ainsi. L'ennui était que nous allions tous nous faire massacrer à cause de lui.

Un sourire sur les lèvres, le soldat discuta de nouveau avec Karim.

— Agha sahib, reprit celui-ci, ces *Roussi* ne sont pas comme nous. Ils ne comprennent rien au respect, à l'honneur.

— Qu'a-t-il dit ?

— Qu'il prendrait presque autant de plaisir à vous trouer la peau qu'à…

Il laissa sa phrase en suspens, mais désigna du menton la jeune femme. Le Russe jeta sa cigarette et dégaina son revolver. *Voilà donc le moment où Baba meurt. Voilà comment il disparaît.* Je récitai mentalement une prière que l'on m'avait enseignée à l'école.

— Il faudra me cribler de balles avant que je tolère une telle infamie ! gronda mon père.

Ma mémoire me ramena à cet hiver, presque six ans plus tôt. Je scrutais l'impasse, tapi à l'angle du mur. Kamal et Wali maintenaient Hassan à terre. Les muscles fessiers d'Assef se contractaient et se relâchaient, ses hanches allaient et venaient. Quel héros j'avais été. Je n'avais pensé qu'au cerf-volant. Parfois, je me demandais moi aussi si j'étais vraiment le fils de Baba.

Le Russe à tête de bouledogue leva son arme.

— Baba, assieds-toi, s'il te plaît ! m'écriai-je en agrippant sa manche. Il ne plaisante pas !

Il écarta ma main d'un geste brusque.

— Ne t'ai-je donc rien appris ? me tança-t-il, avant de se tourner vers le soldat. Précisez-lui bien qu'il n'a pas intérêt à me rater, parce que sinon je le taillerai en pièces !

L'officier ne se départit pas un seul instant de son sourire à l'écoute de la traduction. Il ôta le cran de sûreté de son revolver, braqua le canon sur la poitrine de Baba. Le cœur au bord des lèvres, j'enfouis mon visage dans mes mains.

Une détonation retentit.

C'est fini. J'ai dix-huit ans et je n'ai plus personne au monde. Baba est mort et maintenant il faut que je l'enterre. Mais où ? Et où irai-je ensuite ?

Le tourbillon de semi-pensées qui agitait mon cerveau s'arrêta lorsque, entrouvrant les yeux, je découvris mon père toujours debout. Un deuxième officier russe avait rejoint les autres, et c'était de son revolver pointé vers le ciel que s'échappait de la fumée. Celui qui avait menacé de tuer Baba avait déjà rengainé le sien et se dandinait nerveusement à présent. Jamais je n'avais autant eu envie de pleurer et de rire en même temps.

Le nouveau venu, un homme corpulent aux cheveux gris, s'adressa à nous en farsi. Il s'excusa pour la conduite de son camarade.

— La Russie les envoie se battre ici, mais ce ne sont que des gamins qui découvrent le plaisir de la drogue à leur arrivée. (Il jeta au jeune soldat le regard chagrin d'un père exaspéré par les frasques de son fils.) Celui-là est incapable de s'en passer. Je tente comme je peux de l'en sortir...

Il nous fit signe de nous en aller.

Quelques instants plus tard, alors que nous redémarrions, j'entendis un rire, suivi de la voix du premier soldat, pâteuse et fausse, qui entonnait de nouveau la vieille chanson afghane.

Nous roulions en silence depuis un quart d'heure quand le mari de la jeune femme se dressa soudain pour se livrer au même geste que beaucoup d'autres avant lui : il baisa la main de mon père.

Toor et sa déveine. N'avais-je pas surpris ces mots à Mahipar ?

Nous arrivâmes à Djalalabad environ une heure avant le lever du soleil. À l'injonction de Karim, nous quittâmes rapidement le camion pour entrer dans une maison à l'intersection de deux chemins de terre bordés d'acacias, de boutiques closes et de petits pavillons au toit en terrasse. Je relevai frileusement le col de mon manteau tandis que nous nous pressions à l'intérieur en traînant nos bagages. Pour je ne sais quelle raison, je me rappelle avoir senti une odeur de radis.

Une fois qu'il nous eut introduits dans un salon vide et sombre, Karim ferma la porte, puis tira les draps en lambeaux qui faisaient office de rideaux. Il inspira alors et nous annonça la mauvaise nouvelle : son frère Toor ne pouvait nous emmener à Peshawar. Le moteur de son camion avait apparemment explosé la semaine précédente et il attendait les pièces nécessaires à sa réparation.

— La semaine dernière ? s'exclama quelqu'un. Si vous le saviez, pourquoi nous avoir conduits ici ?

Je perçus un mouvement vif du coin de l'œil. Une masse confuse traversa la pièce et, en moins de deux, Karim se retrouva plaqué contre le mur, les sandales à soixante centimètres du sol. Autour de son cou étaient enroulées les mains de mon père.

— Je vais vous dire pourquoi ! cracha celui-ci. Parce qu'il était payé pour assurer une partie du voyage ! C'est tout ce qui l'intéressait !

Karim laissa échapper un râle. De la salive s'écoula de la commissure de ses lèvres.

— Reposez-le, agha, vous allez le tuer, s'interposa l'un des passagers.

— J'en ai bien l'intention.

Ce dont personne ne se doutait, c'est qu'il parlait sérieusement. Devenu tout rouge, Karim battait des jambes. Baba continua à l'étrangler jusqu'à ce que la jeune mère, celle qui avait plu à l'officier russe, le conjure d'arrêter.

Il s'exécuta. Karim s'écroula par terre, où il roula sur lui-même en cherchant désespérément à aspirer un peu d'air. Le silence retomba dans la pièce. Moins de deux heures plus tôt, Baba s'était montré prêt à recevoir une balle pour défendre l'honneur d'une femme qu'il ne connaissait pas. À présent, il avait manqué étouffer un homme et n'aurait eu aucun scrupule à le faire sans les supplices de cette même femme.

Des coups furent frappés à la porte d'à côté. Non, pas à côté, en dessous.

— Qu'est-ce que c'est ? demanda quelqu'un.

— Les autres, haleta Karim entre deux inspirations laborieuses. Au sous-sol.

— Ils sont là depuis longtemps ? gronda Baba.

— Deux semaines.

— Je croyais que le moteur avait lâché la semaine dernière.

Karim se massa la gorge.

— C'était peut-être celle d'avant, croassa-t-il.

— Combien de temps ?

— Quoi ?

— Combien de temps pour se procurer les pièces ? rugit mon père.

Karim sursauta mais ne répondit pas. L'obscurité ambiante me réconforta. Je n'avais aucune envie de contempler le regard meurtrier de Baba.

Une puanteur humide, semblable à celle de la moisissure, assaillit mes narines dès l'instant où Karim ouvrit la trappe menant au sous-sol. Nous descendîmes en file indienne des marches qui gémirent sous le poids de mon père. En bas, je me sentis observé par des yeux qui clignaient dans le noir, avant de distinguer peu à peu des silhouettes serrées les unes contre les autres, ainsi que leur ombre projetée sur les murs par la faible lueur de deux lampes à pétrole. Des murmures discrets s'élevèrent. En arrière-fond, on entendait le clapotement de gouttes d'eau qui s'écrasaient quelque part, et aussi un autre bruit indistinct, comme un grattement.

Baba soupira et posa ses valises.

Karim nous garantit que le camion serait réparé dans les quelques jours à venir. Ensuite, nous partirions pour Peshawar. Vers la liberté. Vers la sécurité.

Ce sous-sol nous abrita une semaine. La troisième nuit, je compris l'origine des grattements. Les rats.

Une fois que mes yeux se furent accoutumés à la pénombre, je dénombrai une trentaine de réfugiés assis épaule contre épaule le long des murs, avec pour toute nourriture des biscuits salés, du pain, des dattes et des pommes. Le premier soir, tous les hommes prièrent ensemble. L'un d'eux demanda à Baba pourquoi il ne se joignait pas à eux.

— Dieu nous sauvera tous. Pourquoi ne L'implorez-vous pas ?

Mon père prisa un peu de son tabac. Étira ses jambes.

— Ce qui nous sauvera, c'est un huit-cylindres et un bon carburateur.

Sa réplique les dissuada tous d'aborder de nouveau le sujet.

Plus tard cette nuit-là, je m'aperçus que parmi les personnes cachées avec nous figurait Kamal. J'éprouvai déjà un choc à le découvrir là, à quelques mètres de moi, mais lorsqu'il s'approcha de nous avec son père et que je vis son visage, que je le vis *vraiment*…

Il s'était flétri – il n'y avait tout simplement pas d'autre mot pour le décrire. Ses yeux me renvoyèrent un regard vide où rien n'indiquait qu'il m'avait reconnu. Il avait les épaules voûtées et les joues pendantes, comme si elles étaient trop fatiguées pour s'accrocher aux os en dessous. Son père, ancien propriétaire d'un cinéma à Kaboul, expliqua à Baba comment, trois mois plus tôt, sa femme avait été tuée d'une balle perdue reçue à la tempe. Puis il lui parla de Kamal. Je ne captai que des bribes de leur conversation : « … n'aurais jamais dû le laisser seul… toujours été si beau garçon, tu sais… ils étaient quatre… a essayé de résister… Dieu… ils l'ont attrapé… il saignait là, en bas… son pantalon… ne dit plus rien… regard fixe… ».

Il n'y aurait pas de camion, nous déclara Karim après que nous eûmes passé une semaine dans le sous-sol infesté de rats. Il était irréparable.

— J'ai une autre solution, ajouta-t-il cependant en haussant la voix par-dessus les récriminations.

Son cousin possédait un camion-citerne dont il s'était déjà servi pour faire sortir des gens du pays.

Comme il se trouvait à Djalalabad, il pourrait probablement tous nous prendre.

Seul un couple de personnes âgées refusa la proposition.

Nous partîmes ce soir-là, Baba, moi, Kamal, son père et les autres. Karim et son cousin – un homme au crâne dégarni et au visage carré, dénommé Aziz – nous aidèrent à entrer dans le réservoir. À tour de rôle, nous escaladâmes l'échelle d'accès avant de nous laisser glisser à l'intérieur. Alors qu'il avait grimpé la moitié des barreaux, Baba sauta au sol et sortit sa tabatière de sa poche. Il la vida, ramassa une poignée de terre au milieu du chemin. L'embrassa. La versa dans la boîte. Et rangea celle-ci dans sa poche de poitrine, sur son cœur.

Panique.

Vous ouvrez la bouche. Vous l'ouvrez si grande que vos mâchoires craquent. Vous ordonnez à vos poumons d'aspirer de l'air, MAINTENANT, vous avez besoin d'air, là, MAINTENANT. Mais vos voies respiratoires vous ignorent. Elles s'affaissent, elles se raidissent, elles se compriment, et soudain vous avez l'impression de respirer par une paille. Votre bouche se ferme, vos lèvres se pincent, et vous ne parvenez qu'à émettre un son rauque et étranglé. Vos mains se tordent et tremblent. Quelque part, un barrage s'est fissuré, livrant passage à un flot de sueur froide qui se déverse hors de votre corps. Vous aimeriez hurler. Vous n'hésiteriez pas si vous le pouviez. Mais il faut respirer pour ça.

Panique.

S'il avait fait sombre dans le sous-sol, il régnait une obscurité totale dans le réservoir. Je regardai à droite, à gauche, en haut, en bas, j'agitai les mains devant moi, sans distinguer l'ombre d'un mouvement. Je clignai des yeux, encore et encore. Rien. L'air n'était pas normal. Trop épais, presque solide. L'air n'était pas censé être solide. J'avais envie de tendre les bras pour le réduire en petits morceaux et les fourrer dans ma gorge. Quant à l'odeur nauséabonde de l'essence... Les vapeurs toxiques me brûlaient les yeux, autant que si l'on m'avait décollé les paupières pour les frotter avec du citron. J'avais le nez en feu à chaque inspiration. On peut très bien mourir dans un endroit pareil, raisonnai-je. Un cri montait en moi. Il montait, montait...

Et puis un petit miracle se produisit. Baba me tira par la manche et une lueur verte brilla dans le noir. De la lumière ! Sa montre, en fait. Je me concentrai sur les aiguilles fluorescentes, si apeuré à l'idée de les perdre de vue que j'osais à peine bouger.

Lentement, je pris conscience de ce qui m'entourait. Je perçus des grognements, des prières marmonnées. Un bébé pleura, que sa mère apaisa en silence. Une personne rota. Une autre maudit le *Shorawi*. Le camion nous ballottait en tous sens, si bien que des têtes heurtaient parfois la paroi métallique.

— Pense à quelque chose d'agréable et d'heureux, me conseilla Baba.

Quelque chose d'agréable. D'heureux. Je laissai vagabonder mes pensées, jusqu'à ce qu'une scène me revînt à l'esprit.

Un vendredi après-midi à Paghman. Un champ vert pomme ponctué çà et là de mûriers en fleur. Je suis avec Hassan au milieu d'herbes folles qui nous arrivent aux chevilles. Je tire sur la ligne, la bobine se dévide entre ses mains calleuses et nous suivons du regard le cerf-volant dans le ciel. Nous n'échangeons pas un mot, non parce que nous n'avons rien à nous dire, mais parce que cela n'est pas nécessaire. Ainsi en va-t-il entre deux êtres quand chacun a été le premier à marquer la mémoire de l'autre. Des êtres nourris au même sein. L'herbe ondoie sous la brise. Hassan laisse filer la ligne et le cerf-volant tournoie, plonge, se stabilise enfin. Nos ombres jumelles dansent au sol. Derrière le muret en brique, à l'extrémité du champ, s'élèvent des rires, des conversations, ainsi que le clapotis d'une fontaine. Et aussi de la musique – un vieil air familier, peut-être *Ya Mowlah*, joué par un *rubab*. Quelqu'un nous crie nos noms par-dessus le muret, c'est l'heure du thé.

Impossible en revanche de me rappeler à quel mois, ni même à quelle année remontent ces instants. Je savais juste que ce souvenir vivait en moi, tel un morceau parfaitement préservé d'un passé radieux, une touche de couleur sur la toile grise et désolée qu'étaient devenues nos vies.

Je garde de la fin du voyage des impressions diffuses qui se résument pour la plupart à des sons et des odeurs : le vacarme des Mig au-dessus de nous, le staccato des mitraillettes, le braiment d'un âne, le tintement des cloches, le cri des moutons, le crissement du gravier sous les roues du camion, les pleurs d'un bébé dans le noir, la puanteur de l'essence, des vomissures et des excréments.

J'ai ensuite en tête la lumière aveuglante du petit matin lorsque je sortis du réservoir. Je levai les yeux, ébloui, en respirant comme si le monde allait manquer d'oxygène. Peu après, allongé sur le bord de la route à côté d'un fossé caillouteux, je contemplai les nuages, heureux de cet air, de cette clarté. Heureux d'être en vie.

— Nous sommes au Pakistan, Amir ! s'écria Baba. Karim dit qu'il va faire venir un bus pour nous emmener à Peshawar.

Je roulai sur le ventre et, toujours au contact de la terre fraîche, vis les deux valises posées de chaque côté de mon père. À travers le V inversé de ses jambes m'apparurent aussi le camion, dont le moteur tournait au ralenti, et les autres réfugiés qui descendaient l'échelle arrière. Au-delà, le chemin de terre se déroulait au milieu de champs semblables à des draps de plomb sous le ciel gris, avant de disparaître derrière une série de collines arrondies. Un petit village s'étalait au sommet d'un versant calciné par le soleil. Déjà, je regrettais l'Afghanistan.

Je fixai de nouveau nos bagages et ce spectacle me fit mal au cœur pour Baba. Après tant de projets, d'efforts, de tracas et de rêves, voilà à quoi se réduisait sa vie : un fils indigne et deux valises.

Quelqu'un criait. Non, il ne criait pas, il se lamentait. Des passagers s'étaient rassemblés et discutaient d'une voix pressante. Les mots « vapeurs toxiques » furent prononcés, puis répétés, tandis que la plainte se transformait en hurlement déchirant.

Baba et moi nous hâtâmes vers l'attroupement. Assis en tailleur au milieu des gens, le père de Kamal se balançait d'avant en arrière en embrassant le visage livide de son fils.

— Il ne respire plus ! Mon garçon ne respire plus ! gémissait-il.

Le corps sans vie de Kamal gisait sur ses genoux. Sa main droite pendait ouverte, agitée seulement par les sanglots de son père.

— Mon fils ! Il ne respire plus ! Allah, aidez-le !

Baba s'agenouilla à côté de lui pour le soutenir. L'homme l'écarta toutefois et se rua vers Karim, qui se tenait à proximité avec son cousin. Tout s'enchaîna trop vite alors pour que l'on pût parler de bagarre. Karim poussa une exclamation de surprise et recula. Un bras fendit l'air, une jambe décocha un coup. Une

143

seconde plus tard, le père de Kamal brandissait le revolver de notre passeur.

— Ne me tuez pas ! cria celui-ci.

Mais avant que l'un de nous ait eu le temps d'intervenir, l'autre s'enfonça le canon de l'arme dans la bouche. Je n'oublierai jamais l'écho de la détonation. Ni le flash lumineux, ni le jet de sang qui l'accompagnèrent.

Je me pliai en deux et vomis sur le bord de la route.

11

Fremont, Californie. Années quatre-vingt

Baba adorait l'*idée* de l'Amérique.

Il attrapa pourtant un ulcère à vivre dans ce pays.

Je me souviens de nos promenades au Lake Elizabeth Park à Fremont, à quelques rues de notre appartement. Nous observions les petits garçons s'exercer au maniement de la batte et les petites filles glousser sur les balançoires de l'aire de jeux, pendant qu'il m'éclairait sur ses opinions politiques avec des tirades interminables :

— Il n'existe que trois grandes nations en ce monde, Amir. (Il les comptait sur ses doigts : les États-Unis – impétueux sauveurs –, la Grande-Bretagne et Israël.) Les autres…, se moquait-il en agitant la main d'un air méprisant, ne sont que de vieilles radoteuses.

Son discours sur Israël lui attirait les foudres des Afghans de Fremont, lesquels l'accusaient d'être projuif et, par conséquent, contre l'islam. Chaque fois qu'ils se réunissaient autour d'un thé et d'un gâteau, mon père les rendait fous d'indignation.

— Ce qu'ils ne comprennent pas, me disait-il ensuite, c'est que la religion n'a rien à voir dans cette histoire.

À ses yeux, Israël était une île peuplée de « vrais hommes » au milieu d'une mer d'Arabes trop occupés à s'engraisser avec leur pétrole pour se soucier de leurs concitoyens.

— Israël fait ci, Israël fait ça, singeait-il ses détracteurs en imitant l'accent arabe. Alors qu'attendez-vous pour riposter ? Bougez-vous ! Aidez les Palestiniens !

Il détestait Jimmy Carter, qu'il surnommait le « crétin aux grands pieds ». En 1980, alors que nous étions encore à Kaboul, les États-Unis avaient annoncé qu'ils boycotteraient les jeux Olympiques de Moscou.

— Ah ! s'était-il écrié avec dégoût. Brejnev massacre les Afghans et tout ce que ce bouffeur de cacahuètes trouve à répliquer, c'est : « Je ne viendrai pas nager dans votre piscine ! »

Il estimait que Carter avait malgré lui davantage soutenu le communisme que Leonid Brejnev.

— Il est incapable de diriger ce pays. C'est comme mettre au volant d'une Cadillac toute neuve un enfant qui ne sait pas faire du vélo.

Les États-Unis et le monde avaient besoin d'un homme fort, fiable, qui agirait au lieu de geindre. Cet homme lui apparut sous les traits de Ronald Reagan. Le jour où celui-ci qualifia le *Shorawi* d'« empire du mal » à la télé, Baba sortit acheter un poster montrant le président tout sourire, les pouces levés. Il l'encadra et l'accrocha dans notre entrée, juste à côté de la photo noir et blanc où lui-même figurait en cravate avec le roi Zaher shah, dont il serrait la main. La plupart de nos voisins à Fremont étaient des chauffeurs de bus, des policiers, des employés de station-service et des mères célibataires vivant d'allocations de l'État – le type même de travailleurs modestes qu'étranglerait bientôt la politique économique de Reagan. Baba se distinguait comme le seul républicain de notre immeuble.

Mais le brouillard et la pollution de la baie de San Francisco lui irritaient les yeux, le bruit de la circulation lui donnait des maux de tête et le pollen le faisait tousser. Les fruits n'étaient jamais assez sucrés, l'eau assez propre. Et où étaient passés les arbres et les champs ? Durant deux ans, je tentai de l'inscrire à des cours d'anglais langue étrangère, afin qu'il puisse mieux s'exprimer. Il raillait cette simple suggestion.

— Si j'épelle correctement le mot « chat », le professeur me filera peut-être un bon point pour que je puisse te le montrer le soir à la maison, bougonnait-il.

Un dimanche du printemps 1983, j'entrai dans une petite librairie qui vendait des livres de poche d'occasion, à côté du cinéma indien, juste à l'ouest du croisement entre Fremont Boulevard et la voie ferrée. J'avertis Baba que j'en aurais pour cinq minutes. Il haussa toutefois les épaules – employé d'une station-service à Fremont, il ne travaillait pas ce jour-là. Je le suivis du regard tandis qu'il se dirigeait vers Fast & Easy, une petite épicerie tenue par un couple de Vietnamiens, M. et Mme Nguyen, tous deux de sympathiques vieillards aux cheveux gris. La femme souffrait de la maladie de Parkinson et le mari avait été opéré de la hanche.

— On dirait l'homme qui valait trois milliards maintenant, aimait-elle répéter avec son sourire édenté. Vous vous rappelez cette série, *L'homme qui valait trois milliards*, Amir ?

M. Nguyen prenait alors la mine concentrée de l'acteur Lee Majors et imitait sa course au ralenti.

Je feuilletais un exemplaire défraîchi de la série des Mike Hammer lorsque j'entendis des cris et un bruit de verre brisé. Laissant tomber mon livre, je m'élançai vers l'épicerie. Je trouvai les deux commerçants derrière leur comptoir, adossés au mur, le teint livide. M. Nguyen serrait sa femme dans ses bras. À terre, devant Baba, gisaient des oranges, un présentoir de magazines, un bocal cassé de bœuf séché et des éclats de verre.

Il s'avéra que, n'ayant pas d'argent liquide sur lui pour payer les oranges, mon père avait signé un chèque et s'était vu demander une pièce d'identité.

— Il me réclame mes papiers ! s'insurgeait-il en farsi. On lui achète ses foutus fruits depuis presque deux ans, on lui remplit les poches et ce fils de chien me réclame mes papiers !

— Baba, ça n'a rien de personnel, m'interposai-je en adressant un sourire aux Nguyen. Ils y sont obligés.

— Je ne veux plus de vous ici ! décréta M. Nguyen, qui s'avança devant sa femme et désigna Baba avec sa canne. Vous êtes un brave garçon, jeune homme, ajouta-t-il à mon intention, mais votre père, il est fou. Il n'est plus le bienvenu.

— Il me prend pour un voleur ou quoi ? tonna Baba. (Des passants commençaient à s'attrouper à l'extérieur et nous dévisageaient.) Qu'est-ce que c'est que ce pays où personne n'a confiance en personne ?

— J'appelle la police, menaça Mme Nguyen. Sortez ou j'appelle la police.

— Non, s'il vous plaît, madame, la suppliai-je. Je le ramène à la maison. Mais n'appelez pas la police, d'accord ? S'il vous plaît.

— Oui, ramenez-le chez vous. Bonne idée, approuva son mari.

Derrière ses lunettes à double foyer, ses yeux ne lâchaient pas Baba. Je poussai ce dernier dehors. Au passage, il envoya un coup de pied dans un magazine. Je lui arrachai la promesse de ne pas me suivre et retournai m'excuser auprès des Nguyen. Mon père vivait des moments difficiles, arguai-je. Je laissai ensuite notre adresse et notre numéro de téléphone à la vieille femme en la priant d'estimer le montant des dégâts.

— Téléphonez-moi dès que vous l'aurez chiffré. Je vous dédommagerai pour tout, madame Nguyen. Je suis vraiment désolé.

Elle saisit le morceau de papier et hocha la tête. Ses mains tremblaient plus qu'à l'ordinaire, et j'en voulus à Baba de l'avoir autant bouleversée.

— Mon père ne s'est pas encore habitué au mode de vie américain, conclus-je en guise d'explication.

Je faillis ajouter que, à Kaboul, c'était une simple branche arrachée à un arbre qui nous faisait office de carte de crédit. Hassan et moi la présentions au boulanger, qui pratiquait des entailles dessus avec son couteau – une par naan sorti pour nous du tandoor brûlant. À la fin de chaque mois, mon père lui réglait le nombre total d'encoches. Point. Pas de questions. Pas de carte d'identité.

Mais je me tus. Je remerciai M. Nguyen de n'avoir pas alerté la police et rentrai à la maison avec Baba. Boudeur, il alla fumer sur le balcon pendant que je préparais du riz avec un ragoût de cous de poulet. Un an et demi s'était écoulé depuis que nous étions descendus du Boeing en provenance de Peshawar. Pour autant, Baba avait du mal à s'adapter au mode de vie américain.

Nous dînâmes en silence ce soir-là. À la deuxième bouchée, mon père repoussa son assiette.

Je lui jetai un coup d'œil par-dessus la table. Ses ongles abîmés étaient noircis par l'huile de moteur, ses doigts égratignés et ses habits imprégnés de l'odeur des stations-service – mélange de poussière, de sueur et d'essence. Il m'évoquait ces veufs qui se remarient mais ne réussissent pas à oublier leur femme décédée. Les champs de canne à sucre de Djalalabad et les jardins de Paghman lui manquaient. Il regrettait de ne plus accueillir d'incessants visiteurs chez lui, de ne plus pouvoir se promener dans les allées animées du Shor Bazaar et saluer des gens qui les connaissaient lui, son père et son grand-père, des gens avec qui il avait des ancêtres communs et dont le passé se confondait par moments avec le sien.

Pour moi, les États-Unis représentaient un pays où enterrer mes souvenirs.

Pour Baba, un endroit où pleurer les siens.

— On devrait peut-être retourner à Peshawar, proposai-je en considérant les glaçons dans mon verre d'eau

Nous avions attendu six mois là-bas que l'INS, les services d'immigration et de naturalisation, nous délivre nos visas. Nous logions dans un deux-pièces crasseux qui empestait les chaussettes sales et l'urine de chat, mais nous étions entourés de visages familiers, du moins en ce qui concernait Baba. Il invitait à dîner tous les voisins de notre étage – des Afghans dans la même situation que nous pour la plupart. Inévitablement, tel apportait un tabla, tel autre un harmonium. Nous faisions infuser du thé et quiconque avait une voix plus ou moins mélodieuse chantait jusqu'à ce que le jour se lève, que les moustiques cessent de bourdonner et que les mains deviennent douloureuses à force de les écraser.

— Tu étais plus heureux à Peshawar, Baba. Tu t'y sentais plus comme chez toi.

— Peshawar me convenait à moi. Pas à toi.

— Tu travailles dur, ici.

— Ça ne va pas si mal, maintenant, objecta-t-il
– allusion à sa promotion au poste de gérant de
station-service.

J'avais cependant remarqué la manière dont il
grimaçait et se frottait les poignets les jours de pluie.
Et les gouttes de transpiration sur son front lorsqu'il
attrapait son flacon d'antiacides après les repas.

— Et puis, on n'est pas venus ici pour moi,
souligna-t-il.

Je tendis le bras par-dessus la table et couvris sa
main de la mienne. Ma main d'étudiant, propre et
douce, sur sa main de travailleur, sale et calleuse. Je
songeai aux camions, aux trains électriques et aux
vélos qu'il m'avait offerts à Kaboul. Et à présent, les
États-Unis. Son dernier cadeau à Amir.

Juste un mois après avoir atterri sur le sol américain,
Baba avait déniché un emploi près de Washington
Boulevard, dans une station-service appartenant à une
connaissance – il s'était mis en quête d'un travail sitôt
arrivé. Six jours par semaine, douze heures par jour,
il servait de l'essence, tenait la caisse, faisait des
vidanges et lavait des pare-brise. Je lui apportais
parfois son déjeuner et le trouvais occupé à chercher
un paquet de cigarettes sur les rayons, les traits tirés
et le teint pâle sous la lumière vive des néons, tandis
qu'un client attendait derrière le comptoir maculé de
taches de graisse. Lorsque le carillon électronique de
la porte m'annonçait, il se retournait et m'adressait un
geste de la main en souriant, les yeux humides de
fatigue.

Le jour où il fut embauché, Baba et moi nous
rendîmes auprès de notre assistante sociale à San Jose.
Mme Dobbins était une femme noire obèse aux yeux
pétillants, dont les joues se creusaient d'une fossette
quand elle souriait. Elle m'avait glissé une fois qu'elle
chantait à l'église, ce que je croyais volontiers – sa

voix avait la douceur du lait chaud et du miel. Baba lâcha sur son bureau une pile de coupons alimentaires.

— Merci, mais je n'en veux pas. Je travaillé, toujours. Je travaillé en Afghanistan, je travaillé en Amérique. Merci beaucoup, madame Dobbins, mais je ne pas accepter la charité.

Mme Dobbins en resta bouche bée. Elle ramassa les coupons et nous examina comme si nous étions en train de nous payer sa tête ou de « mijoter une entourloupe », pour reprendre une expression d'Hassan.

— Quinze ans que j'fais ce boulot et personne les a jamais refusés !

Baba mit ainsi un terme à l'humiliation que nous éprouvions à présenter ces tickets alimentaires lors de nos passages en caisse dans les magasins. Il se soulagea par la même occasion de l'une de ses plus grandes craintes : qu'un Afghan le voie acheter à manger grâce à la charité d'autrui. Il sortit du centre d'assistance sociale tel un homme guéri d'une tumeur.

Je reçus le diplôme qui couronnait la fin de mes études au lycée pendant l'été 1983. Je fus de loin l'élève le plus âgé à jeter en l'air ce jour-là son mortier sur le terrain de foot. À un moment, je perdis Baba au milieu de la foule des familles, des flashs et des toges bleues, puis le repérai près de la ligne des vingt *yards*, les poings dans les poches et un appareil photo autour du cou. Des gens qui se mouvaient entre nous – filles vêtues de bleu s'embrassant entre rires et larmes, garçons échangeant des gestes de connivence avec leur père ou leurs camarades – me le masquèrent de nouveau avant qu'il réapparaisse à ma vue. Sa barbe grisonnait, ses tempes se dégarnissaient. N'avait-il pas été plus grand à Kaboul ? Il portait son costume marron – son seul et unique, qu'il réservait aux mariages et aux enterrements – et la cravate rouge que je lui avais achetée pour ses cinquante ans cette année-là. Soudain, il m'aperçut. Il agita le bras, me sourit et me fit signe de coiffer ma toque. Il me prit en photo avec la tour de l'horloge du lycée en arrière-plan. Je lui rendis son sourire – en un sens, cette journée avait plus d'importance pour lui que pour moi. Il s'approcha ensuite et m'entoura de son bras.

— Je suis *moftakhir*, Amir, me dit-il en m'embrassant sur le front. Je suis fier de toi.

Ses yeux brillaient et je goûtai le plaisir d'être celui sur qui ils étaient dirigés.

Le même soir, il m'invita dans un restaurant afghan à Hayward où, non content de commander trop à manger, il raconta au propriétaire que son fils entrait à l'université à l'automne. Au cours d'une brève discussion avant la cérémonie de remise des diplômes, je lui avais expliqué que je voulais trouver du travail. Pour l'aider un peu, économiser et peut-être entamer des études l'année suivante. Il m'avait alors décoché l'un de ses regards meurtriers qui m'avait dissuadé d'insister.

Après le repas, Baba m'emmena dans un bar situé en face du restaurant. L'endroit était sombre et les murs imprégnés de l'odeur âcre de la bière, que j'avais toujours détestée. Casquette de base-ball vissée sur le crâne, des hommes en tee-shirt sans manches jouaient au billard au milieu de la fumée des cigarettes qui planait en formant des volutes au-dessus des tables vertes. Autant dire que nous ne passâmes pas inaperçus tous les deux, Baba avec son costume et moi avec mon pantalon à pli et ma veste. Nous nous installâmes au bar, à côté d'un vieil homme au visage tanné à qui la clarté bleuâtre d'un néon publicitaire conférait un air maladif. Baba alluma une cigarette et demanda des bières.

— Ce soir, je suis content ! déclama-t-il sans s'adresser à personne en particulier. Ce soir, je bois avec mon fils. Une bière aussi pour mon ami, ajouta-t-il en administrant une tape dans le dos à son voisin.

Celui-ci porta la main à son chapeau et sourit, dévoilant une bouche dépourvue de dents du haut.

Baba descendit sa chope en trois gorgées, avant d'en réclamer une autre. Il en était à sa troisième lorsque je me forçai à boire un quart de la mienne. À ce moment-là, il avait déjà offert un scotch au vieillard, ainsi que des Budweiser à quatre joueurs de billard. Les hommes lui serrèrent la main, le remercièrent, trinquèrent à sa santé. Quelqu'un avança son briquet quand il sortit une deuxième cigarette. Baba desserra sa cravate et tendit quelques *quarters* au type édenté.

— Mets ta chanson préférée, lança-t-il en pointant le juke-box du doigt.

Le vieux acquiesça, lui fit un salut et, bientôt, le bar résonna de musique country. En un rien de temps, mon père avait créé une ambiance de fête.

Un peu plus tard au cours de la soirée, il se redressa, leva sa bière, dont il renversa une partie sur le sol recouvert de sciure de bois, et cria : « Merde aux Russes ! » Des rires tonitruants accueillirent sa remarque. Baba se fendit d'une nouvelle tournée générale.

À la fin, tout le monde fut triste de le voir partir. Kaboul, Peshawar, Hayward. *Sacré Baba, il n'a pas changé*, constatai-je avec attendrissement.

Je pris le volant de sa vieille Buick Continental ocre pour le ramener à la maison. En cours de route, il s'assoupit et se mit à ronfler comme une chaudière, me donnant à respirer les effluves doux et âcres à la fois du tabac et de l'alcool. Il se réveilla toutefois lorsque je m'arrêtai.

— Avance encore, m'intima-t-il d'une voix rauque.

— Pourquoi ?

— Obéis.

Je me garai à sa demande à l'extrémité sud de la rue. Il plongea alors la main dans la poche de son manteau et me remit un jeu de clés.

— Tiens, lâcha-t-il en me désignant la voiture devant nous.

Il s'agissait d'un vieux modèle Ford, long et large, d'une couleur sombre que je ne parvins pas à identifier au clair de lune.

— Elle a besoin d'une couche de peinture et il faudra que je charge l'un des gars de la station-service de te poser de nouveaux amortisseurs, mais elle marche.

Je saisis les clés, abasourdi. Mon regard navigua entre lui et le véhicule.

— Elle te servira pour aller à l'université, ajouta-t-il.

J'attrapai sa main et la serrai, les yeux débordant de larmes. J'étais content que l'obscurité masque nos visages.

— Merci, Baba.

Nous sortîmes et montâmes dans la Ford – une Grand Torino. Bleu marine, me précisa Baba. Je la conduisis dans le quartier, testant les freins, la radio, les clignotants. Puis je me rangeai devant notre immeuble et coupai le contact.

— *Tashakor*, Baba jan.

J'aurais aimé m'épancher davantage, lui confier combien sa gentillesse me touchait, combien j'appréciais tout ce qu'il avait fait pour moi, et tout ce qu'il continuait de faire. Mais cela l'aurait mis dans l'embarras.

— *Tashakor*, répétai-je à la place.

Il sourit et se cala contre l'appuie-tête, le front touchant presque le toit de la voiture. Assis dans le noir, en silence, nous écoutâmes les bruits du moteur qui refroidissait, le hurlement d'une sirène au loin. Puis il se tourna vers moi :

— Dommage qu'Hassan n'ait pas été avec nous aujourd'hui, observa-t-il.

Un étau se referma sur ma gorge lorsqu'il prononça ce nom. Je baissai la vitre et attendis qu'il se desserre.

Je m'inscrirais en première année d'un Junior College [1] à l'automne, lui déclarai-je le lendemain, alors qu'il buvait du thé noir froid en mâchonnant des graines de cardamome. Il ne se fiait guère qu'à cet antidote personnel pour lutter contre les maux de tête qui accompagnaient une gueule de bois.

— Je pense me spécialiser en anglais, enchaînai-je, inquiet de sa réaction.

— En anglais ?

— J'étudierai les techniques d'écriture, en fait.

Il réfléchit. Sirota une gorgée de thé.

— Tu parles d'histoires. Tu inventeras des histoires.

Je baissai la tête.

— Ça rapporte, ça ?

— Quand on est doué. Et quand quelqu'un vous remarque.

— Et beaucoup de gens sont remarqués dans ce domaine ?

— Certains, l'assurai-je.

— Que feras-tu alors en attendant d'être doué et remarqué ? Comment gagneras-tu ta vie ? Si tu te maries, comment nourriras-tu ta khanum ?

1. Établissement d'enseignement supérieur préparant un diplôme en deux ans. (N.d.T.)

Je n'osai croiser son regard.

— Je... Je trouverai du travail.

— Ben voyons. Si je comprends bien, tu vas étudier plusieurs années et ensuite tu prendras un boulot *chatti* comme le mien. Un boulot que tu pourrais très bien dénicher dès maintenant. Tout ça dans l'espoir que ton diplôme t'aide peut-être un jour à être... remarqué.

Il avala une nouvelle gorgée et grommela quelque chose au sujet des facultés de médecine, de celles de droit et des « emplois sérieux ».

Les joues en feu, je me sentis envahi par un sentiment de culpabilité à la pensée de son ulcère, de ses ongles noirs et de ses poignets douloureux. Mais j'étais décidé à ne pas fléchir. Je ne voulais plus rien lui sacrifier. La dernière fois m'avait coûté trop cher.

Baba soupira et, cette fois, jeta toute une poignée de graines de cardamome dans sa bouche.

Il m'arrivait de m'installer au volant de ma Ford et de rouler des heures, vitres baissées. Je partais de l'est de la baie pour me diriger vers le sud, avant de remonter la péninsule puis de rebrousser chemin. Je sillonnais les rues perpendiculaires et bordées de peupliers américains de notre quartier de Fremont, là où des gens qui n'avaient jamais serré la main d'un roi vivaient dans des pavillons miteux avec des barreaux aux fenêtres, là où de vieilles voitures comme la mienne laissaient des traînées d'huile sur le bitume. Des grillages couleur poussière fermaient les jardins tandis que des jouets, des pneus lisses et des bouteilles de bière jonchaient les pelouses mal entretenues à l'avant des maisons. Je passais aussi devant des parcs ombragés qui embaumaient l'écorce et des centres commerciaux assez grands pour que cinq tournois de *buzkashi* s'y déroulent en même temps.

Je gravissais les collines de Los Altos, m'attardant devant des propriétés dotées de baies panoramiques et de lions en argent qui montaient la garde de part et d'autre de portails en fer forgé. Dans ces demeures où des fontaines ornées de chérubins jouxtaient des allées soignées, aucune Ford Torino n'était visible. À côté d'elles, la maison de Baba à Wazir-Akbar-Khan faisait figure de modeste hutte.

Certains samedis matin, je m'éveillais tôt, empruntais la nationale 17 en direction du sud et suivais son parcours sinueux à travers les montagnes jusqu'à Santa Cruz. Une fois là-bas, je m'arrêtais près du vieux phare et attendais le lever du soleil, calé sur mon siège, en observant les nappes de brouillard qui s'avançaient vers les terres. En Afghanistan, je n'avais vu l'océan qu'au cinéma. Assis dans le noir à côté d'Hassan, je m'étais toujours demandé si, comme je l'avais lu, l'air marin sentait bien le sel. Je lui avais promis qu'un jour viendrait où nous nous promènerions sur une plage parsemée d'algues, où nous enfouirions nos pieds dans le sable et regarderions l'eau refluer entre nos orteils. Je pleurai presque la première fois que je contemplai le Pacifique. Il était aussi vaste et bleu que sur les écrans de cinéma de mon enfance.

Parfois aussi, en début de soirée, je me garais et gagnais à pied une passerelle surplombant l'autoroute. Le visage appuyé contre la rambarde, j'essayais de compter les feux arrière rouges qui défilaient lentement et s'étendaient à l'infini. Des BMW. Des Saab. Des Porsche. Autant de marques que je n'avais jamais aperçues à Kaboul, la plupart des gens y conduisant des Volga russes, de vieilles Opel ou des Paikan iraniennes.

Près de deux ans s'étaient écoulés depuis notre arrivée aux États-Unis et je m'émerveillais encore devant l'immensité de ce territoire. Les autoroutes se succédaient les unes aux autres, de même que les villes, les collines et les montagnes, sans que jamais ne cessent de surgir derrière elles de nouvelles agglomérations, de nouveaux habitants.

Bien avant que l'armée russe envahisse l'Afghanistan, bien avant que les villages soient brûlés, les écoles détruites, les mines semées comme des graines mortelles et les enfants enterrés sous des tas de pierres, Kaboul était devenue pour moi une ville peuplée de fantômes. De fantômes affublés de becs-de-lièvre.

Les États-Unis étaient différents. Ils s'apparentaient à mes yeux à un fleuve tumultueux qui avançait, insoucieux de son passé. Je pouvais m'y plonger, laisser mes péchés couler au fond et le courant m'entraîner au loin. Au loin, vers un lieu que ne hantait nul fantôme, nul souvenir, nul péché.

À défaut d'une autre, c'est pour cette raison que je fis mien ce pays.

L'été suivant – celui de 1984, au cours duquel j'eus vingt et un ans –, Baba vendit sa vieille Buick et, pour cinq cent cinquante dollars, acheta un van Volkswagen déglingué de 1971 à une vieille connaissance afghane qui avait été professeur de sciences dans un lycée de Kaboul. Les têtes se tournèrent sur son passage l'après-midi où il s'engagea avec lui dans notre rue, entre deux toussotements et pets du moteur. Il coupa le contact et le véhicule se glissa silencieusement sur notre place réservée. Adossés à nos sièges, nous rîmes alors jusqu'à ce que les larmes roulent sur nos joues – mais surtout jusqu'à ce que nous fussions certains que les voisins ne nous épiaient plus. Le van en question était une triste carcasse métallique rouillée, avec des sacs-poubelle noirs en lieu et place des vitres fracassées, des pneus lisses et un tissu intérieur lacéré d'où pointaient les ressorts. Le vieux professeur avait toutefois rassuré Baba : le moteur et la transmission fonctionnaient bien, et sur ce point-là il n'avait pas menti.

Le samedi, Baba me réveillait à l'aube. Pendant qu'il s'habillait, j'épluchais les petites annonces des journaux locaux, entourant celles des vide-greniers. Nous établissions ensuite notre itinéraire – Fremont, Union City, Newark et Hayward en premier, puis San Jose, Milpitas, Sunnyvale et Campbell si nous en avions le temps. Baba conduisait, une Thermos de thé chaud à portée de main, tandis que j'endossais le rôle de copilote. Ensemble, nous nous rendions chez des particuliers pour leur acheter des objets dont ils ne voulaient plus. Nous marchandions aussi bien d'antiques machines à coudre que des Barbie borgnes, des raquettes de tennis en bois, des guitares auxquelles il manquait des cordes ou de vieux aspirateurs Electrolux. Dès le milieu de l'après-midi, l'arrière du van regorgeait d'articles usagés. Puis, le dimanche matin, nous allions au marché aux puces de San Jose, situé sur Berryessa Road, afin d'y louer un emplacement où vendre notre camelote. Nous nous ménagions un petit bénéfice : un disque des Chicago acheté un *quarter* la veille se monnayait un dollar, ou bien quatre dollars les cinq. Une machine à coudre Singer en piteux état, acquise dix dollars, en rapportait vingt-cinq.

Dès 1984, les familles afghanes s'étaient approprié toute une partie du marché de San Jose, emplissant de leur musique les allées de la section « Biens d'occasion ». Un code de conduite tacite régissait leurs rapports : il fallait saluer le marchand installé en face de soi, l'inviter à déguster un *bolani* – un beignet de pommes de terre – ou un peu de *qabuli* – du jarret de mouton. On engageait ensuite la conversation avec lui, on lui présentait ses *tassali* – ses condoléances – à la mort d'un parent, on le félicitait à l'occasion d'une naissance, et on secouait la tête avec tristesse quand l'Afghanistan et les *Roussis* étaient évoqués – ce qui se produisait inévitablement. Mais mieux valait ne pas discuter de ce que l'on avait fait le samedi : il pouvait se révéler que le type devant vous était précisément celui que, dans votre hâte d'arriver le premier à un vide-grenier prometteur, vous aviez failli emboutir la veille sur une sortie d'autoroute.

La seule chose qui coulât plus abondamment que le thé dans ces allées était les ragots. Au marché aux puces, on sirotait du thé vert avec des *kolchas* aux amandes tout en apprenant que la fille de… avait rompu ses fiançailles pour s'enfuir avec son petit ami américain, qu'Untel avait été *parchami* – communiste – à Kaboul, et qu'un autre s'était acheté une maison sous le manteau alors même qu'il touchait des aides de l'État. Le thé, la politique et les scandales constituaient les principaux ingrédients d'un dimanche afghan au marché.

Parfois je tenais le stand pendant que Baba flânait de-ci de-là, les mains pressées sur sa poitrine en signe de respect pour saluer d'anciennes relations de Kaboul : des mécaniciens et des tailleurs qui vendaient des manteaux de laine de seconde main et des casques de vélo éraflés, mais aussi d'anciens ambassadeurs, des chirurgiens au chômage et des professeurs d'université.

Un dimanche de juillet 1984, tôt le matin, j'achetai deux cafés auprès des responsables de la location des emplacements pendant que Baba déballait nos affaires. Lorsque je le rejoignis, il se trouvait en compagnie d'un homme d'allure distinguée et plus âgé que lui. Je posai les tasses sur le pare-chocs arrière du van, à côté de l'autocollant « Reagan/Bush, 1984 ».

— Amir, m'appela-t-il, voici le général sahib, M. Iqbal Taheri. Il a été promu à ce rang à Kaboul. Il travaillait pour le ministère de la Défense.

Taheri. Pourquoi ce nom m'était-il familier ?

Le général s'esclaffa, en homme habitué à participer à des dîners officiels durant lesquels il se devait de rire aux petites plaisanteries de gens importants. Il avait des cheveux gris épars ramenés en arrière de son front lisse et bronzé, et des sourcils broussailleux parsemés de touffes de poils blancs. Parfumé à l'eau de Cologne, il portait un costume trois pièces gris, lustré par trop de passages au pressing. La chaîne en or d'une montre de gousset pendait de sa veste.

— Quelle présentation cérémonieuse, remarqua-t-il d'une voix grave et raffinée. *Salaam, bachem.* Bonjour, mon enfant.

— *Salaam*, général sahib, répondis-je en lui serrant la main.

Malgré la finesse de celle-ci, il avait une poigne très ferme, comme si sa peau soignée recouvrait en réalité de l'acier.

— Amir se prépare à devenir un grand écrivain, intervint Baba, ce qui me laissa interdit. Il vient de finir sa première année à l'université et a obtenu un A dans toutes les matières.

— Il ne s'agit que d'une école supérieure, objectai-je.

— *Mashallah !* fit le général. Écriras-tu sur notre pays ? Son histoire, peut-être ? Ou son économie ?

— Non, des romans, rectifiai-je en songeant à la douzaine de nouvelles dont j'avais rempli le cahier en cuir de Rahim khan.

Je me demandai pourquoi je me sentais soudain gêné de les évoquer devant cet homme.

— Ah ! un conteur ! Ma foi, les gens ont bien besoin qu'on les divertisse en des temps si difficiles.

(Il posa sa main sur l'épaule de Baba et se tourna vers moi.) Parlant d'histoire, ton père et moi avons chassé le faisan un été à Djalalabad. Ce fut un moment très agréable. Si je me souviens bien, ton père avait l'œil aussi vif à la chasse qu'en affaires.

Baba tapa du pied dans une raquette de tennis exposée sur la bâche étendue à terre.

— Seulement certaines affaires, nuança-t-il.

Le général Taheri afficha un sourire à la fois triste et poli.

— *Zendagi migzara*, soupira-t-il. La vie continue. Nous autres Afghans avons tendance à beaucoup exagérer, *bachem*, poursuivit-il en s'adressant à moi. J'en ai connu plus d'un que l'on qualifiait à tort de personnage remarquable. Mais ton père, lui, appartient à la minorité de ceux qui méritent vraiment cette épithète.

Son petit discours me parut en harmonie avec son costume : souvent utilisé et d'une brillance peu naturelle.

— Vous me flattez ! protesta Baba.

— Pas du tout, se défendit le général, la tête penchée et la main sur la poitrine en signe d'humilité. Les jeunes doivent avoir conscience de la valeur de leur père. Estimes-tu le tien, *bachem* ? L'estimes-tu vraiment ?

— *Balay*, général sahib. Oui, bien sûr, l'assurai-je en déplorant qu'il m'appelle sans cesse « mon enfant ».

— Alors je te félicite. Tu as déjà parcouru la moitié du chemin qui fera de toi un homme, me complimenta-t-il avec une arrogante désinvolture que n'atténuait pas la moindre trace d'humour ou d'ironie.

— *Padar* jan, tu as oublié ton thé, l'interrompit alors la voix d'une jeune femme.

Une fine beauté à la chevelure noire et soyeuse se tenait derrière nous avec une bouteille Thermos ouverte et une tasse en plastique. Je clignai des yeux, troublé. Elle avait d'épais sourcils noirs, qui se rejoignaient au milieu comme les ailes arquées d'un oiseau en plein vol, et le nez aquilin d'une princesse perse antique – peut-être celui de Tahmineh, femme de Rostam et mère de Sohrab dans le *Shahnameh*. Ses yeux noisette, ombragés par l'éventail de ses cils, croisèrent mon regard. Le soutinrent un instant. Puis se détournèrent.

— C'est gentil, ma chérie, la remercia le général, qui saisit la tasse.

Avant qu'elle ne s'éloigne, je notai la petite marque de naissance brune en forme de faucille qu'elle avait au-dessus du menton, à gauche. Elle se dirigea vers une camionnette grisâtre garée deux allées plus loin, rangea la Thermos à l'intérieur. Ses cheveux tombèrent sur le côté lorsqu'elle s'agenouilla ensuite parmi les boîtes de vieux disques et de livres d'occasion.

— Ma fille, Soraya jan, nous expliqua le général. (Il prit une inspiration, l'air de vouloir changer de sujet, et consulta sa montre de gousset.) Eh bien, il est temps que j'y aille.

Baba et lui s'embrassèrent sur la joue, puis il pressa ma main entre les siennes.

— Bonne chance avec tes écrits, lança-t-il en me fixant droit dans les yeux.

Les siens, bleu pâle, ne révélèrent rien des pensées qui l'habitaient.

Durant tout le restant de la journée, je résistai à l'envie de lorgner la camionnette grise.

Cela me revint sur le chemin du retour. Taheri. Je me disais bien que j'avais déjà entendu ce nom quelque part.

— Il n'y a pas eu des bruits qui ont couru au sujet de la fille du général ? demandai-je à Baba d'un ton que je voulus neutre.

— Tu me connais, répliqua-t-il tandis que le van progressait lentement dans la file des véhicules sortant du marché. Dès que la conversation dévie sur des racontars, je fuis.

— Mais il s'agissait bien d'elle, n'est-ce pas ?

— Pourquoi cette question ?

Je haussai les épaules et retins un sourire.

— Simple curiosité.

— Ah oui ? Tu es sûr ? me taquina-t-il. Elle t'a fait bonne impression ?

— S'il te plaît, Baba !

Il sourit et bifurqua vers la nationale 680. Nous roulâmes un moment en silence.

— Tout ce que je sais, c'est qu'un homme a été mêlé à cette affaire et que les choses... se sont mal passées.

Il avait prononcé ces mots avec gravité, comme s'il m'avait avoué qu'elle souffrait d'un cancer du sein.

— Oh.

— Elle a la réputation d'être une fille convenable, travailleuse et gentille. Mais aucun *khastegar*, aucun soupirant, ne s'est présenté depuis devant le général. Aussi injuste que cela puisse paraître, soupira-t-il, il suffit de quelques jours, parfois même d'une seule journée, pour changer tout le cours d'une vie, Amir.

Allongé dans mon lit ce soir-là, je songeai à la marque de naissance de Soraya Taheri, à la douce courbure de son nez, à la manière dont ses yeux lumineux m'avaient brièvement dévisagé. Mon cœur s'emballait rien qu'à son souvenir. Soraya Taheri. Ma princesse du marché aux puces.

12

En Afghanistan, le *yelda* correspond à la première nuit du mois de *Jadi*, c'est-à-dire la première de l'hiver et la plus longue de l'année. Respectueux des traditions, Hassan et moi veillions tard ce soir-là, les pieds bien au chaud sous le *kursi*, pendant qu'Ali jetait des pelures de pommes dans le poêle en nous racontant d'anciennes histoires de sultans et de voleurs. Grâce à lui, j'appris les croyances liées à cette date – croyances selon lesquelles des papillons ensorcelés se précipitaient alors sur la flamme des bougies et des loups grimpaient dans les montagnes à la recherche du soleil. Ali jurait que quiconque mangeait de la pastèque pendant le *yelda* ne connaissait pas la soif l'été suivant.

Plus tard, je lus dans mes recueils de poésie que les amants séparés restaient éveillés durant cette nuit sans étoiles et enduraient l'obscurité sans fin dans l'attente que le soleil se lève et leur ramène l'être aimé. Après avoir rencontré Soraya Taheri, chaque nuit de la semaine devint pour moi un *yelda*. Quand arrivait le dimanche matin, je me réveillais avec déjà en tête l'image de son visage. Puis, dans le van de Baba, je comptais les kilomètres qui me séparaient du moment où je la découvrirais assise, occupée à disposer des cartons remplis d'encyclopédies jaunies. Je me remémorais ses talons blancs sur l'asphalte, les bracelets en argent qui tintaient à ses fins poignets et l'ombre de ses cheveux sur le sol lorsqu'ils glissaient sur le côté, tel un rideau de velours. Soraya. Ma princesse du marché. Le soleil de mon *yelda*.

J'inventais des prétextes pour me promener dans son allée et passer devant son stand – ce qui me valait des sourires ironiques de la part de mon père. Toujours vêtu de son costume gris trop repassé, le général m'adressait un signe de la main en réponse à mon salut. Parfois, il quittait son fauteuil afin d'échanger quelques mots avec moi sur mon travail, la guerre, les bonnes affaires du jour. Il m'en coûtait un gros effort pour que mes yeux ne dévient pas vers Soraya, qui lisait un livre de poche dans son coin. Le général et moi nous disions ensuite au revoir, et je m'en allais en essayant de ne pas traîner les pieds.

Il arrivait aussi qu'elle fût seule, son père s'entretenant ailleurs avec des relations. Je poursuivais malgré tout mon chemin sans m'arrêter, comme si je ne la connaissais pas, alors même que j'en mourais d'envie. À d'autres occasions, je la surprenais en compagnie d'une femme corpulente au teint pâle et aux cheveux teints en roux. Je me promis de l'aborder avant la fin de l'été. Mes cours reprirent toutefois, les feuilles des arbres devinrent rouges, jaunes, puis tombèrent, les pluies hivernales s'abattirent, ravivant des douleurs dans les articulations de Baba, et des bourgeons réapparurent enfin, sans que j'aie eu le cran, le *dil*, de la regarder en face.

Le trimestre de printemps se termina fin mai 1985. J'obtins d'excellents résultats dans toutes les matières générales – un miracle dans la mesure où je n'avais guère fait que penser à Soraya durant les cours.

Un dimanche étouffant de cet été-là, Baba et moi nous éventions avec des journaux, assis devant notre stand. En dépit du soleil de plomb, les allées étaient bondées et les ventes marchaient bien – à midi et demi, nous avions déjà empoché cent soixante dollars. Je me levai, m'étirai et proposai à Baba d'aller nous acheter du Coca-Cola. Il acquiesça.

— Sois prudent, Amir ! me prévint-il alors que je m'éloignais.

— Pourquoi ?

— Je ne suis pas un *ahmaq*, alors ne me prends pas pour un idiot.

— Je ne vois pas de quoi tu parles.

— Rappelle-toi : cet homme est un Pachtoun de la tête aux pieds. Il ne plaisante pas avec le *nang* et le *namoos*.

Nang. Namoos. L'honneur et la fierté. Les valeurs fondamentales des hommes de cette communauté. Surtout quand la chasteté d'une femme était en jeu. Ou celle d'une fille.

— Je vais juste nous chercher à boire.

— Ne me mets pas dans une situation embarrassante, c'est tout ce que je te demande.

— Bon sang, Baba ! C'est promis.

Il alluma une cigarette et se remit à s'éventer avec son journal.

Je me dirigeai d'abord vers le bureau des concessions, avant de tourner à gauche après un stand où, pour cinq dollars, on vous imprimait le visage de Jésus, d'Elvis, de Jim Morrison, voire des trois, sur un tee-shirt en nylon blanc. Un haut-parleur diffusait de la musique mariachi et je sentis l'odeur des pickles et de la viande grillée.

Je repérai la camionnette des Taheri à deux rangées de la nôtre, près d'un kiosque vendant des mangues fichées sur des bâtonnets. Soraya lisait, seule. Elle portait une robe d'été qui lui arrivait aux chevilles ce jour-là, ainsi que des nu-pieds. Ses cheveux étaient coiffés en chignon. Je comptais passer mon chemin, comme d'habitude, et je pensais l'avoir fait lorsque je m'aperçus que je me tenais en réalité au pied de la nappe blanche de son stand, les yeux rivés sur elle derrière les fers à friser et les cravates. Elle leva la tête.

— *Salaam*, lui lançai-je. Je suis désolé de me montrer *mozahem*, je ne voulais pas vous déranger.

— *Salaam.*

— Le général sahib est-il là aujourd'hui ? m'enquis-je, les oreilles brûlantes, incapable de croiser son regard.

— Il est parti par là, m'indiqua-t-elle en tendant le doigt vers la droite.

Son bracelet argenté glissa sur sa peau couleur olive jusqu'à son coude.

— Vous voudrez bien lui dire que je suis venu lui présenter mes respects ?

— Bien sûr.

— Merci. Oh, je m'appelle Amir. Juste pour que vous le sachiez. Et pour que vous puissiez le prévenir. Le prévenir que je me suis arrêté ici. Pour... pour lui présenter mes respects.

— D'accord.

Je me dandinai, m'éclaircis la voix.

— J'y vais. Désolé de vous avoir dérangée.

— Non, non. Pas du tout.

— Oh. Parfait. J'y vais. (N'étais-je pas en train de me répéter ?) *Khoda hafez.*

— *Khoda hafez.*

Je fis un pas. Puis me retournai.

— Je peux vous demander ce que vous lisez ? articulai-je avant que le courage me manque.

Elle cligna des yeux.

Je retins mon souffle. Soudain, je sentis l'attention de tous les Afghans du marché se fixer sur nous. J'imaginai le silence retomber. Les lèvres se figer au milieu d'une phrase. Les têtes pivoter vers nous. Les yeux se plisser avec un vif intérêt.

Que se tramait-il *là* ?

Jusqu'à cet instant, cet échange pouvait s'apparenter à une requête polie, celle d'un homme s'informant des agissements d'un autre homme. Mais je lui avais posé une question et si elle y répondait, nous... eh bien, nous entamerions une conversation. Moi, un *mojarad*, un jeune célibataire, et elle, une jeune femme non mariée. Une jeune femme avec un passé agité, qui plus est. Voilà qui risquait fort de provoquer des ragots, et pas n'importe lesquels. Les langues de vipère se délieraient. Et c'était Soraya qui souffrirait de leur venin, pas moi – j'avais pleinement conscience que la morale des Afghans favorisait les hommes depuis des siècles. Les gens ne s'exclameraient pas : « Avez-vous vu Amir discuter avec elle ? », mais : « Ouahou ! Vous avez vu comme elle l'a harponné ? Quelle *lochak* ! »

Selon les critères afghans, je venais de témoigner d'une certaine hardiesse. Je m'étais mis à nu et n'avais guère laissé de doutes quant à l'intérêt que j'éprouvais pour elle. Cependant j'étais un homme, au pis en sortirais-je blessé dans mon amour-propre. On guérit d'une blessure. Pas d'une réputation entachée. Soraya relèverait-elle mon défi ?

Elle me montra la couverture de son livre : il s'agissait des *Hauts de Hurlevent*.

— Vous l'avez lu ? me questionna-t-elle.

J'opinai de la tête, le sang battant à mes tempes.

— C'est une histoire triste, commentai-je.

— Les histoires tristes font de bons romans.

— En effet.

— Il paraît que vous écrivez ?

Comment le savait-elle ? Était-ce le général qui le lui avait dit ou l'avait-elle interrogé à mon sujet ? J'écartai toutefois ces deux hypothèses, trop absurdes. Un fils pouvait discuter librement des femmes avec son père, mais aucune fille afghane – enfin, aucune fille convenable et *mohtaram* – ne s'enquerrait d'un jeune homme auprès du sien. De même, aucun père, surtout s'il était pachtoun et attaché à son honneur, ne parlerait avec sa fille d'un *mojarad*, à moins que celui-ci ne fût un *khastegar* qui avait observé les convenances et envoyé d'abord son propre père rencontrer celui de la demoiselle.

— Aimeriez-vous jeter un œil sur une de mes nouvelles ? m'entendis-je lui proposer, à ma grande stupéfaction.

— Beaucoup, répondit-elle.

Je perçus une gêne en elle à cet instant – visible à la manière dont elle se mit à scruter furtivement les alentours. Peut-être guettait-elle le général. Je me demandai comment réagirait ce dernier s'il me surprenait à bavarder avec elle plus longtemps que ne le permettait la bienséance.

— Je vous en apporterai une un de ces jours, offris-je.

Je m'apprêtais à poursuivre lorsque la femme que j'avais déjà aperçue à plusieurs reprises en sa compagnie remonta l'allée dans notre direction, un sac en plastique rempli de fruits à la main. Elle nous dévisagea tour à tour. Puis elle sourit.

— Amir jan, quelle joie ! s'écria-t-elle en posant son sac sur la nappe, le front luisant de sueur.

Elle avait de petits yeux verts enfoncés dans son visage rond, des doigts boudinés et un casque de cheveux roux qui brillaient au soleil, mais laissaient apparaître son crâne aux endroits où ils se raréfiaient. Sur sa poitrine, un pendentif en or au nom d'Allah pendait à une chaîne enfouie sous les plis et les papules de son cou.

— Je suis Jamila, la mère de Soraya jan.

— *Salaam*, khala jan, fis-je, confus – comme souvent en présence d'Afghans – d'avoir affaire à quelqu'un qui me connaissait alors que je n'avais aucune idée de son identité.

— Comment se porte ton père ?

— Bien, merci.

— Tu sais, ton grand-père, le juge Ghazi sahib ? Eh bien, son oncle et mon grand-père étaient cousins, m'apprit-elle. Tu vois, nous sommes parents !

Elle me sourit, me révélant par la même occasion ses couronnes dentaires, et je notai que la commissure droite de ses lèvres s'affaissait un peu. Elle nous dévisagea de nouveau Soraya et moi.

Je m'étais étonné un jour devant Baba que la fille du général Taheri ne fût pas encore mariée. « Elle n'a pas de prétendant, m'avait-il répondu, avant de rectifier : pas de prétendant acceptable. » Mais il n'avait pas voulu s'étendre sur le sujet – il n'ignorait pas combien colporter des ragots pouvait nuire à une jeune femme. Les hommes afghans, surtout ceux issus de familles respectables, se révélaient souvent inconstants. Un murmure par-ci, une insinuation par-là, et ils fuyaient à tire-d'aile comme autant d'oiseaux effrayés. Les mariages s'étaient donc succédé, mais personne n'avait chanté *ahesta boro* pour Soraya, ni peint les paumes de ses mains avec du henné, ni tenu un coran au-dessus de sa coiffe. À chaque noce, elle n'avait dansé qu'avec le général.

À présent, je me retrouvais face à cette femme, sa mère, avec son sourire tordu émouvant d'enthousiasme et ses espoirs à peine voilés. Je m'effrayais un peu du pouvoir qui m'était accordé, tout ça parce que j'avais décroché le bon numéro à la loterie génétique.

Je ne parvenais jamais à deviner les pensées du général, mais une chose était sûre concernant son épouse : si je devais avoir un adversaire dans cette histoire – quelle que soit la nature de celle-ci –, ce ne serait pas elle.

— Assieds-toi, Amir jan, m'invita-t-elle. Soraya, amène-lui une chaise, *bachem*. Et lave-lui une pêche. Elles sont très bonnes.

— Non, je vous remercie, l'interrompis-je. Il faut que j'y aille, mon père m'attend.

— Oh ? réagit-elle, visiblement impressionnée par mon refus, conforme aux règles de la politesse. Alors accepte au moins ça, ajouta-t-elle en glissant quelques kiwis et pêches dans un sachet en papier. Transmets mon *salaam* à ton père et reviens nous rendre visite.

— Je n'y manquerai pas, khala jan.

Du coin de l'œil, je vis Soraya se détourner.

— Je croyais que tu étais parti nous chercher du Coca-Cola, me signala Baba un peu plus tard d'un ton mi-sérieux, mi-amusé.

Je commençai à inventer une excuse, mais il mordit dans un fruit et me fit taire d'un signe de la main.

— Pas la peine, Amir. Rappelle-toi juste ce que je t'ai dit.

Une fois couché ce soir-là, je songeai aux yeux de Soraya, que mouchetaient les rayons dansants du soleil, et au creux délicat au-dessus de ses épaules. Je me repassai notre conversation en boucle dans ma tête. Avait-elle dit « Il paraît que vous écrivez ? » ou « Il paraît que vous êtes écrivain ? » Laquelle de ces deux phases ? Je m'agitai entre mes draps en contemplant le plafond, consterné à l'idée de devoir patienter six interminables *yelda* avant de la revoir.

Cette situation se prolongea quelques semaines. J'attendais que le général soit parti pour m'approcher du stand des Taheri. Quand khanum Taheri y était, elle m'offrait un thé et un *kolcha*, et nous discutions du Kaboul d'autrefois, de nos relations communes, de son arthrite. Bien qu'elle s'abstînt du moindre commentaire, elle avait dû remarquer que mes apparitions coïncidaient systématiquement avec les absences de son mari. « Oh, tu l'as raté de peu », se désolait-elle. J'appréciais qu'elle soit là elle aussi, et pas seulement en raison de son amabilité. Soraya se montrait plus détendue, plus bavarde devant sa mère, comme si sa présence légitimait ce qui se passait entre nous – encore que celle du général eût certainement eu plus de poids. Parce qu'elle nous chaperonnait, nos rencontres prêtaient moins le flanc aux rumeurs, à défaut d'en être complètement protégées. Pour autant, l'affection débordante qu'elle me témoignait gênait visiblement sa fille.

Un jour que je bavardais seul avec Soraya, celle-ci me parla de ses études et du cursus général qu'elle suivait au Ohlone Junior College, à Fremont.

— Dans quoi vous spécialiserez-vous ? lui demandai-je.

— Je veux devenir professeur.

— Vraiment ? Pourquoi ?

— J'en ai toujours eu envie. Quand nous habitions en Virginie, j'ai décroché un diplôme d'anglais langue étrangère, ce qui me permet maintenant de donner des cours à la bibliothèque un soir par semaine. Ma mère était professeur elle aussi. Elle enseignait le farsi et l'histoire au lycée pour filles Zarghoona, à Kaboul.

Un homme bedonnant affublé d'une casquette à la Sherlock Holmes offrit trois dollars pour un lot de bougies affichées à cinq. Soraya accepta et plaça l'argent dans une petite boîte à bonbons à ses pieds.

— Je voudrais vous raconter une histoire, reprit-elle avec timidité, mais je me sens un peu ridicule.

— Non, dites-moi.

— Vous allez la juger stupide.

— S'il vous plaît, insistai-je.

Elle rit.

— Eh bien, quand j'étais au cours moyen, à l'école primaire, mon père a engagé une femme du nom de

Ziba pour nous aider à la maison. Elle avait une sœur en Iran, à Mashad. Parce qu'elle était analphabète, elle me priait d'écrire à sa place de temps en temps et de lui lire les lettres que sa sœur lui envoyait en retour. Un jour, je lui ai proposé de lui apprendre à le faire toute seule. Elle m'a souri comme jamais avant, les yeux tout plissés, et m'a dit qu'elle aimerait beaucoup. On a donc commencé à s'installer régulièrement à la table de la cuisine après mes devoirs, et je lui ai enseigné l'alphabet. Parfois, je me souviens, je levais les yeux de mes exercices et je la voyais dans la cuisine qui remuait la viande dans la cocotte puis se rasseyait avec un crayon pour s'appliquer aux travaux d'écriture que je lui avais donnés la veille.

» Bref, au bout d'un an, elle était capable de déchiffrer des livres pour enfants. Nous allions dans le jardin et elle me lisait les aventures de Dara et Sara[1], lentement mais sans fautes. Elle s'est mise à m'appeler *moalem* Soraya, professeur Soraya. (Elle rit de nouveau.) Je sais que ça peut sembler puéril, mais le jour où elle a écrit sa première lettre, j'ai compris que rien ne me passionnerait jamais tant que d'exercer ce métier. J'étais si fière d'elle, j'avais l'impression d'avoir accompli quelque chose qui en valait vraiment la peine. Vous saisissez ?

— Oui, mentis-je.

Moi, je ne m'étais servi de mon instruction que pour ridiculiser Hassan, n'hésitant pas à me moquer de lui quand il ignorait le sens de certains mots.

— Mon père souhaite que j'entre à la fac de droit, poursuivit-elle, et ma mère fait sans cesse allusion aux études de médecine. Mais je n'en démordrai pas. Tant

1. Personnages enfantins apparaissant dans les manuels scolaires iraniens. (*N.d.T.*)

pis si je gagne mal ma vie, au moins j'exercerai un métier que j'aime.

— Ma mère était professeur elle aussi.

— Je sais, la mienne me l'a dit.

Elle rougit soudain devant ce qu'impliquait sa réponse, à savoir que toutes deux avaient parlé de moi en mon absence. Je pris sur moi de ne pas sourire.

— Je vous ai apporté quelque chose, lui annonçai-je en sortant un rouleau de feuilles agrafées de ma poche arrière. Comme promis.

Je lui donnai l'une de mes nouvelles.

— Oh, tu t'en es souvenu ! s'exclama-t-elle, rayonnante. Merci !

J'eus à peine le temps de noter qu'elle avait employé pour la première fois le *tu* familier, et non plus le *shoma* de politesse, que déjà son sourire s'évanouissait. Elle pâlit, les yeux rivés sur un point derrière moi. Je me retournai et me heurtai au général Taheri.

— Amir jan. Notre conteur prodige. Quel plaisir, lança-t-il avec un sourire pincé.

— *Salaam*, général sahib, bredouillai-je.

Il passa devant moi et se dirigea vers le stand.

— Belle journée, non ? enchaîna-t-il, un pouce enfoncé dans la poche de poitrine de sa veste. (Il tendit son autre bras vers Soraya, qui lui remit mon manuscrit.) Il paraît qu'il va pleuvoir cette semaine. Difficile à croire, tu ne trouves pas ?

Il lâcha la liasse dans une poubelle, puis reporta son attention vers moi et me posa une main sur l'épaule. Nous nous écartâmes de quelques pas.

— Tu sais, *bachem*, je t'apprécie beaucoup. Tu es un bon garçon – j'en suis persuadé –, mais... (Il soupira.) Même les bons garçons ont parfois besoin qu'on les rappelle à l'ordre. Il est donc de mon devoir de te signaler que tu es entouré de tes pairs sur ce marché. (Il s'interrompit. Son regard inexpressif plongea dans le mien.) Tu vois, tout le monde ici raconte des histoires. (Il sourit alors, révélant une dentition parfaite.) Transmets mes amitiés à ton père, Amir jan.

Sa main retomba.

— Qu'est-ce qui ne va pas ? s'enquit Baba, occupé à encaisser l'argent d'une dame âgée qui lui achetait un cheval à bascule.

— Rien, grommelai-je.

Je m'assis sur un vieux poste de télévision, puis décidai de me confier à lui.

— *Akh*, Amir ! déplora-t-il.

Je n'eus en fait guère l'occasion de ruminer cet épisode : plus tard cette semaine-là, Baba attrapa un rhume.

Tout débuta par une toux sèche et des reniflements. Son nez finit par cesser de couler, mais la toux persista, et je remarquai qu'il crachait dans son mouchoir avant de le fourrer dans sa poche. J'eus beau le harceler pour qu'il en fasse analyser le contenu, il refusa de m'écouter. Il détestait les médecins et les hôpitaux. À ma connaissance, il n'avait consulté qu'une fois un docteur dans sa vie – lorsqu'il avait eu la malaria en Inde.

Puis, deux semaines plus tard, je le surpris à expectorer des glaires tachées de sang dans les toilettes.

— Ça dure depuis combien de temps ? m'alarmai-je.

— On mange quoi ce soir ? rétorqua-t-il.

— Je t'emmène voir un médecin.

Bien que Baba en fût le gérant, le propriétaire de la station-service ne lui avait pas proposé d'assurance maladie et mon père, imprudent, n'avait pas insisté. Je le conduisis donc à l'hôpital de San Jose. Le médecin au teint cireux et aux yeux bouffis qui nous reçut se présenta comme un interne en deuxième année.

— Il a l'air plus jeune que toi et plus malade que moi, grogna Baba.

L'homme l'envoya effectuer une radio des poumons. Lorsqu'une infirmière nous introduisit de nouveau dans son cabinet, il remplissait un formulaire.

— Vous le remettrez au bureau d'accueil, nous déclara-t-il en gribouillant à vive allure.

— Qu'est-ce que c'est ? demandai-je.

— Je vous adresse à un spécialiste.

Nouveaux gribouillis.

— Quel genre de spécialiste ?

— Un pneumologue.

— Un quoi ?

Il me jeta un bref regard, remonta ses lunettes et griffonna de plus belle.

— Une tache apparaît au niveau du poumon droit de votre père. Il faut lui faire des examens complémentaires.

— Une tache ? répétai-je, sentant soudain la pièce se rétrécir.

— Un cancer, supposa Baba d'un ton dégagé.

— Possible. Elle est suspecte en tout cas.

— Vous ne pouvez pas nous en dire plus ?

— Pas vraiment. Il lui faut d'abord passer un scanner, et ensuite voir le pneumologue. (Il me tendit le papier.) Votre père fume, si j'ai bien compris ?

— Oui.

Il hocha la tête.

— On vous appellera d'ici deux semaines, conclut-il.

Je voulus lui demander comment j'étais censé vivre durant tout ce temps avec ce mot en tête, « suspecte ». Comment étais-je censé manger, travailler, étudier ?

Comment osait-il me congédier sans plus de précisions ?

Je pris la feuille. Ce soir-là, une fois Baba endormi, j'improvisai un tapis de prière à l'aide d'une couverture pliée. Le front incliné vers le sol, je récitai des versets du Coran à moitié sortis de ma mémoire – des versets que le mollah de mon école nous obligeait à apprendre par cœur à Kaboul – et sollicitai la clémence d'un Dieu dont je n'étais pas sûr qu'Il existât. J'enviais ce religieux, à présent. J'enviais sa foi et ses certitudes.

Deux semaines s'écoulèrent sans que le coup de fil attendu survienne. Je décrochai donc mon téléphone, pour finir par découvrir que la lettre de l'interne avait été perdue. Étais-je certain de l'avoir envoyée ? On me contacterait dans un peu moins d'un mois, me promit-on. Je tempêtai tant et si bien que je réussis à ramener ce délai à une semaine pour le scanner, et à deux pour le rendez-vous avec le pneumologue.

La visite à ce dernier se déroula sans encombre, jusqu'à ce que Baba s'informe de ses origines. Russes, le renseigna le Dr Schneider. Le sang de mon père ne fit qu'un tour.

— Excusez-nous, docteur, dis-je en entraînant Baba à l'écart.

Le Dr Schneider sourit et se recula, son stéthoscope encore à la main.

— Baba, j'ai lu le parcours de cet homme dans la salle d'attente. Il est né dans le Michigan. Le *Michigan* ! Il est américain, bien plus que toi et moi ne le serons jamais.

— Je me fiche de savoir où il est né, c'est un *Roussi* ! s'obstina-t-il en grimaçant comme s'il avait proféré une grossièreté. Ses parents l'étaient, et ses grands-parents aussi. Je te jure sur la tête de ta mère que je lui casserai le bras s'il essaie de me toucher.

— Ses parents ont quitté le *Shorawi*, tu ne comprends donc pas ? Ils se sont enfuis !

Mais Baba ne voulut pas entendre raison. Je pense parfois que, hormis sa défunte épouse, il ne chérissait rien tant que son pays, l'Afghanistan. Bien que frustré à en crier, je me contentai de soupirer et me tournai vers le Dr Schneider.

— Je suis désolé, docteur.

Le pneumologue suivant, le Dr Amani, était iranien, ce à quoi Baba ne trouva rien à redire. Cet homme à la voix douce, à la moustache en croc et aux cheveux gris nous expliqua qu'il avait étudié les résultats du scanner et allait devoir procéder à une opération appelée bronchoscopie, afin de prélever un bout de la tumeur pulmonaire. Celle-ci serait ensuite transmise au laboratoire. Une fois l'opération programmée pour la semaine suivante, je le remerciai et accompagnai Baba vers la sortie, songeant qu'il allait maintenant me falloir patienter jusque-là avec ce nouveau terme, « tumeur », encore plus inquiétant que les précédents, « tache suspecte ». Je regrettai que Soraya ne fût pas présente à mes côtés.

Il s'avéra que, à l'instar de Satan, le cancer avait plusieurs noms – dans le cas de Baba, épithélioma des bronches à petites cellules. Stade avancé. Inopérable. Baba s'enquit de ses chances de guérison. Le Dr Amani pinça les lèvres et employa le mot « faibles ».

— On peut tenter une chimiothérapie, bien sûr, nuança-t-il. Mais elle ne constituerait qu'un palliatif.

— C'est-à-dire ?

— L'issue serait différée, mais resterait inchangée.

— Je vous remercie de me répondre aussi claire-ment, docteur, déclara Baba. En ce qui me concerne, il n'est pas question que j'entame ce traitement.

Il montrait la même détermination que le jour où il avait laissé tomber son carnet de bons alimentaires sur le bureau de Mme Dobbins.

— Baba…

— Ne me contredis pas en public, Amir ! Jamais. Pour qui te prends-tu ?

La pluie annoncée par le général Taheri arriva avec quelques semaines de retard, mais lorsque nous quittâmes le cabinet du Dr Amani, les voitures éclaboussaient d'eau sale les trottoirs. Baba alluma une cigarette. Il fuma jusqu'à la voiture et durant tout le trajet du retour.

— J'aurais aimé que tu essayes la chimiothérapie, Baba, lui avouai-je alors qu'il déverrouillait la porte du hall de l'immeuble.

Il fourra les clés dans sa poche et me tira à l'abri, sous l'auvent rayé du bâtiment.

— *Bas !* Je ne reviendrai pas sur ma décision.

— Et moi, Baba ? Que deviendrai-je ? fis-je, les yeux humides.

Le dégoût se lut sur son visage ruisselant – le même qu'il affichait lorsque j'étais petit en me voyant pleurer après une chute. Mes larmes l'écœuraient toujours autant.

— Tu as vingt-deux ans, Amir ! Tu es adulte ! Tu…

Il s'interrompit, sembla sur le point d'ajouter quelque chose, avant de se raviser. Au-dessus de nous, la pluie tambourinait sur la toile de l'auvent.

— Tu me demandes ce que tu vas devenir ? reprit-il enfin. Toutes ces années, c'est ce que je me suis efforcé de t'inculquer : comment ne jamais avoir à poser cette question !

Il ouvrit la porte, me tourna le dos.

— Une dernière chose. Que personne n'entende parler de cette histoire, tu m'as bien compris ? Personne. Je ne veux pas de la compassion des gens.

À ces mots, il disparut dans la pénombre de l'entrée. Il passa le restant de la journée à griller cigarette sur cigarette devant la télé. Je ne savais qui il défiait ainsi. Moi ? Le Dr Amani ? Ou peut-être le Dieu auquel il n'avait jamais cru ?

Durant un moment, même le cancer ne put dissuader Baba de travailler sur le marché. Nous continuâmes à faire la tournée des vide-greniers le samedi – lui le conducteur, moi le copilote – et à déballer nos marchandises le dimanche. Des lampes en cuivre. Des gants de base-ball. Des blousons de ski à la fermeture Éclair cassée. Baba accueillait ses vieux amis pendant que je m'occupais des acheteurs qui essayaient de négocier un ou deux dollars de rabais. Comme si tout cela avait une quelconque importance. Comme si le jour où je me retrouverais orphelin ne se rapprochait pas à chaque fermeture des stands.

Le général Taheri et sa femme nous rendaient parfois visite. Toujours diplomate, il me saluait et serrait ma main entre les siennes. Khanum Taheri se comportait en revanche avec une réserve inhabituelle – réserve que seuls démentaient les sourires secrets et les regards furtifs et désolés qu'elle me jetait quand l'attention de son mari était fixée ailleurs.

Cette période se caractérisa par un grand nombre de premières marquantes pour moi : le jour où j'entendis Baba gémir dans la salle de bains. Celui où je découvris du sang sur son oreiller. Alors qu'il n'avait jamais pris un jour de congé de maladie au cours de ses trois années à la station-service, il dérogea à la règle. Encore un fait sans précédent.

Lorsque arriva Halloween, il était si fatigué en milieu d'après-midi, le samedi, qu'il attendait dans le van pendant que je marchandais des articles. À Thanksgiving, il ne tenait plus debout dès midi.

Ses amis du marché faisaient parfois des commentaires sur sa perte de poids – au début pour le féliciter et s'enquérir du secret de son régime. Mais leurs questions et leurs compliments s'estompèrent à mesure qu'il maigrissait. À mesure que les kilos perdus se succédaient. Encore et encore. À mesure que ses joues se creusaient. Que les os de ses tempes saillaient. Que ses yeux s'enfonçaient dans leurs orbites.

Et puis survint ce froid dimanche de janvier, peu après le nouvel an. Baba vendait un abat-jour à un Philippin trapu tandis que je fouillais le van à la recherche d'une couverture pour ses jambes.

— Hé ! Ce type a besoin d'aide ! s'écria l'acheteur d'un ton alarmé.

Je me retournai et vis mon père à terre, les bras et les jambes agités de soubresauts.

— *Komak !* criai-je. Au secours !

Je courus vers lui. De la bave s'écoulait de sa bouche, répandant sur sa barbe une écume mousseuse. Seul le blanc de ses yeux était visible.

Des gens se précipitèrent. J'entendis quelqu'un parler de crise cardiaque. « Appelez le 911 ! » hurla une autre personne. Il y eut des bruits de pas et le ciel s'assombrit cependant qu'une foule se massait autour de nous.

La salive de Baba se teinta de rouge. Il se mordait la langue. Je m'agenouillai à côté de lui et attrapai ses bras en répétant : « Je suis là, Baba, je suis là, tu vas t'en sortir, je suis là. » Comme si ces paroles avaient pu apaiser ses convulsions, les persuader de le laisser tranquille. J'éprouvai alors une sensation d'humidité au niveau des genoux. Sa vessie l'avait lâché. « Chhh, Baba jan, je suis là. Ton fils est près de toi. »

Le médecin, un homme au crâne chauve et à la barbe blanche, m'entraîna hors de la chambre.

— J'aimerais examiner les scanners de votre père avec vous.

Il coinça les films sur un panneau lumineux dans le couloir et me montra le cancer de Baba avec le bout de son crayon-gomme, de la même façon qu'un inspecteur aurait présenté les photos d'identité judiciaire d'un assassin à la famille d'une victime. Sur ces images, le cerveau de mon père ressemblait aux coupes transversales d'une grosse noix constellée de taches grises toutes rondes.

— Comme vous pouvez le constater, il y a des métastases. Votre père devra prendre des stéroïdes pour son œdème cérébral et des antiépileptiques. Je lui recommande par ailleurs des rayons en traitement palliatif. Vous savez ce que cela signifie ?

Oui, je le savais. Je commençais à maîtriser le sujet.

— Très bien, dit-il en jetant un œil à son bipeur. Il faut que j'y aille, mais laissez-moi un message si vous avez des questions.

— Merci.

Je passai la nuit assis sur une chaise à veiller Baba.

Le lendemain matin, la salle d'attente à l'entrée de l'hôpital grouillait d'Afghans. Le boucher de Newark. Un ingénieur qui avait travaillé avec Baba à la construction de l'orphelinat. Ils défilèrent l'un après l'autre dans sa chambre pour lui présenter leurs respects à voix basse et lui souhaiter un prompt rétablissement. Mon père était conscient. Affaibli et épuisé, mais conscient.

Au milieu de la matinée, le général Taheri débarqua avec sa femme. Soraya les accompagnait. Nos regards se croisèrent et se détournèrent en même temps.

— Comment allez-vous, mon ami ? s'enquit le général en prenant la main de Baba.

Celui-ci lui désigna la perfusion qui pendait à son bras et esquissa un pâle sourire.

— Vous n'auriez pas dû vous déranger.

— Mais non, c'est tout à fait normal, l'assura khanum Taheri.

— Exactement, approuva son mari. Et puis, le plus important n'est pas là. Avez-vous besoin de quoi que ce soit ? Demandez-moi tout ce que vous voulez, comme à un frère.

Je me rappelai ce que Baba m'avait dit un jour au sujet des Pachtouns. *Nous sommes peut-être têtus et beaucoup trop orgueilleux, mais dans les coups durs, crois-moi, tu ne peux pas souhaiter mieux qu'un Pachtoun à tes côtés.*

Baba refusa d'un signe de tête.

— Votre présence me réchauffe le cœur, articula-t-il d'une voix rauque.

Le général sourit à son tour et serra sa main.

— Et toi, Amir jan ? Comment vas-tu ? Je peux faire quelque chose pour toi ?

La manière dont il me dévisageait, avec tant de gentillesse...

— Non, merci, général sahib. Je...

Une boule se forma dans ma gorge et je ne pus retenir mes larmes. Je sortis précipitamment dans le couloir, où je leur donnai libre cours près du panneau qui, la veille, m'avait révélé le visage de l'assassin.

La porte de la chambre s'ouvrit et livra passage à Soraya. Les cheveux dénoués, elle était vêtue ce jour-là d'un sweat-shirt gris et d'un jean. J'eus envie de chercher du réconfort dans ses bras.

— Je suis vraiment désolée, Amir, commença-t-elle Nous nous doutions tous que quelque chose n'allait pas, mais nous n'imaginions pas que c'était aussi grave.

Je m'essuyai les yeux avec ma manche.

— Il préférait que personne ne soit au courant.

— On peut t'aider ?

— Non, refusai-je en me ressaisissant.

Elle posa sa main sur la mienne. Notre premier contact. Je la pris, la portai à mon visage, à mes yeux. Puis la laissai retomber.

— Tu ferais mieux d'aller les rejoindre. Ton père risque de m'étriper sinon.

Elle sourit et acquiesça.

— Tu as raison.

— Soraya, l'arrêtai-je alors qu'elle tournait les talons.

— Oui ?

— Je suis content que tu sois venue. Tu ne peux pas savoir… combien c'est important pour moi.

Baba fut autorisé à quitter l'hôpital deux jours plus tard. Auparavant, il reçut la visite d'un oncologue qui tenta de le persuader de subir une radiothérapie. Mon père refusa. Les médecins firent alors pression sur moi pour que je le fasse changer d'avis, mais j'avais bien mesuré sa détermination. Je les remerciai, signai leurs papiers et le ramenai chez nous dans ma Ford Torino.

Le même soir, Baba s'allongea sur le canapé sous une couverture en laine. Je lui servis un thé chaud et des amandes grillées, et le redressai – bien trop facilement – en enroulant mes bras autour de lui. Au toucher, ses omoplates m'évoquaient des ailes d'oiseau. Je remontai la couverture sur sa poitrine, là où les côtes tendaient la peau fine et jaunâtre.

— Tu désires autre chose, Baba ?

— *Nay, bachem.* Merci.

Je m'assis près de lui.

— Alors, est-ce que toi tu accepterais de me rendre un service ? À condition que tu ne sois pas trop fatigué, bien sûr.

— Dis-moi.

— Il s'agit d'une *khastegari*, une demande en mariage. J'aimerais que tu pries le général Taheri de m'accorder la main de sa fille.

Les lèvres sèches de Baba s'étirèrent en un sourire. On eût dit une touche de vert sur une feuille flétrie.

— Tu es sûr de toi ?

— Plus que je ne l'ai jamais été dans ma vie.

— Tu as bien réfléchi ?

— *Balay*, Baba.

— Alors donne-moi le téléphone. Et mon petit carnet.

— Maintenant ?

— Quand, sinon ?

— D'accord.

Je lui apportai le combiné et son carnet noir, où il avait consigné les numéros de ses amis afghans. Il chercha celui des Taheri. Le composa. Approcha l'appareil de son oreille. J'avais le cœur qui cognait.

— Jamila jan ? *Salaam alaykum*, déclara-t-il avant de se présenter. (Une pause.) Bien mieux, merci. C'était très gentil de venir me voir. (Il l'écouta un moment. Hocha la tête.) Je m'en souviendrai, merci. Le général sahib est-il là ? (Silence.) Merci.

Ses yeux volèrent vers moi. J'avais envie de rire, sans raison. Ou de crier. Je me mordis la main, à son grand amusement.

— Général sahib, *salaam alaykum*... Oui, nettement mieux... *Balay*... c'est très aimable. Général sahib, si vous n'y voyez pas d'inconvénient, je souhaiterais m'entretenir avec vous et khanum Taheri

demain matin. Au sujet d'une requête honorable..
Oui… Onze heures, parfait. À demain, alors. *Khoda
hafez.*

Il raccrocha. Nous nous regardâmes tous deux
J'éclatai de rire et il se joignit à moi.

Baba se mouilla les cheveux, les peigna en arrière.
Je l'aidai ensuite à enfiler une chemise blanche propre
et lui nouai sa cravate, non sans noter au passage
l'espace qui restait entre le bouton du col et son cou.
Ce vide m'amena à songer à tous les autres qu'il laisserait après sa mort. Je me repris toutefois. Il n'était
pas mort. Pas encore. Et cette journée appelait des
pensées réjouissantes. La veste de son costume
marron, celui qu'il avait revêtu à ma remise de
diplôme, était désormais trop grande pour lui, si bien
que je dus lui retrousser les manches. Puis je me
baissai pour attacher ses lacets.

Les Taheri habitaient l'un des quartiers résiden-
tiels de Fremont connus pour abriter un grand nombre
d'Afghans. Ils avaient élu domicile dans un pavillon
doté de fenêtres en saillie, d'un toit en pente et d'une
véranda à l'intérieur de laquelle j'aperçus des pots de
géraniums. La camionnette grise du général était garée
sur le chemin privatif.

Je soutins Baba lorsqu'il descendit de la Ford et
retournai m'asseoir au volant. Il se pencha vers moi
par la vitre du côté passager.

— Rentre à la maison, je te téléphonerai dans une
heure.

— D'accord, Baba. Bonne chance.

Il me sourit.

Je partis en le suivant du regard dans le rétroviseur
tandis qu'il remontait l'allée des Taheri pour accomplir son dernier devoir paternel.

J'arpentai le salon de notre appartement en attendant son appel. Quinze pas de long, dix et demi de large. Et si le général lui opposait un refus ? Si jamais il me détestait ? Régulièrement, j'allai dans la cuisine jeter un œil à l'horloge du four.

Le téléphone sonna juste avant midi. C'était Baba.

— Alors ?

— Le général est d'accord.

Je soufflai et m'assis, les mains tremblantes.

— C'est vrai ?

— Oui, mais Soraya jan est dans sa chambre, à l'étage. Elle veut d'abord te parler.

— Très bien.

Baba s'adressa à quelqu'un et un double clic retentit au moment où il raccrocha.

— Amir ? demanda la voix de Soraya au bout du fil

— *Salaam.*

— Mon père a accepté !

— Je sais. Je suis si heureux que je ne trouve plus mes mots.

— Moi aussi, je suis heureuse, Amir. Je… je n'arrive pas à y croire.

— Moi non plus ! fis-je en riant.

— Écoute, poursuivit-elle, j'aimerais te dire quelque chose. Il vaut mieux que tu le saches avant…

— Je me moque de ce dont il s'agit.

— Non, il le faut. Je n'ai pas envie qu'on ait déjà des secrets l'un pour l'autre. Et je préfère te l'apprendre moi-même.

— Si tu penses être soulagée après, d'accord. Mais ça ne remettra rien en cause.

Un long silence s'ensuivit.

— Quand nous étions en Virginie, se lança-t-elle, je me suis enfuie avec un Afghan. J'avais dix-huit ans à l'époque. J'étais rebelle… stupide et.. il se droguait. Nous avons vécu ensemble presque un mois. Tout le monde ne parlait que de ma fugue.

» *Padar* a fini par nous retrouver. Il a frappé à notre porte et… m'a obligée à le suivre. J'étais hystérique. J'ai crié, hurlé que je le détestais…

» Toujours est-il que je suis rentrée… Excuse-moi. (Je l'entendis reposer le téléphone, en pleurs, pour se moucher.) Désolée, reprit-elle d'une voix enrouée. À mon retour, j'ai découvert que ma mère avait eu une crise cardiaque et que tout le côté droit de son visage était paralysé. Je me suis sentie coupable. Elle ne méritait pas ça.

» *Padar* nous a emmenées en Californie peu après.

Nous restâmes silencieux un moment.

— Quels sont tes rapports avec ton père maintenant ?

— Nous avons toujours eu des différends, mais je lui suis reconnaissante d'être venu ce jour-là. Je pense sincèrement qu'il m'a sauvée.

Elle se tut, avant de s'inquiéter :

— Tu es contrarié par ce que je t'ai raconté ?

— Un peu, admis-je.

Je lui devais la vérité sur ce point. Je ne pouvais lui mentir et prétendre que ma fierté, mon *iftikhar*, ne se ressentait nullement du fait qu'elle ait déjà connu un autre homme alors que moi, je n'avais jamais couché avec une femme. Oui, cela m'ennuyait un peu. Cependant, j'y avais longuement réfléchi avant d'envoyer Baba transmettre ma demande en mariage au général, et au bout du compte la même question me taraudait toujours : quel droit avais-je, moi, de reprocher son passé à quelqu'un ?

— Tu es suffisamment contrarié pour revenir sur ta décision ? s'enquit-elle.

— Non, Soraya. Loin de là. Rien ne pourrait me faire changer d'avis. Je veux t'épouser.

Elle éclata en sanglots.

Je l'enviai. Son secret n'en était plus un désormais. Elle l'avait révélé, s'en était débarrassée. Je faillis lui avouer que j'avais trahi Hassan, que je l'avais poussé à partir par mes mensonges, détruisant ainsi les liens qui unissaient mon père et Ali depuis quarante ans. Je me retins toutefois. Je soupçonnais Soraya Taheri de m'être supérieure à bien des égards, à commencer par son courage.

13

Lorsque nous arrivâmes chez les Taheri le lendemain soir pour la cérémonie du *lafz* – l'échange des promesses –, leur allée était si encombrée de voitures que je fus contraint de garer ma Ford de l'autre côté de la rue. Je portais un costume bleu marine que j'avais acheté la veille après avoir ramené Baba à la maison.

— Tu es *khoshteep*, me complimenta mon père quand il me vit vérifier le nœud de ma cravate dans le rétroviseur. Très beau.

— Merci, Baba. Et toi, tu vas bien ? Tu tiendras le coup ?

— Tenir le coup ? C'est le plus beau jour de ma vie, Amir, sourit-il d'un air las.

À travers la porte me parvint le brouhaha des conversations, des rires et de la musique afghane jouée en sourdine – un *ghazal* classique d'Ustad Sarahang, me semblait-il. Je sonnai. Une tête surgit entre les rideaux d'une fenêtre, puis disparut.

— Ils sont là ! cria une voix de femme.

Les discussions s'interrompirent. Quelqu'un éteignit la musique.

— *Salaam alaykum*, nous salua khanum Taheri, rayonnante, en ouvrant.

Les cheveux permanentés, elle était habillée d'une longue robe noire très élégante. Ses yeux s'emplirent de larmes lorsque je franchis le seuil.

— Te voilà à peine entré que je pleure déjà, Amir jan, s'excusa-t-elle.

Je déposai un baiser sur sa main, ainsi que Baba me l'avait recommandé la veille au soir.

Nous traversâmes à sa suite le vestibule illuminé jusqu'au salon. Sur les murs lambrissés, j'aperçus les photos des personnes qui allaient composer ma nouvelle famille : khanum Taheri jeune, cheveux bouffants, en compagnie du général sur fond de chutes du Niagara ; khanum Taheri dans une robe sans coutures, aux côtés de son mari vêtu quant à lui d'une veste à petits revers et d'une fine cravate ; Soraya s'apprêtant à monter dans le wagon en bois d'un grand huit, tout sourire et bras levé, les fils d'argent de son appareil dentaire étincelant au soleil. S'y ajoutait un cliché du général, fringant dans sa tenue militaire, qui serrait la main du roi Hussein de Jordanie. Et un portrait de Zaher shah.

Dans le salon, une bonne vingtaine d'invités avaient pris place sur des chaises alignées contre les murs. Tout le monde se leva à l'arrivée de Baba. Lentement, nous fîmes le tour de la pièce, lui en tête, afin de les saluer. En costume gris, comme d'habitude, le père de Soraya étreignit Baba. Ils se donnèrent de petites tapes dans le dos, avant de prononcer respectueusement leur *salaam* à demi-voix.

Puis le général me tint à bout de bras et me fixa d'un air entendu, comme pour me signifier : « Voilà la vraie

manière de procéder, *bachem* – la manière afghane. »
Nous nous embrassâmes trois fois sur la joue.

À la fin, Baba et moi nous assîmes l'un à côté de
l'autre dans le salon bondé, en face du général et de
sa femme. Mon père respirait avec plus de difficulté à
présent et ne cessait d'essuyer la sueur sur son front
et son crâne avec son mouchoir. Devant mon regard
inquiet, il réussit à afficher un sourire forcé.

— Je vais bien.

Comme le voulait la tradition, Soraya n'était pas là.

Un moment suivit, durant lequel de menus propos
furent échangés entre les invités, jusqu'à ce que le
général s'éclaircisse la gorge. Le silence se fit aussitôt
et chacun baissa les yeux en signe de respect. Le
général adressa un signe de tête à Baba.

Celui-ci se lança alors, non sans s'interrompre
fréquemment pour reprendre son souffle :

— Général sahib, khanum Jamila jan… c'est bien
humblement que mon fils et moi… nous sommes
rendus chez vous aujourd'hui. Vous êtes… d'hono-
rables personnes… toutes membres de familles
estimées et… descendant d'une fière lignée. Je me
présente à vous avec le plus grand *ihtiram*… et le plus
grand respect pour vous, votre nom et… vos ancêtres.
(Il marqua une pause et s'essuya le front.) Amir jan
est mon seul enfant… et il a été un bon fils pour moi.
J'espère qu'il se montrera… digne de votre gentillesse. Je vous demande de nous faire l'honneur à tous
deux… de l'accepter parmi vous.

Le général opina poliment du chef.

— Nous sommes flattés d'accueillir le fils d'un
homme tel que vous au sein de notre famille, déclara-
t-il. Votre réputation vous précède. Je vous admirais à
Kaboul et vous admire encore aujourd'hui. L'union de
nos deux familles est une immense joie pour nous.

» Quant à toi, Amir jan, je te souhaite la bienvenue chez moi et te reçois comme un fils, comme le mari de ma fille, qui est le *noor* de mes yeux. Tes douleurs et tes joies seront les nôtres. J'espère que tu verras en ta khala Jamila et moi-même de seconds parents, et je prie pour votre bonheur à toi et à notre chère Soraya jan. Vous avez notre bénédiction.

Tous applaudirent et, à ce signal, les têtes pivotèrent vers le vestibule. Le moment que j'attendais arriva enfin.

Soraya apparut au bout du couloir, habillée d'une superbe robe afghane traditionnelle, couleur lie-de-vin, avec de longues manches et des passements dorés. Baba attrapa ma main et la serra, tandis que khanum Taheri se remettait à pleurer. Lentement, Soraya s'avança vers nous, suivie par une procession de jeunes filles.

Après avoir embrassé les mains de mon père, elle s'assit près de moi, les yeux baissés.

Les applaudissements crépitèrent de plus belle.

La tradition aurait voulu que la famille de Soraya donne une réception pour nos fiançailles – une *shirini-khori*, littéralement une « dégustation des sucreries ». Plusieurs mois étaient ensuite censés s'écouler avant la cérémonie du mariage, lequel serait à la charge de Baba.

Tout le monde fut néanmoins d'accord pour que nous renoncions à cette fête. La raison en était si évidente que personne n'eut à la formuler : Baba n'avait plus beaucoup de temps à vivre.

Soraya et moi ne sortîmes jamais seuls durant les préparatifs du grand jour – cela eût été jugé incorrect dans la mesure où nous n'étions pas encore mariés et n'avions même pas eu de *shirini-khori*. Il me fallut donc me contenter de dîner chez les Taheri avec mon père. De me retrouver en face d'elle à table. D'imaginer comment ce serait de sentir sa tête sur ma poitrine, de humer le parfum de ses cheveux, de l'embrasser, de lui faire l'amour.

Baba dépensa trente-cinq mille dollars, pratiquement toutes ses économies, pour l'*awroussi*, le mariage. Il loua une grande salle de banquet à Fremont – bénéficiant à cette occasion d'une remise substantielle de la part du propriétaire, qu'il avait bien connu à Kaboul. Il paya aussi les *chila's*, nos alliances, ainsi que la bague de diamant que je choisis pour Soraya. Enfin, il régla mon smoking et le costume vert qu'exigeait la *nika*, l'échange des vœux.

Malgré l'agitation qui caractérisa cette période jusqu'à la nuit de noces – khanum Taheri et ses amies s'étant heureusement occupées de presque tout –, seules quelques images ont marqué ma mémoire.

Je me rappelle notre *nika*. Soraya et moi étions assis à une table, tous deux vêtus de vert – la couleur de l'Islam, mais aussi celle du printemps et du renouveau. Je portais un costume, et elle, seule femme à table, une robe voilée à manches longues. Baba, le général Taheri – en smoking cette fois – et plusieurs des oncles de Soraya étaient également présents. Avec une gravité toute solennelle, elle et moi gardâmes la tête baissée, en nous jetant seulement des regards en coin. Le mollah interrogea les témoins et cita des passages du Coran. Nous prêtâmes serment. Signâmes les registres. L'un des oncles de Soraya, Sharif jan, frère de khanum Taheri, se leva en toussotant. Soraya m'avait dit qu'il vivait depuis plus de vingt ans aux États-Unis. Marié à une Américaine et employé des services d'immigration, cet homme petit aux cheveux duveteux et au visage d'oiseau était également poète à ses heures. Il lut un long poème dédié à sa nièce et griffonné sur le papier à en-tête d'un hôtel.

— Bravo, Sharif jan ! le complimenta-t-on quand il eut terminé.

Plus tard, je me souviens de m'être dirigé vers une estrade, en smoking cette fois, main dans la main avec Soraya, véritable *pari* voilée et toute de blanc vêtue. Baba avançait à mes côtés, et le général et sa femme derrière leur fille. Un cortège d'oncles, de tantes et de cousins se forma à notre suite cependant que, les yeux plissés devant les flashs des appareils photo, nous nous frayions un chemin dans la salle de réception, au milieu des invités qui nous acclamaient. L'un des cousins de Soraya, le fils de Sharif jan, tenait un coran au-dessus de nos têtes, et des haut-parleurs s'échappait un chant nuptial, *ahesta boro*, celui-là même qu'avait fredonné le soldat russe au point de contrôle de Mahipar, la nuit où Baba et moi avions fui Kaboul.

« Fais du matin une clé et jette-la dans le puits,
Va doucement, ma jolie lune, va doucement.
Fais que le soleil oublie de se lever à l'est,
Va doucement, ma jolie lune, va doucement. »

Je me revois sur le canapé qui avait été hissé tel un trône sur l'estrade, serrant toujours la main de Soraya sous le regard des quelque trois cents invités. L'heure était venue de procéder à l'*Ayena Masshaf*, ce rite qui consiste à tendre aux mariés un miroir, puis à jeter un voile par-dessus leurs têtes afin qu'ils se retrouvent seuls pour contempler chacun le reflet de l'autre. À la vue du visage souriant de Soraya, je profitai de ces brefs instants d'intimité que nous offrait le voile pour lui murmurer que je l'aimais. Le rouge lui monta aux joues, aussi vif que le henné.

Je me rappelle les assiettes colorées, remplies de morceaux d'agneau marinés, de *sholeh-goshti* et de riz aux oranges sauvages. Je me rappelle Baba, assis entre nous sur le canapé, le sourire aux lèvres. Je me rappelle les hommes trempés de sueur qui dansaient en cercle un *attan* traditionnel, sautant et virevoltant de plus en plus vite au rythme fiévreux du tabla, jusqu'à ce que la fatigue pousse la plupart à abandonner. Je me rappelle avoir souhaité que Rahim khan fût là.

Surtout, je me rappelle m'être demandé si Hassan aussi s'était marié et, en ce cas, quel était le visage qu'il avait admiré dans le miroir, sous le voile. Quelles étaient les mains qu'il avait tenues.

Vers deux heures du matin, les invités quittèrent la salle de réception pour l'appartement de Baba. Le thé coula de nouveau à flots et la musique retentit tant et si bien que les voisins finirent par appeler la police. Plus tard, une fois tout le monde parti, et alors qu'une heure à peine nous séparait du lever du soleil, Soraya et moi partageâmes pour la première fois le même lit. Moi qui avais été entouré d'hommes toute ma vie, je découvris cette nuit-là la tendresse d'une femme.

Soraya proposa d'elle-même d'emménager avec Baba et moi.

— Je pensais que tu préférerais avoir ta propre maison, m'étonnai-je.

— Dans l'état où est kaka jan ? répliqua-t-elle.

Ses yeux m'avertirent que ce ne serait pas là un bon début pour un mariage.

— Merci, fis-je en l'embrassant.

Soraya s'employa dès lors à prendre soin de Baba. Elle lui prépara son toast et son thé le matin, l'aida à se lever et à se coucher. Elle lui donna ses cachets, lava ses habits, lui lut chaque après-midi la rubrique internationale du journal et lui cuisina son plat favori, le *shorwa* de pommes de terre, quand bien même il ne parvenait à en avaler que quelques bouchées. Elle l'accompagna quotidiennement faire une courte promenade autour du pâté de maisons puis, lorsqu'il ne fut plus en mesure de quitter son lit, le tourna sur le côté toutes les heures afin qu'il ne souffre pas d'escarres.

Un jour que je rentrais à la maison après être allé chercher les médicaments de Baba à la pharmacie, je la surpris qui cachait vivement quelque chose sous sa couverture.

— Hé ! Je t'ai vue ! Qu'est-ce que vous fabriquez tous les deux ?

— Rien du tout, prétendit-elle avec espièglerie.

— Menteuse, ironisai-je en soulevant la couverture. Et ça, qu'est-ce que c'est ?

J'eus cependant la réponse à ma question dès l'instant où je saisis le cahier en cuir relié. Mes doigts effleurèrent ses bords cousus d'or. Je me souvins du feu d'artifice tiré la nuit où Rahim khan m'avait offert ce cadeau – la nuit de mes treize ans – et du sifflement des fusées avant qu'elles explosent en gerbes rouges, vertes ou jaunes.

— Tu as un talent incroyable ! s'exclama Soraya. Je n'en reviens pas.

Baba décolla la tête de l'oreiller.

— C'est moi qui l'ai poussée à le feuilleter. J'espère que tu ne m'en veux pas.

Je rendis le cahier à Soraya et quittai la chambre. Baba détestait me voir pleurer.

Un mois après notre mariage, les Taheri vinrent dîner chez nous avec Sharif, sa femme Suzy et plusieurs des tantes de Soraya. Celle-ci leur servit du *sabzi challow* – de l'agneau au riz blanc et aux épinards – puis du thé vert, que nous bûmes après le repas en disputant des parties de cartes par groupes de quatre. Elle et moi jouâmes avec Sharif et Suzy, à côté du canapé sur lequel Baba était allongé, recouvert d'une couverture. Il m'observa plaisanter avec Sharif, prendre la main de Soraya, repousser une mèche de ses cheveux. Je devinai son sourire caché, aussi large que les cieux de Kaboul les nuits où les peupliers tremblaient et où le chant des criquets s'élevait dans les jardins.

Juste avant minuit, il exprima le désir d'aller se coucher. Soraya et moi l'aidâmes à regagner son lit. Une fois couché, il la pria d'éteindre sa lampe de chevet. Puis il nous demanda de nous pencher et nous donna à chacun un baiser.

— Je reviens tout de suite avec votre morphine et un verre d'eau, kaka jan, lui dit Soraya.

— Non, ce n'est pas la peine. Je n'ai pas mal ce soir.

— Très bien.

Elle remonta la couverture sur lui et nous refermâmes sa porte.

Baba ne se réveilla pas.

Il ne restait pas une place de libre dans le parking de la mosquée d'Hayward. Sur la maigre pelouse derrière le bâtiment, des voitures et des véhicules tout-terrains avaient formé des rangées de stationnement improvisées. Les gens ne trouvaient à se garer que trois ou quatre rues plus au nord.

La partie de la mosquée réservée aux hommes se composait d'une grande pièce carrée au sol recouvert de tapis afghans et de fins matelas. Les fidèles y pénétraient un par un après s'être déchaussés, puis s'asseyaient en tailleur pendant qu'un mollah psalmodiait des *surrhas* du Coran dans un micro. J'avais quant à moi pris place près de l'entrée avec le général Taheri, comme l'imposait la tradition aux familles des défunts.

Par la porte ouverte, je distinguais la file des voitures qui s'arrêtaient et les reflets intermittents du soleil sur leurs pare-brise. Chacune déposait son lot de passagers, des hommes en costume sombre et des femmes en robe noire, les cheveux dissimulés sous le traditionnel *hidjab* blanc.

Tandis que les mots du Coran résonnaient dans la salle, je pensai au combat légendaire de Baba contre un ours noir au Bélouchistan. Toute sa vie, il avait affronté ce genre d'épreuve. La perte de sa jeune épouse. L'éducation de son fils, sans personne pour l'épauler. L'exil loin de sa chère patrie, son *watan*. La pauvreté. Les humiliations. Sa dernière bataille avait eu raison de lui mais, là encore, il n'avait rendu les armes que selon ses propres conditions.

À la fin de chaque prière, des hommes se levaient et venaient me saluer avant de sortir. Je leur serrai la main, comme il se devait, alors même que la plupart d'entre eux m'étaient inconnus. Je souris poliment, les remerciai de leurs condoléances, écoutai ce qu'ils avaient à dire au sujet de Baba.

— … m'a aidé à construire ma maison à Taimani…

— … Dieu le bénisse…

— … personne d'autre vers qui me tourner et il m'a prêté…

— … m'a trouvé du travail… me connaissait à peine…

— … comme un frère pour moi…

Devant ces témoignages, je compris que j'avais été en grande partie modelé par mon père et la manière dont il avait marqué ces gens. Toute ma vie, j'avais été « le fils de Baba ». Mais à présent qu'il avait disparu, qu'il n'était plus là pour me guider, il me fallait avancer seul.

Cette pensée me terrifiait.

Plus tôt ce jour-là, dans la section du cimetière attribuée aux musulmans, j'avais assisté à la mise en terre de Baba. Le mollah et un autre homme s'étaient querellés au sujet de l'*ayat* du Coran qu'il convenait de réciter devant sa tombe, et l'affaire aurait pu dégénérer si le général ne s'était interposé. Finalement, le mollah avait choisi un *ayat* qu'il avait déclamé en jetant des regards noirs au deuxième type. Je les avais observés déverser la première pelletée de terre dans le trou, avant de m'éloigner jusqu'à l'autre bout du cimetière, où je m'étais assis à l'ombre d'un érable.

Lorsque les derniers membres de l'assistance m'eurent présenté leurs condoléances et qu'il n'y eut plus personne dans la mosquée – à l'exception du mollah, occupé à débrancher le micro et à envelopper le Coran d'un linge vert –, je sortis avec le général dans la lumière déclinante de la fin du jour. Nous passâmes devant un groupe d'hommes qui fumaient sur les marches, et je captai des bribes de leur conversation – un match de football devait avoir lieu à Union City la semaine suivante, un nouveau restaurant afghan avait ouvert à Santa Clara. La vie reprenait déjà son cours, abandonnant Baba derrière elle.

— Comment te sens-tu, *bachem* ? s'enquit le général.

Je serrai les dents et ravalai mes larmes.

— Je vais rejoindre Soraya, lui annonçai-je.

— D'accord.

Je la repérai sur les marches de la mosquée, côté femmes, en compagnie de sa mère et de plusieurs de ses amies que je reconnus vaguement pour les avoir vues à notre mariage. Elle adressa quelques mots à khanum Taheri lorsque je lui fis signe, puis s'approcha.

— Tu viens marcher avec moi ? lui demandai-je.

— Bien sûr.

Nous longeâmes en silence un sentier gravillonné et sinueux, bordé par des haies basses, avant de nous asseoir sur un banc. Agenouillé non loin de nous, un couple de personnes âgées déposait un bouquet de marguerites devant une pierre tombale.

— Soraya ?

— Oui ?

— Il va me manquer.

Elle posa sa main sur ma jambe – sa main où brillait le *chila* de Baba. Derrière elle, j'aperçus la foule des voitures qui s'éloignaient sur Mission Boulevard. Nous ne tarderions pas à nous en aller nous aussi. Baba se retrouverait alors seul pour la première fois.

Soraya m'attira contre elle et je pleurai enfin.

Parce que Soraya et moi n'avions pas été fiancés, presque tout ce que j'appris sur le compte des Taheri me fut dévoilé après notre mariage. Je découvris par exemple que le général souffrait tous les mois de migraines qui duraient près d'une semaine. Lorsque ces maux de tête survenaient, il s'enfermait dans sa chambre, se déshabillait, éteignait la lumière et ne ressortait pas tant que la douleur ne s'était pas calmée. Personne n'avait le droit d'entrer, ni même de frapper à sa porte. Et puis un jour il surgissait en dégageant une odeur de sommeil et de draps, habillé de son éternel costume gris, les yeux bouffis et injectés de sang. Soraya me révéla que, d'aussi loin qu'elle se souvînt, khanum Taheri et lui avaient toujours fait chambre à part. Que le général pouvait se montrer mesquin, comme quand sa femme lui servait du *qurma* et qu'il en avalait une bouchée avant de soupirer et de repousser son assiette. « Je vais te préparer autre chose », lui proposait-elle alors, mais il l'ignorait, boudait et se contentait de manger du pain aux oignons. Khanum Taheri sanglotait alors, et Soraya enrageait devant l'attitude de son père. Je sus grâce à elle qu'il prenait des antidépresseurs, entretenait sa famille grâce aux aides de l'État et n'avait jamais occupé le moindre emploi aux États-Unis, préférant empocher l'argent du gouvernement plutôt que de s'abaisser à travailler – ce qui eût été indigne d'un homme tel que lui. Le marché aux puces ne constituait qu'un simple hobby à ses yeux, un moyen de garder le contact avec ses compagnons afghans. Tôt ou tard, croyait-il, l'Afghanistan se libérerait de son joug, la monarchie serait restaurée et l'on ferait de nouveau appel à ses services. Chaque jour qui passait le voyait donc enfiler son costume gris, remonter sa montre de gousset, puis attendre.

Soraya m'expliqua également que khanum Taheri – que j'appelais désormais khala Jamila – avait autrefois été célèbre à Kaboul pour sa voix enchanteresse. Certes, professeur au lycée pour filles, elle ne s'était jamais lancée dans une carrière de chanteuse professionnelle, mais ce n'était pas faute de talent car elle était capable d'interpréter des chansons populaires, des *ghazals* et même du *raga*, d'ordinaire l'apanage des hommes. Si féru de musique fût-il – il possédait d'ailleurs une collection considérable d'enregistrements de *ghazals* classiques chantés par des artistes afghans et indiens –, le général jugeait en effet préférable de réserver cette activité aux personnes de moindre réputation. Parmi les conditions qu'il avait posées à son mariage figurait l'interdiction pour sa femme de se produire en public. Soraya m'informa que lorsque sa mère avait exprimé le vœu de déroger une unique fois à cette règle à l'occasion de notre *awroussi*, il lui avait décoché un regard si menaçant que l'affaire en était restée là. Khala Jamila jouait au loto une fois par semaine et suivait *Johnny Carson* tous les soirs à la télévision. Elle s'affairait toute la journée dans son jardin, où elle soignait ses roses, ses géraniums, ses plantes grimpantes et ses orchidées.

Le jour où j'épousai Soraya, ses fleurs et *Johnny Carson* reculèrent d'une place dans son cœur. J'étais devenu le nouveau rayon de soleil de sa vie. Contrairement à son mari, qui ne se départit pas de ses manières froides et réservées et ne me corrigea pas lorsque je continuai à l'appeler « général sahib », khala Jamila ne fit pas mystère de l'adoration qu'elle me portait. La première raison était que je l'écoutais me décrire la liste impressionnante de ses maladies – ce à quoi le général avait renoncé depuis longtemps. Toujours par l'intermédiaire de Soraya, je sus que, depuis sa crise cardiaque, khala Jamila voyait dans la moindre de ses palpitations le signe d'une nouvelle attaque, dans la moindre de ses douleurs articulaires un début de polyarthrite rhumatismale, et dans le moindre tressautement de ses paupières l'annonce d'un infarctus. Je me souviens de la première fois où elle mentionna devant moi une grosseur qu'elle avait dans le cou.

— Je sauterai mes cours demain et je vous emmènerai voir un médecin, lui proposai-je.

— Alors autant abandonner tes études, bachem, s'esclaffa le général. Le dossier médical de ta khala ressemble à l'œuvre de Rumi : il comporte plusieurs volumes.

Qu'elle eût trouvé une oreille attentive à ses monologues d'hypocondriaque n'expliquait cependant pas tout. Je suis persuadé que, même si j'avais massacré une foule de personnes au fusil-mitrailleur dans un accès de démence, son amour inconditionnel me serait resté acquis. Parce que j'avais guéri son cœur de sa plus grave maladie. Je l'avais soulagée de la plus grande peur que puisse éprouver une mère afghane – celle qu'aucun *khastegar* ne demande la main de sa fille. Grâce à moi, Soraya ne vieillirait pas seule, sans mari, sans enfants. Toutes les femmes avaient besoin d'un mari à ses yeux. Même s'il étouffait les chants qui bouillonnaient en elle.

Soraya m'éclaira par ailleurs un peu plus sur ce qui s'était passé en Virginie.

Nous assistions à un mariage. L'oncle de Soraya, Sharif, mariait son fils à une Afghane de Newark. La réception se déroulait dans la salle même où nous avions fêté notre *awroussi* six mois plus tôt. Nous nous trouvions au milieu des invités à regarder la mariée accepter les bagues que lui présentait la famille de son époux lorsque nous surprîmes les propos de deux vieilles femmes qui nous tournaient le dos.

— Quelle jolie mariée ! commentait l'une d'elles. Tu as vu ça ? Elle est aussi *maghbool* que la lune.

— En effet, approuva l'autre. Et pure avec ça. Vertueuse. Elle n'a pas eu de petit ami, elle.

— Je sais. Ce garçon a eu bien raison de ne pas épouser sa cousine.

Soraya craqua sur le chemin du retour. Je quittai la route pour me garer au bord du trottoir, sous un réverbère de Fremont Boulevard.

— Laisse tomber, lui dis-je en repoussant ses cheveux en arrière. Qu'est-ce que ça peut faire ?

— Merde, c'est si injuste ! éclata-t-elle.

— Oublie ça.

— Leurs fils vont en boîte draguer des filles, ils mettent leurs copines enceintes, ils ont des enfants en dehors du mariage et personne ne leur reproche quoi que ce soit. Oh, ce sont des hommes, il faut bien qu'ils s'amusent ! Moi, il suffit que je commette une erreur et, aussitôt, tout le monde n'a plus que les mots *nang* et *namoos* à la bouche. On m'en rebattra les oreilles jusqu'à la fin de ma vie !

J'essuyai du pouce une larme sur sa joue, juste au-dessus de sa marque de naissance.

— Je ne te l'avais pas raconté, ajouta-t-elle en se tamponnant les yeux, mais mon père a débarqué avec un revolver ce soir-là. Il a dit… qu'il y avait deux balles dans le barillet, une pour mon ami et l'autre pour lui-même si je ne rentrais pas à la maison. J'ai hurlé, je l'ai traité de tous les noms, je lui ai juré qu'il ne réussirait pas à m'enfermer éternellement à double tour et que j'aurais aimé qu'il soit mort. (De nouvelles larmes s'échappèrent de ses paupières closes.) Je suis allée jusqu'à lui cracher ça. Que j'aurais aimé qu'il soit mort.

» Quand nous sommes revenus, ma mère s'est jetée à mon cou en pleurant. Elle balbutiait des mots que je ne comprenais pas parce qu'elle avait trop de mal à les articuler. Mon père m'a alors emmenée dans ma chambre. Il m'a installée devant le miroir de ma coiffeuse, m'a tendu une paire de ciseaux et m'a ordonné de me couper les cheveux. Il ne m'a pas quittée des yeux pendant que je m'exécutais.

» Je n'ai pas mis le nez dehors pendant des semaines. Quand je suis enfin sortie, j'entendais des murmures, ou je croyais en entendre, partout où j'allais. Quatre ans se sont écoulés depuis et nous sommes à près de cinq mille kilomètres de la Virginie, mais ils me poursuivent toujours.

— Je les emmerde, lançai-je.

Elle émit un son à mi-chemin entre un sanglot et un éclat de rire.

— Quand je t'ai parlé de ma fugue au téléphone le soir de la *khastegari*, j'étais sûre que tu changerais d'avis.

— Il n'y avait aucun risque, Soraya.

Elle sourit et saisit ma main.

— J'ai tellement de chance de t'avoir rencontré. Tu es si différent des autres Afghans.

— Oublions cette histoire, d'accord ?

— D'accord.

Je l'embrassai sur la joue et réengageai la voiture sur la chaussée. Ce faisant, je m'interrogeai sur le pourquoi de ma différence. Peut-être tenait-elle au fait que, n'ayant été élevé que par des hommes, je n'avais jamais été témoin de la sévérité avec laquelle la société afghane traitait parfois les femmes. Peut-être aussi s'expliquait-elle par le fait que Baba avait été un père peu commun, un libéral vivant selon ses propres règles, un non-conformiste qui rejetait ou acceptait les coutumes comme bon lui semblait.

Mais avant toute chose je crois que je me moquais du passé de Soraya parce que le mien n'était pas non plus irréprochable. Je savais ce qu'était le remords.

Peu après la mort de Baba, Soraya et moi emménageâmes dans un deux-pièces à Fremont, tout près de chez ses parents. Ces derniers nous achetèrent un canapé en cuir et un ensemble de plats Mikasa pour notre crémaillère. Le général y ajouta un cadeau supplémentaire, une machine à écrire IBM flambant neuve. Dans la boîte était glissé un mot rédigé en farsi :

« Amir jan,

« Puisses-tu faire naître bien des contes sur les touches de ce clavier.

« Général Iqbal Taheri. »

Je vendis le van de Baba et, à compter de ce jour, ne remis plus les pieds au marché aux puces. Parfois, lorsque je me rendais sur sa tombe le vendredi, je remarquais un bouquet de freesias devant sa pierre tombale et devinais que Soraya aussi était venue s'y recueillir.

Elle et moi découvrîmes peu à peu la routine – et les petites joies – de la vie conjugale. Nous partagions nos brosses à dents et nos chaussettes, nous nous échangions le journal le matin. Elle dormait du côté droit du lit, tandis que je préférais le gauche. Elle aimait les oreillers duveteux, moi les durs. Elle mangeait ses céréales croquantes, alors que je les arrosais de lait.

Cet été-là, je fus admis à l'université de San Jose. Je m'inscrivis en littérature anglaise et pris dans le même temps un emploi de gardien dans un entrepôt de meubles de Sunnyvale. Ce travail, d'un ennui incommensurable, présentait néanmoins un énorme avantage : lorsque tout le monde partait à dix-huit heures et que les ombres commençaient à s'allonger entre les rangées de canapés recouverts de plastique et empilés jusqu'au plafond, je sortais mes livres et étudiais. Ce fut dans le bureau parfumé au pin de cet entrepôt que je m'attelai à l'écriture de mon premier roman.

Soraya me rejoignit à l'université de San Jose l'année suivante et, à la grande déception de son père, choisit la voie de l'enseignement.

— Je ne comprends pas pourquoi tu t'obstines à gâcher tes talents, déclara-t-il un soir à table. Tu savais, Amir jan, qu'elle ne récoltait que des A au lycée ? (Il se tourna vers elle.) Une fille aussi intelligente que toi devrait devenir avocate, ou politologue. Et *Inch'Allah*, le jour où l'Afghanistan sera libre, tu pourrais participer à la rédaction de la nouvelle Constitution. On aura besoin de jeunes Afghans doués dans ton genre. Peut-être même qu'on te confiera un ministère, vu ton nom de famille.

Soraya se raidit, tout en s'efforçant de ne pas s'énerver.

— Je ne suis plus une enfant, *padar*. Je suis une femme mariée. Et le pays aura aussi besoin de professeurs.

— N'importe qui peut enseigner.

— Il reste encore un peu de riz, *madar* ? coupa-t-elle.

Après que le général se fut excusé – il avait rendez-vous avec des amis à Hayward –, khala Jamila tenta de consoler sa fille.

— Il ne pense pas à mal. Il veut juste que tu réussisses.

— Pour qu'il puisse se vanter d'avoir une fille avocate devant ses amis ! Et une nouvelle médaille pour le général !

— Tu dis n'importe quoi !

— Réussir ! cracha Soraya. Moi au moins, je ne suis pas comme lui. Je n'attends pas bien à l'abri que d'autres aient fini de se battre contre le *Shorawi* et que le calme revienne pour retourner là-bas et réclamer un joli petit poste au gouvernement. L'enseignement ne paie peut-être pas beaucoup, mais c'est le métier que j'ai envie d'exercer ! C'est ce que j'aime et ça vaut bien mieux que de vivre des aides de l'État !

Khala Jamila se mordit la langue.

— Si jamais il t'entend, il ne t'adressera plus jamais la parole.

— Ne t'inquiète pas, rétorqua Soraya en jetant sa serviette sur son assiette. Je ne blesserai pas son précieux amour-propre.

Au cours de l'été 1988, environ six mois avant que les Soviétiques se retirent d'Afghanistan, je terminai mon premier roman – l'histoire d'un père et de son fils à Kaboul, rédigée essentiellement avec la machine à écrire que m'avait offerte le général. J'en envoyai des extraits à une douzaine d'agences littéraires et fus stupéfié, en ouvrant ma boîte aux lettres un jour d'août, d'y trouver un courrier d'une agence new-yorkaise qui sollicitait le manuscrit entier. Je le postai dès le lendemain. Soraya embrassa le colis soigneusement enveloppé et khala Jamila insista pour que nous le passions sous le coran. Elle me promit d'accomplir un *nazr* pour moi, c'est-à-dire d'égorger un mouton et d'offrir la viande aux pauvres, si mon livre était accepté.

— S'il vous plaît, pas de *nazr*, khala jan, refusai-je. Contentez-vous d'une *zakat* et faites l'aumône à une personne dans le besoin, d'accord ? Je ne veux pas qu'on sacrifie de mouton.

Six semaines plus tard, un certain Martin Greenwalt m'appela de New York et me proposa de devenir mon agent. Je n'en informai que Soraya.

— Mais ce n'est pas parce que quelqu'un me repré-sente qu'une maison d'édition voudra de moi. On fêtera ça seulement si Martin vend le manuscrit.

Un mois plus tard, il me contacta pour m'annoncer que j'allais compter parmi les écrivains publiés. Soraya cria de joie lorsque je la mis au courant.

Nous dînâmes avec ses parents ce soir-là pour marquer l'événement. Khala Jamila cuisina du *kofta* – des boulettes de viande accompagnées de riz blanc – et un *ferni* au chocolat. Les yeux humides, le général me répéta qu'il était content de moi. Nous atten-dîmes d'être seuls, Soraya et moi, pour déboucher une onéreuse bouteille de merlot que j'avais achetée en rentrant à la maison – le général désapprouvait la consommation d'alcool chez une femme, aussi Soraya ne buvait-elle jamais en sa présence.

— Je suis si fière de toi, me dit-elle en levant son verre. Kaka aussi l'aurait été.

— Je sais, répondis-je.

Et je songeai combien j'aurais aimé qu'il me voie.

Plus tard dans la nuit, alors que Soraya dormait – le vin la faisait toujours somnoler –, je restai un moment sur le balcon à respirer l'air frais de l'été. Je pensai à Rahim khan et au petit mot d'encouragement qu'il m'avait écrit après avoir lu ma première nouvelle. Et je pensai à Hassan. *Un jour, Inch'Allah, vous serez un grand écrivain. Vos livres se vendront partout dans le monde.* Tant de bienfaits m'avaient été accordés au cours de ma vie. Tant de joies. Je me demandai si je les méritais.

Mon roman parut l'été suivant, en 1989, et mon éditeur m'envoya en assurer la promotion dans cinq villes. Je devins une petite célébrité au sein de la communauté afghane. La même année, l'armée soviétique acheva de se retirer d'Afghanistan. Mais alors que mon pays aurait dû savourer son heure de gloire, les combats continuèrent de faire rage, cette fois entre les moudjahidin et le gouvernement fantoche de Najibullah, manipulé par les Russes. Les réfugiés afghans se pressèrent toujours plus nombreux au Pakistan. Ce fut aussi l'année où la guerre froide prit fin, où le mur de Berlin tomba. Ce fut l'année du printemps de Pékin. Face à une telle actualité, les bouleversements que connaissait l'Afghanistan passèrent inaperçus. Le général Taheri, dont les espoirs avaient été éveillés par le départ des troupes soviétiques, se remit donc à remonter sa montre de gousset.

Ce fut aussi l'année où Soraya et moi tentâmes d'avoir un enfant.

Ce projet suscita une vague d'émotions en moi. Il me paraissait à la fois effrayant, emballant, intimidant et enivrant. Quelle sorte de père serais-je ? Je voulais ressembler en tout point à Baba, et en même temps être à l'opposé de lui.

Une année s'écoula toutefois sans que rien ne se produise. À chaque nouvelle menstruation, le dépit, l'impatience et l'irritabilité de Soraya allaient grandissant. Dans l'intervalle, les sous-entendus d'abord subtils de khala Jamila étaient devenus beaucoup plus explicites. « *Kho dega !* Alors ! Quand pourrai-je chanter *alahoo* à mon petit *nawasa* ? » répétait-elle. Le général, en bon Pachtoun, ne nous posait pas la moindre question, préférant éviter toute allusion à un rapport sexuel entre sa fille et un homme, même si tous deux étaient mariés depuis plus de quatre ans. Pour autant, son regard s'animait lorsque khala Jamila nous taquinait sur le sujet.

— Ça prend parfois un peu de temps, avançai-je un soir.

— Un an, c'est plus qu'un peu de temps, Amir ! riposta Soraya d'une voix sèche inhabituelle chez elle. Il y a un problème, je le sais.

— Dans ce cas, allons voir un médecin.

Le Dr Rosen, un homme ventripotent doté d'une petite tête rondouillarde et de dents régulières, s'exprimait avec une pointe d'accent européen, vaguement slave eût-on dit. Passionné par les transports ferroviaires, il avait rempli son cabinet de livres sur l'histoire des chemins de fer, de modèles réduits, de tableaux de trains traversant de vertes collines ou des ponts. Derrière lui était accroché un panneau sur lequel on lisait : « La vie est un train. Montez à bord ! »

Il nous exposa le programme à venir. Je serais examiné en premier.

— Avec les hommes, c'est facile, nous assena-t-il en pianotant sur son bureau en acajou. Leur plomberie est à l'image de leur esprit : simple et sans surprises.

Les femmes, en revanche... ma foi, Dieu a longuement médité votre conception.

Je me demandai s'il infligeait cette tirade à tous ses patients.

— Quelles veinardes nous sommes, ironisa Soraya.

Le Dr Rosen eut un rire forcé. Il me tendit un formulaire à compléter pour le laboratoire, ainsi qu'un pot en plastique. Soraya se vit prescrire quant à elle des examens sanguins de routine. Nous échangeâmes une poignée de main.

— Bienvenue à bord ! nous lança-t-il en nous guidant vers la sortie.

Mes résultats furent excellents.

Les mois suivants se résumèrent à une batterie de tests pour Soraya : des prises de sa température basale, des analyses de sang portant sur toutes les hormones possibles et imaginables, des analyses d'urine, un examen appelé prélèvement de glaire cervicale, des ultrasons, encore des analyses de sang, et encore des analyses d'urine. Elle subit aussi une hystéroscopie – un acte médical au cours duquel le Dr Rosen introduisit un endoscope dans son utérus –, qui ne révéla aucune anomalie.

— Rien à signaler au niveau de la tuyauterie, déclara-t-il en ôtant ses gants en latex.

J'aurais aimé qu'il en finisse avec ces métaphores, nous n'étions pas des salles de bains après tout. Une fois ces épreuves terminées, il nous avoua qu'il était incapable de dire pourquoi nous ne pouvions pas avoir d'enfants. Apparemment, notre cas n'était pas unique. On le qualifiait de stérilité inexpliquée.

Vint ensuite la phase de traitement. Nous tentâmes un médicament, le Clomifène, et du hMG sous forme de piqûres que Soraya devait s'administrer elle-même.

Devant leur inefficacité, le Dr Rosen nous conseilla la fécondation *in vitro*.

Ayant reçu une lettre polie de notre assurance maladie qui nous souhaitait bonne chance, mais regrettait de ne pouvoir couvrir les frais de cette procédure, nous décidâmes de nous servir de l'avance versée par mon éditeur pour la payer. La FIV se révéla interminable, complexe, frustrante et au final infructueuse. Après avoir feuilleté pendant des mois des magazines comme le *Reader's Digest* dans des salles d'attente, après avoir enfilé d'innombrables blouses en papier et connu autant de chambres d'examen froides et stériles, éclairées par des néons, après avoir accepté l'étalage humiliant et répété des détails de notre vie sexuelle devant un parfait étranger, sans compter toutes les injections, tous les examens et prélèvements auxquels nous dûmes nous soumettre, nous retournâmes voir le Dr Rosen et ses trains.

Assis à son bureau, en face de nous, il employa le mot « adoption » pour la première fois. Soraya pleura durant tout le trajet du retour.

Elle annonça la nouvelle à ses parents le week-end qui suivit notre dernière visite au praticien. La scène eut lieu une fin d'après-midi, au début de mars 1991, alors que, installés sur des chaises pliantes dans le jardin des Taheri, nous faisions griller des truites en sirotant un *dogh* au yaourt. Khala Jamila avait arrosé ses roses et ses nouveaux chèvrefeuilles, dont les senteurs se mêlaient à l'odeur du poisson. Par deux fois déjà, elle avait tendu le bras pour caresser les cheveux de sa fille : « Dieu a ses raisons, *bachem*. Il est peut-être écrit que tu n'auras pas d'enfants. »

Soraya gardait les yeux rivés sur ses mains. Elle était fatiguée, je le savais. Fatiguée de toutes ces démarches.

— Le docteur nous a suggéré de recourir à l'adoption, murmura-t-elle.

Le général releva la tête à ces mots.

— Vraiment ? l'interrogea-t-il en abaissant le couvercle du barbecue.

— C'est une possibilité, selon lui.

Nous en avions discuté à la maison, et elle s'était montrée pour le moins partagée sur la question.

— C'est sûrement stupide et vaniteux de ma part, m'avait-elle expliqué alors que nous nous rendions chez ses parents, mais je ne peux m'en empêcher. J'ai toujours rêvé d'avoir un bébé que j'aurais porté pendant neuf mois, un bébé que je pourrais dévisager un jour en ayant la surprise de lui trouver une ressemblance avec l'un de nous, et qui aurait ton sourire ou le mien en grandissant. Sans ça… est-ce mal ?

— Non, lui avais-je répondu.

— Tu me juges égoïste ?

— Non, Soraya.

— Parce que si tu y tiens vraiment…

— Non. Nous ne devrions pas opter pour cette solution à moins d'être sûrs de nous. Et aussi d'accord tous les deux. Ce ne serait pas juste pour le petit, sinon.

Elle avait appuyé sa tête contre la vitre et n'avait rien ajouté.

Le général s'assit à côté d'elle.

— *Bachem*, cette idée… d'adopter, je ne crois pas qu'elle soit faite pour nous autres Afghans.

Soraya me jeta un regard las et soupira.

— Avec l'âge, les enfants veulent rencontrer leurs parents biologiques, poursuivit-il. Et quoi de plus normal ? Si bien que, parfois, tu t'échines des années à les élever, tout ça pour qu'ils partent un beau matin à la recherche de ceux qui leur ont donné le jour. Ne prends pas les liens du sang à la légère, *bachem*. Jamais.

— La discussion est close, décréta Soraya.

— Une dernière chose tout de même, insista-t-il en s'animant – et je compris que nous allions avoir droit à l'un de ses petits discours. Regarde Amir jan, par exemple. Nous connaissions tous son père, et je savais qui étaient son grand-père et son arrière-grand-père. Je pourrais te dresser son arbre généalogique sur plusieurs générations. Voilà pourquoi je n'ai pas hésité quand son père – paix à son âme – est venu me demander ta main. Et crois-moi, lui-même n'aurait pas accepté de le faire s'il n'avait su qui étaient tes ancêtres. Les liens du sang sont très influents, *bachem*, et quand on recourt à l'adoption, on ignore ceux de l'enfant qu'on accueille chez soi.

» Si tu étais américaine, cela n'aurait pas d'importance. Les gens se marient par amour, ici, le nom de famille et les ancêtres n'entrent pas un instant en ligne de compte. Pareil pour l'adoption. Du moment que le bébé est en bonne santé, tout le monde est content. Mais nous, nous sommes afghans, *bachem*.

— Le poisson sera bientôt prêt ? s'enquit Soraya.

Le regard du général s'attarda sur elle.

— Estime-toi heureuse d'être bien portante et d'avoir un bon époux, lui recommanda-t-il en lui tapotant le genou.

— Qu'en penses-tu, Amir jan ? m'interrogea khala Jamila.

Je posai mon verre sur le rebord d'une fenêtre, où de l'eau dégoulinait des pots de géraniums.

— Je crois que je partage l'avis du général.

Rassuré, celui-ci hocha la tête et retourna près du barbecue.

Nous avions tous nos raisons de rejeter l'adoption. Soraya avait les siennes, le général aussi, et mon raisonnement à moi était le suivant : il se pouvait que, quelque part, quelque chose ou quelqu'un ait décidé de me refuser le droit de devenir père pour me punir de mes actes. Peut-être était-ce mon châtiment – mérité, il fallait bien l'admettre. *Il est peut-être écrit que tu n'auras pas d'enfants*, avait supposé khala Jamila. Ou plutôt était-il écrit que nous n'en aurions pas.

Quelques mois plus tard, nous utilisâmes l'avance que me valut mon deuxième roman pour acheter à crédit une jolie petite maison victorienne dans le quartier de Bernal Heights, à San Francisco. Elle était pourvue d'un toit en pente, de parquet dans toutes les pièces et d'un petit jardin au bout duquel avaient été aménagés un emplacement où faire du feu et une terrasse. Le général m'aida à embellir cette dernière, ainsi qu'à repeindre les murs. Khala Jamila se lamenta de nous voir partir à près d'une heure de chez elle – à ses yeux, Soraya avait plus que jamais besoin de l'amour et du soutien de ses proches. Elle ne s'aperçut pas que sa compassion, bien intentionnée mais étouffante, était précisément ce qui avait poussé sa fille à déménager.

Parfois, quand Soraya sommeillait à côté de moi, j'écoutais le bruit de la porte-moustiquaire que le vent ouvrait puis refermait et les grillons qui chantaient au-dehors. Je percevais presque le vide dans le ventre de ma femme, aussi présent qu'un être vivant. Il s'était insinué dans notre couple, dans nos rires, dans nos rapports. Et tard le soir, dans l'obscurité de notre chambre, je le sentais qui s'échappait de Soraya pour s'installer entre nous. Pour dormir entre nous. Tel un nouveau-né.

14

Juin 2001

Je reposai le combiné et le contemplai un long moment, jusqu'à ce qu'un aboiement d'Aflatoon me fasse sursauter. Je pris alors conscience du silence qui s'était abattu dans la pièce. Soraya avait éteint la télévision.

— Tu es tout pâle, Amir, me lança-t-elle depuis le canapé, celui-là même que ses parents nous avaient offert lors de la crémaillère de notre premier appartement.

Allongée dessus, la tête d'Aflatoon nichée sur sa poitrine et les jambes enfouies sous les coussins usés, elle suivait une émission de PBS sur le sort tragique des loups du Minnesota tout en corrigeant les devoirs d'été de ses élèves – elle enseignait dans la même école depuis six ans à présent. Lorsqu'elle se redressa, Aflatoon sauta à terre. C'était le général qui avait donné le nom farsi de Platon à notre cocker. À bien scruter ses yeux noirs, affirmait-il en effet, on aurait juré qu'il nourrissait de sages pensées.

Les dix années écoulées avaient fait apparaître un léger renflement sous le menton de Soraya, arrondi le galbe de ses hanches et glissé dans ses cheveux de jais quelques mèches couleur cendre. Malgré tout, elle avait toujours le visage d'une princesse, avec ses sourcils semblables aux ailes d'un oiseau en plein vol, et son nez dont la courbe élégante évoquait les arabesques des écrits arabes antiques.

— Tu es tout pâle, répéta-t-elle en posant sa pile de copies sur la table.

— Il faut que j'aille au Pakistan.

Elle se releva complètement.

— Au Pakistan ?

— Rahim khan est très malade.

Un poing se serra en moi à l'énoncé de ces mots.

— L'ancien associé de kaka ?

Elle ne l'avait jamais rencontré, mais je lui en avais déjà parlé. J'acquiesçai d'un signe de tête.

— Oh, je suis désolée, Amir.

— On s'entendait bien, lui et moi. Quand j'étais petit, il a été le premier adulte que j'ai considéré comme un ami.

Je me le représentai avec Baba, les jours où tous deux buvaient du thé et fumaient à la fenêtre de son bureau. Venu du jardin, un souffle d'air au parfum d'églantier inclinait leurs colonnes jumelles de fumée.

— Oui, tu me l'as dit, se rappela Soraya, avant de marquer une pause. Combien de temps resteras-tu là-bas ?

— Aucune idée. Il veut me voir.

— Est-ce…

— Non, il n'y a aucun danger. Je ne risque rien.

Cette question la démangeait depuis le début. Quinze ans de mariage nous avaient appris à chacun à lire en l'autre comme dans un livre ouvert.

— Je sors.

— Je t'accompagne ?

— Non, je préfère être seul.

Je me rendis en voiture jusqu'au Golden Gate Park et marchai au bord du lac Spreckels. Il faisait beau en ce dimanche après-midi ; sur l'eau voguaient des douzaines de bateaux miniatures, poussés par la brise fraîche de San Francisco. Je m'assis sur un banc et observai un homme envoyer un ballon de football américain à son fils en lui expliquant qu'il ne fallait pas le lancer avec un mouvement du bras parallèle au sol, mais par-dessus l'épaule. Puis, levant les yeux, j'aperçus deux cerfs-volants rouges avec de longues queues bleues qui volaient haut au-dessus des arbres et les moulins à vent de l'extrémité ouest du parc.

Je songeai à la dernière remarque de Rahim khan, juste avant de raccrocher. Je fermai les yeux et l'imaginai à l'autre bout du fil, par-delà les grésillements de la ligne, les lèvres entrouvertes, la tête penchée. De nouveau, quelque chose dans son regard noir insondable suggérait l'existence d'un secret entre nous. J'avais maintenant la certitude qu'il était au courant. J'avais deviné juste. Il savait ce qui s'était passé avec Assef, le cerf-volant, l'argent et la montre aux aiguilles en forme d'éclair. Il l'avait toujours su.

Viens. Il existe un moyen de te racheter, m'avait-il dit.

Un moyen de me racheter.

À mon retour, Soraya discutait au téléphone avec sa mère.

— Pas longtemps, *madar* jan. Une semaine, peut-être deux… Oui, *padar* et toi n'aurez qu'à venir à la maison…

Deux ans plus tôt, le général s'était cassé la hanche droite. Alors qu'il émergeait de sa chambre après une nouvelle migraine, le regard trouble et l'air assommé, il s'était pris les pieds dans le bord d'un tapis. Son cri avait alerté khala Jamila, laquelle s'était empressée hors de sa cuisine. « On aurait cru le bruit d'un *jaroo* – un balai – brisé en deux », aimait-elle répéter, bien que, selon le médecin, il est probable qu'elle n'ait rien entendu. L'accident du général et toutes les complications qui s'étaient ensuivies – pneumonie, empoisonnement du sang, longue convalescence en maison de repos – avaient mis un terme aux monologues de khala Jamila sur ses divers maux. Mais en avaient suscité d'autres, cette fois axés sur la santé de son mari. Elle racontait à quiconque voulait bien l'écouter que les médecins lui avaient diagnostiqué des reins défaillants. « Sauf qu'ils n'avaient jamais vu de reins afghans, n'est-ce pas ? » se vantait-elle. Une image me marqua particulièrement durant le séjour de mon beau-père à l'hôpital : celle de khala Jamila attendant à son chevet qu'il s'endorme pour lui fredonner des chansons que diffusait autrefois le vieux poste de radio de Baba à Kaboul.

La fragilité du général, associée au temps qui passe, avait adouci ses rapports avec Soraya. Ils se promenaient désormais tous les deux et déjeunaient ensemble le samedi. Parfois, il assistait à certains de ses cours. Vêtu de son éternel costume gris lustré, il s'installait au fond de la salle, sa canne en bois sur ses genoux, et souriait. Il lui arrivait même de prendre des notes.

Cette nuit-là, Soraya et moi nous couchâmes, elle avec le dos pressé contre ma poitrine, moi avec le visage enfoui dans ses cheveux. Je me souvenais de l'époque où, front contre front, nous échangions des baisers après l'amour tout en discutant à voix basse jusqu'à ce que nos paupières s'alourdissent. Nous rêvions de petits pieds, de premiers sourires, de premiers mots, de premiers pas. Nous bavardions encore ainsi de temps à autre, à cette différence près que nos conversations portaient dorénavant sur l'école, mon nouveau roman ou une robe ridicule aperçue à une soirée. Certes, nous éprouvions toujours autant de plaisir à faire l'amour, parfois même plus que du plaisir, mais certains soirs je me sentais seulement soulagé d'en avoir fini, soulagé de pouvoir permettre à mes pensées de vagabonder et d'oublier, au moins quelques instants, la futilité de nos ébats. Bien qu'elle n'en parlât jamais, je savais que Soraya partageait ce sentiment. Ces soirs-là, nous roulions chacun vers notre côté du lit et laissions nos sauveurs respectifs nous emporter. Le sien avait pour nom le sommeil. Le mien, comme d'habitude, un livre.

La lune qui filtrait entre les stores dessinait sur le mur des lignes parallèles et argentées. Je restai immobile dans le noir. À un moment donné, juste avant l'aurore peut-être, je m'assoupis. Et je rêvai d'Hassan. L'ourlet de son *chapan* vert traînait derrière lui tandis qu'il courait en faisant crisser la neige sous ses bottes en caoutchouc. *Pour vous, un millier de fois !* me criait-il par-dessus son épaule.

Une semaine plus tard, assis côté fenêtre à bord d'un avion des Pakistani International Airlines, je regardai deux employés en uniforme retirer les cales des roues de l'appareil. Il quitta le terminal et, bientôt, fendit les nuages. J'appuyai ma tête contre le hublot dans l'espoir de réussir à m'endormir. En vain.

15

Trois heures après avoir atterri à Peshawar, je me retrouvai à l'arrière d'un taxi enfumé, sur un siège en lambeaux. Mon chauffeur, un petit homme en sueur qui fumait cigarette sur cigarette, se présenta sous le nom de Gholam. Il conduisait avec nonchalance et imprudence, évitant de justesse les autres véhicules, et m'abreuvait d'un flot ininterrompu de paroles :

— … terrible, la situation dans votre pays, *yar*. Les Afghans et les Pakistanais sont comme frères, je vous le dis. Les musulmans doivent s'entraider, alors…

Je cessai vite de l'écouter et me contentai d'acquiescer poliment. Les quelques mois durant lesquels Baba et moi avions vécu à Peshawar en 1981 m'avaient laissé un souvenir assez précis de cet endroit. Nous longeâmes la rue Jamrud en direction de l'ouest et passâmes devant l'ancien cantonnement militaire britannique, avec ses maisons luxueuses entourées de hauts murs. La ville qui défilait confusément sous mes yeux m'évoquait le Kaboul d'autrefois, en plus animé et plus peuplé encore, et notamment son *Kocheh-Morgha*, son bazar aux poules, où Hassan et moi achetions du jus de cerise et des pommes de terre au chutney. Une foule compacte de cyclistes, de piétons et de rickshaws à moteur crachant une fumée bleue se pressait au milieu d'un dédale de ruelles. Des vendeurs barbus drapés dans de fines couvertures proposaient des abat-jour en peau d'animal, des tapis, des châles brodés et des objets en cuivre disposés sur des rangées serrées d'étals. Un concert de bruits s'élevait de partout : les cris des marchands se mêlaient aux mugissements de la musique indienne, aux toussotements des pousse-pousse et aux cloches des charrettes tirées par des chevaux. Des senteurs riches, à la fois agréables et quelque peu nauséabondes, s'infiltraient dans la voiture par la vitre ouverte. Elles mariaient l'arôme épicé des *pakoras* et du *nihari* que Baba aimait tant à la puanteur du diesel, de la pourriture, des ordures et des excréments.

Peu après les bâtiments en brique rouge de l'université de Peshawar, nous entrâmes dans un quartier que mon volubile chauffeur me désigna comme la ville afghane. J'aperçus des confiseries, des vendeurs de tapis, des chiches-kebabs, des gamins aux mains crasseuses qui écoulaient des cigarettes, des petits restaurants avec des cartes de l'Afghanistan peintes sur leur devanture, sans oublier, ici et là, les locaux discrets d'agences humanitaires.

— Vos frères sont nombreux à habiter ce quartier, *yar*. Ils tiennent des boutiques mais la plupart sont très pauvres. Tss, fit-il avant de soupirer. Enfin, on y est presque.

Je n'avais pas vu Rahim khan depuis 1981. Il était venu nous dire au revoir la nuit où nous avions quitté Kaboul. Baba et lui avaient pleuré doucement dans les bras l'un de l'autre et, après notre arrivée aux États-Unis, étaient restés en contact, se téléphonant quatre ou cinq fois par an. Parfois, Baba me le passait. Notre dernière conversation remontait à la mort de mon père – il m'avait appelé lorsque la nouvelle s'était répandue à Kaboul, et nous avions échangé quelques mots, jusqu'à ce que la ligne soit coupée.

Le taxi s'arrêta devant un étroit bâtiment, à l'angle de deux rues sinueuses très fréquentées. Je payai le chauffeur, soulevai mon unique valise et m'approchai de la porte finement sculptée. Les volets de l'immeuble étaient ouverts, du linge séchait au soleil sur la plupart des balcons en bois. Je montai des escaliers grinçants, suivis un couloir sombre au premier étage puis, parvenu devant la dernière porte à droite, vérifiai l'adresse notée sur un bout de papier. Je frappai.

Un être méconnaissable qui n'avait plus que la peau sur les os m'apparut alors.

Un professeur en charge d'un atelier d'écriture à l'université de San Jose nous prodiguait ce conseil au sujet des clichés : « Fuyez-les comme la peste. » Il riait ensuite de cette contradiction. La classe l'imitait, mais j'estimais quant à moi que les lieux communs ne méritaient pas une telle censure. Il n'y a souvent pas plus approprié qu'eux. Simplement, leur justesse est éclipsée par leur statut de poncif. Rien n'aurait ainsi pu mieux décrire les premiers instants de mes retrouvailles avec Rahim khan que l'expression « un éléphant dans un magasin de porcelaine ».

Nous nous assîmes sur un fin matelas disposé le long du mur, face à la fenêtre qui donnait du côté de la rue bruyante. Les rayons obliques du soleil projetaient un triangle de lumière sur le tapis afghan. Deux chaises pliantes étaient appuyées contre l'une des cloisons et un petit samovar en cuivre trônait à l'autre bout de la pièce. Je servis le thé avec.

— Comment avez-vous retrouvé ma trace ? lui demandai-je.

— Ce n'est pas difficile de dénicher quelqu'un aux États-Unis. J'ai acheté une carte du pays et composé le numéro des renseignements de la Californie du Nord. Je n'en reviens pas de te voir adulte, ça me fait tout drôle.

Je souris et mis trois sucres dans mon thé. Je me rappelais que lui le préférait noir et amer.

— Baba n'a pas eu l'occasion de vous l'apprendre, mais je me suis marié il y a quinze ans.

Pour être plus exact, son cancer l'avait rendu négligent et oublieux de certaines choses à l'époque.

— Toi, marié ? À qui ?

— Soraya Taheri.

Je songeai à elle et à l'inquiétude qu'elle devait éprouver. J'étais soulagé de la savoir avec ses parents.

— Taheri… de qui est-elle la fille ?

Quand je lui eus expliqué, son regard s'éclaira.

— Oh, oui, je me souviens maintenant. Ce général Taheri, il a épousé la sœur de Sharif jan, n'est-ce pas ? Comment…

— Jamila jan.

— *Balay !* s'écria-t-il. J'ai bien connu Sharif jan à Kaboul, il y a longtemps, avant qu'il parte pour les États-Unis.

— Il travaille pour l'INS depuis des années. Il traite une foule de dossiers afghans.

— *Haiii*, soupira-t-il. Vous avez des enfants, Soraya et toi ?

— Non.

— Oh.

Il sirota son thé et ne me questionna pas plus avant. Rahim khan avait toujours été l'une des personnes les plus intuitives que j'aie jamais rencontrées.

Je lui parlai longuement de Baba, de son travail, du marché aux puces, et de la manière dont il était mort, heureux. Je lui racontai mes études, mes livres – j'avais déjà quatre romans publiés à mon actif, ce dont il ne fut pas du tout étonné. Je lui confiai aussi que j'avais écrit des nouvelles dans le cahier en cuir relié qu'il m'avait offert, mais il avait oublié son existence.

Puis, inévitablement, la conversation dévia sur les talibans.

— La situation est-elle aussi terrible qu'on l'entend dire ?

— C'est même pire. Bien pire. Ils ne nous autorisent pas à être humains. (Il me montra une cicatrice qui zébrait le sourcil broussailleux de son œil droit.) J'assistais à un match de foot au stade Ghazi en 1998. Kaboul contre Mazar-e-Charif, je crois. Au passage, sache que les joueurs avaient interdiction de porter des shorts. Tenue indécente, je présume. (Il rit avec lassitude.) Enfin bref, Kaboul a marqué un but et le type à côté de moi s'est mis à acclamer bruyamment notre équipe. Il y avait un jeune barbu – dix-huit ans tout au plus, à en juger par sa tête – qui patrouillait dans les gradins. Il s'est avancé aussitôt et m'a frappé au front avec le canon de sa kalachnikov. « Recommence et je te coupe la langue, vieil imbécile ! » m'a-t-il jeté. (Rahim khan frotta sa cicatrice avec un doigt noueux.)

J'avais l'âge d'être son grand-père, et pourtant je suis resté assis à ma place, le visage en sang, en m'excusant auprès de ce salaud.

Je lui versai encore un peu de thé pendant qu'il poursuivait son récit, dont certaines parties m'étaient connues, d'autres non. Je savais déjà que, comme convenu entre Baba et lui, il avait emménagé chez nous en 1981. Mon père lui avait « vendu » sa maison juste avant notre départ. Tel que l'avenir lui apparaissait alors, les troubles agitant l'Afghanistan n'entraîneraient qu'une interruption temporaire de notre mode de vie, et le temps des grandes soirées à Wazir-Akbar-Khan et des pique-niques à Paghman finirait par revenir. Il avait donc confié sa maison à son ami afin qu'il la surveille en attendant.

Rahim khan me rapporta que, pendant la domination de l'Alliance du Nord sur Kaboul entre 1992 et 1996, plusieurs factions avaient revendiqué le contrôle de diverses parties de la ville.

— Quand on voulait aller de Shar-e-Nau à Karteh-Parwan pour acheter un tapis, on risquait d'être tué par un sniper ou une roquette – à supposer bien sûr qu'on ait d'abord franchi tous les points de contrôle. Il fallait pratiquement un visa pour se rendre d'un point de la ville à un autre. Les gens se terraient donc chez eux et priaient pour que la prochaine bombe ne leur tombe pas dessus.

Rahim m'apprit également que les habitants perçaient des trous dans les murs de leur maison et passaient par ces derniers afin de contourner les rues dangereuses lorsqu'ils se déplaçaient. À d'autres endroits, ils empruntaient des galeries souterraines.

— Pourquoi n'êtes-vous pas parti ?

— J'étais chez moi à Kaboul. Et je le suis toujours. (Il ricana.) Tu te rappelles la rue qui menait de votre maison au Qishla, le baraquement militaire près du collège Istiqlal ?

— Oui.

C'était un raccourci qui menait à l'école. Je me remémorai le jour où Hassan et moi avions traversé ce terrain. Des soldats l'avaient raillé au sujet de sa mère et il avait pleuré après, au cinéma.

— Quand les talibans ont débarqué et ont repoussé l'Alliance hors de Kaboul, j'ai dansé dans cette rue, me confessa Rahim khan. Et, crois-moi, je n'étais pas le seul. Dans les quartiers de Chaman et Deh-Mazang, les gens se réjouissaient et sortaient de chez eux pour les accueillir, ils escaladaient leurs tanks et se prenaient en photo à leurs côtés. Tous étaient si fatigués des combats incessants, des missiles, des coups de feu, des explosions. Ils en avaient plus qu'assez de Gulbuddin et de ses hommes qui tiraient sur tout ce qui bougeait. L'Alliance a causé plus de dégâts à Kaboul que le *Shorawi*. Ils ont même détruit l'orphelinat de ton père.

— Pourquoi ? Pourquoi détruire un orphelinat ?

Je me revis derrière Baba le jour de l'inauguration. Les rires de l'assistance lorsque le vent avait emporté son chapeau s'étaient transformés en applaudissements à la fin de son discours. À présent ne subsistait plus qu'un tas de gravats. Tout l'argent que Baba avait dépensé, toutes ses nuits passées à travailler sur les plans, toutes ses visites au chantier pour s'assurer que chaque brique, chaque poutre, chaque bloc de béton était posé correctement…

— Dommages collatéraux, résuma Rahim khan. Je préfère ne pas te décrire ce que j'ai ressenti devant les décombres, Amir jan. Il y avait des corps d'enfants déchiquetés…

— Alors quand les talibans sont arrivés…

— … ils ont été salués comme des héros.

227

— Enfin la paix.

— Oui, quelle chose étrange que l'espoir. Enfin la paix ! Mais à quel prix ?

Une violente quinte de toux secoua Rahim khan, dont le corps décharné se balança d'avant en arrière. À le voir cracher dans un mouchoir immédiatement teinté de rouge, je me figurai que le moment n'était pas si mal choisi pour réveiller l'éléphant qui transpirait avec nous dans cette petite pièce.

— Et vous, comment allez-vous ? lui demandai-je. Répondez-moi franchement.

— Je suis en train de mourir, admit-il d'une voix pleine de gargouillis.

De nouveau une quinte de toux. De nouveau du sang sur son mouchoir. Il s'essuya la bouche, tamponna son front moite de sueur avec sa manche et me jeta un bref regard. Lorsqu'il hocha la tête, je compris qu'il avait deviné la question qui me brûlait les lèvres.

— Pas très longtemps, souffla-t-il.

— Combien ?

Il haussa les épaules, toussa encore.

— Je ne pense pas que je tiendrai jusqu'à la fin de l'été.

— Rentrez avec moi. Je peux vous trouver un bon docteur. Des traitements sont mis au point tous les jours, et puis il existe des médicaments, des thérapies expérimentales, on pourrait vous inscrire dans l'un…

Je parlais à tort et à travers et j'en avais conscience. Mais cela valait toujours mieux que de pleurer, ce qui, me connaissant, ne tarderait probablement pas à arriver.

Il émit un sifflement hilare qui me dévoila des trous à la place de ses incisives inférieures. Jamais aucun rire n'avait exprimé une telle fatigue.

— Je constate que l'Amérique t'a insufflé l'optimisme qui lui a permis de devenir une grande puissance. Tant mieux. Nous autres Afghans sommes trop mélancoliques. Nous avons trop tendance à sombrer dans le *ghamkhori*, à nous apitoyer sur nous-mêmes. Pour nous, non seulement le deuil et la souffrance vont de soi, mais ils sont même nécessaires. *Zendagi migzara*, affirme le proverbe. « La vie continue. » Sauf que, dans le cas présent, je ne me soumets pas au destin, je suis pragmatique. J'ai déjà consulté plusieurs bons médecins qui tous m'ont donné la même réponse. J'ai confiance en eux. Je crois en la volonté de Dieu.

— Moi, je ne crois qu'en ce que l'on fait et ce que l'on ne fait pas.

— On dirait ton père, s'amusa-t-il. Il me manque tellement. Mais Dieu en a décidé ainsi, Amir jan. Je t'assure. (Il s'interrompit un instant.) Et puis, je t'ai appelé pour un autre motif. Je voulais te voir avant de mourir, c'est vrai, mais il n'y a pas que ça.

— Dites-moi.

— Pendant ces années où j'ai habité la maison de ton père, après votre départ…

— Oui ?

— Eh bien, je n'ai pas été tout le temps seul. Hassan était avec moi.

— Hassan.

Quand avais-je prononcé son nom pour la dernière fois ? Les vieilles épines de la culpabilité s'enfoncèrent de nouveau en moi, comme si le charme qui les empêchait de me tourmenter avait soudain été rompu. L'air dans ce petit appartement devint trop lourd, trop brûlant, trop saturé des odeurs de la rue.

— J'ai failli t'écrire pour t'en toucher un mot avant, mais je n'étais pas sûr que tu tiennes à le savoir. Je me trompe ?

Non eût été dire vrai. *Oui* eût été mentir. J'optai pour un compromis.

— Je l'ignore.

Il toussa de nouveau et se pencha pour cracher des glaires rouges dans son mouchoir. Je remarquai des plaies aux croûtes jaunâtres sur son crâne.

— Je t'ai fait venir car j'ai une requête à t'adresser. Je vais te confier une tâche. Mais d'abord, il faut que je te parle d'Hassan. Tu comprends ?

— Oui, murmurai-je.

— Il faut que je te parle de lui, répéta-t-il. Sans rien omettre. Tu m'écouteras ?

J'acquiesçai.

Rahim khan avala une gorgée de thé. Puis il appuya sa tête contre le mur et commença.

16

Bien des raisons m'ont poussé à aller chercher Hassan à Hazaradjat en 1986. La première, Allah me pardonne, était que je me sentais seul. La plupart de mes amis et de mes proches avaient été tués ou s'étaient réfugiés au Pakistan ou en Iran. Je ne connaissais pratiquement plus aucun des habitants de Kaboul, cette ville où j'avais toujours vécu. Tout le monde avait fui. Quand je me promenais dans le quartier de Karteh-Parwan – là où se postaient les vendeurs de melons autrefois, tu t'en souviens ? –, je ne croisais pas un seul visage qui me fût familier. Il n'y avait personne à saluer, personne avec qui s'asseoir autour d'une tasse de *chai*, personne avec qui bavarder. Juste des soldats russes en patrouille. Pour finir, j'ai cessé de sortir. Je passais mes journées cloîtré dans le bureau de ton père, à lire les livres de ta mère, à écouter les informations, à regarder la propagande communiste à la télévision. Puis je priais, cuisinais un peu, mangeais, lisais et priais encore, avant de me mettre au lit. Le matin, je me levais et suivais la même routine que la veille.

Mais, avec mon arthrite, j'avais de plus en plus de mal à entretenir les lieux. Mes genoux et mon dos me faisaient continuellement souffrir – le matin, il s'écoulait au moins une heure avant que mes articulations perdent de leur raideur, surtout en hiver. Je ne voulais pas que la maison de ton père tombe en ruine, nous y avions tous vécu tant de bons moments, Amir jan. C'était inconcevable – il l'avait dessinée lui-même et y était si attaché. Sans compter que je lui avais promis de m'en occuper quand vous êtes partis pour le Pakistan. Alors, seul dans cette maison…, je me suis débrouillé du mieux que j'ai pu. Je me suis efforcé d'arroser les arbres tous les deux ou trois jours, de tondre la pelouse, de soigner les fleurs, de réparer ce qui avait besoin de l'être. Seulement, je n'étais plus tout jeune.

J'aurais pu m'en sortir, du moins pendant un temps. Mais quand j'ai appris la mort de ton père… pour la première fois, j'ai éprouvé un terrible sentiment de solitude. Un vide effroyable.

J'ai donc fait le plein de la Buick un matin et j'ai roulé jusqu'à Hazaradjat. Ton père m'avait dit qu'Ali et Hassan s'étaient installés dans un petit village, juste à la sortie de Bamiyan. Ali y avait un cousin, je crois. J'ignorais complètement si Hassan habitait encore là-bas, ou même si quelqu'un pourrait me renseigner à son sujet. Après tout, dix ans s'étaient écoulés depuis qu'il avait quitté Kaboul avec son père et ce devait être un jeune homme de vingt-deux ou vingt-trois ans à présent. À supposer qu'il fût en vie, bien sûr. Les

Soviétiques – qu'ils aillent en enfer pour ce qu'ils ont infligé à notre *watan* – ont tué tant de nos jeunes. Mais ça, tu le sais déjà.

Grâce à Dieu, il ne m'a pas fallu longtemps pour le trouver – je n'ai eu qu'à poser quelques questions à Bamiyan et les gens m'ont indiqué la direction de son village. J'ai oublié le nom de l'endroit, ou même s'il en avait un, mais je me rappelle la chaleur étouffante de cette journée d'été. J'ai suivi un chemin de terre flanqué de part et d'autre de buissons brûlés par le soleil, de troncs d'arbres noueux et d'herbes si desséchées qu'elles étaient devenues jaune paille. Je suis même passé devant la carcasse d'un âne en décomposition au bord de la route. Et puis, à l'angle d'un virage, j'ai aperçu un groupe de cabanes en pisé au beau milieu de ce paysage aride. Rien d'autre n'était visible à l'horizon qu'un ciel immense et des montagnes qui se profilaient telles des dents irrégulières.

On m'avait dit à Bamiyan que je repérerais facilement sa maison car elle était la seule à posséder un jardin clos. En réalité, il s'agissait plutôt d'une hutte entourée d'un muret de terre troué de partout. Des enfants qui jouaient pieds nus dans la rue en tapant dans une vieille balle de tennis avec un bâton m'ont dévisagé quand j'ai coupé le moteur. J'ai toqué à la porte et pénétré dans la cour où ne poussaient guère qu'un carré de fraisiers calcinés et un citronnier dénudé. Dans un coin, à l'ombre d'un acacia, un homme accroupi frappait une large spatule en bois contre les parois d'un *tandoor* afin d'aplatir la pâte posée dessus. Il l'a lâchée sitôt qu'il m'a vu pour venir me baiser les mains.

— Laisse-moi t'admirer ! lui ai-je demandé.

Il était si grand – debout sur la pointe des pieds, c'est tout juste si je lui arrivais au menton. Il avait la peau tannée et foncée par le soleil, il lui manquait plusieurs de ses dents de devant et son menton arborait quelques poils épars, mais sinon je le retrouvais tel qu'autrefois, avec ses yeux verts bridés, sa cicatrice sur la lèvre, son visage rond et son sourire aimable. Tu l'aurais reconnu, Amir jan. J'en suis certain.

Nous sommes entrés chez lui. Une jeune Hazara à la peau claire cousait un châle dans un coin. Visiblement, elle était enceinte.

— Voici ma femme, Rahim khan, m'a-t-il annoncé avec fierté. Elle s'appelle Farzana jan.

C'était une jeune fille timide, si courtoise qu'elle s'exprimait d'une voix à peine plus forte qu'un murmure. Elle n'osait pas lever ses jolis yeux noisette vers moi, mais à la manière dont elle regardait Hassan, on aurait cru qu'il était assis sur le trône du palais royal à Kaboul.

— Quand le bébé doit-il naître ? me suis-je enquis une fois que nous nous fûmes tous assis.

La pièce aux murs d'adobe était nue à l'exception d'un tapis effrangé, de quelques plats, de deux matelas et d'une lanterne.

— *Inch'Allah* cet hiver, a répondu Hassan. Je prie pour que ce soit un garçon, afin qu'il perpétue le nom de mon père.

— En parlant d'Ali, où est-il ?

Il a baissé les yeux et m'a expliqué qu'Ali et son cousin – l'ancien propriétaire de cette hutte – avaient été tués par une mine deux ans plus tôt, juste à la périphérie de Bamiyan. Une mine. Existe-t-il une mort plus afghane, Amir jan ? Et, je ne sais pourquoi, j'ai eu la certitude que c'était la jambe droite d'Ali – tordue par la polio – qui l'avait trahi en déclenchant l'explosion. Cette nouvelle m'a beaucoup attristé. Ton père et moi avons grandi ensemble, et d'aussi loin que je me souvienne, Ali ne l'a jamais quitté. Je me rappelle l'année où il a contracté la polio et failli mourir. Ton père faisait les cent pas en pleurant à longueur de journée.

Farzana nous a préparé du *shorwa* avec des haricots, des navets et des pommes de terre. Nous y avons trempé le *naan* frais tout droit sorti du four après nous être lavé les mains, et je dois avouer que je n'avais rien mangé d'aussi bon depuis des mois. C'est à ce moment-là que j'ai proposé à Hassan d'emménager à Kaboul avec moi. Je lui ai parlé de la maison, de mon incapacité à m'en occuper seul. Je l'ai assuré que je le paierais bien et que lui et sa khanum y seraient à leur aise. Ils ont échangé un regard en gardant le silence. Plus tard, quand Farzana nous a servi des grappes de raisin, Hassan m'a avoué qu'il se sentait à présent chez lui dans ce village et que leur vie à tous deux était là.

— Et Bamiyan est si près. Nous y avons des amis. Pardonnez-moi, Rahim khan. J'espère que vous comprenez.

— Bien sûr. Tu n'as pas à t'excuser. Je comprends très bien.

Au moment du thé, il m'a interrogé à ton sujet. Je lui ai dit que tu étais aux États-Unis, mais que je ne pouvais guère le renseigner davantage. Il m'a posé tant de questions sur toi. Étais-tu marié ? Avais-tu des enfants ? Avais-tu beaucoup grandi ? Faisais-tu toujours voler des cerfs-volants et allais-tu au cinéma ? Étais-tu heureux ? Il m'a raconté qu'il s'était lié d'amitié avec un professeur de farsi à Bamiyan, qui lui avait appris à lire et à écrire. S'il me confiait une lettre pour toi, accepterais-je de te l'envoyer ? Et pensais-je que tu lui répondrais ? Je lui ai rapporté ce que mes quelques communications téléphoniques avec les États-Unis m'avaient permis de savoir sur ton compte, tout en hésitant à m'avancer quant à ta réaction. Puis il m'a demandé des nouvelles de ton père.

Quand je l'ai informé de son décès, il a enfoui son visage dans ses mains et s'est mis à sangloter. Il a pleuré comme un enfant tout le restant de la soirée.

Ils ont insisté pour que je dorme chez eux. Farzana m'a dressé un lit de camp et donné un verre d'eau tirée du puits au cas où j'aurais soif. Toute la nuit, je l'ai entendue chuchoter à l'oreille d'Hassan, qui restait inconsolable.

Au matin, il m'a annoncé qu'ils avaient décidé de me suivre à Kaboul.

— Je n'aurais pas dû venir, me suis-je excusé. Tu avais raison, Hassan jan. Ta *zendagi*, ta vie est ici. J'ai été présomptueux de débarquer ainsi et de te prier de tout abandonner. C'est à moi d'implorer ton pardon.

— Nous n'avons pas grand-chose à abandonner, Rahim khan, a-t-il objecté, les yeux encore rouges et gonflés. Nous partons avec vous. Nous vous aiderons à entretenir la maison.

— Tu es sûr ?

Il a acquiescé, puis baissé la tête.

— Agha sahib était comme mon deuxième père… Qu'il repose en paix.

Ils ont empilé leurs affaires au milieu de quelques chiffons usés dont ils ont noué les coins. Nous avons chargé le tout dans la Buick. Sur le seuil de sa hutte, Hassan a tendu un coran que nous avons tous embrassé avant de passer dessous. Et nous sommes montés en voiture. Je me rappelle qu'il s'est retourné une dernière fois lorsque nous nous sommes éloignés.

Une fois à Kaboul, je me suis rendu compte qu'il n'avait aucunement l'intention d'emménager *dans* la maison.

— Toutes ces pièces sont vides, Hassan jan ! Personne n'y logera plus !

Il n'en a pas démordu. Il s'agissait pour lui d'une question d'*ihtiram*, de respect. Farzana et lui ont transporté leurs balluchons à l'intérieur de la cabane au fond du jardin, là où il était né. Je les ai suppliés de s'installer dans l'une des chambres d'amis à l'étage, mais il a de nouveau refusé.

— Que dirait Amir agha ? Que dirait-il en rentrant après la guerre s'il découvrait que j'ai pris sa place chez lui ?

Puis, en hommage à ton père, il a porté le deuil durant quarante jours.

Malgré mes protestations, tous deux se sont chargés de la cuisine et du ménage. Hassan s'est occupé des fleurs du jardin, il a trempé leurs racines dans l'eau, il a ramassé les feuilles jaunies et planté des rosiers. Et puis, il a aussi balayé des chambres qui n'avaient pas servi depuis des années et nettoyé des salles de bains où personne ne se lavait plus. Comme s'il s'attendait au retour de quelqu'un. Tu te souviens du mur derrière le rang de maïs que ton père avait semé, Amir jan ? Comment l'appeliez-vous déjà, le Mur du maïs mal en point, c'est ça ? Une nuit de cet automne-là, une roquette en a détruit tout un pan. Eh bien, Hassan l'a reconstruit de ses propres mains, brique après brique, jusqu'à ce qu'il soit entièrement reconstitué. J'ignore comment je me serais débrouillé sans lui.

À la fin de l'automne, Farzana a donné naissance à une petite fille mort-née. Hassan a embrassé l'enfant, que nous avons ensuite enterrée dans le jardin, près des églantiers. Après avoir recouvert le monticule de feuilles de peuplier, j'ai récité une prière pour elle. Farzana est restée enfermée toute la journée en se lamentant – quels cris déchirants que ceux d'une mère, Amir jan. Je te souhaite de ne jamais les entendre.

Au-delà de la propriété, une guerre faisait rage. Pourtant, nous nous sommes ménagé un petit paradis tous les trois dans la maison de ton père. Ma vue ayant commencé à baisser à la fin des années quatre-vingt,

Hassan me lisait des textes de Masnawi ou de Khayyam pendant que Farzana cuisinait. Tous les matins, il déposait une fleur sur la tombe près des églantiers.

Au début de 1990, Farzana est retombée enceinte. La même année, au cours de l'été, une femme dissimulée sous une *burqa* bleu ciel a frappé au portail. Quand je me suis approché, j'ai constaté qu'elle vacillait sur ses jambes, comme si elle était trop faible pour tenir debout. Je lui ai demandé ce qu'elle voulait, mais elle ne m'a pas répondu.

— Qui êtes-vous ? ai-je insisté.

Elle s'est écroulée par terre. J'ai appelé Hassan, qui m'a aidé à la porter sur le canapé du salon puis à lui ôter sa *burqa*. Dessous se trouvait une malheureuse édentée aux cheveux grisonnants, aux bras couverts de plaies. Elle semblait n'avoir pas mangé depuis plusieurs jours. Mais le pire, c'était son visage… Amir jan, elle avait été lardée de coups de couteau. L'une des entailles courait de sa pommette au sommet de son front et n'avait pas épargné son œil gauche. Le spectacle était grotesque. J'ai tamponné ce visage avec un linge mouillé et elle a ouvert les yeux.

— Où est Hassan ? a-t-elle murmuré.

— Ici, a-t-il répondu en lui pressant la main.

Son œil intact s'est posé sur lui.

— J'ai longtemps marché pour vérifier si tu étais aussi beau en vrai que je l'imaginais dans mes rêves. Et tu l'es. Même plus encore. (Elle a posé la main d'Hassan sur sa joue balafrée.) Souris-moi. S'il te plaît.

Hassan lui a obéi et elle a commencé à pleurer.

— T'a-t-on déjà dit que tu étais sorti de mon ventre en souriant ? Et moi, je n'ai même pas voulu te prendre dans mes bras. Allah me pardonne, je n'ai même pas voulu te prendre dans mes bras !

Aucun de nous n'avait revu Sanaubar depuis qu'elle s'était enfuie avec une troupe de chanteurs et de danseurs en 1964, juste après avoir donné naissance à Hassan. Tu ne l'as pas connue, Amir, mais dans sa jeunesse elle était d'une beauté à couper le souffle. Avec ses fossettes, sa démarche... elle rendait les hommes fous. Tous ceux qui la croisaient dans la rue, même les femmes, se retournaient sur elle. Et là...

Hassan a lâché sa main et s'est précipité dehors. J'ai bien tenté de le retenir, mais il était trop rapide pour moi, alors je l'ai suivi des yeux tandis qu'il montait sur la colline où vous aviez l'habitude de jouer tous les deux. Je n'ai pas cherché à le rejoindre. Toute la journée, je suis resté assis aux côtés de Sanaubar. Le bleu du ciel a viré au mauve, la nuit est tombée et la lune a répandu sa clarté sur les nuages, sans qu'Hassan réapparaisse. Sa mère gémissait, affirmant qu'elle avait eu tort de revenir, que c'était pire que lorsqu'elle était partie. Je l'ai convaincue de rester. Hassan reviendrait, je le savais.

Il a resurgi le lendemain matin, fatigué et las, comme s'il n'avait pas fermé l'œil de la nuit. Il a dit à Sanaubar qu'elle pouvait pleurer si elle le souhaitait, mais que ce n'était pas nécessaire, qu'elle était chez elle désormais, avec sa famille. Il a effleuré les cicatrices sur son visage, enfoui les mains dans ses cheveux.

Farzana et lui ont lavé ses habits, ils l'ont soignée, nourrie, et finalement remise sur pied. Je l'ai installée dans l'une des chambres à l'étage. Parfois, par la fenêtre qui donnait sur le jardin, j'apercevais Hassan et sa mère qui cueillaient des tomates ou taillaient un rosier à genoux tout en discutant. Ils rattrapaient probablement le temps perdu. Autant que je sache, il ne lui a jamais demandé où elle était allée ni pourquoi elle s'était sauvée, et elle-même n'a jamais abordé le sujet. Certaines histoires n'ont pas à être racontées, j'imagine.

C'est elle qui a aidé Farzana à accoucher du fils d'Hassan cet hiver 1990. Il n'avait pas encore neigé, mais des bourrasques froides faisaient ployer les parterres de fleurs et bruisser les feuilles. Sanaubar est sortie de la hutte avec dans les bras son petit-fils qu'elle avait enveloppé d'une couverture de laine. Les joues ruisselantes de larmes et les cheveux ébouriffés par le vent cinglant, elle rayonnait sous le ciel gris et serrait le bébé contre elle comme si elle comptait ne jamais le lâcher. Pas cette fois. Elle l'a tendu à Hassan, qui me l'a confié à son tour, et j'ai chanté la prière *Ayat-ul-kursi* à l'oreille du petit garçon.

Ils l'ont prénommé Sohrab, en référence au héros préféré d'Hassan dans le *Shahnameh*. C'était un bel enfant, adorable et doté du même tempérament que son père. Tu aurais dû voir Sanaubar, Amir jan. Sohrab est devenu le centre de son existence. Elle lui confectionnait des vêtements, lui fabriquait des jouets avec des bouts de bois, des morceaux de tissu et de l'herbe séchée. Elle brûlait de l'*isfand* sur un poêle pour éloigner de lui le *nazar*, le mauvais œil, et quand il avait de la fièvre, elle le veillait toute la nuit et jeûnait durant trois jours. À deux ans, Sohrab l'appelait Sasa. Tous deux étaient inséparables.

Elle a vécu jusqu'à ce qu'il ait quatre ans et puis, un matin, elle ne s'est pas réveillée. Elle avait l'air calme, en paix, comme si mourir lui importait peu à présent. Nous l'avons enterrée dans le cimetière sur la colline, près du grenadier, et j'ai récité une prière pour elle aussi. Hassan a accusé le choc – perdre ce que l'on a connu est plus dur que d'en avoir toujours été privé. Le petit Sohrab a encore plus souffert. Il ne cessait d'aller et venir dans la maison en cherchant Sasa. Enfin, les enfants oublient vite.

À l'époque – nous devions être en 1995 –, les Soviétiques, vaincus, avaient battu en retraite depuis longtemps. Massoud, Rabbani et les moudjahidin contrôlaient Kaboul, les différentes factions se livraient une guerre féroce et personne ne savait s'il vivrait jusqu'à la fin du jour. Nos oreilles s'étaient accoutumées au sifflement des bombes, au grondement des fusillades, nos yeux avaient pris l'habitude de voir des hommes extirper des cadavres de tas de gravats. Kaboul répondait alors parfaitement à la définition de l'enfer sur terre, Amir jan. Cependant, Allah a fait preuve de bienveillance à notre égard. Wazir-Akbar-Khan n'a pas subi autant d'attaques que les autres quartiers et nous n'avons donc pas eu la vie si dure qu'ailleurs.

Les jours sans tirs de missiles ni coups de feu, Hassan emmenait son fils au cinéma ou bien au zoo admirer Marjan le lion. Il lui a montré comment se servir d'un lance-pierre, tant et si bien que, plus tard, à huit ans, Sohrab était devenu redoutable avec cette arme : de la terrasse, il parvenait à atteindre une pomme de pin placée sur un seau au milieu du jardin. Hassan lui a aussi appris à lire et à écrire – il n'était pas question que son fils reste illettré. Je me suis attaché à ce garçon. J'avais été témoin de ses premiers pas, je l'avais entendu prononcer ses premiers mots. Quand je lui achetais des livres iraniens pour enfants à la librairie située près du cinéma Park – détruit lui aussi –, il les dévorait aussitôt. Son amour de la lecture me faisait penser à toi, quand tu étais petit. Parfois, je lui lisais des histoires, je lui posais des devinettes, je lui enseignais des tours de magie avec des cartes. Il me manque terriblement aujourd'hui.

En hiver, Hassan participait avec lui aux combats de cerfs-volants. Les tournois n'étaient plus aussi nombreux – les gens ne se sentaient pas en sécurité dehors –, mais il en restait quelques-uns. Sohrab sur ses épaules, Hassan s'élançait dans les rues. Tu n'as pas oublié, Amir jan, quel coureur il était ? Eh bien, il n'avait rien perdu de son don. À la fin de l'hiver, Sohrab et lui accrochaient leurs trophées sur les murs de l'entrée. Comme des tableaux.

Je t'ai déjà raconté avec quelle joie nous avons accueilli les talibans en 1996. Ce soir-là, en rentrant, j'ai trouvé Hassan dans la cuisine, où il écoutait la radio. Lui avait le regard sombre. Quand je me suis inquiété de ce qui le tracassait, il a juste secoué la tête.

— Dieu vienne en aide aux Hazaras, Rahim khan sahib, m'a-t-il dit.

— La guerre est terminée, Hassan. Nous allons enfin connaître la paix, le bonheur, la tranquillité ! Finis les tirs de roquettes, les tueries et les enterrements.

Mais il a juste éteint le poste en me demandant si j'avais besoin de quelque chose avant qu'il aille se coucher.

Quelques semaines plus tard, les talibans ont interdit les combats de cerfs-volants. Et deux ans après, en 1998, ils ont massacré les Hazaras à Mazar-e-Charif.

17

Rahim khan décroisa lentement les jambes et s'adossa au mur nu avec la prudence délibérée de celui pour qui chaque mouvement est une torture. Dehors, un âne brayait ; quelqu'un cria quelque chose en ourdou. Sur le point de disparaître, le soleil rougeoyait à l'horizon entre les fissures des immeubles délabrés.

L'énormité de mes fautes passées me frappa de nouveau. Des noms résonnaient dans ma tête : Hassan, Sohrab, Ali, Farzana, Sanaubar. Écouter Rahim khan prononcer le nom d'Ali c'était comme déterrer une vieille boîte à musique poussiéreuse que personne n'avait ouverte depuis des années. Sa mélodie avait aussitôt retenti : *T'as mangé qui aujourd'hui, Babalu ? T'as mangé qui, Babalu le nez plat ?* Je tentai de faire resurgir en moi les traits figés d'Ali, de me remémorer son regard tranquille. Mais le temps peut être vorace et engloutir jusqu'au moindre détail.

— Hassan vit-il toujours chez nous ? voulus-je savoir.

Rahim khan porta sa tasse de thé à ses lèvres desséchées et but une gorgée. Il sortit ensuite une enveloppe de la poche de poitrine de son gilet.

— Pour toi.

Je la déchirai. À l'intérieur se trouvaient un Polaroïd et une lettre pliée. Je contemplai longuement la photo.

Un homme grand, coiffé d'un turban blanc et vêtu d'un *chapan* à rayures vertes, posait devant un portail en fer forgé au côté d'un petit garçon. Les rayons du soleil qui tombaient à l'oblique sur sa gauche laissaient dans l'ombre la moitié de son visage rond. Les yeux plissés, il fixait l'objectif avec un sourire révélant l'absence de quelques dents. Si flou fût-il, ce cliché ne pouvait masquer l'assurance et la sérénité qui se dégageaient de lui. Elles transparaissaient dans son attitude – pieds légèrement écartés, bras croisés sur la poitrine, tête un peu inclinée vers le soleil –, mais aussi et surtout dans sa mine joyeuse. À regarder cette photo, on aurait pu se croire face à un homme qui estimait que la vie s'était montrée clémente envers lui. Rahim khan avait raison – je l'aurais reconnu si je l'avais rencontré par hasard. Le petit garçon était pieds nus, un bras enroulé autour de la cuisse de son père, sa tête rasée appuyée contre sa hanche. Lui aussi souriait en plissant les yeux.

Je dépliai la feuille. Le message était rédigé en farsi, sans qu'aucun point, aucune barre ne soit omis, aucune lettre mal formée – une écriture si appliquée qu'on eût dit celle d'un enfant.

« Au nom d'Allah le bienveillant, le miséricordieux, je vous présente mes respects les plus sincères, Amir agha.

« Farzana jan, Sohrab et moi prions pour que ce pli vous trouve en bonne santé et comblé de bienfaits. Remerciez, s'il vous plaît, Rahim khan sahib de ma part de vous l'avoir transmis. J'espère bien avoir un jour entre les mains un courrier dans lequel je lirai quelle vie vous menez en Amérique. Peut-être même nos yeux auront-ils l'honneur de découvrir votre photo. J'ai beaucoup parlé de vous à Farzana jan et à Sohrab – comment nous avons grandi, joué et couru dans les rues ensemble. Ils ont tant ri au récit de tous les mauvais tours que nous avons mijotés !

« Amir agha,

« L'Afghanistan de notre jeunesse a, hélas, disparu. Toute douceur a déserté notre pays et il est impossible d'échapper aux tueries. Des tueries incessantes. La peur règne partout à Kaboul, dans les rues, dans le stade, sur les marchés. Elle fait partie de nos vies, Amir agha. Les barbares qui dirigent notre *watan* ne s'embarrassent pas de sentiments. Il y a peu, j'ai accompagné Farzana jan au bazar pour acheter des pommes de terre et du *naan*. Elle a demandé le prix au vendeur, mais il ne l'a pas entendue – je crois qu'il était sourd d'une oreille. Elle a donc reposé sa question plus fort, et soudain un jeune taliban s'est précipité sur elle et l'a frappée aux jambes avec son bâton.

Il l'a frappée si brutalement qu'elle est tombée. Il l'insultait et criait que le ministère de la Prévention du vice et de la Promotion de la vertu n'autorisait pas les femmes à élever la voix. Elle a eu un gros hématome sur la cuisse pendant plusieurs jours, mais je n'avais pas d'autre choix que de rester spectateur. Si je l'avais défendue, ce chien m'aurait sûrement abattu d'une balle, et avec plaisir ! Que serait-il advenu de mon petit Sohrab, alors ? Les rues grouillent déjà d'orphelins affamés et je remercie Allah tous les jours d'être en vie, non parce que je crains la mort, mais parce que ma femme a un mari et que mon fils a ses parents avec lui.

« Si seulement vous pouviez voir Sohrab ! C'est un bon garçon. Rahim khan sahib et moi lui avons appris à lire et à écrire afin qu'il ne soit pas aussi stupide que son père. Et il est si adroit avec son lance-pierre ! Parfois, nous nous promenons tous les deux dans Kaboul et je lui achète des sucreries. Il y a toujours un montreur de singe à Shar-e-Nau et, quand nous le croisons, je le paie pour qu'il fasse danser son animal. Vous entendriez le rire de Sohrab ! Nous montons souvent tous les deux jusqu'au cimetière sur la colline. Vous rappelez-vous toutes les fois où nous nous sommes assis sous le grenadier avec le *Shah-nameh* ? Les sécheresses ont tué la végétation et l'arbre ne donne plus de fruits depuis des années, mais mon fils et moi nous installons à son ombre et je lui lis des passages de ce même livre. Inutile de vous préciser que la partie qu'il préfère est celle où apparaît son homonyme. Bientôt, il arrivera à la déchiffrer seul. Je suis fier et chanceux d'avoir un tel enfant.

« Amir agha,

« Rahim khan sahib est très malade. Il ne cesse de tousser et tache sa manche de sang lorsqu'il s'essuie la bouche. Il a beaucoup maigri aussi. J'aimerais qu'il mange un peu du *shorwa* et du riz que Farzana jan lui cuisine, mais il n'en avale qu'une bouchée ou deux – uniquement par égard envers elle à mon avis. Je suis si inquiet que je prie pour ce cher homme tous les jours. Il doit bientôt partir pour le Pakistan consulter des médecins. Inch'Allah, il nous reviendra avec de bonnes nouvelles. Au fond de moi, j'ai peur cependant. Farzana jan et moi avons dit à Sohrab que Rahim khan sahib allait guérir. Que pouvons-nous faire d'autre ? Il n'a que dix ans et il l'adore. Ils sont très proches tous les deux. Avant, Rahim khan sahib l'emmenait au bazar acheter des ballons et des biscuits. Maintenant il est trop faible.

« Je rêve beaucoup ces derniers temps, Amir agha. J'ai parfois des cauchemars où je vois des corps pendus en décomposition sur des terrains de foot dont la pelouse est rouge de sang. Ces nuits-là, je me réveille essoufflé et en sueur. La plupart du temps heureusement, mes visions sont bien plus agréables, et j'en remercie Allah. J'imagine que Rahim khan sahib se rétablit. Qu'en grandissant, mon fils devient un homme honnête, libre et important. Que les *lawla* fleurissent de nouveau dans les rues de Kaboul, que l'on rejoue du *rubab* dans les salons de thé et que les cerfs-volants volent dans le ciel. Et je rêve que vous revenez visiter le pays de notre enfance. Si cela devait arriver, vous trouveriez un vieil ami fidèle qui vous attend.

« Qu'Allah soit toujours avec vous,

« Hassan. »

Je parcourus deux fois sa lettre. Puis je la repliai et scrutai encore sa photo.

— Comment va-t-il ? demandai-je en glissant le tout dans ma poche.

— Il a écrit ces mots il y a six mois, quelques jours avant que je me rende à Peshawar. J'ai pris ce Polaroïd la veille de mon départ. Un mois plus tard, j'ai reçu un coup de fil de l'un de mes voisins à Kaboul. Il m'a raconté qu'en mon absence une rumeur s'était vite répandue selon laquelle une famille hazara habitait seule dans une grande demeure à Wazir-Akbar-Khan. C'était du moins ce que prétendaient les talibans. Des officiels sont venus enquêter et interroger Hassan. Ils ont refusé de le croire lorsqu'il leur a expliqué qu'il vivait avec moi, alors même que les voisins le soutenaient, y compris celui qui m'a appelé. Ils l'ont accusé d'être un menteur et un voleur, comme tous les Hazaras, et l'ont sommé de quitter les lieux avec les siens avant le coucher du soleil. Hassan a protesté. Mais d'après l'homme qui m'a rapporté les faits, ils lorgnaient la maison comme – quelle expression a-t-il employée, déjà ? –, ah oui, comme « des loups salivant devant un troupeau de moutons ». Ils ont décrété qu'ils emménageraient là afin de la surveiller, soi-disant. Hassan a de nouveau protesté. Alors ils l'ont traîné dans la rue…

— Non, soufflai-je.

— … ils l'ont forcé à s'agenouiller…

— Non, mon Dieu, non.

— … et ils lui ont tiré une balle dans la nuque.

— Non !

— Farzana est sortie en hurlant et s'est jetée sur eux…

— Non.

— … ils l'ont tuée elle aussi. Légitime défense, ont-ils affirmé plus tard.

Mais je ne parvenais qu'à murmurer la même litanie, non, non, non, non.

Ma mémoire me ramena en arrière, à un jour de 1974, juste après l'opération d'Hassan. Réunis autour de son lit d'hôpital, Baba, Rahim khan, Ali et moi le regardions examiner sa nouvelle lèvre dans un miroir de poche. Toutes les personnes présentes dans cette pièce étaient mortes ou à l'agonie désormais. Sauf moi.

Une autre image surgit ensuite : un individu vêtu d'une veste à chevrons presse le canon de sa kalachnikov sur la tête d'Hassan. La détonation résonne dans la rue. Hassan s'écroule sur l'asphalte, et la vie de cet homme à la loyauté indéfectible, mais jamais payée de retour, s'échappe de lui tels les cerfs-volants poussés par le vent derrière lesquels il courait.

— Les talibans se sont installés dans la maison, poursuivit Rahim khan. Sous le prétexte qu'ils avaient délogé un intrus. Le meurtre d'Hassan et de Farzana a été classé comme un cas de légitime défense. Les gens n'ont rien dit – par peur des représailles, je suppose. Personne n'aurait risqué sa peau pour deux domestiques hazaras.

— Et Sohrab ?

Je me sentais fatigué, vidé. Rahim khan toussa longuement. Lorsqu'il redressa la tête, son teint était devenu rouge et ses yeux injectés de sang.

— Il paraît qu'il a été confié à un orphelinat de Karteh-Seh. Amir jan…

Il fut de nouveau obligé de s'interrompre. Je lui trouvai les traits plus marqués ensuite, comme si chaque quinte de toux le faisait vieillir.

— Amir jan, je t'ai appelé parce que je tenais à te voir avant de mourir, mais aussi pour une autre raison.

Je gardai le silence. Je soupçonnais déjà ce qu'il attendait de moi.

— Je veux que tu ailles à Kaboul. Je veux que tu ramènes Sohrab.

Je cherchai désespérément mes mots. J'avais à peine eu le temps d'encaisser la nouvelle de la mort d'Hassan.

— Écoute-moi, s'il te plaît, enchaîna Rahim khan. Je connais un couple de chrétiens américains à Peshawar, Thomas et Betty Caldwell. Grâce à des dons, ils dirigent une petite structure caritative où ils hébergent et nourrissent de jeunes Afghans qui ont perdu leurs parents. J'ai visité l'endroit. Il est propre et sûr, les pensionnaires n'y manquent de rien, et M. et Mme Caldwell sont de braves gens. Ils m'ont déjà assuré que Sohrab serait le bienvenu chez eux et…

— Rahim khan, vous plaisantez !

— Les enfants sont fragiles, Amir jan, ils se brisent comme de la porcelaine. On ne compte déjà plus ceux que la guerre a broyés à Kaboul. Je n'ai pas envie que Sohrab s'ajoute à la liste.

— Rahim khan, je refuse d'aller à Kaboul. Je ne peux pas !

— Sohrab est un garçon intelligent. Nous avons les moyens de lui offrir une nouvelle vie ici, de nouveaux espoirs, avec des gens qui l'aimeraient. Thomas est un homme bon et Betty est si gentille. Si tu la voyais s'occuper de ces orphelins…

-- Pourquoi moi ? Pourquoi ne pas engager quelqu'un ? Je le paierai, si c'est là le problème.

— Il ne s'agit pas de ça, Amir ! rugit Rahim khan. Je suis en train de mourir et je ne tolérerai pas que l'on m'insulte ! Il n'a jamais été question d'argent avec moi. Pourquoi toi ? Je pense que nous savons tous les deux pourquoi il faut que ce soit toi, non ?

J'aurais préféré ne pas saisir le sens de cette remarque, mais cela me fut impossible. Je ne la comprenais que trop bien.

— J'ai une vie aux États-Unis, une maison, une carrière, une famille, objectai-je. Kaboul est une ville dangereuse, et vous voudriez que je risque tout pour...

Je me tus.

— Amir, déclara Rahim khan, un jour que tu n'étais pas là, j'ai discuté avec ton père. Il s'inquiétait beaucoup pour toi à l'époque et je me rappelle ses paroles : « Rahim, un gamin qui se laisse marcher sur les pieds devient un homme incapable d'affronter la moindre épreuve. » Aujourd'hui, je m'interroge : a-t-il vu juste ?

Je baissai les yeux.

— Je te demande d'exécuter la dernière volonté d'un mourant, conclut-il gravement.

Il avait misé sur ce dernier point. Abattu sa meilleure carte d'entrée. Du moins le croyais-je. Sa phrase resta en suspens entre nous. Lui avait trouvé un argument imparable, alors que moi qui étais écrivain, je peinais à invoquer une excuse quelconque.

— Baba avait peut-être raison, répondis-je finalement.

— Je suis navré que tu sois de cet avis, Amir.

Je ne parvenais pas à affronter son regard.

— Vous ne le partagez pas ?

— Si c'était le cas, je ne t'aurais pas appelé.

Je jouai avec mon alliance.

— Vous avez toujours eu une trop haute opinion de moi, Rahim khan.

— Et toi, tu t'es toujours sous-estimé. (Il hésita.) Il y a autre chose. Un détail que tu ignores.

— S'il vous plaît, Rahim khan...

— Sanaubar n'était pas la première femme d'Ali.

Je dressai l'oreille.

— Il avait déjà été marié avant, avec une Hazara de la région de Jaghori. Bien avant ta naissance. Leur union a duré trois ans.

— Quel rapport… ?

— Ils se sont séparés sans avoir eu d'enfants. Elle a ensuite épousé un autre homme à Khost, à qui elle a donné trois filles. Voilà ce que j'essaie de t'expliquer.

Je commençais à entrevoir où il voulait en venir. Mais je refusais d'entendre la fin. Je menais une vie tranquille en Californie, j'avais une jolie maison, un bon mariage, une carrière d'écrivain prometteuse, des beaux-parents qui m'adoraient. Je n'avais que faire de ces foutaises.

— Ali était stérile.

— Impossible, protestai-je. Sanaubar et lui ont eu Hassan, n'est-ce pas ? Ils ont bien eu…

— Non.

— Mais si !

— Non, Amir.

— Alors qui…

— Je pense que tu t'en doutes.

J'avais l'impression de glisser le long d'une falaise en cherchant en vain à me raccrocher à des brous-sailles ou à des ronces. La pièce tanguait de haut en bas, oscillait de tous côtés.

— Hassan le savait-il ? dis-je du bout des lèvres d'une voix qui ne me sembla pas être la mienne.

Rahim khan ferma les yeux. Secoua la tête.

— Ordures, marmonnai-je, avant de hausser le ton. Ordures ! Vous n'êtes tous qu'une bande de salauds et de menteurs !

— S'il te plaît, assieds-toi.

— Comment avez-vous pu me cacher ça à moi ? Et à *lui* ?

— Réfléchis, voyons. La situation était embarras-sante. Les gens auraient jasé. Tout ce qu'un homme possédait en ce temps-là, tout ce qu'il était, se résu-mait à son honneur et à son nom. Si l'on avait appris… Nous ne pouvions le révéler à personne, comprends-le.

Il tendit la main vers moi, mais je reculai et me dirigeai vers la porte.

— Amir jan, ne pars pas.

Je me tournai vers lui.

— Pourquoi ? Qu'est-ce que vous pourriez ajouter
maintenant ? À trente-huit ans, je découvre que toute
ma vie n'a été qu'un tissu de mensonges ! Qu'est-ce
que vous pourriez avoir à dire qui réparerait ça ? Rien.
Absolument rien.

Sur ces mots, je me ruai hors de l'appartement.

18

Le soleil avait presque disparu, laissant le ciel gorgé
de tons pourpres et rouges. Je descendis la petite rue
animée qui partait de l'immeuble de Rahim khan – en
réalité, une venelle bruyante perdue dans un dédale
de passages encombrés de piétons, de vélos et de
pousse-pousse. Aux croisements, des panneaux publi-
citaires faisaient la promotion du Coca-Cola et de
certaines marques de cigarettes. Ailleurs, des affiches
de films pakistanais offraient aux regards des actrices
sensuelles qui dansaient avec de beaux hommes à la
peau mate au milieu de champs d'œillets d'Inde.

J'entrai dans un salon de thé enfumé et, une fois
ma commande passée, basculai sur les pieds arrière
de mon siège pliant en me massant le visage. Mon
sentiment de glisser vers un gouffre s'estompait, mais
j'avais désormais l'impression d'être un homme
découvrant à son réveil que l'on a modifié la disposi-
tion de tous ses meubles. Désorienté, il doit se réap-
proprier son environnement, y trouver de nouveaux
repères.

Comment avais-je pu être aussi aveugle ? Les signes n'avaient pourtant pas manqué, et ils me revenaient à présent : le recours au Dr Kumar pour opérer le bec-de-lièvre d'Hassan. Les cadeaux que Baba lui offrait pour son anniversaire. Je me rappelai le jour où nous avions planté des tulipes, mon père et moi. Je lui avais demandé s'il avait déjà envisagé d'employer d'autres serviteurs. *Hassan n'ira nulle part !* avait-il aboyé. *Il reste ici, avec nous. C'est là qu'est sa place. Cette maison est la sienne et nous sommes sa famille.* Et comme il avait pleuré lorsque Ali avait annoncé qu'Hassan et lui nous quittaient.

Le serveur posa mon thé sur la table. Les pieds de celle-ci se croisaient au niveau d'un anneau de boules de cuivre de la taille d'une noix. L'une d'elles s'était dévissée, aussi me baissai-je pour la resserrer, en regrettant de ne pouvoir réparer ma vie aussi facilement. Puis je bus une gorgée de thé – le plus noir que l'on m'eût servi depuis des années – et tentai de me représenter Soraya, le général et khala Jamila, le roman qu'il me fallait terminer. J'observai le trafic dans la rue, les gens qui entraient et sortaient des petites confiseries. Je m'efforçai de me concentrer sur la musique *qawali* que diffusait une radio à la table voisine. Mais sans cesse, mes pensées me ramenaient au soir de ma remise de diplôme, quand, assis dans la Ford qu'il venait de m'acheter, Baba avait déclaré : « Dommage qu'Hassan n'ait pas été avec nous aujourd'hui. »

Comment avait-il pu me mentir durant toutes ces années ? À moi et à Hassan ? Il m'avait pourtant assis sur ses genoux quand j'étais petit et, me fixant droit dans les yeux, m'avait asséné : « Il n'existe qu'un seul péché, le vol... Quand on raconte un mensonge, on prive quelqu'un de son droit à la vérité. » N'étaient-ce pas là ses propres termes ? À présent, quinze ans après l'avoir enterré, je m'apercevais que Baba avait été un voleur. De la pire espèce, qui plus est, parce que son larcin touchait au sacré : il nous avait dépossédés, moi de mon droit à savoir que j'avais un frère, Hassan de son identité, et Ali de son honneur. De son *nang*. De son *namoos*.

Les questions se bousculaient dans ma tête : comment avait-il pu regarder Ali en face ? Comment Ali avait-il pu vivre dans cette maison, jour après jour, en ayant conscience qu'il avait été déshonoré par son maître de la manière la plus ignoble qui soit pour un Afghan ? Et comment allais-je concilier cette nouvelle image de mon père avec celle que je conservais depuis si longtemps – celle de Baba, vêtu de son vieux costume marron, qui remontait l'allée des Taheri pour demander en mon nom la main de Soraya ?

Encore un cliché dont mon professeur se serait amusé en atelier d'écriture : tel père, tel fils. Quoi de plus vrai cependant ? Baba et moi avions plus de points communs que je ne l'avais cru. Nous avions tous deux trahi des personnes qui auraient donné leur vie pour nous. Cette prise de conscience en entraîna une autre : Rahim khan m'avait convoqué pour que j'expie non seulement mes péchés, mais aussi ceux de mon père.

Selon lui, je m'étais toujours sous-estimé. J'en doutais. Certes, je n'avais pas obligé Ali à mettre le pied sur une mine, ni conduit les talibans à la maison de Baba pour qu'ils abattent Hassan. Cependant, écrasé par un sentiment de culpabilité après ce qu'il avait subi par ma faute, je l'avais poussé à partir avec Ali. Était-il exagéré d'imaginer que les choses auraient pu tourner différemment si je n'avais pas agi de la sorte ? Peut-être Baba les aurait-il emmenés aux États-Unis. Peut-être Hassan aurait-il eu un toit bien à lui à l'heure actuelle, avec un travail, une famille, une place à part entière dans un pays où les gens se seraient moqués qu'il soit hazara – et où la plupart d'entre eux ignoraient d'ailleurs le sens de ce mot. Rien ne permettait de l'affirmer. Mais rien ne permettait non plus de prétendre le contraire.

Je ne peux pas aller à Kaboul, avais-je rétorqué à Rahim khan. *J'ai une vie aux États-Unis, une maison, une carrière, une famille.* Seulement, comment envisager de boucler ma valise et de rentrer chez moi alors que mes actes avaient peut-être coûté à Hassan une chance de jouir du même bonheur ?

J'aurais préféré que Rahim khan ne m'ait jamais appelé, qu'il m'ait laissé continuer à vivre avec ces événements enfouis au fond de ma mémoire. Il en avait toutefois décidé autrement. Et ses révélations avaient tout changé. Elles m'avaient contraint à voir que, bien avant l'hiver 1975 – en fait, depuis l'époque où une Hazara me donnait le sein –, toute ma vie n'avait été qu'un cycle de mensonges, de trahisons et de secrets.

Il existe un moyen de te racheter.

Un moyen de briser le cercle.

Grâce à un petit garçon. Un orphelin. Le fils d'Hassan. Quelque part à Kaboul.

Dans le pousse-pousse qui me ramenait à l'appartement de Rahim khan, je me souvins d'une remarque de Baba. Il déplorait que quelqu'un se soit toujours chargé de me défendre. J'avais maintenant trente-huit ans. Mon front se dégarnissait, mes cheveux grisonnaient et, depuis peu, des pattes-d'oie se dessinaient au coin de mes yeux. Pour autant, je n'étais pas encore trop vieux pour apprendre à me battre. Baba avait menti sur bien des points, mais pas sur celui-là.

J'examinai de nouveau le visage rond sur le Polaroïd, la manière dont le soleil l'éclairait. Mon frère.

Hassan m'avait aimé autrefois, comme jamais personne avant ni après lui. Et bien qu'il fût mort à présent, une petite partie de lui survivait à Kaboul.

Où elle attendait.

Rahim khan était prosterné dans un angle de sa chambre lorsque j'arrivai. Sa silhouette noire inclinée vers l'ouest se détachait sur le ciel rouge sang. Je patientai jusqu'à ce qu'il eût fini et l'informai que j'irais à Kaboul. Je contacterais les Caldwell dès le lendemain matin.

— Je prierai pour toi, Amir jan, me dit-il.

19

Encore le mal des transports. Le temps d'atteindre le panneau criblé de balles qui indiquait « La passe de Khaybar vous souhaite la bienvenue », j'avais déjà la bouche emplie de salive et l'estomac qui se soulevait et se tordait. Farid, mon chauffeur, me jeta un regard froid dans lequel ne se lisait aucune compassion.

— On peut ouvrir ? demandai-je.

Il alluma une cigarette et la coinça entre les deux doigts qui lui restaient à la main gauche, celle qui tenait le volant. Ses yeux noirs rivés sur la route, il se pencha pour ramasser un tournevis entre ses pieds. J'enfonçai ce dernier dans le trou de la portière où aurait dû se trouver la manivelle et, quelques tours plus tard, la vitre était baissée.

Farid me lança un autre regard dédaigneux, cette fois empreint d'une animosité à peine voilée, avant de se remettre à fumer. Il n'avait guère prononcé plus d'une douzaine de mots depuis notre départ du fort de Jamrud.

— *Tashakor*, marmonnai-je.

Je penchai la tête à l'extérieur, laissant l'air frais de l'après-midi fouetter mon visage. Le chemin, qui traversait les terres tribales de la passe de Khaybar et serpentait entre des falaises de schiste argileux et de calcaire, était le même que dans mon souvenir : d'imposantes montagnes arides aux pics déchiquetés bordaient des gorges profondes, avec çà et là d'anciennes forteresses en ruine juchées sur des promontoires. Je tentai de ne pas quitter des yeux les sommets enneigés de l'Hindu Kuch au nord, mais chaque fois que j'éprouvais un léger mieux, un cahot ou un dérapage du Land Cruiser à un virage me redonnaient la nausée.

— Essayez un citron, me suggéra Farid.

— Quoi ?

— Un citron. C'est bon contre l'envie de vomir. J'en emporte toujours sur ce trajet.

— Non, merci, refusai-je, révulsé à la simple idée d'augmenter encore le taux d'acidité de mon estomac.

Farid ricana.

— C'est pas un remède aussi sophistiqué que ceux des Américains, évidemment. Juste un truc hérité de ma mère.

Je regrettai d'avoir gâché une occasion de réchauffer nos rapports.

— Dans ce cas, j'en veux bien un.

Il attrapa un sachet en papier sur le siège arrière et en sortit un demi-citron. Je mordis dans le fruit, attendis quelques instants.

— Vous aviez raison. Je me sens mieux, mentis-je.

En tant qu'Afghan, je savais qu'il valait mieux souffrir qu'être impoli. Je me forçai à sourire.

— C'est un vieux truc *watani*. Pas besoin de médicaments, commenta-t-il d'un ton presque hargneux.

Il tapota sa cigarette pour en faire tomber la cendre et s'examina d'un air suffisant dans le rétroviseur. J'avais affaire à un Tadjik dégingandé et brun, de carrure étroite, aux traits burinés et au long cou ponctué par une pomme d'Adam protubérante que l'on n'apercevait derrière sa barbe que lorsqu'il tournait la tête. Ses habits ne différaient guère des miens, même si je suppose qu'il eût été plus exact de dire l'inverse : il portait une couverture de laine grossière drapée par-dessus une longue chemise grise, un pantalon large de même couleur et un gilet. Son *pakol* marron, légèrement incliné sur le côté, rappelait celui du héros tadjik Ahmad shah Massoud – surnommé le Lion du Pandjshir par son peuple.

Rahim khan me l'avait présenté à Peshawar. Si, à l'en croire, Farid avait vingt-neuf ans, son visage méfiant et ridé en accusait vingt de plus. Né à Mazar-e-Charif, il y avait passé son enfance jusqu'à ce que son père emmène sa famille à Djalalabad. À quatorze ans, il s'était joint avec lui au djihad contre le *Shorawi*. Tous deux combattaient depuis deux ans dans la vallée du Pandjshir quand le père avait été tué par une rafale de mitrailleuse tirée d'un hélicoptère. Farid avait deux femmes et cinq enfants. « Il en a eu sept en tout », m'avait précisé Rahim khan avec tristesse, mais ses deux plus jeunes filles étaient mortes quelques années plus tôt dans l'explosion d'une mine à la périphérie de Djalalabad – la même qui lui avait arraché plusieurs orteils et trois des doigts de sa main gauche. Après cela, il était parti s'installer à Peshawar avec les siens.

— Le point de contrôle, grommela Farid.

Je me renfonçai un peu dans mon siège, bras croisés, oubliant momentanément ma nausée. Cependant, je m'étais inquiété pour rien : deux miliciens pakistanais s'approchèrent de notre Land Cruiser déglingué, jetèrent un rapide coup d'œil à l'intérieur et nous firent signe d'avancer.

Farid arrivait en tête sur la liste des préparatifs que Rahim khan et moi avions établie. Il m'avait également fallu échanger mes dollars contre des roupies pakistanaises et des afghanis, me procurer de nouveaux habits et un *pakol* – fait ironique, je ne m'étais jamais habillé ainsi en Afghanistan –, penser à prendre la photo d'Hassan et de Sohrab et, pour finir, l'élément peut-être le plus important : acheter une fausse barbe noire qui me descendait jusque sur la poitrine, ainsi que l'exigeait la charia, ou du moins les talibans. Rahim khan connaissait à Peshawar quelqu'un spécialisé dans la confection de ces postiches, parfois recherchés par les journalistes occidentaux chargés de couvrir la guerre.

Rahim khan avait souhaité que je reste quelques jours de plus à Peshawar afin de mieux préparer mon expédition, mais j'avais jugé préférable d'agir sans tarder. Je craignais de changer d'avis, sinon. D'atermoyer, de ruminer, de me torturer l'esprit, de raisonner, et finalement de me persuader de ne pas y aller. Je craignais que la vie qui m'attendait aux États-Unis ne l'emporte sur le reste, m'incite à replonger dans le cours de son fleuve et à laisser les révélations de Rahim khan sombrer au fond, dans l'oubli. Je craignais que ses eaux ne me détournent de mon devoir et ne m'entraînent loin d'Hassan. Loin du passé qui s'était rappelé à moi. Et loin de ma dernière chance de rédemption. J'étais donc parti avant de courir ce risque. Quant à Soraya, il était exclu de la prévenir. Si je l'avais fait, elle aurait sauté dans le premier avion pour le Pakistan.

Une fois la frontière franchie, des signes de pauvreté se multiplièrent autour de nous. De chaque côté de la route se succédaient de petits villages, semblables à des jouets abandonnés parmi les rochers. Les maisons de terre se délabraient et les autres se résumaient à quatre poteaux de bois surmontés d'une toile déchirée en guise de toit. Je vis des enfants déguenillés qui couraient après un ballon de foot puis, à quelques kilomètres de là, un groupe d'hommes accroupis comme une bande de corbeaux sur la carcasse brûlée d'un vieux tank soviétique, les coins de leurs couvertures claquant au vent. Derrière eux, une femme cachée sous une *burqa* marron cheminait le long d'un sentier défoncé, une grosse jarre sur son épaule.

— Bizarre, notai-je.

— Quoi ?

— J'ai l'impression d'être un touriste dans mon propre pays.

J'observai un berger qui guidait une demi-douzaine de chèvres décharnées au bord de la route. Farid eut un rire sarcastique et jeta son mégot.

— Parce que vous considérez encore ce pays comme le vôtre ?

— Une partie de moi le verra toujours ainsi, répliquai-je, plus sur la défensive que je ne l'avais voulu.

— Même après vingt ans aux États-Unis ?

Il fit une embardée pour éviter une ornière de la taille d'un ballon de plage.

— Oui. J'ai grandi en Afghanistan.

Nouveau rire méprisant.

— Pourquoi ricanez-vous ? m'agaçai-je.

— Aucune importance.

— Non, je suis curieux. Pourquoi ?

Son rétroviseur me refléta la lueur qui brillait dans son regard.

— Vous tenez vraiment à le savoir ? se moqua-t-il. Parce que je me représente bien la situation, agha sahib. Vous viviez probablement dans une grande maison, avec un beau terrain planté de fleurs, d'arbres fruitiers et entretenu par un jardinier. Le tout clôturé, bien sûr. Votre père conduisait une voiture américaine, vous aviez des domestiques – sans doute des Hazaras. Vos parents embauchaient des extras pour s'occuper de la décoration quand ils organisaient des *mehmanis*, afin que leurs amis puissent raconter en détail autour d'un verre leurs voyages en Europe ou aux États-Unis. Et je parierais les yeux de mon fils aîné que c'est la première fois que vous portez un *pakol*. (Il m'adressa un sourire qui me dévoila des dents prématurément gâtées.) Je brûle ?

— Pourquoi dites-vous ça ?

— Parce que vous me l'avez demandé, cracha-t-il. (Il me désigna un vieillard vêtu de loques qui marchait sur un chemin de terre, un gros sac de toile rempli de broussailles sur le dos.) Voilà le vrai visage de l'Afghanistan, agha sahib. L'Afghanistan tel que je le connais. Vous ? Vous avez *toujours* été un touriste ici. Vous l'ignoriez, c'est tout.

Rahim khan m'avait prévenu que je ne recevrais pas un accueil chaleureux de la part de ceux qui étaient demeurés au pays pour se battre.

— Je regrette ce qui est arrivé à votre père, déclarai-je. Et aussi à vos filles et à votre main.

— Vous pouvez toujours causer. Pourquoi vous êtes revenu, de toute façon ? Vous comptez vendre la maison de votre Baba et retourner chez votre mère aux États-Unis après avoir empoché l'argent ?

— Ma mère est morte à ma naissance.

Il soupira et alluma une autre cigarette, sans un mot.

— Arrêtez-vous.

— Quoi ?

— Arrêtez-vous, bon sang ! Je vais vomir !

Je trébuchai hors du camion au moment où il s'immobilisait sur le bas-côté gravillonné.

En fin d'après-midi, les falaises nues et les sommets montagneux calcinés par le soleil avaient cédé la place à un paysage plus vert et plus rural. Nous avions suivi la voie qui allait de Landi Kotal à Landi Khana en traversant le territoire shinwari et étions entrés en Afghanistan à Torkham. Des pins s'élevaient autour de nous, moins nombreux que dans mon souvenir et dépouillés pour la plupart, mais ce spectacle me fut agréable après la traversée ardue de la passe de Khaybar. Nous nous rapprochions de Djalalabad, où Farid avait un frère qui nous hébergerait pour la nuit.

Le soleil ne s'était pas encore couché lorsque nous atteignîmes la capitale de la province de Nangarhar, autrefois réputée pour ses fruits et la douceur de son climat. Alors que nous longions les bâtiments et les maisons de pierre du centre-ville, je constatai que les palmiers s'étaient raréfiés et qu'il ne restait plus de certaines demeures que des murs sans toit et des tas de terre informes.

Farid tourna à l'angle d'une ruelle non pavée avant de garer le Land Cruiser sur un caniveau à sec. Je descendis, m'étirai et inspirai profondément. Dans ma jeunesse, les vents qui soufflaient sur les plaines irriguées autour de Djalalabad imprégnaient la ville d'une odeur suave de canne à sucre. Je fermai les yeux, tentai de la retrouver. En vain.

— Allons-y, me pressa Farid avec impatience.

Nous avançâmes dans la ruelle où quelques peupliers dégarnis bordaient des murs de pisé éboulés. Parvenu devant une maison en piteux état, il frappa à la porte.

Une jeune femme aux yeux vert océan, la tête enveloppée d'un foulard blanc, jeta un œil dehors. Elle tressaillit à ma vue, mais elle aperçut ensuite Farid et son regard s'illumina.

— *Salaam alaykum*, kaka Farid !

— *Salaam*, Maryam jan, répondit-il en accompagnant son salut de ce qu'il m'avait refusé depuis notre rencontre : un sourire chaleureux.

Il planta un baiser sur son front. La jeune femme s'écarta non sans m'examiner avec un peu d'appréhension tandis que j'emboîtais le pas à Farid.

Nous ôtâmes nos chaussures sur le seuil d'une pièce basse de plafond, aux murs entièrement nus et au sol recouvert d'une natte en paille. Seules deux lanternes posées dans un coin l'éclairaient. Un grand barbu large d'épaules se leva pour nous accueillir – Wahid, le frère aîné de Farid. Tous deux s'étreignirent et s'embrassèrent sur la joue.

— Il vient des États-Unis, indiqua Farid en me montrant du pouce, une fois les présentations faites.

Puis il se dirigea vers trois jeunes garçons qui attendaient assis en tailleur sur un matelas protégé par une couverture aux bords effrangés.

Wahid prit place par terre avec moi contre le mur opposé à celui de ses enfants, lesquels s'étaient rués vers Farid pour grimper sur son dos. Malgré mes protestations, il ordonna à l'un d'eux d'aller me chercher une autre couverture afin que je sois plus à mon aise, et il pria Maryam de nous apporter du thé. Il me questionna ensuite sur notre voyage depuis Peshawar.

— J'espère que vous n'êtes pas tombés sur des *dozds*, me dit-il.

La passe de Khaybar était aussi célèbre pour son terrain chaoteux que pour les bandits qui dévalisaient les voyageurs. Sans me laisser le temps de répondre, Wahid m'adressa un clin d'œil et ajouta d'une voix forte :

— Encore qu'aucun *dozd* ne s'amuserait à voler une voiture aussi pourrie que celle de mon frère.

Farid plaqua le plus petit de ses neveux au sol et lui chatouilla les côtes avec sa main intacte. L'enfant gloussa en se débattant.

— Moi au moins, j'en ai une, crâna Farid. Et toi, comment va ton âne ?

— Il est plus confortable que ton Land Cruiser.

— *Khar khara ishnassah !* Seul un âne peut en apprécier un autre.

Tous éclatèrent de rire et je me joignis à eux. Des murmures me parvinrent alors de la pièce adjacente, que j'entrevoyais de là où j'étais. Maryam et une femme plus âgée portant un *hidjab* marron – sa mère probablement – s'entretenaient discrètement tout en versant l'eau de la bouilloire dans une théière.

— Que faites-vous aux États-Unis, Amir agha ? s'enquit Wahid.

— Je suis écrivain.

Il me sembla que Farid ricanait de nouveau.

— Écrivain ? répéta Wahid, visiblement impressionné. Et vous parlez de l'Afghanistan dans vos livres ?

— Cela m'est déjà arrivé, mais pas en ce moment. Mon dernier roman, *La Saison des cendres*, racontait l'histoire d'un professeur d'université qui intégrait un clan de bohémiens après avoir surpris sa femme au lit avec l'un de ses étudiants. J'en étais assez satisfait. Certains critiques l'avaient estimé bon, et l'un d'eux avait même employé le terme « captivant ».

Reste que je me sentais soudain gêné à l'idée de l'évoquer, et j'espérai que Wahid n'essaierait pas d'en savoir plus.

— Vous devriez peut-être traiter de nouveau du sujet, remarqua-t-il. Expliquer au reste du monde ce que les talibans font subir à notre pays.

— Euh, je ne suis pas… je ne suis pas vraiment ce genre d'écrivain.

— Oh, acquiesça Wahid en rougissant légèrement. Vous êtes mieux placé que moi pour en juger, bien sûr Je ne voudrais pas suggérer…

À cet instant, Maryam et l'autre femme entrèrent avec un plateau chargé de quelques tasses et d'une théière. Je me levai en signe de respect, pressai mes mains sur ma poitrine et baissai la tête.

— *Salaam alaykum.*

L'inconnue, qui avait rajusté son *hidjab* afin de masquer le bas de son visage, inclina la tête à son tour.

— *Salaam,* me répondit-elle d'une voix à peine audible.

À aucun moment nos regards ne se croisèrent. Je restai debout pendant qu'elle servait le thé.

Elle posa une tasse fumante devant moi puis s'éclipsa, ses pieds nus effleurant le sol sans un bruit. Je me rassis et sirotai une gorgée de thé noir.

— Qu'est-ce qui vous amène en Afghanistan ? reprit Wahid, brisant ainsi le silence gêné qui s'était installé.

— Qu'est-ce qui les amène *tous* en Afghanistan, à ton avis ? intervint Farid.

S'il s'était adressé à son frère, son regard méprisant ne visait que moi.

— *Bas !* le coupa Wahid.

— Ils viennent tous pour la même raison : vendre un terrain, une maison, et fuir comme des rats. Une fois rentrés aux États-Unis, ils s'offrent des vacances en famille au Mexique avec l'argent qu'ils ont empoché.

— Farid ! tonna Wahid, si fort que tous tressautèrent, y compris son frère. Aurais-tu oublié tes bonnes manières ? Tu es ici chez moi ! Amir agha est mon invité ce soir et je n'accepterai pas que tu me fasses honte !

Farid parut sur le point de répliquer, mais il se ravisa. Il s'assit par terre contre le mur en marmottant quelque chose dans sa barbe et croisa son pied mutilé par-dessus l'autre, sans cesser un seul instant de me toiser d'un air accusateur.

— Pardonnez-nous, Amir agha, s'excusa Wahid. Depuis l'enfance, ses paroles ont toujours dépassé sa pensée.

— Non, c'est ma faute, admis-je avec un sourire forcé. Il n'y a pas de mal. J'aurais dû lui expliquer : je suis là pour retrouver un garçon, pas pour vendre quoi que ce soit.

— Un garçon.

— Oui.

Je sortis le Polaroïd de ma poche de poitrine. La vue de ce portrait d'Hassan raviva la blessure causée par sa mort, à tel point que je dus détourner la tête. Je le tendis à Wahid, dont les yeux se posèrent tour à tour sur le cliché et sur moi.

— Celui-là ?

J'acquiesçai.

— Ce petit Hazara ?

— Oui.

— Que représente-t-il pour vous ?

— Son père comptait beaucoup pour moi. C'est l'homme sur la photo. Il est mort.

— Un ami à vous ?

Je fus tenté de répondre « oui », par réflexe, comme si inconsciemment je souhaitais moi aussi protéger le secret de Baba. Mais trop de mensonges avaient déjà été dits.

— C'était mon demi-frère, déclarai-je péniblement en jouant avec ma tasse. Mon demi-frère naturel.

— Je ne voulais pas être indiscret.

— Ce n'est rien, le rassurai-je.

— Que ferez-vous de lui ?

— Je le conduirai à Peshawar. Il y a là-bas des gens qui prendront soin de lui.

Wahid me rendit la photo et mit sa main sur mon épaule.

— Vous êtes un homme bien, Amir agha. Un véritable Afghan.

Je grimaçai de honte en mon for intérieur.

— Je suis fier de vous avoir pour invité ce soir, poursuivit-il.

Je le remerciai et risquai un regard en coin vers Farid. Tête baissée, il triturait les bords effrangés de la natte.

Un peu plus tard, Maryam et sa mère nous apportèrent deux bols fumants de *shorwa* aux légumes et deux galettes de pain.

— Je suis désolé de ne pouvoir vous offrir de viande, regretta Wahid. Seuls les talibans ont les moyens de s'en procurer maintenant.

— Ça a l'air délicieux, le complimentai-je.

Je le pensais sincèrement. Je lui en proposai un peu à lui et à ses enfants, mais il m'affirma que sa famille avait mangé avant notre arrivée. Farid et moi retroussâmes donc nos manches et attaquâmes notre repas avec les doigts en trempant notre pain dans le *shorwa*.

Je remarquai bientôt que les garçons de Wahid, visage crasseux et cheveux bruns coupés ras sous leurs calottes, observaient furtivement ma montre à quartz. Le plus jeune murmura quelque chose à l'oreille de son frère. Celui-ci opina du chef, les yeux toujours rivés sur mon poignet, tandis que le plus âgé – auquel je donnais environ douze ans – se balançait d'avant en arrière, lui aussi hypnotisé. Le dîner fini, et après m'être lavé les mains avec l'eau que Maryam versa d'une jarre en terre cuite, je demandai à Wahid la permission de faire un *hadia*, un cadeau, à ses garçons. Il refusa d'abord, mais devant mon insistance céda à contrecœur. Je détachai alors ma montre et la tendis au benjamin des trois enfants, lequel chuchota un timide « *Tashakor* ».

— Elle indique l'heure qu'il est dans toutes les villes du monde, lui précisai-je.

Ils hochèrent poliment la tête et l'essayèrent à tour de rôle. Très vite cependant, leur intérêt retomba et ils l'abandonnèrent par terre.

— Vous auriez pu me le dire ! s'indigna plus tard Farid, allongé à côté de moi sur l'une des paillasses que la femme de Wahid avait disposées au sol.

— Vous dire quoi ?

— Pourquoi vous êtes venu en Afghanistan.

Sa voix avait perdu le mordant qui l'avait caractérisée depuis notre rencontre.

— Vous ne me l'avez pas demandé.

— Quand même, vous auriez pu me le dire.

— Vous ne me l'avez pas demandé, répétai-je.

Il se tourna face à moi et plia son bras sous sa tête.

— Je vous aiderai peut-être à retrouver ce garçon.

— Merci, Farid.

— J'ai eu tort de supposer certaines choses.

Je soupirai.

— Ne vous inquiétez pas. Vous étiez plus dans le vrai que vous ne l'imaginez.

On lui a recouvert les yeux d'un bandeau noir et ligoté les mains dans le dos avec une cordelette grossière qui lui entaille les poignets. Il est agenouillé dans la rue, tête penchée, au-dessus de l'eau stagnante d'un caniveau. Ses genoux roulent sur le sol dur et imbibent de sang son pantalon à mesure qu'il

incline et redresse le buste en priant. L'après-midi tire
à sa fin, son ombre longue va et vient sur le gravier. Il
marmonne quelque chose. Je m'approche. Un millier
de fois, *murmure-t-il.* Pour vous, un millier de fois.
Il bascule encore d'avant en arrière. Lève la tête. Je
distingue une fine cicatrice au-dessus de sa lèvre
supérieure.

Nous ne sommes pas seuls.

J'aperçois le canon en premier lieu. Puis le soldat
au bout du fusil. Grand, vêtu d'une veste à chevrons
et d'un turban noir, il regarde de haut l'homme devant
lui, et ses yeux ne révèlent qu'un immense vide inson-
dable. Reculant d'un pas, il braque son arme sur le
malheureux à genoux. L'appuie contre sa nuque.
L'espace d'un instant, le métal luit sous les rayons du
soleil couchant.

La détonation retentit avec un bruit assourdissant.

Je suis des yeux l'arc de cercle que dessine le
canon. Le visage du tireur m'apparaît alors derrière
la fumée qui s'en échappe. C'est le mien.

Je m'éveillai avec un cri bloqué au fond de la gorge.

Je sortis. Debout sous la pâle lueur argentée de la
lune, je contemplai le ciel constellé d'étoiles. Des
grillons chantaient dans l'obscurité, le vent agitait les
arbres. Le sol était frais sous mes pieds nus. Soudain,
pour la première fois depuis que nous avions franchi la
frontière, j'eus vraiment l'impression d'être de retour.
Après toutes ces années, j'étais de nouveau chez moi,
dans le pays de mes ancêtres. C'était sur cette terre
que, un an avant de succomber à l'épidémie de choléra
qui avait frappé Kaboul en 1915, mon arrière-grand-
père avait épousé sa troisième femme – laquelle lui
avait enfin donné ce que ses deux premières épouses
n'avaient pu lui offrir : un fils. C'était sur cette terre

aussi que mon grand-père avait chassé avec le roi Nader shah, que ma mère était morte et que je m'étais efforcé de gagner l'amour de Baba.

Je m'assis contre un mur de la maison. Cette communion subite avec ma patrie… voilà qui me surprenait. Je l'avais quittée depuis assez longtemps pour l'effacer de ma mémoire et être rayé de la sienne. Vivant dans une partie du monde qui aurait tout aussi bien pu être une autre planète pour les gens endormis à quelques pas de moi, je croyais ne pas en avoir conservé le moindre souvenir. Je me trompais. Dans ce clair de lune blafard, je sentis l'Afghanistan bourdonner sous mes pieds. Peut-être ne m'avait-il pas oublié lui non plus.

Je me tournai vers l'ouest et m'émerveillai que, quelque part par-delà les montagnes, Kaboul existât encore. Et pas seulement en tant qu'image du passé ou titre d'un entrefilet à la page 15 du *San Francisco Chronicle*. Non, quelque part à l'ouest s'étendait la ville où mon frère et moi avions disputé des combats de cerfs-volants. Où l'homme aux yeux bandés de mon rêve avait connu une mort inutile. Un jour, j'avais effectué un choix. Un quart de siècle plus tard, celui-ci me ramenait exactement au même endroit.

Je m'apprêtais à rentrer lorsque des voix me parvinrent de derrière le mur. Je distinguai celle de Wahid.

— … plus rien pour les enfants, se lamentait une femme au bord des larmes.

— On a peut-être faim, mais on n'est pas des sauvages ! Il est notre invité ! Que voulais-tu que je fasse ? se crispa-t-il.

— … trouver quelque chose pour demain, reprit-elle. Avec quoi les nourrirai-je…

Je m'éloignai à pas feutrés. Je comprenais maintenant pourquoi les garçons n'avaient témoigné aucun

intérêt pour ma montre. Ce n'était pas elle qui les intéressait. C'était la nourriture dans mon assiette.

Nous fîmes nos adieux de bonne heure le lendemain
matin. Juste avant de grimper dans le Land Cruiser, je
remerciai Wahid de son hospitalité. Il me montra sa
modeste maison :

— Vous êtes ici chez vous.

Ses trois fils nous observaient sur le seuil. Ma
montre pendait au maigre poignet du plus jeune.

Je jetai un coup d'œil dans le rétroviseur extérieur
lorsque nous partîmes. Enveloppé par le nuage de
poussière soulevé par le 4 × 4, Wahid se tenait aux
côtés de ses enfants. Il me vint à l'esprit que, dans
un autre monde, ces garçons n'auraient pas été trop
affamés pour courir après le véhicule.

Plus tôt ce matin-là, je m'étais livré furtivement au
même geste que vingt-six ans auparavant : j'avais
fourré une poignée de billets froissés sous un matelas.

20

Farid m'avait prévenu, je l'avoue. Je dus pourtant
admettre qu'il avait gaspillé sa salive.

Nous roulions sur la route défoncée et sinueuse
reliant Djalalabad à Kaboul. La dernière fois que je
l'avais empruntée, je fuyais en sens inverse dans une
camionnette bâchée. Baba avait alors failli être abattu
par un officier *roussi* drogué – j'avais été si fou de rage
cette nuit-là, si terrifié, et au bout du compte si fier
de lui. Cette voie qui serpentait entre les rochers en
vous secouant comme un prunier n'était plus qu'un
mauvais chemin à présent, vestige de deux guerres. La

première, dont j'avais été témoin vingt ans plus tôt, avait semé çà et là de lugubres souvenirs : carcasses brûlées de chars soviétiques, camions militaires renversés et rouillés, une Jeep russe écrasée au fond d'un ravin. La seconde, que je n'avais vue qu'à la télévision, je la découvrais ce jour-là avec les yeux de mon chauffeur.

Contournant les nids-de-poule sans effort, Farid évoluait là dans son élément. Il se montrait bien plus bavard depuis notre soirée chez son frère et me regardait lorsqu'il s'adressait à moi. Il me sourit même à deux ou trois reprises. En même temps qu'il manœuvrait le volant avec sa main mutilée, il attirait mon attention sur tel ou tel village où il avait connu des gens des années auparavant. La plupart d'entre eux étaient morts ou réfugiés au Pakistan, m'expliqua-t-il.

— Et parfois, les morts ne sont pas les plus à plaindre.

Il me désigna les ruines calcinées d'un petit groupe d'habitations. Seuls quelques murs noircis tenaient encore debout. J'aperçus un chien couché contre l'un d'eux.

— J'avais un ami ici, me raconta Farid. Un très bon réparateur de bicyclettes. Il jouait bien du tabla, aussi. Les talibans l'ont tué lui et sa famille, avant de tout incendier.

Le chien ne bougea pas lorsque nous passâmes devant lui.

Autrefois, il fallait compter deux heures, éventuellement un peu plus, pour se rendre de Djalalabad à Kaboul. Farid et moi y parvînmes en six heures. Et quand nous arrivâmes… Il m'avait averti juste après le barrage de Mahipar.

— Kaboul a beaucoup changé.

— Oui, c'est ce que j'ai entendu dire.

J'avais eu droit à un coup d'œil me signifiant qu'entendre dire et voir de ses propres yeux étaient deux choses différentes. Il avait raison. Parce que lorsque Kaboul s'étira enfin devant nous, je fus certain, absolument certain, que nous nous étions trompés de direction quelque part. Farid dut remarquer ma stupéfaction – à force de faire la navette avec des passagers, il l'avait sûrement observée plus d'une fois sur les visages des absents de longue date.

Il me tapota l'épaule.

— Bienvenue à Kaboul, me dit-il tristement.

Des décombres et des mendiants. Tel était le spectacle qui s'offrait partout à moi. Certes, il y avait déjà des pauvres à Kaboul dans ma jeunesse – Baba, qui ne leur refusait jamais l'aumône, ne sortait pas sans quelques billets dans sa poche pour eux –, mais ils étaient à présent postés à tous les coins de rue, habillés de haillons en grosse toile, leurs mains sales quémandant une pièce. Autre nouveauté, la plupart étaient des enfants. Maigres, la mine sévère, ils n'avaient pour certains pas plus de cinq ou six ans. On les croisait aux carrefours les plus fréquentés, assis au bord des trottoirs sur les genoux de leurs mères, toutes dissimulées sous une *burqa*. « *Bakhshesh ! bakhshesh !* » lançaient-ils continuellement aux passants. Un autre détail me frappa, que je n'avais pas noté d'emblée : très peu étaient accompagnés d'un homme. Les guerres avaient tué la plupart des pères afghans.

Nous nous dirigeâmes vers l'ouest et le quartier de Karteh-Seh en longeant ce qui avait été une grande artère dans les années soixante-dix : Jadeh-Maywand. Juste au nord, la rivière de Kaboul était à sec. Les remparts détruits de la ville se profilaient sur les collines du sud et l'on distinguait à l'est le fort de Bala Hissar. Cette ancienne citadelle, occupée en 1992 par le général Dostum, se dressait sur les montagnes Shirdarwaza, celles-là mêmes à partir desquelles les moudjahidin avaient fait pleuvoir leurs bombes entre 1992 et 1996, causant tous les dégâts que je constatais maintenant. C'était de ce massif que l'on tirait autrefois le *Topeh chasht*, le Canon de midi. Chaque jour à cette heure, ainsi qu'en fin de journée pendant le Ramadan, ses coups résonnaient dans tout Kaboul.

— Je venais là quand j'étais gamin, murmurai-je. Il y avait des boutiques, des hôtels. Des enseignes lumineuses et des restaurants. J'achetais des cerfs-volants à un vieillard nommé Saifo. Il tenait un petit magasin près du siège de la police.

— Le siège de la police est toujours là, m'informa Farid. Dans ce domaine, on ne connaît aucune pénurie. Mais vous ne trouverez plus de cerfs-volants ni de boutiques sur Jadeh-Maywand, ni nulle part ailleurs à Kaboul. Cette époque est révolue.

Jadeh-Maywand s'était métamorphosé en gigantesque château de sable. Les immeubles qui ne s'étaient pas complètement effondrés avaient été éventrés par les obus. Des blocs entiers avaient été réduits à l'état de gravats. J'aperçus un panneau criblé de balles à demi enfoui sous un tas de débris, à l'angle de deux rues. On y lisait encore « Buvez Coca-Co... ». Des gamins jouaient dans les ruines d'un bâtiment dépourvu de fenêtres, au milieu de briques et de cailloux ; des vélos et des charrettes se faufilaient entre les chiens errants et les décombres. Un brouillard de poussière flottait sur la ville et, de l'autre côté de la rivière, une légère fumée s'élevait vers le ciel.

— Que sont devenus les arbres ?

— Les habitants les ont coupés pour se chauffer en hiver. Et le *Shorawi* en a abattu beaucoup.

— Pourquoi ?

— Des snipers s'y cachaient.

La tristesse s'empara de moi. Revenir à Kaboul me procurait la même sensation que lorsqu'on rencontre par hasard un vieil ami perdu de vue et qu'on le découvre sans abri, démuni et durement éprouvé par la vie.

— Mon père avait fait construire un orphelinat à Shar-e-Kohna, dans la vieille ville.

— Je m'en souviens. Il a été détruit il y a quelques années.

— On peut s'y arrêter ?

Farid se gara dans une ruelle, à côté d'une bâtisse délabrée et abandonnée.

— Il y avait une pharmacie à cet endroit avant, marmonna-t-il alors que nous descendions de voiture.

Nous retournâmes à pied jusqu'à Jadeh-Maywand et prîmes à droite en direction de l'ouest.

— C'est quoi, cette odeur ? demandai-je.

Quelque chose me piquait les yeux à en pleurer.

— Du diesel. Les générateurs de la ville tombent sans cesse en panne, alors on ne peut pas compter sur l'électricité. Les gens se servent du gazole pour la cuisine et pour se chauffer.

— Du diesel… Vous vous rappelez l'odeur qui flottait dans cette rue autrefois ?

Farid sourit.

— Celle des brochettes.

— Exact. Des brochettes d'agneau.

— Ah, l'agneau ! soupira Farid en savourant ce mot. Les seules personnes à Kaboul qui en mangent encore aujourd'hui sont les talibans. (Un véhicule s'approcha et il me tira par la manche.) Quand on parle du loup… Voilà la patrouille des barbus.

C'était la première fois que je voyais des talibans. Bien sûr, je les avais déjà observés à la télévision, sur Internet, sur les couvertures de magazines et dans les journaux. Mais là, je me trouvais à quelques mètres d'eux seulement, à tenter de me persuader que le goût soudain qui avait envahi ma bouche n'était pas le signe d'une peur panique. À me répéter que non, ma chair ne s'était pas recroquevillée contre mes os et que mon cœur ne battait pas follement. Ils arrivaient. Dans toute leur splendeur.

Le pick-up Toyota rouge nous dépassa lentement. Quelques jeunes gens à la mine sombre, tous barbus et coiffés d'un turban noir, étaient accroupis sur le plateau arrière avec leurs kalachnikovs en bandoulière. L'un d'eux, un homme d'une vingtaine d'années à la peau foncée et aux sourcils épais, frappait régulièrement le côté de la camionnette avec son fouet. Son regard se posa sur moi. Soutint le mien. Jamais je ne m'étais senti aussi nu de ma vie. Puis il cracha par terre et détourna la tête. Je m'aperçus que je parvenais de nouveau à respirer. Le véhicule poursuivit sa route sur Jadeh-Maywand en soulevant un nuage de poussière dans son sillage.

— Qu'est-ce qui vous a pris ? siffla Farid.

— Pardon ?

— Ne les fixez jamais droit dans les yeux ! Vous m'entendez ? Jamais !

— Je ne l'ai pas fait exprès.

— Votre ami a raison, agha. Autant taper sur un chien enragé, déclara une voix.

Elle appartenait à un vieux mendiant assis pieds nus sur les marches d'un immeuble défiguré. Il portait un *chapan* usé jusqu'à la corde et un turban crasseux. Sa paupière gauche pendait par-dessus une orbite vide. D'une main déformée par l'arthrite, il me désigna la direction dans laquelle le pick-up s'était éloigné.

— Ils sillonnent les environs en espérant qu'on les provoquera. Ça ne rate jamais. Les chiens festoient alors, on cesse un instant de s'ennuyer et tout le monde chante *Allah-u-akbar* ! Et les jours où personne ne les défie, ma foi, ils peuvent toujours s'attaquer au premier venu.

— Mieux vaut adopter un profil bas devant eux, approuva Farid.

— Votre ami dispense de sages conseils, renchérit le vieillard, avant de tousser et de cracher dans un mouchoir souillé. Pardonnez-moi, mais auriez-vous quelques afghanis ? souffla-t-il.

— *Bas !* Allons-y, coupa Farid en me tirant par la manche.

Je tendis cent mille afghanis au mendiant, soit environ trois dollars. Lorsqu'il se pencha pour les saisir, son odeur fétide – mélange de lait tourné et de pieds non lavés depuis des semaines – assaillit mes narines au point de me soulever le cœur. Il glissa hâtivement l'argent dans sa ceinture en scrutant les alentours de son œil droit.

— Mille mercis pour votre générosité, agha sahib.

— Pourriez-vous par hasard m'indiquer l'orphelinat de Karteh-Seh ?

— Ce n'est pas difficile, il est juste à l'ouest du boulevard Darulaman. Les enfants ont été emmenés là-bas après que les bombes ont détruit l'ancien orphelinat. C'était comme les sauver des griffes d'un lion pour les jeter dans la gueule du loup.

— Merci agha, fis-je en tournant les talons.

— C'était la première fois, n'est-ce pas ?

— Pardon ?

— C'était la première fois que vous voyiez des talibans ?

Je ne répondis pas. Le vieux mendiant hocha la tête et sourit. Les quelques dents qui lui restaient étaient toutes de travers et jaunies.

— Je me souviens du jour où ils sont entrés dans Kaboul. Quelle joie nous avons éprouvée ! Les massacres allaient prendre fin ! Ah ! Mais, comme le dit le poète : « Que l'amour semblait parfait avant que surgissent les premières déconvenues ! »

Un sourire naquit sur mes lèvres.

— J'ai déjà lu ce *ghazal*. Il est d'Hafez.

— Oui, en effet. Je suis bien placé pour le savoir : j'enseignais à l'université.

— Vraiment ?

L'homme coinça ses poings sous ses aisselles et toussa.

— De 1958 à 1996. Je donnais des cours sur Hafez, Khayyam, Rumi, Beydel, Jami, Sa'di. J'ai même été invité à Téhéran en 1971 pour faire une conférence sur Beydel le Mystique. Tout le monde s'est levé pour m'applaudir. Mais vous avez vu ces jeunes dans la camionnette. Quelle valeur accordent-ils au soufisme, je vous le demande ?

— Ma mère aussi était professeur à l'université.

— Comment s'appelait-elle ?

— Sofia Akrami.

Une lueur éclaira son œil droit malgré le voile de la cataracte.

— « Les mauvaises herbes du désert perdurent, mais la fleur du printemps s'épanouit puis se fane. » Tant de grâce, tant de dignité. Quelle tragédie !

— Vous avez connu ma mère ? m'écriai-je en m'agenouillant devant lui.

— Oh oui ! On discutait ensemble après les cours. La dernière fois c'était par un jour pluvieux, juste avant les examens de fin d'année. Nous dégustions une délicieuse part de gâteau aux amandes. Du gâteau aux amandes avec du thé et du miel. Sa grossesse était bien visible déjà et ne la rendait que plus belle. Je n'oublierai jamais ce qu'elle m'a confié à ce moment-là.

— Quoi ? S'il vous plaît, racontez-moi.

Baba m'avait toujours décrit ma mère à l'aide de vagues formules comme : « C'était une grande dame. » Mais jamais il n'avait apaisé ma soif de détails : la manière dont ses cheveux brillaient au soleil, la glace qu'elle préférait, les chansons qu'elle aimait fredonner, si elle se rongeait les ongles. Il avait emporté ses souvenirs dans sa tombe. Peut-être parler d'elle aurait-il ravivé une plaie douloureuse en lui rappelant la faute qu'il avait commise quelques mois après sa mort. À moins que cette perte eût été si grande et sa peine si vive qu'il n'avait supporté de l'évoquer. Ou peut-être les deux.

— Elle a déclaré : « J'ai peur. – Pourquoi ? – Parce que je suis follement heureuse, professeur Rasul. Une telle joie a un côté effrayant. » Je m'en suis étonné, et elle m'a répondu : « La vie ne vous accorde un bonheur aussi intense que lorsqu'elle s'apprête à vous retirer quelque chose. – Allons, taisez-vous, lui ai-je conseillé. Vous dites des bêtises. »

Farid me tira par le bras.

— Il faut partir, Amir agha, me pressa-t-il doucement.

Je repoussai sa main.

— Quoi d'autre ? Qu'a-t-elle ajouté ?

Les traits du vieillard s'adoucirent.

— Je ne me rappelle pas, malheureusement. Votre mère est décédée il y a longtemps et ma mémoire est dans le même triste état que ces bâtiments. Je suis désolé.

— Un petit détail, n'importe lequel.

Il sourit.

— J'essaierai de m'en remémorer quelques-uns, je vous le promets. Revenez me voir.

— Merci, merci beaucoup.

Je lui étais sincèrement reconnaissant. Je savais maintenant que ma mère avait aimé les gâteaux aux amandes servis avec du miel et du thé, qu'elle avait un jour employé le mot « intense » et s'était inquiétée de son bonheur. Ce mendiant m'en avait appris davantage sur elle que Baba durant toute sa vie.

Nous retournâmes vers le Land Cruiser sans qu'aucun de nous fasse de commentaire sur ce qui aurait paru un fruit improbable du hasard aux yeux de n'importe quel non-Afghan : qu'un clochard dans la rue se révèle être un ancien collègue de ma mère. Nous avions tous deux conscience que dans ce pays, et en particulier à Kaboul, ce genre de coïncidence survenait fréquemment. Ainsi que le répétait Baba : « Enferme dix minutes dans une pièce deux Afghans qui ne se sont jamais rencontrés et ils se découvriront un ancêtre commun. »

Nous abandonnâmes le vieillard sur les marches. Je comptais bien le prendre au mot et repasser discuter avec lui au cas où d'autres anecdotes lui reviendraient. Je ne le revis jamais, cependant.

Le nouvel orphelinat se trouvait dans la partie nord de Karteh-Seh, au bord de la rivière de Kaboul. Le bâtiment au toit en terrasse, aux murs lézardés et aux fenêtres condamnées par des planches ressemblait à une caserne. Farid m'avait expliqué en cours de route que ce quartier figurait parmi les plus durement touchés par les combats qui avaient opposé les différentes factions de la ville – ce qui m'apparut de manière flagrante à notre arrivée. Les rues crevées de cratères de bombes n'étaient flanquées que de ruines et de maisons vides. Nous avançâmes devant les restes rouillés d'une voiture renversée, un poste de télévision sans écran à demi enterré sous les gravats, et un mur où l'on avait écrit en noir ZENDA BAD TALIBAN ! « Longue vie aux talibans ! »

Un petit homme maigre à la calvitie naissante et à la barbe grise nous ouvrit. Il portait une veste de tweed élimée, une calotte et, perchée sur le bout de son nez, une paire de lunettes dont l'un des verres était fêlé. Ses petits yeux semblables à des pois noirs nous dévisagèrent.

— *Salaam alaykum*, nous salua-t-il.

— *Salaam alaykum*, répondis-je avant de lui montrer le Polaroïd. Nous cherchons ce garçon.

Il ne lui concéda qu'un bref coup d'œil.

— Désolé, je ne l'ai jamais vu.

— Vous avez à peine regardé la photo, mon vieux, intervint Farid. Pourquoi ne pas l'examiner plus attentivement ?

— *Loftan*, insistai-je. S'il vous plaît.

Le type saisit le cliché. L'étudia. Puis me le rendit.

— Non, désolé. Je connais tous les enfants de cette institution et celui-là n'en fait pas partie. Maintenant, excusez-moi, j'ai du travail.

Il referma la porte et donna un tour de clé.

Je toquai de nouveau.

— Agha ! Agha, ouvrez s'il vous plaît. Nous ne lui voulons aucun mal.

— Je vous dis qu'il n'est pas ici, me rétorqua-t-il de l'autre côté du battant. Allez-vous-en maintenant.

Farid s'approcha et appuya son front contre la porte.

— Nous n'agissons pas pour le compte des talibans, chuchota-t-il. L'homme qui m'accompagne souhaite emmener cet enfant dans un endroit sûr.

— Je viens de Peshawar, enchaînai-je. Un bon ami à moi est en relation avec un couple d'Américains qui dirigent un orphelinat eux aussi. (Je sentais la présence de cet individu derrière la porte. Je le sentais là, qui tendait l'oreille, hésitait, partagé entre le soupçon et l'espoir.) Écoutez, j'étais très lié avec le père de Sohrab. Il s'appelait Hassan et sa femme, Farzana.

Sohrab surnommait sa grand-mère Sasa. Il sait lire et écrire, et il manie bien le lance-pierre. Tout est encore possible pour ce garçon, agha, il peut s'en sortir. S'il vous plaît, ouvrez.

Seul le silence accueillit mon discours.

— Je suis son demi-oncle, ajoutai-je.

Un moment s'écoula. Puis la clé tourna dans la serrure. Le visage étroit de l'homme s'encadra dans l'entrebâillement et nous scruta, Farid et moi.

— Vous vous trompez sur un point.

— Lequel ?

— Il manie *très* bien le lance-pierre.

Je souris.

— Il ne s'en sépare jamais. Il le coince dans la ceinture de son pantalon partout où il va.

Notre interlocuteur se présenta : il s'appelait Zaman et était le directeur de l'orphelinat.

— Je vais vous conduire à mon bureau.

Nous lui emboîtâmes le pas le long de couloirs sombres et lugubres où trottaient des enfants pieds nus habillés de vieux pulls râpés. Dans les chambres, le revêtement au sol se résumait à de simples nattes et les fenêtres à des bâches en plastique. Des cadres de lit métalliques, la plupart sans matelas, remplissaient les pièces.

— Combien d'orphelins vivent ici ? s'enquit Farid.

— Plus qu'il n'y a de place. Environ deux cent cinquante. Mais tous ne sont pas *yateem*. La plupart ont perdu leur père à la guerre et leur mère nous les confie parce que les talibans ne les autorisent pas à travailler et qu'elles n'ont pas les moyens de les nourrir. Cet endroit vaut un peu mieux que la rue, commenta-t-il tristement avec un ample geste du bras, mais guère plus. Le bâtiment n'a pas été conçu pour être habité. Il servait d'entrepôt à un fabricant de tapis autrefois et est donc dépourvu de chauffe-eau. Quant au puits, il s'est asséché. (Il baissa la voix.) J'ai réclamé je ne sais combien de fois des fonds aux talibans pour en creuser un nouveau, mais ils se contentent de jouer avec leur chapelet en me soutenant qu'il n'y a pas d'argent. Pas d'argent ! Ils se droguent à l'héroïne et osent prétendre ensuite qu'ils ne peuvent pas nous payer un puits. (Il désigna une rangée de sommiers alignés contre un mur.) Non seulement nous manquons de lits, mais nous ne possédons même pas assez de matelas pour ceux que nous avons. Pis encore, les couvertures aussi nous font défaut. (Il nous montra une fillette qui s'amusait à la corde à sauter avec deux de ses camarades.) Vous voyez cette petite ? L'hiver dernier, les enfants ont dû se partager les couvre-lits. Son frère est mort de froid. (Il continua à avancer.) La dernière fois que j'ai vérifié, il nous restait du riz pour moins d'un mois. Quand les réserves seront épuisées, ils devront manger du pain et du thé au petit déjeuner *et* au dîner.

Je notai l'absence d'allusion au déjeuner.

Il s'arrêta et s'adressa à moi.

— Il y a peu de place, ici, presque pas de nourriture, pas d'habits et pas d'eau potable. Tout ce dont je dispose à profusion, ce sont des gamins privés de leur enfance – le plus tragique étant que ceux-là ont de la chance. L'orphelinat est surpeuplé et je renvoie chaque jour des mères qui m'amènent leur progéniture. Vous, vous affirmez qu'il y a de l'espoir pour Sohrab ? J'espère que vous ne mentez pas, agha. Mais… j'ai peur que vous arriviez trop tard.

— Que voulez-vous dire ?

Il éluda ma question.

— Suivez-moi.

Ce qui passait pour le bureau du directeur était une pièce aux murs nus et fissurés, avec un tapis sur le sol, une table et deux chaises pliantes. Tandis que nous nous asseyions, Zaman et moi, un rat sortit d'un trou dans le mur et traversa la pièce. J'eus un mouvement de recul lorsqu'il renifla nos chaussures avant de détaler par la porte ouverte.

— Qu'entendiez-vous par « J'ai peur que vous arriviez trop tard » ? demandai-je.

— Voulez-vous un peu de *chai* ? J'ai de quoi en préparer.

— Non, merci. Je préfère que nous discutions.

Zaman se cala contre le dossier de sa chaise et croisa les bras.

— Ce que j'ai à vous annoncer est assez déplaisant. Et pourrait se révéler très dangereux.

— Pour qui ?

— Vous. Moi. Et bien sûr pour Sohrab si le pire ne s'est pas déjà produit.

— J'ai besoin de savoir.

— Très bien. Mais j'ai d'abord une question à vous poser : à quel point tenez-vous à retrouver votre neveu ?

Je songeai aux bagarres auxquelles j'avais été mêlé étant petit, à toutes les fois où Hassan s'était interposé entre mes assaillants et moi – parfois seul contre deux ou trois. Je grimaçais et restais spectateur, tenté d'intervenir mais reculant toujours.

J'avisai un groupe d'enfants qui dansaient en cercle dans le couloir. Une petite fille assise sur un matelas miteux, la jambe gauche amputée sous le genou, battait joyeusement la mesure. Farid aussi observait la scène, sa main mutilée pendant sur le côté. Je me rappelai les garçons de Wahid… et une certitude s'imposa à moi : je ne quitterais pas l'Afghanistan sans Sohrab.

— Dites-moi où il est.

Le regard de Zaman s'attarda sur moi. Puis il attrapa un stylo avec lequel il se mit à jouer.

— Je ne veux pas que mon nom soit mêlé à cette histoire.

— Promis.

Il tapota la table.

— Je le regretterai sûrement… Enfin, peut-être est-ce aussi bien. Je suis déjà damné de toute façon. Et si on peut faire quelque chose pour Sohrab… Je vais vous répondre parce que je vous crois. Vous avez l'air désespéré. (Il se tut un long moment.) Il y a un officier, un taliban, qui passe ici tous les un ou deux mois. Il nous donne de l'argent – pas beaucoup, mais c'est toujours mieux que rien. (Ses yeux croisèrent les miens et se détournèrent aussitôt.) D'habitude, il choisit une gamine, mais pas toujours.

— Et vous tolérez ça ? s'insurgea Farid derrière moi.

Déjà, il fonçait sur Zaman.

— Je n'ai pas le choix, se défendit celui-ci en s'écartant de son bureau.

— Vous êtes le directeur ! Votre rôle consiste à veiller sur ces orphelins !

— Je ne peux rien faire pour l'en empêcher.

— Vous vendez des enfants ! aboya Farid.

— Farid, calmez-vous ! le suppliai-je.

Trop tard. La chaise de Zaman vola lorsqu'il lui sauta dessus. Cloué au sol, le directeur se débattit en poussant des cris étouffés. Ses jambes heurtèrent un tiroir, qui s'ouvrit et déversa à terre un paquet de feuilles.

Je compris en passant à mon tour derrière le bureau pourquoi Zaman n'émettait que des sons assourdis :

Farid l'étranglait. J'empoignai ce dernier par les épaules et le tirai de toutes mes forces en arrière. Il se dégagea.

— Assez ! criai-je.

— Je vais le tuer ! grinça-t-il, le teint rouge et un sourire mauvais sur les lèvres. Vous ne m'arrêterez pas ! Je vais le tuer !

— Lâchez-le !

— Je vais le tuer !

Quelque chose dans sa voix m'avertit que si je n'agissais pas rapidement, j'assisterais bientôt à mon premier meurtre.

— Les petits vous regardent, Farid.

Il se raidit. Un bref instant, je crus que ma remarque ne suffirait pas à le stopper, mais il aperçut les enfants qui se tenaient à l'entrée de la pièce, silencieux, main dans la main. Certains pleuraient. Je sentis ses muscles se relâcher. Ses bras retombèrent et il se leva pour aller fermer la porte – non sans avoir craché à la figure du directeur.

Zaman se redressa tant bien que mal. Il tamponna ses lèvres en sang avec sa manche, essuya la salive sur sa joue. Toussant et respirant avec peine, il rajusta sa calotte et ses lunettes, constata que le second verre était fêlé lui aussi, et les ôta. Il enfouit ensuite son visage dans ses mains. Aucun de nous ne souffla mot.

— Il a emmené Sohrab il y a un mois, croassa-t-il finalement.

— Et vous vous prétendez directeur d'orphelinat ? le railla Farid.

— Je n'ai pas été payé depuis plus de six mois. Je suis ruiné parce que j'ai dépensé toutes mes économies pour les enfants. Tout ce que je possédais, tout ce dont j'avais hérité, je l'ai vendu afin d'assurer la bonne marche de cet établissement. Vous vous imaginez que je n'ai pas de famille au Pakistan ou en

Iran ? J'aurais pu fuir, comme les autres. Mais non, je suis resté. Je suis resté à cause d'*eux*. (Il nous montra la porte.) Si je lui en refuse un, il en prend dix. Alors je le laisse faire et je m'en remets à Allah. Je ravale ma fierté, j'accepte son argent maudit et, après, je cours au bazar acheter à manger aux gamins.

Farid baissa la tête.

— Que deviennent ceux qu'il enlève ? demandai-je.

Zaman se frotta les yeux avec l'index et le pouce.

— Certains reviennent.

— Qui est ce type ? Comment le trouver ?

— Allez au stade Ghazi demain. Vous le verrez à la mi-temps : ce sera celui qui porte des lunettes de soleil noires. (Zaman reprit les siennes et les tourna entre ses doigts.) J'aimerais que vous partiez maintenant. Les petits ont peur.

Il nous escorta vers la sortie.

Lorsque le Land Cruiser démarra, je distinguai Zaman dans le rétroviseur. Posté à l'entrée de l'orphelinat, avec un groupe d'enfants accrochés à l'ourlet de sa chemise débraillée, il avait rechaussé ses verres cassés.

21

Nous traversâmes la rivière et roulâmes vers le nord en passant par Pashtunistan Square. Baba et moi y savourions autrefois des brochettes de kebab au Khaybar Restaurant. Ce dernier se dressait toujours sur la place, mais ses portes étaient cadenassées, ses vitres brisées, et les lettres K et R manquaient à son nom.

J'aperçus un cadavre à proximité. Une pendaison avait eu lieu et un jeune homme se balançait au bout d'une corde attachée à une poutre, le visage bouffi et bleu, les habits déchirés et ensanglantés. C'était à peine si les gens semblaient le remarquer.

Nous poursuivîmes notre route vers Wazir-Akbar-Khan. Partout autour de moi, la ville et ses immeubles de brique gisaient ensevelis sous un brouillard de poussière. Un peu plus au nord, Farid me désigna deux hommes en pleine discussion à l'angle d'une rue animée. L'un d'eux boitillait sur une jambe, l'autre ayant été amputée au niveau du genou. Il serrait une prothèse dans ses bras.

— Vous savez ce qu'ils font ? Ils la marchandent.

— Il vend sa jambe ?

Farid acquiesça.

— On en tire un bon prix au marché noir. Quand on a des enfants, ça permet de les nourrir quelques semaines.

À ma grande surprise, la plupart des habitations de Wazir-Akbar-Khan avaient conservé leurs toits et leurs murs. De fait, elles paraissaient même en assez bon état. La cime des arbres pointait toujours au-dessus des murs d'enceinte, la voirie n'était pas aussi jonchée de détritus qu'à Karteh-Seh et des panneaux délavés indiquaient encore les directions, même si certains étaient tordus et criblés de balles.

— Le quartier a été plutôt bien préservé, notai-je.

— Pas étonnant. La plupart des personnalités du régime vivent ici maintenant.

— Les talibans ?

— Eux aussi.

— Qui d'autre ?

Farid s'engagea dans une avenue aux trottoirs presque propres.

— Ceux qui les manipulent. Les vraies têtes pensantes de ce gouvernement, si tant est qu'on puisse les appeler ainsi : des Arabes, des Tchétchènes, des Pakistanais. La rue 15, là-bas, est surnommée *Sarak-e-Mehmana*, la rue des Invités. Une belle trouvaille ! Moi, je dis que ces invités-là finiront par pisser partout comme chez eux.

— On y est, je crois ! m'exclamai-je alors. Là !

Je lui montrai ce qui me servait de repère quand j'étais petit. *Si tu es perdu*, me conseillait Baba, *souviens-toi que nous habitons à deux pas de la maison rose.* Cette bâtisse au toit pentu était restée la seule de cette couleur à Wazir-Akbar-Khan.

Farid tourna. Je reconnus d'emblée notre ancienne demeure.

Dans le jardin, nous tombons nez à nez sur une petite tortue derrière l'enchevêtrement des églantiers. Nous ignorons comment elle est arrivée là, mais sommes trop excités pour nous en soucier. Nous peignons ses œufs en rouge vif – idée fort ingénieuse d'Hassan : de la sorte, nous ne les égarerons pas dans les buissons. Nous jouons à être des explorateurs intrépides qui, après avoir découvert un monstre préhistorique géant dans quelque jungle lointaine, l'ont ramené afin de le présenter au reste du monde. Le chariot en bois qu'Ali a fabriqué à Hassan l'hiver dernier pour son anniversaire devient à cette occasion une imposante cage en acier. Admirez le dragon cracheur de feu ! Nous paradons sur l'herbe et tirons le chariot autour des pommiers et des cerisiers qui nous font office de gratte-ciel si hauts qu'ils atteignent les nuages. Penchés à leurs fenêtres, des milliers de gens contemplent le spectacle qui se déroule sous leurs yeux. Nous empruntons la petite passerelle que Baba a construite près d'un groupe de figuiers : l'ouvrage se transforme en grande arche suspendue entre deux villes, et la mare en dessous en mer écumeuse. Des feux de Bengale explosent au-dessus des pylônes massifs du pont tandis que des soldats en armes se mettent au garde-à-vous sous les gigantesques haubans métalliques. Nous promenons le chariot et la tortue le long du chemin de brique rouge qui s'éloigne de la propriété et rendons leurs saluts aux dirigeants de la planète au fur et à mesure qu'ils se lèvent pour nous acclamer. Nous sommes Hassan et Amir, les célèbres aventuriers, les plus grands explorateurs de la Terre, et nous nous apprêtons à recevoir une médaille honorifique en récompense de notre courageux exploit...

Je m'approchai prudemment de l'entrée, où des touffes de mauvaises herbes poussaient dorénavant entre les briques décolorées par le soleil. Debout devant la maison de mon père, je me sentis comme un étranger. Je posai les mains sur les barreaux rouillés du portail en songeant au nombre de fois où je l'avais franchi en toute hâte dans mon enfance, pour des raisons qui me semblaient futiles aujourd'hui mais qui m'importaient tant alors. J'examinai les lieux.

La partie de l'allée qui se prolongeait jusqu'au jardin, et sur laquelle Hassan et moi avions chuté à tour de rôle l'été où nous avions appris à faire du vélo, ne me paraissait plus si large ni si longue à présent. L'asphalte s'était fendu en zigzag et, là aussi, des mauvaises herbes s'étaient immiscées dans les fissures. Presque tous les peupliers avaient été abattus – ceux-là mêmes sur lesquels Hassan et moi grimpions pour éblouir nos voisins avec un miroir. Les seuls qui restaient n'avaient pratiquement plus une feuille. Le Mur du maïs mal en point n'avait pas bougé en revanche, mais aucun plant, mal en point ou en meilleur état, ne le bordait désormais. Sa peinture s'écaillait et avait même disparu entièrement çà et là. Quant à la pelouse, ponctuée de portions de terre nue, elle affichait la même couleur marron que la poussière qui envahissait toute la ville.

Une Jeep était garée dans le passage. Sa présence détonnait à cet endroit : pour moi, une seule voiture avait sa place là – la Mustang noire de Baba, qui m'avait éveillé chaque matin des années durant avec le rugissement de ses huit cylindres. De l'huile avait coulé sous le véhicule, laissant par terre une traînée semblable à une tache d'un test de Rorschach. Un peu plus loin, une brouette vide gisait sur le côté. Je ne vis trace nulle part des rosiers que Baba et Ali avaient plantés à gauche de l'allée, seulement de la terre rejetée sur le bitume. De la terre et du chiendent.

Farid klaxonna deux fois derrière moi.

— Il faut partir, agha. Nous allons attirer l'attention.

— Juste une minute.

La maison elle-même n'avait plus grand-chose de la vaste demeure dont j'avais gardé le souvenir. Je la trouvais plus petite. Le toit s'affaissait, le plâtre se craquelait. Les fenêtres du salon, de l'entrée et de la salle de bains à l'étage, cassées, avaient été comblées à la va-vite avec du plastique transparent ou des planches clouées sur l'encadrement. La peinture, autrefois d'un blanc éclatant, s'était ternie et érodée ici et là. Et les marches du perron s'étaient effondrées. À l'image de presque tout Kaboul, la maison de mon père témoignait d'une splendeur déchue.

Je repérai la fenêtre de ma chambre au premier étage, la troisième au sud par rapport au perron. Je me hissai sur la pointe des pieds mais ne distinguai rien hormis des ombres. Vingt-cinq ans plus tôt, je m'étais posté derrière cette même vitre que fouettait alors la pluie, mon souffle embuant le carreau. J'avais regardé Hassan et Ali charger leurs affaires dans le coffre de la Mustang.

— Amir agha ! m'appela de nouveau Farid.

— J'arrive.

Je fus saisi de l'envie folle d'entrer. De gravir les marches où Ali nous obligeait à retirer nos bottes. De pénétrer dans le vestibule, de sentir l'écorce d'orange qu'il jetait toujours dans le poêle pour qu'elle brûle avec la sciure de bois. De m'asseoir à la table de la cuisine, de boire un thé avec une tranche de *naan* et d'écouter Hassan fredonner de vieilles chansons hazaras.

Nouveau coup de klaxon. Je rejoignis le Land Cruiser stationné le long du trottoir. Farid fumait au volant.

— J'ai une dernière chose à voir, lui annonçai-je.

— Vous ferez vite ?

— Accordez-moi dix minutes.

— Très bien. (Puis, juste au moment où je m'éloignais, il me lança :) Oubliez donc tout ça ! Ce sera plus facile.

— Plus facile pour quoi ?

— Pour passer à autre chose. (Il se débarrassa de son mégot par la vitre.) Qu'est-ce que vous allez visiter ? Je peux vous éviter cette peine : rien de ce que vous avez connu n'a survécu. Il vaut mieux tirer un trait dessus.

— Je ne veux plus rien oublier, répondis-je. Je reviens dans dix minutes.

C'était sans effort que, des années auparavant, Hassan et moi gravissions la colline au nord de la maison. Entre deux galopades, nous nous asseyions sur une crête qui offrait une bonne vue sur l'aéroport, au loin. Nous regardions les avions décoller et atterrir, et recommencions ensuite à nous courir après.

Mais le temps d'atteindre le sommet ce jour-là, les poumons me brûlaient à chaque inspiration. Un point de côté me contraignit à m'arrêter un instant, le souffle court, le visage ruisselant de sueur. Puis je me remis en quête du cimetière abandonné où Hassan avait enterré sa mère. Je ne tardai pas à le retrouver – il était toujours là, ainsi que le vieux grenadier.

Je m'appuyai contre l'entrée en pierre. Les battants métalliques qui pendaient autrefois hors de leurs gonds avaient disparu et l'on discernait à peine les tombes tant les broussailles avaient proliféré. Des corbeaux étaient perchés sur le muret qui encerclait le cimetière.

Hassan m'avait dit dans sa lettre que le grenadier n'avait pas donné de fruits depuis des années. À la vue de l'arbre flétri et dépouillé, je doutai que l'on pût en cueillir de nouveau un jour. Je pensai à toutes les fois où nous nous étions assis à califourchon sur une de ses branches, les jambes dans le vide, le visage moucheté d'ombre et de lumière par le soleil dont les rayons perçaient entre les feuilles. Le goût fort des grenades resurgit dans ma bouche.

Je m'agenouillai et effleurai le tronc. Mes doigts rencontrèrent ce qu'ils cherchaient. Les mots gravés s'étaient presque effacés, mais on les devinait encore : « Amir et Hassan, les sultans de Kaboul ». Je suivis le contour de chaque lettre en arrachant de petits bouts d'écorce à l'intérieur des minuscules entailles.

Je m'assis ensuite en tailleur pour contempler la ville de mon enfance. À l'époque, la cime des arbres dépassait les murs de chaque maison. Le ciel bleu s'étalait à l'infini, les habits étendus sur les fils à linge chatoyaient au soleil. En se concentrant, on captait même les cris du marchand de fruits qui sillonnait

Wazir-Akbar-Khan avec son âne : « Cerises ! Abricots ! Raisins ! » Et en fin d'après-midi, on entendait l'*azan*, l'appel à la prière entonné par le muezzin depuis la mosquée de Shar-e-Nau.

Un klaxon retentit. Farid m'appelait, il était temps de s'en aller.

Nous repartîmes vers le sud, en direction de Pashtunistan Square. En chemin, Farid grommela quelques jurons chaque fois que nous croisâmes un pick-up rouge rempli de jeunes gens barbus et armés.

Je pris une chambre dans un petit hôtel près de la place. Trois fillettes vêtues de robes noires identiques et de foulards blancs ne quittaient pas d'une semelle le réceptionniste, lequel me réclama soixante-quinze dollars – un prix exorbitant étant donné le délabrement des lieux, mais je m'en moquais. Escroquer les gens pour financer une résidence secondaire à Hawaii était une chose. S'y résigner pour nourrir ses enfants en était une autre.

Il n'y avait pas d'eau chaude, la chasse d'eau ne fonctionnait pas et le mobilier se résumait à une chaise en bois et à un sommier métallique garni d'un matelas usé et d'une couverture élimée. Bien que brisée, la fenêtre avec vue sur le square n'avait pas été remplacée. Je posai ma valise et remarquai une tache de sang séché sur le mur derrière le lit.

J'avais confié un peu d'argent à Farid afin qu'il aille nous acheter de quoi manger. Lorsqu'il fut revenu avec quatre brochettes brûlantes, du *naan* frais et un bol de riz blanc, nous nous installâmes sur le matelas pour tout dévorer, presque comme des affamés. Un détail au moins n'avait pas changé à Kaboul : les kebabs étaient toujours aussi délicieux.

Ce soir-là, je m'allongeai sur le lit et Farid par terre, enveloppé dans une couverture pour laquelle le propriétaire de l'hôtel m'avait compté un supplément. Aucune lumière ne filtrait de l'extérieur en dehors du clair de lune qui se déversait par la fenêtre. Le gérant avait expliqué à Farid que Kaboul était privé d'électricité depuis deux jours et que le groupe électrogène de l'hôtel était en panne. Nous bavardâmes un moment. Il me parla de son enfance à Mazar-e-Charif et à Djalalabad, puis d'un épisode survenu juste après que son père et lui eurent rejoint le djihad pour combattre le *Shorawi* dans la vallée du Pandjshir. Isolés, sans nourriture, ils avaient survécu en ne mangeant que des locustes. Il évoqua également le jour où son père était mort sous les balles tirées d'un hélicoptère, et celui où une mine avait tué ses deux filles. Il me questionna ensuite sur les États-Unis. Je lui appris que là-bas, dans les épiceries, on avait le choix entre près de vingt types de céréales différentes. Que le mouton était toujours frais, le lait froid, les fruits abondants et l'eau potable. Que chaque foyer possédait un téléviseur, chaque téléviseur une télécommande, et que ceux qui le souhaitaient pouvaient disposer d'une antenne satellite permettant de recevoir plus de cinq cents chaînes.

— Cinq cents ! s'exclama Farid.

— Cinq cents.

Le silence retomba. Mais alors que je le croyais endormi, Farid s'esclaffa soudain.

— Agha, on vous a déjà raconté comment le mollah Nasruddin a réagi quand sa fille s'est plainte auprès de lui d'avoir été frappée par son mari ?

Je devinai son sourire dans le noir et en esquissai un, moi aussi. Il n'existait aucun Afghan au monde qui ne connût quelques histoires drôles mettant en scène le mollah maladroit.

— Comment ?

— Il l'a rouée de coups lui aussi, puis l'a renvoyée chez elle dire à son mari qu'il ne laisserait personne se payer sa tête : cette ordure avait osé battre sa fille ? Qu'à cela ne tienne, lui battrait sa femme en représailles.

J'éclatai de rire, amusé en partie par cette chute, en partie parce que je constatais que l'humour afghan était resté le même. Alors qu'ailleurs des guerres faisaient rage, qu'on inventait Internet et qu'un robot roulait sur Mars, en Afghanistan le mollah Nasruddin divertissait toujours autant les gens.

— Et celle où il cale un gros sac sur ses épaules en chevauchant son âne ? lançai-je à mon tour.

— Jamais entendue.

— Un passant lui demande pourquoi il ne pose pas son fardeau sur le dos de l'animal. « Ce serait cruel, répond-il, je pèse déjà bien assez lourd sans charger encore plus la pauvre bête ! »

Nous continuâmes ainsi jusqu'à ce que, à court de blagues, nous redevenions tous deux silencieux.

— Amir agha ? reprit Farid, me tirant en sursaut de mon demi-sommeil.

— Oui ?

— Qu'est-ce qui vous a amené ici ? Je veux dire, quelle est la véritable raison ?

— Je vous l'ai déjà expliqué.

— Ce garçon ?

— Oui.

Il remua sur le sol.

— C'est incroyable.

— Moi aussi parfois, j'ai du mal à croire que je suis de retour.

— Non… ma question était plutôt : pourquoi ce garçon-là ? Vous avez fait le voyage depuis les États-Unis pour… un chiite ?

Toute envie de rire ou de dormir m'abandonna.

— Je suis fatigué, rétorquai-je. Reposons-nous.

— J'espère que je ne vous ai pas offensé.

— Bonne nuit, le coupai-je.

Les ronflements de Farid retentirent bientôt dans la pièce vide. Je demeurai éveillé, les mains croisées sur la poitrine, les yeux ouverts sur la nuit étoilée, en me demandant si la réputation de l'Afghanistan n'était pas justifiée. Ce pays me semblait quelquefois vraiment sans espoir.

Une foule agitée emplissait peu à peu le stade Ghazi lorsque nous débouchâmes des tunnels d'accès. Des milliers de personnes se serraient sur les gradins en béton, pendant que des enfants jouaient et se pourchassaient dans les allées et les escaliers. L'odeur des pois chiches à la sauce piquante embaumait l'air, mêlée à celle des excréments et de la sueur. Nous passâmes devant des mendiants qui vendaient des cigarettes, des pignons de pin et des biscuits.

Un garçon chétif portant une veste en tweed m'attrapa par le bras et me proposa à voix basse des « photos sexy ».

— Très sexy, agha, insista-t-il tout en surveillant craintivement les alentours.

Il me rappela une fille qui, quelques années plus tôt, avait essayé de me vendre du crack dans le quartier de Tenderloin, à San Francisco. Le gamin entrouvrit sa veste pour m'offrir un rapide aperçu de sa marchandise : des cartes postales tirées de films indiens sur lesquelles des actrices aux yeux de biche, habillées de la tête aux pieds, posaient langoureusement dans les bras du héros.

— Très sexy, répéta-t-il.

— *Nay*, merci, refusai-je.

— Si quelqu'un l'épingle, il écopera d'une telle flagellation que son père se retournera dans sa tombe, me chuchota Farid.

Les places n'étaient pas assignées, bien sûr, et il n'y avait personne pour nous indiquer poliment dans quelle partie du stade se situaient précisément les nôtres. Cela dit, ça se passait déjà comme ça du temps de la monarchie. Grâce à Farid, qui joua des épaules et des coudes, nous trouvâmes un endroit décent où nous asseoir, juste à gauche par rapport au milieu du terrain.

Je me souvenais comme celui-ci avait été vert dans les années soixante-dix, quand Baba et moi assistions à des matchs de foot. À présent défiguré par de nombreux trous, et en particulier par deux profonds cratères derrière les buts du côté sud, il faisait peine à voir. L'herbe, elle, était si clairsemée que, lorsque les joueurs entrèrent enfin – tous en pantalon malgré la chaleur – et entamèrent la partie, il devint impossible de suivre le ballon sous les nuages de poussière soulevés par les deux équipes. De jeunes talibans arpentaient les gradins, fouet à la main, pour frapper quiconque exprimait trop bruyamment son enthousiasme.

Les footballeurs s'esquivèrent peu après que l'arbitre eut sifflé la fin de la première mi-temps. Deux pick-up rouges identiques à ceux que j'avais croisés en ville pénétrèrent alors dans le stade par les grandes portes. La foule se dressa. Dans l'un était assise une femme vêtue d'une *burqa* verte et dans l'autre un homme aux yeux bandés. Les véhicules avancèrent lentement, comme pour laisser aux gens le temps de bien les observer. L'effet escompté eut lieu : les spectateurs tendirent le cou, se hissèrent sur la pointe des pieds, montrèrent les nouveaux venus du doigt. À côté de moi, la pomme d'Adam de Farid effectuait un va-et-vient incessant tandis qu'il murmurait une prière.

Les pick-up arrivèrent sur le terrain et se dirigèrent vers l'une de ses extrémités dans un brouillard poussiéreux. Un troisième les rejoignit avec un chargement différent qui me fit soudain comprendre pourquoi on avait creusé deux trous derrière le but. Les talibans vidèrent le dernier véhicule. Un murmure d'impatience monta des gradins.

— Vous voulez rester ? s'enquit gravement Farid.

— Non, avouai-je, n'ayant jamais autant eu envie de fuir un lieu de toute ma vie. Mais nous n'avons pas le choix.

Deux talibans armés de kalachnikovs soutinrent l'homme aux yeux bandés lorsqu'il descendit, pendant que deux autres s'occupaient de la femme à la *burqa*. Les jambes de celle-ci se dérobèrent sous elle. Ils la relevèrent, mais elle s'affaissa de nouveau et, cette fois, se débattit en hurlant lorsqu'ils voulurent la remettre debout. Jamais je n'oublierai ce cri. C'était celui d'un animal sauvage qui luttait pour libérer sa patte mutilée d'un piège à loup. Deux soldats s'approchèrent pour prêter main-forte à leurs compagnons. L'homme, lui, n'opposa aucune résistance quand vint son tour d'être enterré dans l'une des fosses. Quelques instants plus tard, seul le torse des condamnés dépassait du sol.

Un religieux joufflu à la barbe blanche attendait près des buts. Il s'éclaircit la gorge devant un micro. Derrière lui, la femme hurlait toujours. Dans le silence qui planait à présent sur le stade, il modula d'une voix nasillarde une longue prière du Coran. Je me rappelai cette remarque formulée par Baba des années plus tôt : *Je pisse à la barbe de ces singes imbus de leur dévotion. Ils ne font qu'égrener leur chapelet et réciter un livre écrit dans une langue qu'ils ne comprennent*

*même pas. Que Dieu nous aide si l'Afghanistan tombe
un jour entre leurs mains.*

La prière finie, l'orateur toussota.

— Frères et sœurs ! tonna-t-il en farsi. Nous
sommes ici aujourd'hui pour appliquer la charia. Nous
sommes ici pour rendre justice. Nous sommes ici car
la volonté d'Allah et la parole de son prophète
Mahomet – qu'il soit béni – sont bien vivantes en
Afghanistan, notre chère patrie. Nous écoutons Allah
et Lui obéissons parce que nous ne sommes que
d'humbles créatures impuissantes devant Sa gran-
deur. Et que nous dit Allah ? Je vous le demande ! Que
nous dit-Il ? Il nous dit que chaque pécheur doit être
puni selon son crime. Ce n'est pas moi ni mes frères
qui l'affirmons. C'est Allah ! (Il leva un bras vers le
ciel. J'avais le cœur qui cognait et le soleil me semblait
bien trop brûlant.) Chaque pécheur doit être puni selon
son crime ! scanda-t-il lentement dans le micro, un ton
plus bas. Et quel châtiment mérite l'adultère ? Quel
châtiment réserver à ceux qui déshonorent les liens
sacrés du mariage ? Qui crachent à la face d'Allah ?
Comment répondre à ceux qui jettent des pierres sur
les fenêtres de sa maison ? En les leur jetant en retour !

Il coupa son micro. Un faible murmure retentit dans
la foule.

À côté de moi, Farid secouait la tête.

— Et ils se prétendent musulmans, commenta-t-il.

Un homme grand, large d'épaules, sortit alors de
l'un des pick-up. Quelques spectateurs l'acclamè-
rent, sans qu'aucun ne reçoive cette fois de coups de
fouet. Ses habits blancs accrochaient la lumière du
soleil et la brise agitait le bord de sa chemise ample.
Bras écartés, à la manière de Jésus sur la croix, il salua
la foule en tournant sans hâte sur lui-même. Lorsque
son visage nous apparut, je vis qu'il portait des

lunettes de soleil rondes, semblables à celles de John Lennon.

— Ce doit être lui que nous cherchons, me souffla Farid.

Le taliban se dirigea vers le tas de cailloux déchargé du dernier véhicule et en ramassa un pour le montrer au public. Le bruit cessa, remplacé par un bourdonnement qui enfla dans tout le stade. Je constatai que chacun émettait des tss-tss réprobateurs autour de moi. L'inconnu qui, fait absurde, m'évoquait un lanceur au base-ball, jeta violemment la pierre sur l'homme aux yeux bandés. Il l'atteignit sur le côté du crâne. La femme cria tandis qu'un « Oh » surpris s'élevait des gradins. Je fermai les yeux, me cachai derrière mes mains. De nouvelles exclamations ponctuèrent les coups suivants, et ce, durant un long moment. Lorsque le silence se fit, je demandai à Farid si tout était fini. Il me répliqua que non. Les gens devaient probablement avoir la gorge enrouée. J'ignore combien de temps je me masquai la vue de ce spectacle, mais lorsque je rouvris les yeux, la même question fusait un peu partout : *Mord ? Mord ?* « Il est mort ? »

Le menton sur la poitrine, le condamné n'était plus qu'un amas de chairs mutilées et ensanglantées. Le taliban aux lunettes faisait sauter un caillou dans sa main, pendant qu'un autre, accroupi, pressait un stéthoscope sur le cœur du supplicié. L'homme retira les branches de l'instrument de ses oreilles et eut un signe de tête négatif. La foule grogna.

John Lennon retourna sur le tas de pierres.

À la fin, quand les cadavres eurent été balancés sans façon à l'arrière des pick-up rouges – séparément –, quelques employés munis de pelles se hâtèrent de combler les trous. L'un d'eux s'efforça au passage de dissimuler les larges taches de sang en les recouvrant d'un peu de terre. Quelques minutes plus tard, les équipes de foot revinrent sur le terrain. La deuxième mi-temps commença.

Nous avions rendez-vous à quinze heures cet après-midi-là. La rapidité avec laquelle tout avait été arrangé m'étonna. Je m'étais préparé à des atermoiements, à des questions, voire à un contrôle de nos papiers. Je constatai cependant que même les démarches les plus officielles relevaient toujours d'une simple formalité en Afghanistan : Farid eut juste à informer l'un des membres du service d'ordre que nous avions à discuter d'affaires personnelles avec l'homme en blanc. Son interlocuteur ne tarda pas à acquiescer et cria quelque chose en pachtou à un jeune sur le terrain, lequel courut vers les buts, où le taliban s'entretenait avec le religieux bouffi qui avait prononcé le sermon. Tous trois échangèrent quelques mots et je vis l'intéressé lever les yeux. Il hocha la tête, avant de murmurer sa réponse à l'oreille du messager, qui nous la transmit aussitôt.

Tout était réglé. Quinze heures.

22

Farid engagea le Land Cruiser dans l'allée privative d'une grande demeure de la rue des Invités, à Wazir-Akbar-Khan, et se gara à l'ombre de saules dont les branches se déployaient par-dessus les murs d'enceinte. Lorsqu'il eut coupé le contact, nous patientâmes une minute en silence, attentifs aux bruits de refroidissement du moteur. Puis il s'agita sur son siège et joua avec les clés de contact. Visiblement, il s'apprêtait à me dire quelque chose.

— Je crois que je vais rester dans la voiture, m'annonça-t-il enfin d'un air légèrement contrit, sans oser me regarder. Ce sont vos affaires et…

Je lui tapotai le bras.

— Vous avez déjà fait plus que ce pour quoi je vous ai payé. Je ne vous demande pas de m'accompagner.

Ce n'était pourtant pas l'envie qui me manquait. Malgré ce que j'avais appris sur le compte de Baba, je regrettais qu'il ne fût pas là pour me soutenir. Lui aurait enfoncé la porte et exigé de parler au propriétaire, en pissant à la barbe de tous ceux qui se seraient dressés sur son chemin. Seulement voilà, Baba était mort depuis longtemps et enterré dans la section afghane d'un petit cimetière à Hayward. Un mois plus tôt, Soraya et moi avions déposé un bouquet de marguerites et de freesias sur sa tombe. À présent, j'étais seul.

Je descendis de voiture et m'approchai de l'imposant portail en bois. La sonnette ne marchant pas – l'électricité n'avait pas encore été rétablie –, je dus tambouriner contre le battant. Des voix sèches résonnèrent derrière quelques instants plus tard et deux hommes armés m'ouvrirent.

Je jetai un coup d'œil à Farid et articulai silencieusement les mots « Je reviens », sans être certain de ce que j'avançais.

Les gardiens me fouillèrent de la tête aux pieds, palpant jusqu'à mon entrejambe. L'un d'eux lâcha un commentaire en pachtou qui les amusa tous les deux. Une fois le portail franchi, je traversai à leur suite une pelouse bien entretenue et passai devant une rangée de géraniums et de petits buissons plantés le long du mur. Au fond du jardin avait été creusé un puits équipé d'une vieille pompe à eau manuelle. Je me rappelai que la maison de kaka Homayoun à Djalalabad en possédait un semblable – avec les jumelles, Fazila et Karima, je laissais tomber des galets à l'intérieur en guettant leur plouf.

Nous gravîmes quelques marches avant d'entrer dans une grande maison à la décoration sommaire. Un large drapeau afghan tapissait l'une des cloisons du vestibule. De là, je fus conduit à l'étage, dans une pièce meublée de deux canapés verts identiques et d'un écran de télévision géant. Un tapis de prière représentant une Mecque quelque peu oblongue était punaisé sur l'un des murs. Le plus vieux des deux hommes me fit signe de m'asseoir avec le canon de son arme. J'obéis. Ils quittèrent la pièce.

Je croisai les jambes. Les décroisai. Appuyai mes mains moites sur mes genoux. Cette position trahissait-elle ma nervosité ? J'entremêlai mes doigts, décidai que cela était pire et finis par caler mes bras sur ma poitrine. Le sang cognait à mes tempes. Je me sentais complètement isolé. Des pensées se bousculaient dans ma tête, mais je ne souhaitais surtout pas réfléchir – la partie la plus sage de mon être savait que je m'étais fourré dans un pétrin insensé. Je me trouvais à des milliers de kilomètres de ma femme, dans un endroit aux allures de geôle, à attendre un homme qui avait exécuté deux personnes sous mes yeux ce jour-là. J'étais fou. Irresponsable, même. Il était fort probable que, par ma faute, Soraya allait devenir une *biwa*, une veuve, à l'âge de trente-six ans. *Ça ne te ressemble pas, Amir*, me soufflait une voix intérieure. *Tu n'as pas de cran, c'est ainsi. Ce défaut ne prête guère à conséquence dans la mesure où tu ne t'es jamais voilé la face à ce sujet. Non, jamais. La couardise n'est pas un crime dès lors qu'elle s'accompagne de prudence. Mais si un lâche a le malheur d'oublier qui il est... Dieu lui vienne en aide.*

Il y avait une table basse près du canapé, avec un anneau de petites boules de cuivre à l'endroit où les pieds métalliques se rejoignaient pour former un X. J'en avais déjà vu une de ce style avant. Mais où ? Puis je me souvins : au salon de thé bondé de Peshawar, le soir où j'étais sorti marcher. Un bol rempli de grappes de raisin noir était posé dessus. Je détachai un grain, le jetai dans ma bouche. Il fallait que je m'occupe, n'importe comment, pour faire taire la voix de la raison. Je continuai donc à manger, loin de me douter que je goûtais là à ma dernière nourriture solide avant un long moment.

La porte livra passage à mes deux gardiens et au taliban vêtu de blanc. Avec ses lunettes à la John Lennon, il avait tout d'un imposant gourou *New Age*.

Il prit place en face de moi et s'appuya sur les accoudoirs, sans un mot. Immobile, les yeux fixés sur moi, il se contenta de tapoter d'une main le tissu du canapé et de jouer de l'autre avec un chapelet aux perles turquoise. Il avait enfilé un gilet noir par-dessus sa chemise blanche, ainsi qu'une montre en or. Une tache de sang séché maculait sa manche gauche. Qu'il ne se fût pas changé après les exécutions du matin m'emplit d'une fascination morbide.

À intervalles réguliers, ses doigts épais donnaient de petits coups dans le vide, puis effectuaient de lents gestes caressants, de haut en bas, de droite et de gauche, comme s'ils flattaient un animal. L'une de ses manches glissa, me révélant des marques sur ses avant-bras – les mêmes que sur ceux des sans-abri vivant dans les impasses crasseuses de San Francisco.

Il avait le teint bien plus clair que les deux autres – cireux, eût-on dit – et de minuscules gouttes de sueur luisaient sur son front, juste sous le bord de son turban noir. Sa barbe, qui lui descendait jusqu'à la poitrine, était plus pâle elle aussi, presque d'un blond sale.

— *Salaam alaykum*, me lança-t-il enfin.

— *Salaam.*

— Vous pouvez l'ôter maintenant.

— Pardon ?

Il adressa un signe à l'un de ses sbires. *Scratch.*
J'eus soudain les joues en feu, tandis que le garde
brandissait ma fausse barbe en gloussant. Le taliban
sourit.

— L'une des plus belles qu'il m'ait été donné de
contempler ces derniers temps, reconnut-il. Mais c'est
tellement mieux comme ça. Vous n'êtes pas de mon
avis ? (Il claqua des doigts, serra et desserra le poing.)
J'espère que vous avez apprécié le spectacle
d'aujourd'hui ?

— Parce que c'en était un ? marmonnai-je en me
frottant la mâchoire, avec l'espoir que ma voix ne
trahissait pas la terreur qui s'était emparée de moi.

— Il n'en existe pas de plus grand que la justice
rendue en public, mon frère. Tout y est : le drame, le
suspense et, surtout, l'éducation de masse.

À un nouveau geste de sa part, le plus jeune des
deux gardes lui alluma une cigarette. Leur chef éclata
de rire. Puis grommela quelque chose. Ses mains tremblaient tant qu'il manqua la laisser choir.

— Pour en admirer un vrai, il aurait fallu être avec
moi à Mazar-e-Charif, ajouta-t-il. En août 1998.

— Pardon ?

— Nous les avons abandonnés aux chiens, vous
savez.

Je compris où il voulait en venir.

Il se leva, fit le tour du canapé, une fois, deux fois,
puis se rassit.

— On allait de maison en maison, débita-t-il rapidement. On rassemblait les hommes et les garçons, et
on les abattait devant leur famille. Pour qu'elles
voient. Pour qu'elles se rappellent où était leur place.

(Il haletait presque à présent.) Parfois, on enfonçait leur porte et on entrait, et… là… je mitraillais tout autour de moi, je tirais jusqu'à ce que la fumée m'aveugle. (Il se pencha vers moi, comme sur le point de me révéler un grand secret.) Vous n'avez pas idée de ce que signifie le mot « libérateur » à moins d'avoir vécu ça – vous planter devant des cibles et les cribler de balles à volonté, libre de tout remords, de tout scrupule, en sachant que la vertu, le bien et le droit sont de votre côté. En sachant que vous accomplissiez une mission divine. C'est à vous couper le souffle. (Il embrassa son chapelet, inclina la tête.) Tu te souviens, Javid ?

— Oui, agha sahib, répliqua le jeune garde. Comment l'oublier ?

J'avais appris le massacre des Hazaras à Mazar-e-Charif par les journaux. Il avait eu lieu juste après que les talibans se furent rendus maîtres de la ville – l'une des dernières à capituler. Je revois encore Soraya, livide, lorsqu'elle m'avait montré l'article au petit déjeuner.

— De maison en maison, répéta l'homme en blanc, aussi attendri qu'au souvenir d'une fête mémorable à laquelle il aurait participé. On ne s'arrêtait que pour manger et prier. Les cadavres jonchaient les rues, et quand leurs proches essayaient de se faufiler dehors pour les ramener chez eux, on les tuait eux aussi. On les a laissés pourrir plusieurs jours comme ça. Pour les chiens. De la viande de chien pour les chiens. (Il écrasa sa cigarette et se frotta les yeux de ses mains tremblantes.) Vous arrivez d'Amérique ?

— Oui.

— Comment va cette putain ces jours-ci ?

J'éprouvai une brusque envie d'uriner et implorai le ciel pour qu'elle passe.

— Je suis à la recherche d'un garçon, répondis-je.

— N'est-ce pas le cas de tout le monde ? plaisanta-t-il.

Les deux autres ricanèrent. Ils avaient les dents tachées de vert à force de chiquer du *naswar*.

— J'ai cru comprendre qu'il était ici, chez vous. Il s'appelle Sohrab.

— J'ai une question d'abord : que fabriquez-vous aux États-Unis ? Pourquoi ne servez-vous pas votre pays aux côtés de vos frères musulmans ?

— Il y a longtemps que je suis parti, avançai-je faute d'une meilleure explication.

J'avais chaud. Je serrai les genoux, bloquai ma vessie.

Il se tourna vers ses deux compagnons.

— C'est une réponse, ça ?

— *Nay*, agha sahib, ânonnèrent-ils en chœur.

Il reporta son attention sur moi et haussa les épaules.

— Non, disent-ils. (Il tira une bouffée d'une nouvelle cigarette.) Certains dans mon entourage estiment que déserter son *watan* alors qu'il a besoin de vous équivaut à le trahir. Je pourrais vous faire arrêter et même fusiller. Cela ne vous effraie pas ?

— Je suis uniquement venu chercher ce garçon.

— Cela ne vous effraie pas ?

— Si.

— Bien, approuva-t-il en se carrant sur le canapé.

Je songeai à Soraya et ressentis aussitôt un certain apaisement. Je me rappelai sa tache de naissance en forme de faucille, la courbe élégante de son cou, son regard lumineux. Je me rappelai notre mariage, quand nous avions chacun contemplé le reflet de l'autre dans le miroir, sous le voile vert, et le rouge qui lui était monté aux joues lorsque je lui avais murmuré que je l'aimais. Je me rappelai comme nous avions dansé au rythme d'une vieille chanson afghane, sous les applaudissements des invités. Les fleurs, les robes, les costumes et les sourires se fondaient en une masse confuse autour de nous.

Le taliban me demandait quelque chose.

— Pardon ?

— Vous voulez le voir ? Vous voulez voir mon garçon ? répéta-t-il.

Ses lèvres se tordirent en un rictus lorsqu'il prononça ces deux derniers mots.

— Oui.

L'un des gardes quitta la pièce. J'entendis une porte grincer, puis l'homme aboya un ordre en pachtou d'une voix rude. Suivirent des bruits de pas et un tintement de clochettes. Devant mes yeux surgit l'image d'un saltimbanque de Shar-e-Nau auquel Hassan et moi donnions parfois une roupie pour qu'il fasse danser son singe. Le grelot accroché au cou de l'animal produisait exactement le même son.

Le garde revint avec une grosse radiocassette sur l'épaule. Derrière lui se tenait un garçon vêtu d'un *pirhan-tumban* bleu saphir – une chemise longue sur un pantalon bouffant.

La ressemblance était stupéfiante. Déroutante. Le Polaroïd de Rahim khan l'avait très mal rendue.

L'enfant avait la figure ronde de son père, son menton pointu, ses oreilles semblables à des coquillages et son ossature délicate. Je retrouvai le visage de poupée chinoise de mon enfance, le visage qui m'observait derrière un jeu de cartes déployé en éventail en hiver, celui qui m'apparaissait derrière la moustiquaire, en été, les nuits où il dormait sur le toit de notre maison. Il avait le crâne rasé, les yeux cernés de khôl et les joues teintées d'un rouge peu naturel. Les clochettes de ses bracelets de chevilles se turent dès qu'il s'immobilisa.

Son regard se posa sur moi. S'attarda. Puis se concentra sur ses pieds nus.

L'un des gardes appuya sur un bouton. De la musique pachtoune emplit la pièce – tabla, harmonium, *del-roba* plaintif. Je supposai qu'elle ne constituait pas un péché si elle ne parvenait qu'aux oreilles des talibans. Les trois hommes se mirent à taper dans leurs mains.

— *Wah wah ! Mashallah !*

Sohrab leva les bras et tourna lentement sur lui-même. Il se hissa sur ses orteils, pivota gracieusement, plia les genoux, se redressa et tourna de nouveau, le tout avec des mouvements de rotation des poignets, des claquements de doigts, et la tête qui oscillait d'un côté et de l'autre comme un pendule. Son pied battait la mesure, faisant sonner les grelots au rythme du tabla.

— *Mashallah !* s'exclamèrent encore les talibans. *Shahbas !* Bravo !

Les deux gardes sifflèrent et éclatèrent de rire, tandis que l'homme en blanc se balançait, la bouche à demi ouverte sur un sourire sardonique.

L'enfant dansa les yeux fermés jusqu'à ce que la musique cesse. Sitôt la dernière note jouée, il s'immobilisa.

— *Bia, bia*, mon garçon, l'appela le taliban.

Lorsque Sohrab se fut approché, tête baissée, et positionné entre ses jambes, il le serra contre lui.

— N'est-ce pas qu'il est doué, mon petit Hazara ! dit-il.

Il lui caressa le dos, avant de glisser les mains sous ses aisselles. L'un des gardes décocha un coup de coude à son acolyte en ricanant Il leur ordonna de sortir.

— Oui, agha sahib, obtempérèrent-ils

Il fit ensuite pivoter Sohrab face à moi et croisa les bras sur son ventre. Bien qu'il continuât de fixer le sol, Sohrab me jetait des coups d'œil furtifs et timides. La main de l'homme se promena sur son ventre. De haut en bas, lentement, doucement.

— Je me suis toujours demandé…, commença le taliban, en m'étudiant par-dessus l'épaule de l'enfant. Qu'est devenu ce bon vieux Babalu ?

Sa question me fit l'effet d'un coup de massue. Je me sentis pâlir. Un froid soudain me paralysa les jambes.

Il éclata de rire.

— Qu'est-ce que tu croyais ? Qu'il suffirait de te coller une fausse barbe pour que je ne te reconnaisse pas ? Je vais t'apprendre une chose que tu ignorais certainement à mon sujet : je n'oublie jamais un visage. Jamais. (Ses lèvres effleurèrent l'oreille de Sohrab.) J'ai appris que ton père était mort. Quel dommage ! J'ai toujours rêvé de me mesurer à lui. Apparemment, je vais devoir me rabattre sur sa mauviette de fils.

Il ôta alors ses lunettes et riva ses yeux bleus sur moi.

Je tentai d'inspirer, en vain. L'instant me semblait irréel – non, pas irréel, absurde –, au point de me bloquer la respiration. Tout se figea autour de moi. Mes joues me brûlèrent. Décidément, mon passé n'en finissait pas de resurgir. Le nom de cet homme remonta des profondeurs de ma mémoire, pourtant je me refusais à le prononcer, comme si je risquais de le faire apparaître. Seulement il était déjà là, en chair et en os, à quelques mètres de moi après toutes ces années.

— Assef, articulai-je malgré moi.

— Amir jan.

— Qu'est-ce que tu fabriques ici ? l'interrogeai-je, conscient du ridicule de ma question, mais incapable d'en formuler une autre.

— Je suis dans mon élément, voyons, se moqua-t-il. Ce serait plutôt à moi de te demander ça.

— Je te l'ai déjà dit, rétorquai-je d'une voix mal assurée.

J'aurais aimé ne pas chevroter, ne pas avoir le sentiment de me liquéfier face à lui.

— Ce garçon ?

— Oui.

— Pourquoi ?

— Je te paierai. Je peux t'effectuer un virement.

— Me payer ? ironisa-t-il. Tu connais Rockingham ? Un petit paradis à l'ouest de l'Australie. Tu devrais voir ça : des kilomètres et des kilomètres de plage. La mer verte et le ciel bleu. Mes parents habitent là-bas, dans une villa au bord de l'océan, avec un terrain de golf et un petit lac derrière. Père y joue tous les jours. Mère, elle, préfère le tennis – il paraît d'ailleurs qu'elle a un sacré revers. Ils possèdent un restaurant afghan et deux bijouteries, leurs affaires marchent du tonnerre. (Il détacha un grain de raisin qu'il fourra délicatement dans la bouche de Sohrab.) Alors quand j'ai besoin d'argent, c'est à eux que je m'adresse. (Il embrassa l'enfant dans le cou. Celui-ci tressauta légèrement.) Et puis, je n'ai pas combattu le *Shorawi* par appât du gain. Et je n'ai pas rejoint les talibans pour ça non plus. Tu veux savoir pourquoi je me suis rallié à eux ?

Je voulus m'humecter les lèvres, mais ma langue était trop sèche.

— Tu as soif ?

— Non.

— Je crois que si.

— Non, je vais bien, insistai-je.

En vérité, la température dans la pièce me paraissait avoir fait un bond – je transpirais par tous les pores. Cette scène était-elle bien réelle ? Étais-je vraiment assis devant Assef ?

— Si tu le dis, trancha-t-il. Bref, où en étais-je ? Ah oui, pourquoi j'ai rejoint les talibans. Eh bien, tu t'en souviens peut-être, la religion n'a jamais vraiment été ma tasse de thé. Jusqu'au jour où j'ai eu une révélation. En prison. Ça t'intéresse ?

Je gardai le silence.

— Bien, alors je vais te raconter. J'ai séjourné quelque temps derrière les barreaux, à Poleh-Charkhi, juste après que Babrak Karmal a pris le pouvoir en 1980. Un soir, des soldats *parchami* ont débarqué chez nous pour nous sommer de les suivre, mon père et moi. Ces salauds ont refusé de s'expliquer et de répondre aux questions de ma mère. Encore que cela n'avait rien de surprenant : les communistes étaient réputés pour n'avoir aucune éducation. Ils venaient de familles pauvres dont personne n'avait jamais entendu parler. Les mêmes chiens qui n'étaient pas dignes de me lécher les bottes avant l'arrivée des Soviétiques me donnaient maintenant des ordres sous la menace d'une arme, drapeau russe sur le revers de la veste, en déblatérant sur la chute de la bourgeoisie et en se comportant comme si c'étaient eux qui avaient de la classe. Le même scénario se répétait partout : on embarquait les riches et on les flanquait au trou pour que cela serve d'exemple aux autres.

» On nous a enfermés par groupes de six dans des cellules de la taille d'un frigo. Chaque soir, le commandant – un type mi-hazara, mi-ouzbek, qui puait l'âne pourri – sortait l'un des prisonniers et le tabassait jusqu'à ce que sa face bouffie dégouline de sueur. Il allumait ensuite une cigarette, faisait craquer ses articulations et s'en allait. Le lendemain, il recommençait avec un autre. Le jour où il m'a choisi n'aurait pas pu plus mal tomber. Je pissais le sang depuis trois jours. Calculs rénaux. Crois-moi, il n'y a pas de douleur plus insupportable. Ma mère en a souffert elle aussi, et elle m'a dit qu'elle préférait encore accoucher. Mais bon, que pouvais-je faire ? On m'a traîné dehors et là, j'ai dérouillé. Le commandant chaussait des bottes à bouts ferrés pour sa petite distraction quotidienne. Je n'y ai pas échappé. J'ai hurlé et hurlé, et lui n'arrêtait pas de me frapper. Et puis, à un moment, il m'a balancé un coup de pied dans le rein gauche, et le calcul est passé. Comme ça, tout bonnement. Le soulagement ! De joie, j'ai crié *Allah-u-Akbar* ! Ça l'a énervé, alors il a cogné encore plus fort, mais plus il y mettait de l'ardeur, plus je riais. Je riais encore quand on m'a ramené dans ma cellule. J'avais eu une révélation : Dieu m'avait envoyé un message pour que je comprenne qu'Il était avec moi. Il voulait que je vive dans un but précis.

» J'ai retrouvé cet homme sur un champ de bataille quelques années plus tard – le hasard fait drôlement bien les choses, non ? Il gisait dans une tranchée, juste à l'extérieur de Meymanah, un éclat d'obus fiché dans la poitrine. Il avait toujours ses bottes. Je lui ai demandé s'il me reconnaissait. Il m'a répondu non. Comme à toi, je lui ai sorti que je n'oubliais jamais un visage. Et je lui ai collé une balle dans le bas-ventre. Depuis, je remplis une mission.

— Une mission ? m'entendis-je rétorquer. Lapider des couples adultères ? Violer des enfants ? Fouetter des femmes qui mettent des chaussures à talons hauts ? Massacrer des Hazaras ? Tout ça au nom de l'Islam ?

Ces paroles m'échappèrent si brusquement que je n'eus pas le temps d'en endiguer le flot. J'aurais voulu les effacer. Les ravaler. Trop tard. Je venais de franchir une ligne et de réduire à néant mon infime espoir de réchapper vivant de cette entrevue.

Un bref instant, l'étonnement se lut dans le regard d'Assef.

— Je vais peut-être m'amuser finalement, commenta-t-il. Mais il y a des notions que des traîtres comme toi ne saisissent pas.

— Par exemple ?

Il plissa le front.

— La fierté que l'on tire d'appartenir à un peuple, de partager ses coutumes, de parler sa langue. L'Afghanistan ressemble à une belle demeure jonchée de détritus. Il faut bien que quelqu'un l'en débarrasse.

— C'est ce qui s'est passé à Mazar ? Vous avez débarrassé le pays de ses détritus ?

— Exactement.

— En Occident, il y a une expression pour qualifier cet acte. Le nettoyage ethnique.

— Ah oui ? lâcha Assef, dont le visage s'illumina. Le nettoyage ethnique. J'aime beaucoup. Ça sonne bien.

— Tout ce que je veux, c'est ce garçon.

— Nettoyage ethnique, murmura-t-il en se délectant de ces deux mots.

— Je veux ce garçon, répétai-je.

Les yeux de Sohrab volèrent vers moi. De même qu'à l'agneau du sacrifice, on les lui avait maquillés avec du khôl – le jour de l'*Eid-e-Qorban*, je me souviens, le mollah en mettait à l'animal et lui donnait un sucre avant de lui trancher la gorge. Il me sembla percevoir une supplique chez cet enfant.

— Explique-moi pourquoi, exigea Assef, qui lui mordilla le lobe de l'oreille, puis le lâcha.

Des gouttes de sueur roulaient sur son front.

— Ce sont mes affaires.

— Que comptes-tu faire avec lui ? Ou *de* lui, ajouta-t-il avec un sourire.

— Ce que tu insinues est dégoûtant.

— Qu'en sais-tu ? Tu as déjà essayé ?

— Je l'emmènerai dans un endroit où il sera mieux.

— Pourquoi ?

— Ce sont mes affaires.

J'ignorais où j'avais puisé le cran de riposter si sèchement. Peut-être dans le sentiment que j'allais mourir de toute façon.

— Tu m'étonnes. Je ne vois pas pourquoi tu as parcouru tout ce chemin, Amir. Tant de kilomètres pour un Hazara ? Qu'est-ce qui t'amène ici ? Franchement ?

— J'ai mes raisons.

— Très bien.

Il poussa Sohrab sans ménagement contre la table. Celui-ci la heurta si fort qu'il la renversa, envoyant les grappes de raisin à terre. Lui-même tomba dessus la tête la première et tacha sa chemise.

— Prends-le alors, déclara Assef.

J'aidai Sohrab à se relever et ôtai les grains de raisin écrasés qui s'étaient collés à son pantalon comme des bernaches sur une jetée.

— Vas-y, il est à toi, poursuivit Assef.

J'attrapai la petite main sèche et calleuse de Sohrab. Ses doigts s'enroulèrent autour des miens. Je le revis sur le Polaroïd, accroché à la jambe d'Hassan. Tous deux souriaient.

Les clochettes tintèrent lorsque nous traversâmes la pièce. Nous ne dépassâmes cependant pas la porte.

— Évidemment, nuança Assef derrière nous, tu ne l'auras pas gratuitement.

Je fis volte-face.

— Que veux-tu ?

— Tu vas devoir le gagner.

— Comment ?

— Toi et moi avons un vieux différend en suspens. Tu te rappelles ?

Il n'avait pas à s'inquiéter, jamais je n'oublierais le jour qui avait suivi le renversement de la monarchie. Durant toute ma vie d'adulte, le nom de Daoud khan avait été pour moi indissociable de cet instant où Hassan avait visé Assef avec son lance-pierre. Comme je lui avais envié son courage ce jour-là. Assef avait promis de nous le faire payer cher à tous les deux. Il avait tenu parole avec Hassan. Aujourd'hui, c'était mon tour.

— Soit, acquiesçai-je faute de mieux.

Pas question de le supplier – son plaisir n'en aurait été qu'accru.

Assef convoqua ses gardes.

— Écoutez-moi, leur ordonna-t-il. D'ici quelques instants, lui et moi allons nous enfermer pour régler nos comptes. Peu importe ce que vous entendrez, n'entrez pas. C'est bien clair ? Je vous interdis d'entrer.

— Oui, agha sahib.

— Quand tout sera fini, seul l'un de nous sortira vivant de cette pièce. Si c'est lui, alors il aura mérité sa liberté et vous le laisserez passer.

Le plus âgé des deux hommes se dandina.

— Mais, agha sahib…

— Si c'est lui, vous le laisserez passer ! tonna Assef.

Les gardes sursautèrent, puis opinèrent du chef. Sur le point de nous laisser, l'un d'eux tendit le bras vers Sohrab.

— Non, fit Assef avec un rictus. Je tiens à ce qu'il soit présent. Les garçons ont besoin d'être éduqués.

Nous restâmes donc seuls tous les trois. Assef lâcha son chapelet. Plongea la main à l'intérieur de sa poche de poitrine. L'objet qu'il en extirpa ne me surprit pas le moins du monde : un coup-de-poing américain en acier.

L'homme a du gel dans les cheveux et une moustache à la Clark Gable au-dessus de lèvres épaisses. Le gel a imbibé le tissu chirurgical vert de son bonnet, dessinant une tache sombre de la forme de l'Afrique. Ce détail m'a marqué. Tout comme la chaîne en or sur la peau foncée de son cou. Il me scrute et me parle dans une langue que je ne comprends pas. De l'ourdou, peut-être. Mes yeux ne cessent de revenir se poser sur sa pomme d'Adam qui monte et descend, monte et descend, et j'aimerais lui demander quel âge il a. D'abord il me paraît bien trop jeune, comme ces acteurs dans les feuilletons télévisés étrangers. Toutefois je ne peux rien marmonner d'autre que : « Je crois que je me suis bien défendu. Je crois que je me suis bien défendu. »

Je ne sais pas si Assef a trouvé en moi un bon adversaire. J'en doute, en fait. Comment aurait-ce été possible ? C'était la première fois que je me battais. Je n'avais jamais frappé personne auparavant.

Je garde quelques images étonnamment vivaces de notre lutte . je revois Assef mettant la musique avant de passer son coup-de-poing. Je revois le tapis de prière, celui qui représentait une Mecque allongée, se détachant du mur et atterrissant sur ma tête. La poussière qui m'avait fait éternuer. Puis de nouveau Assef, m'écrasant cette fois du raisin sur la figure avec un large sourire, les yeux injectés de sang. Et son turban qui, en tombant, avait libéré ses cheveux blonds bouclés, longs jusqu'aux épaules.

Et la fin, bien sûr. Elle restera gravée dans ma mémoire. Toujours.

Pour le reste, je me rappelle surtout l'éclat du coup-de-poing dans la lumière de l'après-midi. Le froid de l'acier au début et sa chaleur une fois que mon sang eut maculé l'arme. Le mur contre lequel Assef m'avait projeté, et le clou fiché dedans, auquel on suspendait peut-être un cadre autrefois, qui m'avait entaillé le dos. Les cris de Sohrab. Les notes du tabla, de l'harmonium et d'un *del-roba*. Encore le mur. Ma mâchoire cassée. Mes dents qui m'étouffaient et que j'avalais en songeant à toutes ces heures perdues à les brosser. Le mur. Le sang qui s'échappait de ma lèvre supérieure fendue et imprégnait le tapis mauve sur lequel je m'étais affaissé. La douleur dans mon ventre, et cette pensée fugace : réussirais-je à respirer de nouveau un jour ? Le bruit de mes côtes se brisant comme les branches avec lesquelles Hassan et moi faisions des épées pour imiter Sindbad dans les vieux films. Les cris de Sohrab. Ma tempe qui rencontrait le coin de la télévision. Un autre bruit sec, cette fois juste sous mon œil gauche. La musique. Les cris de Sohrab. Des doigts qui s'accrochaient à mes cheveux, tiraient ma tête en arrière. L'acier étincelant. Le coup-de-poing américain, toujours lui. Un craquement – mon nez. Mes dents, dont je notais le nouvel alignement. Les cris de Sohrab.

À un moment donné, je me mis à rire. J'avais mal aux mâchoires, aux côtes, à la gorge, mais je riais. Et plus je donnais libre cours à mon hilarité, plus il s'acharnait sur moi.

— Qu'est-ce qu'il y a de si drôle ? rugit-il à plusieurs reprises.

Il me cracha dans l'œil. Une autre de mes côtes se fendit, cette fois plus bas, à gauche. Ce qu'il y avait de drôle en fait, c'était que, pour la première fois depuis l'hiver 1975, j'étais en paix avec moi-même. Je riais parce qu'il m'apparaissait que, en un sens, j'avais espéré ce moment. Je me souvenais du jour où j'avais tenté de provoquer Hassan sur la colline en lui jetant des grenades. Il était resté là, sans réagir, tandis que le jus rouge sang trempait sa chemise. Puis il avait ramassé un fruit pour l'aplatir contre son front. *Vous êtes satisfait ?* avait-il sifflé. *Vous vous sentez mieux ?* Je n'avais pas été satisfait ni ne m'étais senti mieux, loin de là. Mais à présent, oui. J'avais le corps en miettes – je découvrirais plus tard à quel point –, mais j'avais l'impression d'être *guéri*. Enfin. Raison pour laquelle je riais.

Vint ensuite le dénouement.

J'étais à terre, hilare. À cheval sur mon torse, le masque de la démence plaqué sur son visage, Assef m'enserrait le cou de sa main libre. L'autre, celle avec le coup-de-poing, était levée à la hauteur de son épaule, prête à s'abattre sur moi.

— *Bas*, fit une petite voix.

Nos regards convergèrent dans la même direction.

— S'il vous plaît, arrêtez.

Je pensai soudain à une phrase du directeur de l'orphelinat lorsqu'il nous avait ouvert à Farid et à moi. Comment s'appelait-il déjà ? Zaman ? *Il ne se sépare jamais de son lance-pierre*, avait-il dit. *Il le coince dans la ceinture de son pantalon partout où il va.*

— Stop.

Mêlé à ses larmes, le khôl avait coulé sur les joues de Sohrab, barbouillant celles-ci de rouge. Sa lèvre inférieure tremblait et son nez coulait.

— *Bas.*

Au bout de l'élastique tendu au maximum brillait un objet jaune. Je clignai des yeux pour le distinguer à travers le sang qui m'aveuglait et constatai qu'il s'agissait de l'une des boules de cuivre de la table basse. Sohrab visait clairement Assef.

— Arrêtez, agha. S'il vous plaît, répéta-t-il d'une voix rauque et chevrotante. Ne lui faites plus mal.

Les lèvres de mon tortionnaire remuèrent sans qu'un seul mot les franchisse.

— À quoi tu joues ? gronda-t-il enfin.

— S'il vous plaît, arrêtez, le supplia Sohrab.

— Pose ça, Hazara, le menaça Assef. Pose ça ou la correction que je lui donne ne sera rien comparée à celle que tu recevras.

Sohrab secoua la tête en fondant en pleurs.

— S'il vous plaît, agha. Arrêtez.

— Pose ça.

— Ne lui faites plus mal.

— Pose ça.

— S'il vous plaît.

— Pose ça !

— *Bas.*

— Pose ça !

Assef me lâcha pour se jeter sur l'enfant. Un *swiiisch* retentit – Sohrab avait lâché la pochette de son lance-pierre. L'instant d'après, Assef hurlait. Il porta la main à l'endroit où se trouvait son œil gauche une seconde plus tôt. Du sang suinta entre ses doigts. Du sang et autre chose, un liquide blanc semblable à du gel. *Le vitré*, méditai-je avec lucidité. *J'ai lu ça quelque part. Le vitré.*

Assef se roula sur le tapis en vociférant.

— Partons ! s'écria Sohrab.

Chaque fibre de mon corps gémit de douleur lorsqu'il m'aida à me relever. Derrière nous, Assef s'égosillait toujours :

— Enlevez-moi ça ! Enlevez-moi ça !

J'ouvris la porte en titubant. Les gardes affichèrent une mine stupéfaite en m'apercevant et je me demandai de quoi je pouvais bien avoir l'air. Chaque inspiration me déchirait le ventre. L'un des hommes grommela quelque chose en pachtou et tous deux se ruèrent à l'intérieur de la pièce.

— *Bia*, dit Sohrab en me tirant. Allons-y !

Je m'élançai tant bien que mal dans le couloir, sa petite main dans la mienne, avant de me retourner une dernière fois. Accroupis près d'Assef, les gardes se penchaient sur son visage. Je compris alors : la boule de cuivre était restée logée dans son orbite vide.

Le monde tangua autour de moi au moment de descendre les marches. De l'étage me parvenaient les cris d'Assef, tels ceux d'un animal blessé. Nous émergeâmes enfin dans la lumière du jour. Je boitais, un bras passé autour des épaules de Sohrab, quand je vis Farid courir vers nous.

— *Bismillah ! Bismillah !* s'exclama-t-il en écarquillant les yeux.

Il m'appuya contre lui, me souleva et fonça jusqu'à la voiture. Une plainte m'échappa, me semble-t-il J'écoutais le bruit que ses sandales faisaient en martelant l'asphalte et comme elles claquaient contre ses talons noirs couverts de corne. Respirer me faisait souffrir. Bientôt, allongé sur le siège arrière beige et déchiré, je contemplai le plafond du Land Cruiser en écoutant le signal sonore indiquant qu'une portière était ouverte. Des bruits de pas précipités lui succédèrent. Farid et Sohrab échangèrent quelques mots, les portes se refermèrent, le moteur rugit. Une petite main m'effleura le front lorsque le véhicule démarra en trombe. Des clameurs résonnèrent dans la rue, quelqu'un cria, et des arbres défilèrent devant les vitres. *Bismillah ! Bismillah !* ne cessait de répéter Farid, pendant que Sohrab sanglotait.

Ce fut à peu près à cet instant que je m'évanouis.

23

Des têtes se détachent au milieu du brouillard, elles s'attardent, s'évanouissent. Toutes se penchent sur moi pour m'interroger. Sais-je qui je suis ? Ai-je mal quelque part ? Oui, je sais qui je suis, et j'ai mal partout. J'aimerais les en informer, mais parler est une souffrance. J'en ai fait l'expérience il y a quelque temps déjà, un an peut-être, à moins que ce ne soit deux, ou dix, alors que je tentais de m'adresser à un enfant qui avait du rouge sur les joues et les yeux fardés de noir. L'enfant. Oui, je le vois maintenant Nous sommes dans une voiture, lui et moi, et je ne crois pas que Soraya soit au volant parce qu'elle ne conduit pas si vite d'ordinaire. Je veux dire quelque chose à ce garçon – cela me semble capital. Mais je ne me rappelle plus quoi, ni ce qui me fait y attacher autant d'importance. Peut-être est-ce pour lui demander de ne plus pleurer, l'assurer que tout ira bien dorénavant. Non. Pour une obscure raison, j'ai envie de le remercier.

Des inconnus qui portent tous des calottes vertes. Ils apparaissent et disparaissent. Ils s'entretiennent vivement, emploient des mots que je ne comprends pas. Je capte d'autres voix, d'autres sons, des bips et des alarmes. Et sans cesse surgissent de nouveaux visages qui me scrutent. Aucun ne m'est familier, sauf celui qui a du gel dans les cheveux et une moustache à la Clark Gable. Et l'Afrique dessinée sur son bonnet. Monsieur Vedette de feuilleton télévisé. C'est drôle. Me voilà saisi d'un fou rire. Seulement, rire aussi est une souffrance.

Je perds conscience.

Elle se présente : Aïcha. « Comme la femme du Prophète. » Cheveux grisonnants séparés par une raie et noués en queue de cheval, nez percé d'un clou en forme de soleil. Des verres épais rendent ses yeux globuleux. Elle aussi est habillée de vert, et ses mains sont douces. Voyant que je la regarde, elle me sourit. Prononce des mots en anglais. Quelque chose me martèle le côté de la cage thoracique.

Je perds conscience.

Un homme se tient à mon chevet. Je le connais. Brun, dégingandé, barbu. Il a un chapeau – quel est le terme déjà ? Un *pakol* ? Il le porte incliné, tel un personnage célèbre dont je n'arrive pas à retrouver le nom. Je connais ce type. Il m'a servi de chauffeur il y a longtemps. Je le connais. Mais j'ai un problème avec ma bouche. J'entends un gargouillis.

Je perds conscience.

Mon bras droit me brûle. La femme aux lunettes à double foyer s'affaire au-dessus. Elle me fixe un tube en plastique transparent. Du potassium, m'explique-t-elle.

— Ça pique, hein ?

En effet. Comment s'appelle-t-elle ? Un truc en rapport avec un prophète. Elle aussi, je l'ai rencontrée il y a longtemps. Elle avait une queue de cheval à l'époque. Aujourd'hui, elle s'est fait un chignon. Soraya était coiffée ainsi le jour où nous avons discuté pour la première fois. À quand cela remonte-t-il ? **La** semaine dernière ?

Aïcha ! Oui.

J'ai décidément un problème avec ma bouche. Et cette chose qui me martèle la poitrine.

Je perds conscience.

Nous sommes au Bélouchistan, au milieu des monts Sulaynam. Baba affronte l'ours noir. C'est le Baba de mon enfance, l'imposant *Toophan agha*, pur produit de la vigueur pachtoune, et non le vieillard aux joues amaigries et aux yeux creusés, affaibli sous ses couvertures. L'homme et la bête roulent dans l'herbe, les cheveux bouclés de mon père flottant au vent. L'ours rugit, à moins que ce ne soit Baba. La bave et le sang coulent, les coups de griffe et les coups de poing volent. Tous deux tombent à terre avec un bruit sourd. Baba s'assoit sur l'animal, enfonce les doigts dans son museau. Puis il lève les yeux et je vois. Je suis lui. C'est moi qui combats l'ours.

Je me réveille. Le brun dégingandé est de nouveau à mon chevet. Je me souviens de lui maintenant. Farid. L'enfant de la voiture l'accompagne. Ses traits m'évoquent le tintement de clochettes. J'ai soif.

Je perds conscience.

Et je ne cesse ainsi de revenir à moi par intermittence.

L'homme à la moustache était le Dr Faruqi, chirurgien de la face et du cou, et non star du petit écran – encore que je continuais de l'imaginer jouer le rôle d'un type nommé Armand dans un feuilleton érotique tourné sur une île tropicale.

Je voulus m'enquérir de l'endroit où je me trouvais, mais ma bouche refusa de s'ouvrir. Je grimaçai. Grognai. Armand sourit, dévoilant des dents d'une blancheur éclatante.

— Pas tout de suite, Amir, s'interposa-t-il. Pas tout de suite. Quand on vous aura ôté l'attelle.

Il parlait anglais avec un fort accent ourdou.

L'attelle ?

Armand croisa ses bras velus.

— Vous devez vous demander où vous êtes et ce qui vous est arrivé. C'est tout à fait normal, on se sent en général désorienté après une opération. Je vais donc vous éclairer.

Je désirais l'interroger sur l'attelle. Une opération ? Où était passée Aïcha ? Je voulais qu'elle me prenne la main.

Armand haussa un sourcil d'un air légèrement suffisant.

— Vous êtes hospitalisé à Peshawar depuis deux jours. Vous avez plusieurs blessures très graves, Amir, je préfère être franc avec vous. Estimez-vous très chanceux d'être encore en vie, mon ami. (Il agita l'index pour appuyer son propos.) Vous avez souffert d'une rupture de la rate, probablement – et heureusement – retardée, parce que votre cavité abdominale présentait les signes d'un début d'hémorragie. Mes collègues ont dû procéder d'urgence à une splénectomie. Si la rupture s'était produite plus tôt, vous seriez mort. (Il me tapota le bras, celui qui était branché sur la transfusion.) Vous avez sept côtes cassées. L'une d'elles a provoqué un pneumothorax.

J'essayai de parler, puis me rappelai l'attelle.

— En d'autres termes, votre poumon a été perforé, précisa-t-il. (Il tira sur un tube en plastique relié à mon flanc gauche. Je ressentis de nouveau une vive douleur dans la poitrine.) Nous avons obturé la fuite avec cette sonde.

Celle-ci émergeait des bandages qui me recouvraient le torse pour rejoindre un récipient à demi rempli de colonnes d'eau. Le gargouillis que j'avais entendu venait de là.

— À cela s'ajoutent diverses estafilades – en clair, des entailles.

Je m'apprêtais à lui rétorquer que sa définition n'était pas nécessaire – j'étais écrivain, tout de même –, mais j'avais encore oublié que je ne le pouvais pas.

— La pire se situait sur votre lèvre supérieure, poursuivit Armand. Elle était fendue en deux, pile au milieu. Pas de panique cependant, nos spécialistes en chirurgie réparatrice vous l'ont recousue et ils escomptent un très beau résultat, même s'il faut vous attendre à une cicatrice. C'est inévitable.

» Vous avez aussi une fracture de l'orbite gauche – la cavité osseuse contenant votre œil –, que nous avons dû opérer. Vous garderez environ six semaines les fils métalliques qui maintiennent vos mâchoires. Jusque-là, vous n'aurez droit qu'à des aliments liquides et des milk-shakes. Préparez-vous à perdre du poids et à vous exprimer comme Al Pacino dans *Le Parrain* pendant quelque temps, plaisanta-t-il. Et puis, pour commencer, je vais vous mettre au travail. Vous voyez à quoi je fais allusion ?

Je secouai la tête.

— Vous devez lâcher un vent. C'est la condition à remplir pour que nous puissions vous nourrir. Pas de pet, pas de nourriture.

Plus tard, quand Aïcha eut changé mon intraveineuse et redressé la tête du lit, je réfléchis à cette série de nouvelles. Rupture de la rate. Dents cassées. Poumon perforé. Orbite amochée. Mais alors que j'observais un pigeon picorer une miette de pain sur le rebord de la fenêtre, je repensai surtout à ces paroles du Dr Faruqi/Armand : *Le choc a fendu votre lèvre supérieure en deux, pile au milieu.* Pile au milieu. Comme un bec-de-lièvre.

Farid et Sohrab me rendirent visite le lendemain.

— Vous nous remettez aujourd'hui ? s'enquit Farid d'un air plus sérieux qu'amusé.

J'acquiesçai d'un signe de tête.

— *Al hamdullellah !* s'écria-t-il, rayonnant. Vous avez fini de divaguer !

— Merci Farid, articulai-je avec peine.

Armand avait raison – ma voix ressemblait à celle d'Al Pacino dans *Le Parrain*. Et j'éprouvais toujours la même surprise quand ma langue rencontrait l'un des vides laissés par les dents que j'avais avalées.

— Merci, répétai-je. Pour tout.

— *Bas*, ce n'est rien, fit-il en rougissant un peu.

Je me tournai vers Sohrab. Il portait de nouveaux vêtements, un *pirhan-tumban* marron clair un peu grand pour lui, et une calotte noire. Les yeux baissés, il jouait avec ma perfusion.

— Nous n'avons jamais été correctement présentés, remarquai-je. Je m'appelle Amir.

Son regard alla de la main que je lui tendais à mon visage.

— Vous êtes l'Amir agha que père connaissait ?

— Oui.

J'ai beaucoup parlé de vous à Farzana jan et à Sohrab, m'avait écrit Hassan. *Comment nous avons grandi, joué et couru dans les rues ensemble. Ils ont tant ri au récit de tous les mauvais tours que nous avons mijotés !*

— Je te dois des remerciements à toi aussi, Sohrab jan. Tu m'as sauvé la vie.

Devant son silence, je renonçai à lui serrer la main.

— J'aime beaucoup tes habits.

— Ce sont ceux de mon fils, m'expliqua Farid. Ils sont trop petits pour lui maintenant, mais ils vont très bien à Sohrab.

Il ajouta que ce dernier pourrait habiter chez lui jusqu'à ce que nous lui trouvions un toit.

— Nous n'avons pas beaucoup de place, mais que faire d'autre ? Je ne peux pas l'abandonner comme ça.

Et puis, mes enfants se sont attachés à lui. *Ha*, Sohrab ?

Celui-ci garda cependant les yeux rivés au sol et continua de triturer ma sonde.

— J'avais une question à vous poser, enchaîna Farid, un peu hésitant. Que s'est-il passé dans cette maison ? Entre vous et le taliban ?

— Disons que nous avons tous les deux eu ce que nous méritions.

Il hocha la tête et n'insista pas. Il m'apparut soudain que, quelque part entre le moment où nous avions quitté Peshawar pour l'Afghanistan et maintenant, lui et moi étions devenus amis.

— Je voulais vous demander quelque chose également.

— Quoi ?

Je faillis me raviser, tant je craignais sa réponse.

— Rahim khan…

— Il est parti.

Mon cœur se serra.

— Il est…

— Non… il a juste disparu. (Farid me tendit une feuille pliée et une petite clé.) Son propriétaire m'a donné ça quand j'ai fait un saut chez lui. Rahim khan a libéré son appartement le lendemain de notre départ.

— Où est-il allé ?

— Le type n'en avait aucune idée. Rahim khan lui a juste remis cette lettre et cette clé pour vous avant de prendre congé. (Il jeta un œil à sa montre.) Il faut que je file. *Bia*, Sohrab.

— Vous pourriez le laisser un peu avec moi et venir le chercher plus tard ? le priai-je. Sohrab, ça te dirait de me tenir compagnie ?

Il haussa les épaules, toujours muet.

— Pas de problème, approuva Farid. Je serai de retour avant la prière du soir.

Je partageais ma chambre avec deux hommes plus âgés – l'un à la jambe plâtrée, qui nous dévisagea sans ciller, l'autre souffrant visiblement d'asthme – et un jeune de quinze ou seize ans opéré de l'appendicite. Les membres de leurs familles, composées de vieilles femmes vêtues de *shalwar-kameezes* aux couleurs vives, d'enfants et d'hommes coiffés de calottes, se succédèrent bruyamment dans la pièce, apportant des *pakoras*, du *naan*, des *samosas*, du *biryani*. Parfois aussi, des gens entraient avec l'air de débarquer là par hasard, comme ce grand individu barbu, enveloppé dans une couverture marron, que j'avais aperçu juste avant l'arrivée de Farid et Sohrab. Aïcha l'avait interpellé en ourdou, mais il avait examiné les lieux sans lui prêter aucune attention, et j'avais eu l'impression qu'il me scrutait plus longtemps que nécessaire. Lorsque l'infirmière s'était de nouveau adressée à lui, il avait fait demi-tour.

— Comment vas-tu ? demandai-je à Sohrab.

Indifférent à ma question, il se contenta de fixer ses mains.

— Tu as faim ? tentai-je. La dame là-bas m'a offert une assiette de *biryani*, mais je ne peux pas manger. Tu en veux ?

Il refusa.

— Tu préfères qu'on discute ?

Nouveau refus.

Nous restâmes donc là, en silence, moi appuyé contre mes oreillers, lui assis sur un tabouret à côté de mon lit. Je finis par m'endormir. À mon réveil, la lumière du jour s'était affaiblie et les ombres allongées, mais Sohrab n'avait pas bougé. Il contemplait toujours ses petites mains calleuses.

Ce soir-là, après que Farid eut ramené Sohrab chez lui, je dépliai la lettre de Rahim khan. J'en avais repoussé la lecture le plus longtemps possible.

« Amir jan,

« *Inch'Allah*, ces mots te verront sain et sauf. J'espère que je n'ai pas mis ta vie en péril et que l'Afghanistan ne se sera pas montré trop cruel envers toi. Mes prières t'accompagnent depuis le jour de ton départ.

« Tu as eu raison dès le début de me supposer au courant. Oui, je l'étais. Hassan m'avait tout avoué. Tu as mal agi, Amir jan, mais n'oublie pas que tu n'étais qu'un enfant lorsque cela s'est produit. Un enfant perturbé, qui plus est. Tu faisais preuve d'une trop grande sévérité à ton égard à l'époque, et tu continues aujourd'hui – je m'en suis rendu compte à Peshawar. Sache cependant une chose : un homme dépourvu de la moindre conscience et de la moindre bonté ne connaît pas la souffrance. Puisse la tienne cesser avec ce voyage.

« Amir jan, j'ai honte des mensonges que nous vous avons racontés durant toutes ces années. Ta colère à Peshawar se justifiait pleinement. Tu avais le droit d'être informé, et Hassan aussi. Je ne prétends bien sûr pas absoudre qui que ce soit, mais le Kaboul d'alors était un monde étrange, dans lequel certaines choses importaient davantage que la vérité.

« Je sais avec quelle dureté ton père t'a traité quand tu étais petit. Je sentais ta peine, ton besoin d'affection, et mon cœur saignait pour toi. C'était toutefois un homme déchiré entre deux moitiés, Amir jan : toi et Hassan. Alors qu'il vous aimait autant l'un que l'autre, il ne pouvait le prouver à ton frère de la manière dont il rêvait, c'est-à-dire ouvertement, tel un père. Il s'en est donc pris à toi, sa moitié légitime du point de vue de la société, celle qui incarnait les richesses dont il avait hérité et les privilèges qui allaient de pair, comme autant de péchés impunis. Quand il te regardait, il voyait son propre reflet. Et sa culpabilité. Tu dois encore bouillir de rage et il est sans doute bien trop tôt pour que tu acceptes tout cela. Un jour, peut-être, tu comprendras qu'il ne te témoignait pas moins d'indulgence qu'à lui-même. Lui aussi était une âme torturée, Amir jan.

« Il m'est difficile de te décrire le chagrin et la douleur qui m'ont envahi le jour où j'ai eu vent de son décès. J'ai pleuré un ami cher, mais également un homme bon, peut-être même un grand homme. Voilà ce que j'aimerais que tu saisisses : les remords de ton père ont engendré des bienfaits, de *réels* bienfaits. Parfois, je pense que tout ce qu'il accomplissait – donner de la nourriture aux pauvres dans la rue, construire un orphelinat, dépanner ses amis dans le besoin – constituait une façon de se racheter. Tel est à mon avis le signe d'une vraie rédemption, Amir jan. Quand un sentiment de culpabilité conduit à faire le bien autour de soi.

« Je suis persuadé que, au bout du compte, Allah nous remettra nos fautes. À ton père, à moi et à toi. Je te souhaite d'y parvenir aussi. Pardonne à ton père si tu le peux. Pardonne-moi si tu en as envie. Mais surtout, pardonne-toi à toi-même.

« Je te lègue un peu d'argent – presque tout ce qui me reste. Cela devrait suffire à couvrir les dépenses que tu auras certainement à ton retour ici. Il y a une banque à Peshawar ; Farid la connaît. L'argent est placé dans le coffre dont tu as maintenant la clé.

« En ce qui me concerne, le moment est venu de m'en aller. Je souhaite passer seul le peu de temps que j'ai encore à vivre. Ne cherche pas à me retrouver, je t'en prie. C'est la dernière requête que je t'adresserai.

« Je te laisse entre les mains de Dieu.

« Ton ami à jamais,

« Rahim. »

Je m'essuyai les yeux avec la manche de ma chemise d'hôpital, repliai la lettre et la glissai sous mon matelas.

Amir, la moitié légitime du point de vue de la société, celle qui incarnait les richesses dont il avait hérité et les privilèges qui allaient de pair, comme autant de péchés impunis. La raison pour laquelle Baba et moi nous étions mieux entendus aux États-Unis résidait-elle là ? Nos profits dérisoires sur le marché, nos petits boulots, notre appartement sordide – version américaine d'un modeste cabanon : peut-être que, dans ce pays, il voyait cette fois un peu d'Hassan quand il me regardait.

Ton père aussi était une âme torturée. Soit. Nous avions tous deux gravement manqué à nos devoirs. Mais Baba avait réussi à transformer son repentir en quelque chose de positif. Qu'avais-je fait, moi, à part me retourner contre ceux-là mêmes que j'avais trahis et m'efforcer ensuite de tout oublier ? Qu'avais-je fait, à part devenir insomniaque ?

Qu'avais-je fait pour réparer mes torts ?

Lorsqu'une infirmière – pas Aïcha, mais une rousse dont le nom m'échappait – entra avec une seringue en me demandant si je désirais une injection de morphine, je répondis oui.

On m'ôta la sonde tôt le lendemain matin, et Armand autorisa le personnel à me donner un peu de jus de pomme. Je profitai de ce qu'Aïcha m'apportait un verre plein pour lui réclamer un miroir. Elle releva ses lunettes sur son front et ouvrit les rideaux. La lumière du soleil inonda la chambre.

— Rappelez-vous, me lança-t-elle par-dessus son épaule, ce sera plus beau à voir d'ici à quelques jours. Mon gendre a été traîné sur la route lors d'un accident de moto l'année dernière. Lui qui était beau garçon, il a viré couleur aubergine. Eh bien aujourd'hui, on dirait de nouveau une star de ciné.

Malgré sa mise en garde, j'éprouvai un léger choc en découvrant la chose qui me tenait lieu de figure. Quelqu'un semblait avoir enfoncé le bout d'une pompe à air sous ma peau pour me gonfler comme une outre. J'avais les yeux bouffis et entourés d'hématomes. Le pire était ma bouche, masse informe, violacée et rouge, où les points de suture le disputaient aux meurtrissures. Je m'efforçai de sourire, mais une vive douleur se propagea dans mes lèvres. J'allais devoir patienter encore avant de réessayer. On m'avait également recousu des plaies sur la joue gauche, juste sous le menton et sur le front, au-dessous des cheveux.

Le vieillard à la jambe plâtrée prononça quelques mots en ourdou. Devant mon incompréhension, il me montra du doigt son visage.

— Très bien, me dit-il en anglais. *Inch'Allah.*

— Merci, murmurai-je.

Farid et Sohrab revinrent au moment où je reposais le miroir. Sohrab s'installa sur son tabouret et appuya la tête sur les barreaux latéraux.

— Il serait préférable qu'on vous éloigne vite d'ici, déclara Farid.

— Pourtant, le Dr Faruqi…

— Je ne parlais pas de l'hôpital, mais de Peshawar.

— Pourquoi ?

— À mon avis, vous n'y serez pas longtemps en sécurité, m'exposa-t-il en baissant la voix. Les talibans ont des amis dans le coin. Ils vont se lancer à vos trousses.

— Il est possible qu'ils aient déjà commencé, répondis-je en pensant soudain au barbu qui s'était aventuré dans ma chambre et était resté là à me fixer.

Farid se pencha vers moi.

— Dès que vous pourrez marcher, je vous conduirai à Islamabad. Tout danger ne sera pas exclu non plus, comme partout au Pakistan, mais ce sera toujours mieux qu'ici. Et cela nous permettra au moins de gagner du temps.

— Farid jan, vous aussi vous prenez des risques. Vous auriez peut-être intérêt à ce qu'on ne vous voie pas avec moi. Vous avez une famille.

Il balaya mes protestations d'un geste de la main.

— Mes garçons sont rusés malgré leur jeune âge. Ils sont capables de s'occuper de leur mère et de leurs sœurs. Et puis, je n'ai pas dit que je le ferais gratuitement.

— De toute façon, ç'aurait été hors de question. (Un filet de sang coula sur mon menton lorsque je voulus lui sourire.) Vous voudriez bien me rendre encore un service ?

— Pour vous, un millier de fois !

Ces simples mots me bouleversèrent. Je tentai d'aspirer un peu d'air par à-coups tandis que les larmes roulaient sur mes joues, brûlant les chairs à vif de mes lèvres.

— Qu'y a-t-il ? s'alarma Farid.

J'enfouis mon visage dans une main et levai l'autre, conscient que toute la chambrée m'observait. Une fois mes pleurs apaisés, je me sentis fatigué, vidé.

— Je suis désolé, m'excusai-je.

Sohrab aussi me fixait, le front barré d'un pli.

Lorsque je parvins à m'exprimer, j'expliquai à Farid ce dont j'avais besoin.

— D'après Rahim khan, ils vivent ici, à Peshawar.

— Vous devriez m'écrire leur nom, me suggéra-t-il en me scrutant avec inquiétude, comme s'il redoutait une nouvelle crise.

Je gribouillai « Thomas et Betty Caldwell » sur une serviette en papier.

— Je partirai à leur recherche dès que possible, me promit-il, avant de se tourner vers Sohrab. Quant à toi, je passerai te récupérer ce soir. Ne fatigue pas trop Amir agha.

Mais l'enfant s'était approché de la fenêtre, où quelques pigeons se pavanaient sur le rebord en picorant des bouts de pain rassis.

Dans le tiroir du milieu de ma table de nuit, j'avais déniché un vieux numéro du *National Geographic*, un crayon mâchonné, un peigne auquel il manquait quelques dents, et ce que j'essayais d'atteindre à présent, ruisselant de sueur sous l'effort : un jeu de cartes. Je les avais comptées un peu plus tôt et avais constaté avec surprise qu'il n'en manquait aucune. Je proposai une partie à Sohrab. Alors que je ne m'attendais guère qu'il me réponde, encore moins qu'il accepte – il n'avait pas pipé mot depuis que nous avions fui Kaboul –, il s'écarta de la vitre.

— Je ne connais que le *panjpar*, déclara-t-il.

— Ah, ah ! Dommage pour toi, parce que je suis un grand maître dans ce domaine. On me craint dans le monde entier.

Il s'installa sur le tabouret à côté de moi pendant que je distribuais les cartes.

— À ton âge, ton père et moi y jouions souvent. Surtout en hiver, quand la neige nous empêchait de sortir. On s'amusait jusqu'au coucher du soleil.

Il abattit une carte et en piocha une dans la pile. Je l'examinai à la dérobée pendant qu'il réfléchissait. Il était le portrait craché d'Hassan à tant d'égards :

comme lui, il tenait son jeu à deux mains, en plissant les yeux, et regardait rarement les gens en face.

Nous disputâmes la première partie en silence. Je la remportai, fis en sorte qu'il s'adjuge la deuxième et perdis les cinq suivantes à la régulière.

— Tu es aussi doué que ton père, peut-être même plus, le complimentai-je après ma dernière défaite. Il m'arrivait de gagner, mais uniquement parce qu'il le voulait bien, à mon avis.

Je me tus un instant avant d'ajouter :

— Lui et moi avons été allaités par la même nourrice.

— Je sais.

— Que… que t'a-t-il dit à notre sujet ?

— Que vous étiez le meilleur ami qu'il ait jamais eu.

Je tapotai le valet de carreau.

— Pas si bon que ça, j'en ai peur, lui avouai-je. Mais j'aimerais être le tien. Je pense que je pourrais devenir un véritable ami pour toi. Tu serais d'accord ? Ça te plairait ?

Je posai timidement ma main sur son épaule, mais il eut un mouvement de recul et, laissant tomber ses cartes, repoussa son tabouret pour retourner près de la fenêtre. Le crépuscule striait le ciel de bandes rouges et mauves. De la rue en bas nous parvinrent des bruits de klaxon, le braiment d'un âne, le sifflet d'un agent de police. Debout dans la lumière pourpre, Sohrab pressa le front contre la vitre, les poings enfouis au creux de ses aisselles.

Aïcha pria un infirmier de m'aider à faire mes premiers pas ce soir-là. Je déambulai autour de la chambre, une main sur le support mobile de ma perfusion, l'autre agrippée à l'avant-bras de cet homme. Il me fallut dix minutes pour rejoindre mon lit. Lorsque je m'y allongeai enfin, en nage, perclus de douleurs, le sang battant à mes oreilles, je songeai combien ma femme me manquait.

Sohrab et moi rejouâmes au *panjpar* le lendemain. Ainsi que le surlendemain. Nous n'échangions guère que quelques mots et nous interrompions seulement pour me permettre de me lever un peu ou d'aller aux toilettes dans le couloir. Je rêvai cette nuit-là. Assef surgissait sur le pas de la porte, la boule de cuivre toujours fichée dans son œil. « Nous sommes pareils tous les deux, m'affirmait-il. Tu as peut-être eu la même nourrice que lui, mais tu es mon jumeau *à moi*. »

J'informai Armand de mon départ le matin suivant.

— Il est trop tôt ! protesta-t-il.

Il ne portait pas sa tenue chirurgicale ce jour-là, mais un costume bleu marine boutonné et une cravate jaune. Du gel brillait de nouveau dans ses cheveux.

— On vous administre encore des antibiotiques par intraveineuse et…

— Je n'ai pas le choix, le coupai-je. J'apprécie tout ce que vous avez fait pour moi, vous et le personnel. Vraiment. Mais je dois partir.

— Où irez-vous ?

— Je préfère ne pas vous le dire.

— Vous tenez à peine debout !

— Je peux marcher jusqu'au bout du couloir et revenir. Ça suffira.

Mon plan était le suivant : quitter l'hôpital. Retirer l'argent du coffre de la banque et régler mes frais médicaux. Confier Sohrab à Thomas et Betty Caldwell. Me rendre à Islamabad et modifier mon vol retour. M'accorder quelques jours supplémentaires pour récupérer. Rentrer à la maison.

Du moins était-ce ce que j'avais prévu. Jusqu'à ce que Farid et Sohrab arrivent un peu plus tard.

— Vos amis, Thomas et Betty Caldwell, ils ne sont pas à Peshawar, m'apprit Farid.

Il m'avait fallu dix minutes pour enfiler mon *pirhan-tumban*. Quand je levais le bras, ma poitrine me faisait mal à l'endroit où l'on avait inséré la sonde, et mon ventre me lançait chaque fois que je me penchais. Le simple effort requis pour glisser mes affaires dans un sac en papier m'avait essoufflé. J'étais toutefois prêt et assis sur le bord de mon lit quand Farid m'annonça cette nouvelle. Sohrab se hissa près de moi.

— Où sont-ils alors ?

— Vous ne comprenez pas.

— Parce que, d'après Rahim khan…

— Je suis passé au consulat des États-Unis, poursuivit-il. Il n'y a jamais eu de Thomas et Betty Caldwell à Peshawar. D'après les agents consulaires, ils n'ont jamais existé. Pas ici, en tout cas.

À côté de moi, Sohrab feuilletait le vieux numéro du *National Geographic*.

Le directeur de la banque, un homme bedonnant avec des auréoles sous les bras, nous décocha de grands sourires en même temps qu'il nous certifiait qu'aucun des employés de son établissement n'avait touché au dépôt de Rahim khan.

— Absolument aucun, répéta-t-il gravement en agitant le doigt à la manière d'Armand.

Traverser Peshawar avec une telle somme dans un sac en papier se révéla une expérience quelque peu effrayante, sans compter que je soupçonnais tous les barbus qui me dévisageaient dans la rue d'être des talibans dépêchés par Assef pour me tuer. Deux facteurs avivaient mes craintes : Peshawar regorge de barbus, et tout le monde vous dévisage là-bas.

— Que fait-on de lui ? me demanda Farid.

Nous venions de payer mes frais d'hospitalisation et regagnions lentement le Land Cruiser dans lequel Sohrab nous attendait.

— Il ne peut pas rester à Peshawar, haletai-je.

— *Nay*, Amir agha, bien sûr que non, convint Farid, qui avait deviné la question sous-entendue par ma phrase. Je suis désolé. J'aimerais…

— Ne vous inquiétez pas, le rassurai-je. Vous avez déjà suffisamment de bouches à nourrir.

Un chien s'était approché du véhicule. Dressé contre la portière, il remuait la queue pendant que Sohrab le caressait.

— Je suppose que le mieux pour le moment est qu'il nous accompagne à Islamabad.

Je dormis pratiquement les quatre heures que dura le trajet en voiture de Peshawar à Islamabad. De nombreux rêves émaillèrent mon sommeil, dont je ne gardai que des images confuses, des fragments de souvenirs visuels qui flashaient dans ma tête comme les fiches d'un Rolodex : Baba mettant un agneau à mariner pour mon treizième anniversaire. Soraya et moi faisant l'amour pour la première fois alors que le soleil se levait et que les chants de notre mariage résonnaient encore à nos oreilles. Le jour où Baba m'avait emmené avec Hassan dans un champ de fraises à Djalalabad – le propriétaire nous avait autorisés à en manger autant que nous le souhaitions du moment que nous lui en achetions au moins quatre kilos – et où nous avions fini tous deux avec un mal de ventre. Le sang d'Hassan sur la neige, sombre, presque noir, qui gouttait de l'arrière de son pantalon. *Ne prends pas les liens du sang à la légère, bachem.*

Khala Jamila tapotant le genou de Soraya. *Dieu a ses raisons, peut-être n'était-ce pas écrit.* Dormir sur le toit de la maison de mon père. Baba me soutenant que le vol constituait le seul péché vraiment grave. *Quand tu racontes un mensonge, tu prives un homme de son droit à la vérité.* Rahim khan au téléphone. Il existe un moyen de te racheter. *Un moyen de te racheter...*

24

Si Peshawar me rappelait le Kaboul d'autrefois, Islamabad suggérait ce que ma ville aurait pu devenir. Les rues y étaient plus larges, plus propres, bordées d'hibiscus et d'érables rouges. Bien moins encombrés de pousse-pousse et de piétons, les bazars témoignaient d'une meilleure organisation. L'architecture se révélait plus élégante aussi, plus moderne, et je remarquai des parcs où fleurissaient des roses et du jasmin à l'ombre des arbres.

Farid dénicha un petit hôtel dans une ruelle au pied des monts Margalla. En chemin, nous aperçûmes la célèbre mosquée Shah-Faisal, réputée pour être la plus grande du monde. Sohrab ouvrit des yeux ébahis devant ses gigantesques minarets de béton dressés vers le ciel. Il se pencha par la vitre pour la contempler jusqu'à ce que Farid eût bifurqué à un coin de rue.

Ma chambre représentait un net progrès par rapport à celle où Farid et moi avions logé à Kaboul. Les draps et la salle de bains étaient impeccables, et l'aspirateur avait été passé sur la moquette. Shampooing, savon, rasoirs et serviettes parfumées au citron côtoyaient la baignoire. Nulle tache de sang sur les

murs. Autre détail qui attira mon attention : un téléviseur disposé sur une commode en face des deux lits
jumeaux.

— Regarde ! lançai-je à Sohrab.

Je pressai un bouton sur le poste et, faute de télécommande, réglai celui-ci manuellement. Je tombai
sur un programme pour enfants où deux marionnettes
en forme de mouton chantaient en ourdou. Sohrab
s'assit sur l'un des lits et ramena ses genoux contre sa
poitrine. Les images se reflétèrent dans ses yeux verts
tandis qu'il fixait l'écran, impassible, en se balançant
d'avant en arrière. Je songeai à ma promesse d'acheter
une télévision couleur à Hassan lorsque nous serions
tous deux devenus adultes.

— J'y vais, Amir agha, m'avertit Farid.

— Pourquoi ne pas rester ici cette nuit ? Vous avez
une longue route devant vous. Vous partirez demain.

— *Tashakor*, mais je préfère lever le camp ce soir.
Mes enfants me manquent. (Au moment de sortir, il
marqua une pause.) Au revoir, Sohrab jan !

Il guetta une réponse, en vain. Sohrab ne lui prêtait
aucune attention et continuait à osciller le buste, les
traits éclairés par la lueur argentée qui émanait du
poste.

Dehors, je tendis une enveloppe à Farid.

— Je ne savais pas comment vous remercier, lui
expliquai-je. Vous m'avez tellement aidé.

— Combien y a-t-il ? s'enquit-il, bouche bée
devant son contenu.

— Un peu plus de trois mille dollars.

— Trois mille…

Ses lèvres tremblotèrent. Plus tard, après avoir
démarré, il klaxonna deux fois et agita le bras. Je le
saluai. Et ne le revis plus jamais.

Dans la chambre, je retrouvai Sohrab roulé en
boule. Bien qu'il eût les yeux fermés, je n'aurais su

dire s'il dormait. Il avait éteint la télé. Je m'installai sur l'autre lit et, grimaçant de douleur, essuyai la sueur sur mon front. Je me demandais combien de temps encore le simple fait de me lever, de m'asseoir ou de changer de position la nuit serait un supplice pour moi. Je me demandais quand je pourrais manger des aliments solides. Et surtout, je me demandais ce que j'allais décider pour l'enfant meurtri couché à mes côtés. Même si une partie de moi le soupçonnait déjà.

Il y avait une carafe d'eau sur la commode. J'en remplis un verre et avalai deux des calmants prescrits par Armand. L'eau était tiède et amère. Je tirai les rideaux, puis retournai m'allonger, avec la sensation que ma cage thoracique allait exploser. Lorsque la douleur s'amenuisa suffisamment pour me permettre de respirer, je remontai la couverture et attendis que les cachets fassent effet.

À mon réveil, la pièce baignait dans la pénombre et la portion de ciel visible entre les rideaux avait la couleur du crépuscule. Mes draps étaient moites, mon cœur battait trop vite – j'avais encore rêvé, sans pour autant en conserver un souvenir précis.

L'angoisse me noua soudain l'estomac à la vue du lit vide de Sohrab. Je l'appelai et sursautai au son de ma voix. Il y avait quelque chose de très déroutant à être assis dans une chambre d'hôtel obscure, à des milliers de kilomètres de chez soi, le corps en mille morceaux et avec à l'esprit le nom d'un garçon rencontré seulement quelques jours plus tôt. Ma deuxième tentative n'eut pas plus de succès. Je me mis debout avec difficulté, inspectai la salle de bains, l'étroit couloir qui desservait notre chambre : il avait disparu.

Je verrouillai la porte et boitillai jusqu'au bureau du directeur, situé au rez-de-chaussée, en m'accrochant à la rampe. Un faux palmier poussiéreux décorait le hall d'entrée, dont le papier peint avait pour motif des flamants roses en plein vol. Le gérant lisait un journal derrière son comptoir en formica. Je lui décrivis Sohrab en cherchant à savoir s'il l'avait aperçu. L'homme reposa son quotidien, ôta ses lunettes de lecture. Cheveux gras, petite moustache carrée poivre et sel, il dégageait une vague odeur de fruit tropical que je ne reconnus pas.

— Ah, les garçons, ils aiment bien se sauver, soupira-t-il. J'en ai trois. Ils passent leur journée à courir à droite à gauche et à embêter leur mère.

Tout en s'éventant, il regardait ma mâchoire avec insistance.

— Je doute qu'il soit parti traîner, rétorquai-je. Nous ne sommes pas d'ici. J'ai peur qu'il s'égare.

— Vous auriez dû le surveiller alors, monsieur.

— Je sais. Mais je me suis endormi et à mon réveil, il n'était plus là.

— Les garçons, il faut les avoir à l'œil.

— Bien sûr, approuvai-je alors même que mon pouls s'accélérait – comment pouvait-il demeurer si sourd à mes craintes ?

— Aujourd'hui, ils réclament des vélos, ajouta-t-il.

— Qui ?

— Mes garçons. « Papa, papa, s'il te plaît, achète-nous des vélos et on sera sages », qu'ils me disent. (Il eut un bref rire.) Des vélos. Leur mère me tuera, croyez-moi.

Je m'imaginai Sohrab étendu dans un fossé. Ou à l'arrière d'une voiture, bâillonné et ligoté. Je ne voulais pas avoir sa mort sur la conscience. J'en avais déjà trop.

— S'il vous plaît..., commençai-je, avant de déchiffrer son nom sur l'étiquette épinglée au revers de sa chemise bleue en coton. Monsieur Fayyaz, l'avez-vous vu ?

— Ce gamin ?

Ma patience m'abandonna.

— Oui, ce gamin ! Celui qui m'accompagnait. L'avez-vous vu, oui ou non, bon sang ?

Il cessa de s'éventer. Plissa les yeux.

— Un peu de calme, mon vieux. Ce n'est pas moi qui l'ai perdu.

Le fait qu'il eut marqué un point n'empêcha pas le sang d'affluer à mes joues.

— Vous avez raison. Mais répondez-moi.

— Désolé, répliqua-t-il sèchement, cependant qu'il rechaussait ses lunettes et rouvrait son journal. Cet enfant ne me dit rien.

Je restai immobile, luttant pour ne pas hurler.

— Vous avez une idée de l'endroit où il a pu aller ? me lança-t-il alors que je sortais.

— Aucune.

Je me sentais fatigué. Fatigué et effrayé.

— Il a des centres d'intérêt ? (Je remarquai qu'il avait rangé son journal.) Mes garçons, par exemple, ils feraient n'importe quoi pour voir un film d'action américain, surtout si Arnold Schwartsmachin joue dedans...

— La mosquée ! m'exclamai-je. La grande mosquée !

Je venais de me rappeler la manière dont elle avait tiré Sohrab de sa torpeur lorsque nous étions passés devant. Il avait même tendu le cou par la vitre pour mieux l'observer.

— Shah-Faisal ?

— Oui. Vous voulez bien m'y conduire ?

— Saviez-vous que c'est la plus grande du monde ?

— Non, mais...

— La cour à elle seule peut accueillir quarante mille personnes.

— Vous voulez bien m'y conduire ? répétai-je.

— Elle n'est qu'à un kilomètre, objecta-t-il.

Cependant, il s'écartait déjà du comptoir.

— Je vous paierai.

Il soupira et secoua la tête.

— Attendez-moi là.

Il s'engouffra dans une pièce et réapparut avec une autre paire de lunettes, un trousseau de clés et, sur les talons, une petite femme potelée vêtue d'un sari orange. Elle le remplaça à l'accueil.

— Gardez votre argent, me jeta-t-il. Je vous emmène là-bas parce que je suis un père moi aussi.

Je crus que nous allions sillonner la ville jusqu'à la tombée de la nuit. Je me voyais déjà appeler la police et leur donner le signalement de Sohrab sous le regard réprobateur de Fayyaz. J'anticipais les questions d'usage qu'un officier me poserait d'une voix lasse et désintéressée. Et derrière elles, celle sous-jacente : un gosse afghan de plus ou de moins, quelle importance ? Un Hazara par-dessus le marché !

Nous le découvrîmes à une centaine de mètres de la mosquée, assis sur un carré de pelouse dans le parking à demi rempli. Fayyaz s'arrêta à sa hauteur.

— Il faut que je me sauve, me dit-il au moment où je descendais de la voiture.

— Très bien. Nous rentrerons à pied. Merci, monsieur Fayyaz. Merci beaucoup.

Il se pencha vers moi.

— Je peux me permettre une remarque ?

— Bien sûr.

Je ne distinguais plus de lui que sa paire de lunettes dans laquelle se réfléchissait la lumière faiblissante du jour.

— Le problème avec vous autres Afghans… c'est que vous êtes un tantinet irréfléchis.

J'étais épuisé et je souffrais. Outre une douleur lancinante dans la mâchoire, mes fichues blessures à la poitrine et au ventre me faisaient l'effet de barbelés sous la peau. Je m'esclaffai pourtant.

— Qu'est-ce que… ? s'étonna Fayyaz devant les éclats de rire de plus en plus forts qui s'échappaient de moi malgré mon attelle. Tous cinglés, conclut-il.

Ses pneus crissèrent et ses feux arrière rougeoyèrent dans la pénombre lorsqu'il s'éloigna.

— Tu m'as fichu une sacrée frousse.

Je me baissai à côté de lui en gémissant intérieurement, sans qu'il détache les yeux un seul instant de la mosquée. Shah-Faisal avait la forme d'une tente géante. Des voitures circulaient devant, tandis que des croyants habillés de blanc se succédaient à l'intérieur. Sans un mot, nous écoutâmes l'appel à la prière et observâmes les centaines de lumières de l'édifice s'allumer au fur et à mesure que l'obscurité l'enveloppait. La mosquée étincelait comme un diamant dans le noir. Elle illuminait le ciel. Et le visage de Sohrab.

— Vous êtes déjà allé à Mazar-e-Charif ? m'interrogea Sohrab, le menton sur les genoux.

— Il y a longtemps. Je ne sais plus comment était la ville.

— Père nous y a emmenés, mère, Sasa et moi, quand j'étais petit. Il m'a acheté un singe sur le bazar. Pas un vrai, mais un de ceux dans lesquels il faut souffler. Marron, avec une cravate.

— J'ai dû en avoir un comme ça à ton âge, moi aussi.

— Père m'a montré la mosquée bleue et le tombeau d'Hazrat Ali. Il y avait plein de pigeons à l'extérieur du *masjid*, et ils n'étaient pas farouches du tout. Sasa m'a donné des morceaux de *naan* pour que je les nourrisse et ils sont venus roucouler autour de moi. C'était drôle.

— Tes parents doivent beaucoup te manquer, remarquai-je.

J'ignorais s'il avait été témoin de leur exécution. J'espérais que non.

— Les vôtres aussi, ils vous manquent ? lâcha-t-il en tournant la tête vers moi.

— Euh… Eh bien, je n'ai pas connu ma mère. Mon père est mort il y a quelques années, et oui, son absence me pèse. Parfois énormément.

— Vous vous souvenez bien de lui ?

Je revis le cou épais de Baba, ses yeux noirs, ses cheveux bruns ébouriffés. Ses jambes qui me semblaient des troncs d'arbre quand je m'asseyais sur lui.

— Oui, acquiesçai-je. Et aussi de son odeur.

— Moi, je commence à oublier leur visage. C'est mal ?

— Non, le rassurai-je. C'est le temps qui veut ça.

Saisi d'une idée, je plongeai la main dans la poche de mon manteau et en sortis la photo prise par Rahim khan.

— Regarde.

Il approcha le Polaroïd à deux doigts de sa figure et l'orienta de façon que la lumière de la mosquée tombe dessus. Il le contempla un long moment. Je crus qu'il allait éclater en sanglots, mais il n'en fit rien. Il se contenta de le tenir à deux mains, en effleurant la surface avec son pouce. Un vers que j'avais lu ou entendu quelque part me revint en mémoire : « Si les enfants sont nombreux en Afghanistan, l'enfance, elle, y est quasi inexistante. » Sohrab me tendit le cliché.

— Garde-le. Il est à toi.

— Merci.

Il le scruta de nouveau, puis le fourra dans la poche de son gilet. Une charrette tirée par un cheval passa devant nous dans un claquement de sabots. Des grelots suspendus à l'encolure de l'animal tintaient à chacun de ses pas.

— Je pense souvent aux mosquées ces derniers temps, déclara Sohrab.

— Ah oui ? Pourquoi ?

Il haussa les épaules.

— Comme ça. (Il redressa complètement la tête, cette fois, et me fixa droit dans les yeux. Il pleurait doucement, en silence.) Je peux vous demander quelque chose, Amir agha ?

— Tout ce que tu veux.

— Est-ce que Dieu…, articula-t-il, avant de s'étrangler. Est-ce que Dieu m'enverra en enfer pour ce que j'ai fait à cet homme ?

Je l'entourai de mon bras, mais il se recroquevilla.

— *Nay*. Bien sûr que non, lui affirmai-je en m'écartant.

J'aurais aimé l'attirer contre moi, le serrer et lui expliquer que c'étaient les autres qui s'étaient montrés cruels envers lui, et pas l'inverse.

Ses traits se tordirent malgré ses efforts pour rester stoïque.

— Père disait que c'était un péché de blesser les gens, même les méchants. Parce qu'ils ne valent pas mieux après, et aussi parce que certains deviennent bons.

— Pas toujours, Sohrab.

Il m'interrogea du regard.

— Le taliban qui t'a brutalisé, je l'ai connu il y a longtemps. Tu as dû le deviner à la conversation que nous avons eue, lui et moi. Il… il a essayé de me frapper une fois, quand j'avais ton âge, et Hassan l'en a empêché. Ton père était très courageux, il me défendait toujours et me tirait d'affaire quand j'avais des ennuis. Alors un jour, cet homme s'en est pris à lui. D'une manière particulièrement horrible. Et moi…, je n'ai pas pu lui venir en aide.

— Comment pouvait-on s'attaquer à père ? balbutia Sohrab d'une petite voix. Il n'a jamais fait de mal à personne.

— Tu as raison, il était la bonté même. Mais c'est justement là mon propos, Sohrab jan. Il existe de véritables monstres en ce bas monde, et certains ne changent jamais. Alors parfois, il faut s'opposer à eux. Tu as réagi comme j'aurais dû le faire il y a des années. Tu lui as donné la correction qu'il méritait – et encore, elle n'était pas sévère.

— Vous croyez que j'ai déçu mon père ?

— Je suis sûr que non. Tu m'as sauvé la vie à Kaboul. Je sais qu'il est très fier de toi.

Sur ses lèvres s'était formée une bulle de salive, qui éclata lorsqu'il s'essuya le visage avec sa manche. Il sanglota ensuite longuement, caché derrière ses mains.

— Père me manque. Et mère aussi, bafouilla-t-il enfin. Et puis Sasa et Rahim khan. Mais parfois, je suis content qu'ils ne soient… qu'ils ne soient plus là.

— Pourquoi ?

— Parce que…, lâcha-t-il entre deux pleurs, parce que je ne voudrais pas qu'ils me voient… si souillé.

Il eut un hoquet, puis se confessa dans un cri :

— Je me sens si sale, si plein de péchés.

— Tu n'es pas sale, Sohrab.

— Ces hommes…

— Tu n'es pas sale du tout.

— Ils m'ont fait des choses… le méchant et les deux autres… ils m'ont fait des choses…

— Tu n'es pas sale, insistai-je.

Il voulut m'éviter lorsque je tendis de nouveau le bras vers lui, mais je l'attrapai doucement.

— Tu n'as rien à craindre de moi, lui murmurai-je. Je te le promets.

Il résista un peu, avant de céder et d'appuyer la tête sur ma poitrine. Des spasmes secouaient son petit corps à chaque sanglot.

Un sentiment de fraternité unit les enfants nourris au même sein. Alors que la douleur de Sohrab s'infiltrait en moi, je compris que nous avions développé tous deux une relation similaire. Ce qui s'était produit à Kaboul avec Assef nous avait irrévocablement liés l'un à l'autre.

Des jours durant, j'avais attendu le bon moment pour poser ma question. Celle qui bourdonnait dans ma tête et me tenait éveillé la nuit. Je choisis cet instant-là, cet endroit-là, dans la lumière éclatante que déversait sur nous la maison de Dieu.

— Que dirais-tu de venir vivre aux États-Unis avec ma femme et moi ?

Il ne répondit pas. Il continua à pleurer contre moi, et je le laissai s'abandonner à son chagrin.

Pendant une semaine, aucun de nous ne mentionna ma proposition, comme si je ne l'avais jamais formulée. Jusqu'au jour où Sohrab et moi prîmes un taxi pour nous rendre à Daman-e-Koh – l'« Ourlet de la montagne ». Perché à mi-hauteur des collines Margalla, ce lieu offre un beau point de vue sur Islamabad, ses avenues nettes bordées d'arbres et ses demeures blanches. Le chauffeur jura que l'on distinguait le palais présidentiel de là-haut.

— Quand il a plu et que le temps est clair, le panorama s'étend même au-delà de Rawalpindi.

Dans le rétroviseur, ses yeux effectuaient un va-et-vient incessant entre Sohrab et moi. J'y voyais mon visage aussi. Il n'était plus aussi enflé qu'avant, mais mes diverses contusions lui conféraient une teinte jaunâtre à présent qu'elles s'estompaient.

Nous nous assîmes sur un banc de l'une des aires de pique-nique, à l'ombre d'un gommier. La journée était chaude, le soleil au zénith dans un ciel bleu topaze. À proximité de nous, des familles se régalaient de *samosas* et de *pakoras*. Ailleurs, une radio diffusait une chanson en hindi qu'il me sembla reconnaître pour l'avoir entendue dans un vieux film, peut-être *Pakeeza*. Des enfants, pas plus âgés que Sohrab pour la plupart, jouaient au foot, riaient, criaient. Je songeai à l'orphelinat de Karteh-Seh, au rat qui avait détalé entre mes pieds dans le bureau de Zaman. Une vague de colère monta en moi devant la manière dont mes compatriotes détruisaient leur propre pays.

— Quoi ? s'inquiéta Sohrab.

Je me forçai à sourire et l'assurai que tout allait bien.

Nous dépliâmes sur la table l'une des serviettes de l'hôtel pour entamer une partie de *panjpar*. Je savourais pleinement le plaisir de disputer une partie de cartes dans un tel cadre avec le fils de mon demi-frère, la nuque réchauffée par les rayons du soleil. La chanson se termina, bientôt suivie d'une autre, qui m'était inconnue celle-là.

— Regardez ! s'écria Sohrab en pointant ses cartes vers le ciel.

Je levai la tête et aperçus un faucon qui décrivait de grands cercles dans l'azur.

— Je ne me doutais pas qu'il y avait des faucons à Islamabad, m'étonnai-je.

— Moi non plus, fit-il en observant le vol de l'oiseau. Vous en avez aussi chez vous ?

— À San Francisco ? Sans doute, même si je dois admettre que je n'en ai pas vu beaucoup.

— Oh.

J'espérais d'autres questions, mais il distribua les cartes en me demandant juste si l'on pouvait manger. J'ouvris notre sac en papier et lui donnai son sandwich aux boulettes de viande. Une fois de plus, mon repas à moi consistait en une tasse de bananes et d'oranges broyées – j'avais loué le mixeur de Mme Fayyaz pour la semaine. J'aspirai le jus avec ma paille. Ma bouche se remplit du mélange sucré, dont une partie dégoulina de la commissure de mes lèvres. Sohrab me sortit une serviette afin que je puisse m'essuyer. Je souris, et lui aussi.

— Ton père et moi étions frères.

J'avais prononcé ces mots sans réfléchir. Déjà, le soir où nous avions discuté devant la mosquée, j'avais failli le mettre au courant, avant de renoncer. Mais il avait le droit de savoir. J'en avais assez des secrets.

— Demi-frères, en fait, précisai-je. Nous avions le même père.

Il s'arrêta de mâcher et reposa son sandwich.

— Il ne m'en a jamais parlé.

— Il l'ignorait.

— Pourquoi ?

— Personne ne le lui a dit. Ni à moi d'ailleurs. Je ne l'ai découvert que très récemment.

Sohrab cligna des paupières, comme s'il me voyait – me voyait *vraiment* – pour la toute première fois.

— Mais pourquoi ?

— Je me suis interrogé moi aussi et j'ai trouvé une réponse, bien qu'elle ne soit guère satisfaisante. On nous a caché la vérité sous prétexte que ton père et moi... n'étions pas censés être frères.

— Parce que c'était un Hazara ?

Je me forçai à ne pas détourner les yeux.

— Oui.

— Votre père... Il vous aimait autant tous les deux ?

Je me rappelai une excursion au lac Kargha, des années plus tôt. Baba s'était autorisé à donner une tape amicale dans le dos à Hassan après qu'il eut réussi un plus grand nombre de ricochets que moi. Et je me le représentai à l'hôpital, le jour où l'on avait ôté les pansements qui recouvraient les lèvres d'Hassan.

— Je crois qu'il nous aimait autant, mais différemment.

— Il avait honte de mon père ?

— Non. Plutôt de lui-même, à mon avis.

Il reprit son sandwich et le grignota en silence.

Lorsque nous rentrâmes en fin d'après-midi, agréablement épuisés par la chaleur, je sentis le regard de Sohrab sans cesse posé sur moi. En chemin, je priai le chauffeur de s'arrêter devant un magasin qui vendait des cartes de téléphone et lui remis de l'argent, auquel j'ajoutai un pourboire, pour qu'il m'en achète une.

Ce soir-là, étendus sur nos lits, nous suivîmes un talk-show à la télévision. Deux religieux à la longue barbe grise et coiffés d'un turban blanc répondaient à des appels émanant de fidèles du monde entier. Un dénommé Ayub, qui vivait en Finlande, s'alarmait au sujet de son fils : l'adolescent portait ses pantalons larges si bas sur les hanches que son slip dépassait. Risquait-il d'aller en enfer ?

— On m'a montré une photo de San Francisco une fois, m'informa Sohrab.

— Vraiment ?

— Il y avait un pont rouge et un bâtiment avec un toit tout pointu.

— Les rues aussi valent le détour, tu sais.

— Qu'est-ce qu'elles ont de spécial ?

À l'écran, les deux mollahs se consultaient.

— Elles sont si pentues que quand on les monte, on n'aperçoit que le capot de sa voiture et le ciel.

— Ça doit faire peur.

Il roula vers moi, se désintéressant de l'émission.

— Les premières fois, en effet. Mais on s'y habitue.

— Il neige là-bas ?

— Non. Par contre, il y a beaucoup de brouillard. Ce pont rouge que tu as vu, par exemple…

— Oui ?

— Parfois, la brume est si épaisse le matin qu'on ne distingue plus que le sommet des deux grands piliers.

— Oh ! fit-il, émerveillé.

— Sohrab ?

— Oui ?

— Tu as réfléchi à ce que je t'ai proposé ?

Son sourire s'évanouit. Il s'allongea sur le dos. Croisa les mains derrière la tête. Les mollahs venaient de décréter que le fils d'Ayub irait effectivement en enfer pour avoir porté ses pantalons trop bas. C'était stipulé par un *hadith* [1], assuraient-ils.

— Oui, répondit Sohrab.

— Et ?

— J'ai peur.

— Je comprends, concédai-je en m'accrochant à ce mince espoir. Mais tu apprendras vite l'anglais et tu te feras à…

— Non, ce n'est pas ce que je voulais dire – même si j'ai aussi peur de ça…

— Alors, je t'écoute.

Il bascula de nouveau sur le côté et ramena ses genoux contre lui.

— Et si vous vous lassez de moi ? Si votre femme ne m'aime pas parce que je suis… ?

---

1. *Hadith* : « dit », « propos ». Les *hadiths* rapportent des faits de la vie quotidienne du prophète Mahomet et servent à éclairer les croyants sur la manière dont eux-mêmes doivent se comporter. *(N.d.T.)*

Je me levai de mon lit et traversai l'espace qui nous séparait pour m'asseoir à côté de lui.

— Je ne me lasserai jamais de toi, Sohrab. Jamais. Je te le promets. Tu es mon neveu, rappelle-toi. Et Soraya jan est très gentille. Crois-moi, elle va t'adorer.

Je m'aventurai à saisir sa main et la serrai entre les miennes. Il se raidit un peu, mais ne la dégagea pas.

— Je n'ai pas envie de retourner dans un orphelinat, me confia-t-il.

— Je ne le permettrai pas, juré. Rentre avec moi.

Ses larmes trempaient l'oreiller. Il resta muet un long moment. Puis sa main pressa la mienne. Et il acquiesça.

La communication fut établie à la quatrième tentative. Le téléphone sonna trois fois avant qu'elle décroche.

— Allô ?

Il était dix-neuf heures trente à Islamabad, soit à peu près sept heures et demie en Californie. Soraya devait donc être debout depuis une heure et s'apprêter à partir donner ses cours.

— C'est moi.

J'étais assis sur mon lit, d'où je regardais Sohrab dormir.

— Amir ! cria-t-elle presque. Tout va bien ? Où es-tu ?

— Je suis au Pakistan.

— Pourquoi tu n'as pas appelé plus tôt ? J'étais folle d'angoisse ! Ma mère prie pour toi et accomplit un *nazr* tous les jours.

— Désolé. Oui, je vais bien maintenant. (Je lui avais parlé de m'absenter une semaine, deux tout au plus, mais j'avais quitté les États-Unis depuis près d'un mois.) Dis à khala Jamila d'arrêter de massacrer des moutons.

— Qu'est-ce que ça signifie « Je vais bien *mainte-nant* » ? Et pourquoi ta voix est-elle toute bizarre ?

— Ne t'inquiète pas, ce n'est rien. Je t'assure. Soraya, j'ai une histoire à te raconter, une histoire que tu aurais dû entendre il y a longtemps. Seulement d'abord, il faut que je t'avertisse d'un détail.

— Lequel ? s'enquit-elle prudemment un ton plus bas.

— Je ne rentrerai pas seul, mais avec un petit garçon. (Je me tus un instant.) Je veux qu'on l'adopte.

— *Quoi ?*

Je jetai un coup d'œil à ma montre.

— Je ne dispose plus que de cinquante-sept minutes sur cette fichue carte de téléphone et j'ai tant de choses à te révéler. Assieds-toi quelque part.

En arrière-fond retentit le bruit d'une chaise que l'on traînait vivement sur le parquet.

— Vas-y, déclara-t-elle.

Je fis alors ce que je n'avais jamais osé en quinze ans de mariage : j'avouai tout à ma femme. Tout. Je m'étais imaginé cette scène bien des fois, je l'avais redoutée, mais à mesure que je me livrais à Soraya, je me sentais soulagé d'un fardeau. Je supposai qu'elle avait vécu une expérience similaire la nuit de notre *khastegari*, quand elle m'avait dévoilé son passé.

À la fin de mon récit, elle pleurait.

— Alors ? hasardai-je.

— Je ne sais pas quoi penser, Amir. Tu m'en apprends tellement tout d'un coup.

— Je m'en doute.

Elle se moucha.

— Mais il faut que tu le ramènes à la maison, c'est évident. Je te le demande.

— Tu es sûre ?

— Si je suis sûre ? Amir, il fait partie de ta *qaom*, ta famille, et donc de la mienne. Évidemment, j'en suis sûre. Tu ne peux pas l'abandonner. (Elle marqua une brève pause.) Comment est-il ?

Je contemplai Sohrab, toujours endormi sur son lit.

— Très gentil, avec quelque chose de solennel en lui.

— Comment le lui reprocher ? J'ai envie de faire sa connaissance, Amir. Sincèrement.

— Soraya ?

— Oui ?

— *Dostet darum.* Je t'aime.

— Je t'aime moi aussi, répondit-elle avec un sourire dans la voix. Et sois prudent.

— Promis. Un dernier point : ne dis pas à tes parents qui il est. Si quelqu'un doit leur expliquer, c'est moi.

— D'accord.

Nous raccrochâmes.

L'ambassade américaine d'Islamabad pouvait s'enorgueillir de posséder une pelouse tondue avec soin, parsemée de plants de fleurs circulaires et bordée de haies taillées au cordeau. Le bâtiment ressemblait à la plupart des autres : toit en terrasse et murs blancs. Il nous fallut franchir plusieurs barrages routiers pour y parvenir, et trois officiers de sécurité différents me soumirent à une fouille corporelle après que l'attelle de ma mâchoire eut déclenché l'alarme de leurs détecteurs de métaux. Enfin, nous entrâmes. Après la chaleur de l'extérieur, l'air conditionné me fit l'effet d'un seau d'eau glacée jeté en pleine figure. La secrétaire à l'accueil me sourit lorsque je déclinai mon identité. Avec son chemisier beige et son pantalon noir, cette blonde d'une cinquantaine d'années au visage maigre était la première femme que je ne voyais pas vêtue d'une *burqa* ou d'un *shalwar-kameez* depuis des semaines. Elle consulta la liste des rendez-vous en tapotant le bout de gomme de son crayon sur le bureau. Dès qu'elle eut trouvé mon nom, elle m'invita à m'asseoir.

— Désirez-vous une limonade ?

— Pas pour moi, merci.

— Et votre fils ?

— Pardon ?

— Ce beau jeune homme, ajouta-t-elle à l'adresse de Sohrab.

— Oh, vous seriez très aimable, merci.

Nous prîmes place sur le canapé de cuir noir situé en face de la réception, à côté d'un grand drapeau américain. Sohrab s'empara d'un magazine sur la table basse en verre et se mit à le feuilleter en accordant à peine un coup d'œil aux images.

— Quoi ? lança-t-il soudain.

— Hein ?

— Vous souriez.

— Je pensais à toi.

Il grimaça nerveusement et choisit une autre revue, qu'il parcourut en moins de trente secondes.

— Pas de panique, dis-je en lui effleurant le bras. Ces gens-là sont sympathiques. Détends-toi.

J'aurais eu bien besoin de suivre ce conseil, moi aussi. Je ne cessais de m'agiter, de délacer et de relacer mes chaussures. Puis la secrétaire lui apporta un grand verre de limonade avec des glaçons.

— Voilà !

— Merci beaucoup, ânonna timidement Sohrab en anglais.

Dans sa bouche, ces deux mots donnaient quelque chose comme « meu-ci po-cou ». C'était la seule expression qu'il connaissait dans cette langue, en dehors de : « Je vous souhaite une bonne journée. »

L'hôtesse éclata de rire.

— Mais de rien !

Et elle rejoignit son bureau, ses talons hauts claquant sur le sol.

— Je vous souhaite une bonne journée, conclut Sohrab.

J'eus l'impression d'étrangler un moineau lorsque la main d'enfant aux ongles soignés de Raymond Andrews serra brièvement la mienne. *Notre sort dépend du bon vouloir de cet homme*, ruminai-je tandis que Sohrab et moi nous asseyions face à lui. Une affiche des *Misérables* était punaisée au mur derrière lui, ainsi qu'une carte topographique des États-Unis. Sur le rebord de la fenêtre, un pot de plants de tomates baignait en plein soleil.

— Cigarette ? m'offrit-il d'une voix de baryton qui détonnait par rapport à sa petite taille.

— Non merci, refusai-je, sans apprécier le fait qu'il avait presque snobé Sohrab et qu'il ne me regardait pas en me parlant.

Il ouvrit un tiroir et sortit un paquet à demi vide pour s'en allumer une. Il attrapa ensuite un flacon et, cigarette au bec, se frictionna les mains de lotion en considérant ses tomates. Puis il referma le tiroir, posa les coudes sur son bureau et exhala.

— Bien, lâcha-t-il, les yeux plissés devant la fumée. Racontez-moi votre histoire.

Je me sentais tel Jean Valjean face à Javert. Cependant, je me fis la réflexion que je me trouvais sur le sol américain : ce type était mon allié et on le payait pour aider les gens comme moi.

— Je veux adopter ce garçon et le ramener aux États-Unis.

— Racontez-moi votre histoire, réitéra-t-il en écrasant de l'index un flocon de cendre sur la surface impeccable de son bureau et en l'envoyant d'une pichenette dans la poubelle.

Je lui servis le récit que j'avais élaboré après ma conversation avec Soraya : j'étais venu chercher le ¹s de mon demi-frère en Afghanistan. J'avais versé une somme d'argent au directeur de l'orphelinat et retiré l'enfant à sa garde avant d'emmener celui-ci au Pakistan.

— Vous êtes le demi-oncle de ce garçon ?

— Oui.

Il consulta sa montre et se pencha vers la fenêtre pour bouger ses plants.

— Quelqu'un peut-il l'attester ?

— Oui, mais j'ignore où il est.

Il reporta son attention sur moi et hocha la tête. Incapable de sonder ses pensées, je me demandai s'il avait déjà joué au poker.

— Je suppose que porter des fils métalliques dans la bouche ne relève pas de la dernière mode vestimentaire, m'assena-t-il.

Je compris alors que notre cas s'annonçait mal. J'avançai une agression à Peshawar.

— Admettons, commenta-t-il. Êtes-vous musulman ?

— Oui.

— Pratiquant ?

— Oui.

En vérité, je ne me souvenais même pas de la dernière fois où je m'étais prosterné pour prier. Non, erreur : c'était le jour où le Dr Amani avait livré son diagnostic à Baba. Je m'étais agenouillé sur un tapis en récitant quelques versets appris à l'école.

— Bon point pour vous, mais pas suffisant, me notifia-t-il en se grattant un bouton.

— Qu'entendez-vous par là ?

Je saisis la main de Sohrab, lequel nous dévisagea tour à tour.

— La réponse comporte une version longue, et je suis sûr que je finirai par vous l'exposer. Vous préférez la courte en attendant ?

— Oui.

Il éteignit sa cigarette.

— Renoncez.

— Pardon ?

— Votre demande d'adoption. Renoncez-y. C'est le conseil que je vous donne.

— J'en prends note. Maintenant, peut-être allez-vous m'indiquer pourquoi.

— Vous souhaitez donc la version longue, conclut-il, impassible devant mon ton sec. (Il pressa ses paumes l'une contre l'autre, comme s'il était à genoux devant la Vierge Marie.) Supposons que vous m'ayez dit la vérité – je serais prêt à parier que vous avez inventé ou omis une grosse partie de ce récit, mais je m'en moque : vous êtes ici, lui aussi, voilà ce qui compte. Même dans ce cas, votre requête rencontre d'importants obstacles, à commencer par le fait que cet enfant n'est pas orphelin.

— Si, il l'est.

— Pas légalement.

— Ses parents ont été exécutés dans la rue ! Les voisins étaient témoins ! m'écriai-je, soulagé que cet échange se déroulât en anglais.

— Vous avez les certificats de décès ?

— *Les certificats de décès ?* On parle de l'Afghanistan ! La plupart des habitants de ce pays ne possèdent même pas de certificats de *naissance* !

Ses yeux vitreux ne cillèrent pas.

— Je ne rédige par les lois, monsieur. Peu importe votre indignation, il vous faut prouver que les parents de ce garçon sont morts. Il doit être déclaré orphelin par une autorité compétente

— Mais...

— Vous vouliez la réponse longue, vous l'avez. Le deuxième problème est que vous avez besoin de la coopération du pays d'origine de l'enfant. Dans les circonstances les plus favorables, ce n'est déjà pas facile, alors là… Pour reprendre vos propres termes, on parle de l'Afghanistan. Il n'existe pas d'ambassade américaine à Kaboul, ce qui complique encore plus la situation – au point qu'on aboutit pratiquement à une impasse.

— Selon vous, je devrais donc me débarrasser de lui ?

— Vous déformez mes propos.

— Il a été violé, plaidai-je en songeant aux grelots aux chevilles de Sohrab et au khôl autour de ses yeux.

— J'en suis navré, articulèrent les lèvres d'Andrews – à sa mine cependant, il aurait tout aussi bien pu commenter la météo. Mais cela n'incitera pas davantage l'INS à lui accorder un visa.

— Que suggérez-vous alors ?

— Si vous désirez vous rendre utile, envoyez de l'argent à une organisation humanitaire sérieuse. Portez-vous volontaire dans un camp de réfugiés. Mais en ce moment, nous décourageons fortement les citoyens américains d'essayer d'adopter des enfants afghans.

Je me levai.

— Viens Sohrab, lançai-je en farsi.

Il se glissa à côté de moi et appuya la tête contre ma hanche. Le souvenir du Polaroïd sur lequel Hassan et lui posaient de manière identique surgit devant mes yeux.

— Puis-je vous demander quelque chose, monsieur Andrews ?

— Oui.

— Avez-vous des enfants ?

Pour la première fois, il parut troublé.

— En avez-vous ? Ma question est pourtant simple.

Il garda le silence.

— Je m'en doutais, crachai-je. On aurait dû mettre à votre poste quelqu'un qui sait ce que c'est que de vouloir un enfant.

Je me dirigeai vers la porte, suivi par Sohrab.

— Puis-je vous demander quelque chose, moi aussi ? m'interpella-t-il.

— Je vous en prie.

— Avez-vous promis à ce garçon de l'emmener avec vous aux États-Unis ?

— Quelle différence cela ferait-il ?

— Il est dangereux de s'engager ainsi auprès d'un enfant, soupira-t-il avant de rouvrir le tiroir de son bureau. Vous comptez persévérer dans vos démarches ? enchaîna-t-il en farfouillant dans ses papiers.

— Absolument.

Il me tendit une carte de visite professionnelle.

— Alors faites-vous représenter par un avocat spécialiste des problèmes d'immigration. Omar Faisal travaille à Islamabad. Dites-lui que je vous ai adressé à lui.

— Merci, marmonnai-je.

— Bonne chance.

Au moment de refermer la porte derrière moi, je lui jetai un dernier regard. Debout près de la fenêtre, l'air absent, Andrews orientait amoureusement ses plants de tomates vers le soleil.

— Votre chef devrait revoir ses manières, soufflai-je à l'hôtesse de la réception, alors qu'elle nous saluait.

Je m'attendais qu'elle roule de gros yeux, voire qu'elle m'approuve d'une grimace signifiant plus ou moins : « Oh oui, les gens n'arrêtent pas de se plaindre ! » À la place cependant, elle baissa la voix.

— Pauvre Ray. Depuis la mort de sa fille, ce n'est plus le même.

Je haussai les sourcils.

— Suicide, murmura-t-elle.

Dans le taxi qui nous ramenait à l'hôtel, Sohrab écrasa son nez contre la vitre, l'air absorbé par les immeubles et les arbres de la ville. De la buée se formait sur le carreau, s'estompait, puis réapparaissait au rythme de son souffle. Il ne me questionna pas sur mon entretien avec Andrews.

Le robinet coulait dans la salle de bains. Depuis que nous logions à l'hôtel, Sohrab se lavait longuement tous les soirs avant de se coucher. À Kaboul, l'eau chaude constituait une commodité aussi rare que les pères, et il passait désormais près d'une heure quotidiennement à barboter dans la baignoire et à se savonner. J'appelai Soraya sans quitter des yeux le fin rai de lumière filtrant sous la porte fermée. *Te sens-tu propre maintenant ?*

Je répétai les propos d'Andrews à ma femme.

— Qu'en penses-tu ?

— Il faut partir du principe qu'il se trompe, me répondit-elle.

Elle m'apprit qu'elle avait contacté quelques organismes chargés d'arranger les adoptions d'enfants étrangers. Elle n'en avait pas encore trouvé un qui accepte de s'occuper d'un cas lié à l'Afghanistan, mais elle ne désespérait pas.

— Comment tes parents ont-ils réagi ?

— *Madar* est contente pour nous. Tu la connais, Amir, elle te défendrait envers et contre tout. *Padar…*

comme d'habitude, c'est plus difficile avec lui. Il ne se montre guère bavard.

— Et toi ? Tu es contente ?

— Je crois que nous serons de bons parents pour ton neveu, et peut-être nous apportera-t-il beaucoup aussi.

— Je suis entièrement d'accord.

— Ça peut sembler stupide, mais je me surprends à essayer de deviner quels seront son *qurma* favori et sa matière préférée à l'école. Je m'imagine l'aider dans ses devoirs…

Elle se mit à rire. Dans la salle de bains, le robinet avait été fermé. J'entendais Sohrab éclabousser le sol en remuant.

— Tu seras parfaite, l'assurai-je.

— Oh ! j'allais presque oublier. J'ai eu kaka Sharif au téléphone.

Je me rappelai qu'il avait récité un poème rédigé sur un bout de papier à l'en-tête d'un hôtel pour notre *nika*. Le jour de notre mariage, son fils avait brandi un coran au-dessus de nos têtes pendant que nous nous dirigions vers l'estrade.

— Et ?

— Il va activer les choses et joindre quelques-uns de ses collègues à l'immigration.

— Génial ! m'enthousiasmai-je. J'ai hâte que tu voies Sohrab.

— Et moi, j'ai hâte de te voir.

Je raccrochai en souriant.

Sohrab émergea peu après de la salle de bains. Il n'avait presque pas ouvert la bouche depuis notre entrevue avec Raymond Andrews et mes diverses tentatives pour bavarder avec lui ne m'avaient valu que des réponses monosyllabiques. Il grimpa dans son lit, remonta la couverture jusqu'à son menton. Quelques instants plus tard, il ronflait.

J'essuyai un cercle sur le miroir couvert de buée et me fis la barbe avec l'un des rasoirs de l'hôtel – un vieux modèle qu'il fallait ouvrir pour y glisser la lame. À mon tour je pris un bain, m'attardant dans l'eau fumante jusqu'à ce qu'elle devienne froide et ma peau toute fripée. Je restai là à réfléchir, à m'interroger, à rêver...

Omar Faisal était un homme joufflu et brun, avec des fossettes, de petits yeux noirs, des cheveux gris attachés en queue de cheval et un sourire aimable qui dévoilait ses dents écartées. Vêtu d'un costume en velours marron renforcé par des coudières en cuir, il tenait à deux mains son attaché-case usé et plein à craquer, dont la poignée avait disparu. Sa principale manie consistait à débuter la plupart de ses phrases par des formules de regret inutiles, telles que « Désolé, je serai là à dix-sept heures », puis à rire. Lorsque je lui avais téléphoné, il avait insisté pour se déplacer en personne.

— Désolé, les chauffeurs de taxi de cette ville sont de vrais requins, m'avait-il expliqué dans un anglais parfait dépourvu du moindre accent. Quand ils repèrent un étranger, ils triplent leurs tarifs.

Il s'engouffra dans notre chambre, essoufflé et en nage, en se confondant en excuses. Après s'être épongé le front avec un mouchoir, il fourragea dans sa mallette à la recherche d'un bloc-notes – non sans me demander pardon pour les feuilles qui se déversèrent sur le lit. Assis en tailleur, Sohrab gardait un œil sur la télévision, dont j'avais coupé le son, et l'autre sur l'avocat. Il avait opiné du chef quand je l'avais averti de la visite de Faisal ce matin-là. Je l'avais cru sur le point de m'interroger, mais il s'était finalement replongé dans une émission qui mettait en scène des animaux parlants.

— Voilà ! dit Omar en agitant un carnet jaune. J'espère que mes enfants tiendront de leur mère, côté organisation. Désolé, ce n'est probablement pas le genre de remarque que vous avez envie d'entendre de la part de votre futur avocat, hein ?

— Eh bien, Raymond Andrews a une très haute opinion de vous.

— M. Andrews. Oui, oui. Un brave type. Il m'a appelé à votre sujet.

— Vraiment ?

— Oh oui.

— Vous êtes déjà au courant de la situation, alors.

Faisal tamponna le dessus de ses lèvres, où perlaient des gouttes de sueur.

— Telle que vous la lui avez soumise, nuança-t-il avec un sourire faussement gêné qui creusa les fossettes de ses joues. Mais voici, je suppose, le jeune garçon à l'origine de tout ce remue-ménage, ajouta-t-il en farsi.

— Je vous présente Sohrab, en effet. Sohrab, ce monsieur est Me Faisal, l'avocat dont je t'ai parlé.

L'enfant se coula au bas de son lit pour venir lui serrer la main.

— *Salaam alaykum*, dit-il à voix basse.

— *Alaykum salaam*, Sohrab, le salua Faisal. Sais-tu que tu portes le nom d'un grand guerrier ?

Sohrab hocha la tête avant de retourner s'allonger sur son lit.

— J'ignorais que vous maîtrisiez si bien le farsi, repris-je en anglais. Vous avez grandi à Kaboul ?

— Non, je suis né à Karachi. Mais j'ai vécu quelque temps à Kaboul. À Shar-e-Nau, près de la mosquée Haji-Yaghoub. J'ai grandi à Berkeley, en fait. Mon père avait ouvert une boutique d'instruments de musique là-bas à la fin des années soixante. Union libre, bandeaux, chemises délavées – la totale, quoi. (Il se pencha vers moi.) J'étais à Woodstock !

— Ouahou !

Faisal éclata de rire si fort qu'il se remit à transpirer de partout.

— Bref, enchaînai-je. Ce que j'ai raconté à M. Andrews n'était pas loin de la vérité. Il manquait juste un ou deux détails. Peut-être trois. Je vais vous exposer la version non censurée.

Il humecta son index et feuilleta les pages de son carnet jusqu'à en trouver une vierge. Puis il décapuchonna son stylo.

— J'apprécierais beaucoup, Amir. Et tant que nous y sommes, pourquoi ne pas nous en tenir à l'anglais à partir de maintenant ?

— Très bien.

Je lui narrai tout ce qui s'était passé. Rahim khan, mon voyage à Kaboul, l'orphelinat, la lapidation au stade Ghazi.

— Mon Dieu ! murmura-t-il. Je suis désolé, je conservais un si bon souvenir de Kaboul. J'ai du mal à concevoir que vous me décriviez la même ville.

— Y êtes-vous allé dernièrement ?

— Non.

— Ça ne ressemble en rien à Berkeley, croyez-moi.

— Continuez.

Je lui rapportai la suite, ma rencontre avec Assef, notre affrontement, Sohrab et son lance-pierre, notre fuite au Pakistan. À la fin, il griffonna quelques notes, inspira profondément et me gratifia d'un regard grave

— Ma foi, Amir, c'est une dure bataille qui vous attend.

— Une que je peux gagner ?

Il reboucha son stylo.

— Comme Andrews le pense lui-même, malheureusement, c'est peu probable. Pas impossible, mais peu probable.

Son sourire aimable et la lueur espiègle dans ses yeux s'étaient évaporés.

— Ce sont pourtant des enfants comme Sohrab qui ont le plus besoin d'un foyer. Toutes ces réglementations n'ont aucun sens pour moi !

— Vous prêchez un converti, Amir. Seulement, vu les lois actuelles sur l'immigration, la politique des services d'aide à l'adoption et la situation en Afghanistan, tout se ligue contre vous.

— Ça me dépasse, avouai-je, saisi d'une envie de frapper quelque chose. Je veux dire, je comprends, mais ça me dépasse.

Omar acquiesça, la mine soucieuse.

— C'est ainsi. Au lendemain d'un désastre, qu'il soit naturel ou provoqué par l'homme – et les talibans *sont* un désastre, Amir –, il est toujours difficile de certifier qu'un enfant n'a plus de famille. Chaque jour, des gamins sont envoyés dans des camps de réfugiés ou abandonnés par leurs parents, qui ne peuvent plus s'occuper d'eux. L'INS ne délivrera donc pas de visa à Sohrab tant qu'il ne remplira pas expressément toutes les conditions requises pour prétendre au statut d'orphelin. Je suis navré, aussi ridicule que cela paraisse, il vous faut des certificats de décès.

— Vous avez vécu en Afghanistan. Vous savez donc quelles sont mes chances de les obtenir.

— Hélas ! oui. Et puis, supposons que l'on arrive à démontrer qu'il n'a aucun parent survivant. Même alors, l'INS estimerait préférable de le confier à l'un de ses compatriotes afin de préserver son héritage.

— Quel héritage ? Les talibans ont détruit tout ce que possédaient les Afghans. Vous avez vu ce qu'ils ont fait des bouddhas géants de Bamiyan !

— Désolé, je me contente de vous expliquer le raisonnement de l'INS, Amir, m'apaisa-t-il. (Il sourit à Sohrab et se retourna vers moi.) Un enfant doit être adopté légalement, selon les règles en vigueur dans son pays. Mais dans le cas d'un État plongé en plein chaos, comme l'Afghanistan, les services gouvernementaux parent au plus pressé, si bien que les processus d'adoption ne figurent pas parmi leurs priorités.

Je soupirai et me frottai les yeux. Une migraine commençait à me vriller la nuque.

— Imaginons pourtant que l'Afghanistan nous fournisse ces documents, ajouta Omar en croisant les bras sur son gros ventre. Il ne vous accordera pas forcément la garde de Sohrab. Même les pays musulmans les plus modérés sont partagés sur le sujet parce que la loi islamique ne reconnaît pas l'adoption, alors le régime des talibans…

— Vous me conseillez de renoncer ?

— J'ai grandi aux États-Unis, Amir. Si l'Amérique m'a appris une chose, c'est bien de ne jamais renoncer. Étant votre avocat, cependant, je me dois de ne rien vous cacher. Il reste encore un problème : les agences dépêchent systématiquement des membres de leur personnel pour observer le milieu d'origine de l'enfant, et aucune n'acceptera d'envoyer l'un de ses employés en Afghanistan.

Assis la tête appuyée sur un genou, comme son père autrefois, Sohrab regardait la télé tout en nous surveillant.

— Je suis son demi-oncle, cela joue-t-il en ma faveur ?

— Oui, si vous parvenez à le prouver. Désolé, avez-vous des papiers ou des proches en mesure de l'attester ?

— Non, répondis-je avec lassitude. Tout le monde l'ignorait. Sohrab l'a découvert quand je lui ai dit et je ne le sais moi-même que depuis peu. La seule autre personne au courant est partie, peut-être morte.

— Mmmm.

— Quelles sont mes possibilités, Omar ?

— Je vais être franc. Vous n'en avez guère.

— Que puis-je faire, bon sang ?

Il se tapota le menton avec son stylo.

— Remplir une demande en espérant qu'elle aboutira. Procéder à une adoption indépendante, c'est-à-dire sans recourir à un organisme intermédiaire – cela implique que vous résidiez jour et nuit au Pakistan avec Sohrab durant les deux années à venir. Réclamer pour lui l'asile politique, en sachant toutefois que vous enclencherez là un processus interminable et qu'il vous faudra justifier des persécutions dont il était victime dans son pays. Solliciter un visa humanitaire auprès du ministère de la Justice – lequel ne les concède qu'au compte-gouttes. (Il se tut un instant.) Il y a une dernière solution, peut-être la meilleure.

— Laquelle ?

— Confier Sohrab à un orphelinat pakistanais le temps d'effectuer une demande d'adoption, de compléter le formulaire I-600 et de subir une inspection.

— De quoi s'agit-il ?

— Désolé, le I-600 est une formalité administrative imposée par l'INS. L'inspection, quant à elle, relève de l'agence d'aide à l'adoption que vous aurez choisie. Son rôle consiste à… vous voyez, à s'assurer que votre femme et vous n'êtes pas des fous dangereux.

— Pas question, répliquai-je. J'ai promis à Sohrab de ne pas le placer dans un orphelinat.

— Au risque de me répéter, c'est peut-être votre meilleur espoir.

Nous nous entretînmes encore un peu. Puis je le raccompagnai jusqu'à sa voiture. Le soleil qui se couchait sur Islamabad déployait un halo rouge feu à l'ouest. J'observai la vieille Coccinelle d'Omar se pencher sous son poids tandis qu'il s'installait avec peine au volant. Il baissa sa vitre.

— Amir ?

— Oui ?

— Je voulais vous dire que je trouve votre démarche admirable.

Il agita le bras en s'éloignant. Planté devant l'hôtel, je regrettai que Soraya ne fût pas à mes côtés.

Sohrab avait éteint la télévision lorsque je le rejoignis. Je m'assis sur le bord de mon lit et l'appelai.

— D'après M. Faisal, il existe un moyen pour que tu puisses rentrer aux États-Unis avec moi.

— C'est vrai ? me demanda-t-il en ébauchant son premier sourire depuis plusieurs jours. Quand partirons-nous ?

— Eh bien, il y a un hic. Nous devrons probablement patienter. Mais il croit en nos chances de réussite et il va nous aider.

Je posai ma main sur sa nuque. Dehors, l'appel à la prière résonnait dans les rues.

— Combien de temps ?

— Je ne sais pas. Un moment.

Il haussa les épaules. Son sourire s'épanouit.

— Pas grave. Je serai patient. C'est comme avec les pommes acides.

— Les pommes acides ?

— Un jour, quand j'étais petit, j'ai grimpé à un arbre pour en manger. Mon ventre a gonflé et est devenu tout dur. J'avais très mal. Mère m'a expliqué que si j'avais attendu qu'elles mûrissent, elles ne m'auraient pas rendu malade. Alors maintenant, quand j'ai très envie de quelque chose, j'essaie de m'en rappeler.

— Les pommes acides. *Mashallah*, tu es le garçon le plus futé que j'aie jamais rencontré, Sohrab jan.

Il rougit jusqu'aux oreilles.

— Vous m'emmènerez voir le pont rouge ? Celui avec le brouillard ?

— Et comment !

— Et on roulera dans les rues où on n'aperçoit que le capot de la voiture et le ciel ?

— On les parcourra toutes, décrétai-je, les yeux humides.

— C'est dur, l'anglais ?

— À mon avis, tu le maîtriseras aussi bien que le farsi en moins d'un an.

— Vraiment ?

— Oui. (Je plaçai un doigt sous son menton pour l'obliger à me faire face.) Il y a autre chose, Sohrab.

— Quoi ?

— M. Faisal pense que nous aurions intérêt à… à ce que tu ailles d'abord dans un foyer pour enfants.

— Un foyer pour enfants ? répéta-t-il, l'air assombri. Vous parlez d'un orphelinat ?

— Ce serait provisoire.

— Non ! souffla-t-il. Non, s'il vous plaît.

— Sohrab, tu n'y resterais pas longtemps, je te le promets.

— Vous m'aviez promis que je n'y retournerais jamais, Amir agha, me reprocha-t-il d'une voix brisée, au bord des larmes.

J'eus le sentiment d'être un salaud de la pire espèce.

— C'est différent, là. Tu serais à Islamabad, pas à Kaboul. Et je te rendrais souvent visite, jusqu'à ce qu'on m'autorise à t'emmener aux États-Unis.

— S'il vous plaît, s'il vous plaît ! Non ! gémit-il. J'ai peur de ces endroits. On me fera du mal ! Je ne veux pas y aller.

— Personne ne te fera du mal. Plus jamais.

— Si ! On dit toujours ça, mais c'est des mensonges. Des mensonges ! Oh, s'il vous plaît !

J'essuyai du pouce les larmes qui mouillaient ses joues.

— Rappelle-toi les pommes vertes. C'est la même chose.

— Non, vous mentez ! Pas l'orphelinat ! Mon Dieu, non !

Il tremblait tant que je l'attirai contre moi et l'enveloppai de mes bras.

— Chut, tout ira bien. On rentrera ensemble à la maison. Tu verras, tout ira bien.

Sa réponse me parvint étouffée, mais je perçus la panique qu'elle exprimait.

— S'il vous plaît, promettez-moi de ne pas m'envoyer dans un orphelinat. Amir agha, promettez-moi !

Comment l'aurais-je pu ? Je le serrai fort, très fort, en me balançant d'avant en arrière pendant qu'il sanglotait sur ma chemise. Peu à peu, ses pleurs et ses convulsions s'apaisèrent, ses suppliques désespérées se muèrent en marmonnements incompréhensibles. J'attendis encore sans cesser de le bercer que sa respiration reprenne un rythme régulier et que son petit corps se détende. Une phrase lue des années plus tôt me revint en mémoire : *Les enfants gèrent leur terreur ainsi. En s'endormant.*

Je le couchai dans son lit et le bordai. Puis je m'allongeai, les yeux tournés vers la fenêtre derrière laquelle s'étendait le ciel pourpre d'Islamabad.

Il faisait nuit noire lorsque la sonnerie du téléphone m'éveilla. Les yeux lourds de sommeil, j'allumai la petite lampe de chevet. Il était plus de vingt-deux heures trente – je dormais depuis près de trois heures.

— Allô ?

— Un appel des États-Unis, m'annonça la voix lasse de M. Fayyaz.

— Merci.

De la lumière filtrait sous la porte de la salle de bains. Sohrab se lavait. Quelques clics se succédèrent.

— *Salaam !* s'écria Soraya, tout excitée.

— Bonsoir.

— Comment s'est déroulée l'entrevue avec l'avocat ?

Je lui rapportai les conseils d'Omar Faisal.

— Oublie ça, déclara-t-elle. Ce ne sera pas nécessaire.

Je me redressai.

— *Rawsti ?* Pourquoi, qu'y a-t-il ?

— Kaka Sharif s'est renseigné. Selon lui, la solution consiste à ramener Sohrab aux États-Unis. Une fois qu'il sera sur place, on disposera de moyens pour le garder. Il a contacté quelques-uns de ses amis à l'INS et m'a téléphoné pour me dire qu'il était quasi certain de pouvoir lui procurer un visa humanitaire.

— Sérieux ? C'est fantastique ! Ah, ce bon vieux Sharif jan !

— Nous officierons en tant que parrains de Sohrab. La procédure devrait aller très vite. D'après kaka Sharif, le visa serait valable un an, ce qui nous laissera largement le temps de remplir un dossier d'adoption.

— Nous ne rêvons pas, hein Soraya ?

— Apparemment, non.

Elle paraissait heureuse. Nous échangeâmes un « Je t'aime », puis je raccrochai.

— Sohrab ! lançai-je. J'ai d'excellentes nouvelles ! (Je frappai à la porte de la salle de bains.) Sohrab ! Soraya jan vient de m'appeler de Californie. Nous n'aurons pas à te placer dans un orphelinat. Nous partirons tous les deux pour les États-Unis. Tu m'entends ? Nous partirons tous les deux !

J'ouvris la porte.

Soudain, je me retrouvai à genoux, tandis qu'un hurlement montait en moi. Il déferla entre mes dents serrées, se prolongea jusqu'à me donner l'impression que ma gorge allait se déchirer et mes poumons exploser.

Plus tard, on m'affirma que je criais encore à l'arrivée de l'ambulance.

25

Ils refusent de me laisser entrer.

Je les regarde pousser son brancard et décide quand même de franchir la double porte. L'odeur de l'iode et de l'eau oxygénée m'assaille lorsque je m'engouffre à l'intérieur, mais j'ai juste le temps de distinguer deux hommes coiffés de calottes chirurgicales et une femme en vert penchée sur le drap blanc qui le recouvre et dont les pans traînent sur le carrelage sale. Deux petits pieds rouges de sang dépassent à un bout. Je remarque que l'ongle du gros orteil gauche est cassé. Arrive alors un individu grand et trapu, habillé de bleu, qui m'entraîne dehors. Le contact de son alliance sur ma peau me semble froid. J'ai beau tenter de résister et l'injurier, il me répète que je ne peux pas rester là. Il s'exprime en anglais, avec politesse mais fermeté. « Patience », me dit-il en me guidant vers ce qui tient lieu de salle d'attente à l'hôpital. Les portes battantes se referment derrière lui avec un bruit de soufflet et je n'aperçois plus que le haut des bonnets chirurgicaux à travers les petites vitres rectangulaires.

Il me fait entrer dans un large couloir dépourvu de fenêtres où se trouve amassée une foule de gens – assis pour les uns sur des chaises pliantes métalliques disposées le long du mur, et pour les autres sur la fine moquette usée. Le désir de hurler resurgit en moi et je me rappelle la dernière fois que j'ai connu pareil sentiment : c'était avec Baba, dans le tank d'un camion-citerne où nous étions tous deux cachés en compagnie d'autres réfugiés. Je veux m'arracher à cet endroit, à cette réalité. M'élever haut dans le ciel, comme un nuage, et flotter à la dérive en me fondant dans cette nuit d'été humide jusqu'à me dissoudre quelque part, loin, par-delà les montagnes. Mais je suis coincé là, les jambes aussi lourdes que des blocs de béton, les poumons vidés de leur oxygène et la gorge en feu. Impossible de fuir, il n'y aura pas d'autre réalité ce soir. Je ferme les yeux et mes narines se remplissent de l'odeur ambiante, mélange de sueur et d'ammoniac, d'alcool à quatre-vingt-dix degrés et de curry. Au plafond, des papillons se précipitent contre les néons grisâtres qui courent sur toute la longueur du couloir J'entends le battement de leurs ailes. Autour de moi, on bavarde, on pleure doucement, on renifle. Une personne geint, une autre soupire, et les portes de l'ascenseur coulissent avec un bing pendant que les haut-parleurs appellent quelqu'un en ourdou.

Je redresse la tête et, soudain, ce que je dois faire m'apparaît clairement. J'inspecte les environs, le cœur cognant sourdement dans ma poitrine, les oreilles bourdonnantes. Il y a une petite réserve plongée dans le noir sur ma gauche. J'y déniche ce que je cherche. Cela fera l'affaire. Je m'empare d'un drap blanc sur une pile de linge et le rapporte dans le couloir. J'avise alors une infirmière en pleine discussion avec un policier près de la salle de repos. Je la tire par le coude, il me faut savoir de quel côté est l'ouest. Elle ne me comprend pas. Ses rides se creusent à mesure qu'elle plisse le front. J'ai si mal à la gorge que chaque inspiration s'apparente à inhaler des braises. La transpiration me brûle les yeux – je crois bien que je pleure. Je lui repose ma question. La supplie. Pour finir, c'est le policier qui m'indique la direction.

Je jette mon *jai-namaz* improvisé à terre et m'agenouille dessus pour me prosterner. Mes larmes coulent. Je m'incline vers l'ouest, avant de me souvenir que ma dernière prière remonte à plus de quinze ans. J'ai oublié les mots depuis longtemps. Aucune importance, je prononcerai les rares que j'ai gardés en mémoire : *La illaha il Allah, Muhammad u rasul ullah.* « Il n'y a de Dieu qu'Allah et Mahomet est son prophète. » Il m'apparaît clairement maintenant que Baba avait tort : Dieu existe, Il a toujours existé. Je Le vois dans le regard des gens qui hantent ce couloir du désespoir. Ici est la vraie maison de Dieu, ceux qui L'ont perdu Le retrouveront ici, et non dans le *masjid* blanc aux lumières étincelantes et aux gigantesques minarets. Il y a un Dieu, forcément, et je prie désormais, je prie pour qu'Il me pardonne de L'avoir ignoré toutes ces années. Je sollicite Sa clémence face à mes trahisons, mes mensonges, mes péchés impunis – et le fait que seule ma détresse m'a incité à me tourner vers Lui. Je L'implore de se montrer aussi miséricordieux et généreux que l'affirme Son livre sacré. J'embrasse le sol en jurant d'observer la *zakat* et le *namaz*, de jeûner durant le Ramadan et de continuer même après, de consigner dans ma mémoire chaque mot du Coran, d'effectuer un pèlerinage dans la ville brûlée par le soleil du désert et de me courber aussi devant la Kaaba. J'accomplirai tout cela et penserai à Lui tous les jours à compter de celui-ci s'Il consent à exaucer mon unique vœu : que je n'aie pas la mort de Sohrab sur la conscience, en plus de celle de son père.

Quelqu'un gémit et je m'aperçois qu'il s'agit de moi. Les larmes roulant sur mes joues ont donné à mes lèvres un goût de sel. Je sens tous les regards converger dans ma direction, mais je m'en moque et me prosterne encore. Et je prie. Je prie pour que mon passé ne m'ait pas rattrapé, comme je l'ai toujours redouté.

Une nuit noire, sans étoiles, est tombée sur Islamabad. Quelques heures se sont écoulées et je suis à présent assis par terre, dans une petite salle près du couloir qui mène au bloc. J'ai devant moi une table basse d'un marron terne, jonchée de journaux et de magazines aux pages cornées – un numéro d'avril 1996 de *Time*, un quotidien pakistanais titrant sur la mort d'un jeune garçon heurté par un train une semaine plus tôt, une revue avec en couverture des acteurs de Lollywood[1] tout sourire. Sur un fauteuil roulant, en face de moi, une vieille femme vêtue d'un *shalwar-kameez* vert jade et d'un châle au crochet s'est assoupie. De temps à autre, elle s'éveille et grommelle une prière en arabe. Je m'interroge avec lassitude : seront-ce les siennes ou les miennes qui seront entendues ce soir ? Je me remémore le visage de Sohrab, son menton, ses petites oreilles en forme de coquillage, ses yeux bridés, semblables à des feuilles de bambou, qui me rappellent tant son père. Une souffrance terrible m'envahit et m'enserre comme un étau.

J'ai besoin d'air.

Je me lève pour ouvrir les fenêtres. La moustiquaire laisse passer un souffle chaud qui charrie une odeur de

---

1. Désigne l'industrie cinématographique de Lahore. *(N.d.T.)*

dattes pourries et de fumier. Je me force à l'inspirer à grandes goulées, mais il ne me libère pas de ce poids qui m'écrase. Alors je me rassois par terre et feuillette le *Time* – peine perdue, rien ne parvient à retenir mon attention. Je le jette sur la table, recommence à fixer les fissures sur la dalle de béton, les toiles d'araignée au plafond, les mouches mortes sur le rebord de la fenêtre. Surtout, je scrute l'horloge accrochée au mur : quatre heures du matin. Il y a maintenant plus de cinq heures que l'on m'a chassé de la salle aux portes battantes. Toujours pas de nouvelles.

Mon corps me semble peu à peu se couler dans le sol. Ma respiration se fait plus lourde, plus lente. J'ai envie de dormir, de poser ma tête sur cette surface froide et poussiéreuse. Dormir. Peut-être constaterai-je à mon réveil que la scène d'horreur découverte dans la salle de bains de l'hôtel n'était qu'un rêve : le robinet qui gouttait dans l'eau rouge ; le bras gauche de Sohrab pendant par-dessus le bord de la baignoire ; le rasoir ensanglanté sur la cuvette des toilettes – celui-là même avec lequel je m'étais rasé la veille. Et puis ses yeux, à demi ouverts mais éteints. Plus que tout le reste, je souhaite les oublier.

Le sommeil me gagne et je ne résiste pas. Mes rêves ne me laissent aucun souvenir.

Quelqu'un me tapote l'épaule. Je découvre un homme à genoux près de moi, habillé comme les types derrière la double porte. L'angoisse m'étreint à la vue d'une tache sombre sur le fin tissu de son masque chirurgical. L'inconnu le dégrafe, heureusement, m'évitant ainsi d'avoir à contempler plus longtemps le sang de Sohrab. Il a le front dégarni, les cils recourbés et la peau aussi foncée que le chocolat suisse importé qu'Hassan et moi achetions au bazar, à Shar-e-Nau. La photo d'une fillette est collée sur son bipeur. Avec un accent britannique, il se présente comme le Dr Nawaz, mais je n'aspire soudain plus qu'à m'éloigner de lui : je ne crois pas pouvoir supporter ce qu'il est venu m'annoncer.

La illaha il Allah, Muhammad u rasul ullah.

Ils ont dû lui transfuser plusieurs poches de sang…

Comment le dire à Soraya ?

Deux réanimations ont été nécessaires…

J'observerai le namaz, je m'acquitterai de la zakat.

Ils n'auraient pas réussi à le sauver s'il n'avait été jeune et en bonne santé…

Je jeûnerai.

Il est vivant.

Le Dr Nawaz sourit. Il me faut un moment pour assimiler le sens de ses paroles. Il ajoute autre chose, mais je ne l'entends plus car j'ai saisi les petites mains charnues de cet étranger pour y enfouir mon visage et pleurer de soulagement. Il se tait à présent. Il attend.

L'unité de soins intensifs se compose d'une salle lugubre en forme de L où se mêlent les bips des moniteurs et le ronronnement de diverses machines. Le Dr Nawaz me guide entre deux rangées de lits séparés par des rideaux de plastique blanc. Celui de Sohrab est le dernier à l'angle et le plus proche du bureau des infirmières, où deux d'entre elles, en tenue de bloc opératoire, griffonnent sur des tablettes en discutant à voix basse. Dans l'ascenseur qui nous montait à cet étage, j'avais supposé que mes larmes jailliraient de plus belle lorsque j'apercevrais Sohrab. C'est pourtant les yeux secs que, assis sur une chaise près de son lit, j'examine ses traits livides à travers l'enchevêtrement des sondes et des perfusions. À voir sa poitrine se soulever et s'affaisser au rythme du sifflement de l'appareil d'assistance respiratoire, une curieuse torpeur m'envahit – la même qu'éprouverait un homme quelques secondes après avoir fait un brusque écart avec sa voiture pour éviter une collision frontale.

Je m'assoupis. À mon réveil, mon regard se pose sur la fenêtre à côté du bureau des infirmières. Le soleil qui point dans le ciel jaune pâle projette ses rayons obliquement dans la pièce, orientant mon ombre vers Sohrab. Il n'a pas bougé.

— Vous devriez aller vous reposer, me conseille une femme que je ne reconnais pas – il y a probablement eu un changement de service pendant que je somnolais.

Elle m'accompagne dans une autre chambre, vide celle-là, juste à l'extérieur de l'unité de soins intensifs, puis me tend un oreiller et une couverture. Après l'avoir remerciée, je m'allonge sur le canapé en vinyle et m'endors aussitôt.

Je rêve que je suis de retour dans la salle d'attente à l'étage inférieur. Le Dr Nawaz entre, je me mets debout pour l'accueillir. Il ôte son masque avec des mains plus blanches que dans mon souvenir, des ongles plus soignés. Ses cheveux sont séparés par une raie nette au milieu. Ce n'est pas le Dr Nawaz, mais Raymond Andrews, l'homme de l'ambassade qui cultive des tomates. Il penche la tête. Plisse les yeux.

De jour, l'hôpital offrait le spectacle d'un dédale de couloirs bondés rendus flous par la lumière blanche aveuglante des néons. Peu à peu, j'en apprivoisai l'agencement, je découvris que, dans l'ascenseur de l'aile est, le bouton du quatrième ne s'allumait pas, que la porte des toilettes pour hommes se bloquait à ce même étage et qu'il fallait donner un coup d'épaule pour l'ouvrir. Je me familiarisai avec la vie hospitalière – l'activité débordante qui précédait l'arrivée des nouvelles équipes le matin, l'agitation de midi, le calme et le silence des fins de soirée, interrompus à l'occasion par le passage des médecins et des infirmières qui se précipitaient pour réanimer quelqu'un. Je montais la garde auprès de Sohrab durant la journée et errais dans l'établissement la nuit, écoutant le claquement de mes talons sur le carrelage, réfléchissant à ce que je lui dirais à son réveil. Ma ronde me ramenait toujours aux soins intensifs, près de son lit, sans que je sois plus avancé.

Au bout de trois jours, on lui retira la sonde d'intubation. J'étais absent lorsqu'on le transféra dans une chambre au rez-de-chaussée, ayant regagné mon hôtel le soir précédent pour dormir un peu. Après m'être tourné et retourné toute la nuit dans mon lit, je m'efforçai ce matin-là de ne pas regarder la baignoire, qui avait été nettoyée entre-temps – quelqu'un avait lavé les traces de sang, disposé de nouveaux tapis et lessivé les murs. Je ne pus toutefois m'empêcher de m'asseoir sur le rebord froid et de me représenter Sohrab en train de la remplir d'eau chaude. De se déshabiller. De manipuler le manche du rasoir et de débloquer les deux crans de sécurité pour dégager la lame, de tenir celle-ci entre son pouce et son index. Je l'imaginai se plonger dans son bain et rester là, les yeux fermés. Je me demandai quelle avait été sa dernière pensée avant de lever la lame et de l'approcher de ses poignets.

Je traversais le hall d'entrée quand M. Fayyaz m'interpella.

— Je suis désolé de ce qui vous arrive, déplora-t-il, mais je vous prie de quitter mon hôtel. S'il vous plaît. Ce qui s'est produit nuit beaucoup à mes affaires.

Je l'assurai de ma compréhension et réglai ma note. Il ne me compta pas les trois jours que j'avais passés à l'hôpital. Tandis que j'attendais un taxi, je songeai à ce qu'il m'avait dit le soir où nous étions partis à la recherche de Sonrab. *Le problème avec vous autres Afghans... c'est que vous êtes un tantinet irréfléchis* J'avais ri sur le coup, mais à présent je m'interrogeais. Comment avais-je pu m'endormir après avoir annoncé à Sohrab la nouvelle qu'il redoutait le plus ?

En montant dans le taxi, je questionnai le chauffeur pour savoir s'il connaissait une librairie persane. Il m'expliqua qu'il y en avait une à quelques kilomètres au sud. Nous nous y arrêtâmes en chemin.

La nouvelle chambre de Sohrab avait des murs couleur crème, des moulures gris sombre effritées et un sol carrelé dont on supposait qu'il avait été blanc à une époque. Il la partageait avec un adolescent du Pendjab qui, je l'appris plus tard par l'une des infirmières, s'était cassé la jambe en glissant du toit d'un bus. On la lui avait plâtrée et surélevée par un système de courroies reliées à plusieurs poids.

Le lit de Sohrab se trouvait près de la fenêtre, à travers laquelle le soleil de cette fin de matinée déversait ses rayons. À côté de lui, un agent de sécurité en uniforme mâchonnait des graines de pastèque grillées – en raison de sa tentative de suicide, m'avait informé le Dr Nawaz, Sohrab était surveillé vingt-quatre heures sur vingt-quatre. Le garde me salua et s'en alla.

Allongé sur le dos dans un pyjama à manches courtes, la couverture remontée sur lui, Sohrab avait la tête face à la vitre. Je crus qu'il dormait, mais lorsque j'avançai une chaise, ses paupières tressaillirent et il ouvrit les yeux. Ces derniers se posèrent sur moi avant de se détourner. Il était si pâle, même avec tout le sang qu'on lui avait transfusé, et un gros bleu s'était formé au creux de son bras droit.

— Comment vas-tu ?

Sans répondre, il fixa par la fenêtre le bac à sable et la balançoire du jardin de l'hôpital. Une tonnelle sur laquelle grimpaient quelques plantes vertes jouxtait le terrain de jeux, à l'ombre d'une rangée d'hibiscus. Des enfants s'amusaient avec des seaux et des pelles. Dans le ciel sans nuages, j'aperçus les deux traînées blanches laissées par un minuscule avion.

— Je viens de parler au Dr Nawaz, repris-je. Il pense t'autoriser à sortir dans deux ou trois jours. Bonne nouvelle, n'est-ce pas ?

Silence. Le garçon du Pendjab remua dans son sommeil, à l'autre bout de la pièce, et marmonna quelque chose.

— J'aime bien ta chambre, enchaînai-je en essayant de ne pas me laisser hypnotiser par les poignets bandés de Sohrab. Elle est lumineuse, et tu as une belle vue.

Toujours pas de réaction. Mon embarras se prolongea tant et si bien qu'un voile de transpiration recouvrit mon front et le dessus de mes lèvres. Je pointai du doigt le bol toujours rempli d'*aush* aux petits pois et la cuillère en plastique sur sa table de nuit.

— Tu devrais essayer de manger un peu. Pour retrouver ton *quwat*, tes forces. Tu veux que je t'aide ?

Il soutint froidement mon regard, puis reporta son attention ailleurs. Ses yeux étaient aussi vides de toute étincelle que lorsque je l'avais tiré de la baignoire. Je ramassai le sac en papier posé entre mes pieds pour en extraire l'exemplaire d'occasion du *Shahnameh* que j'avais acheté à la librairie.

— Je le lisais à ton père quand nous étions petits, fis-je en lui montrant la couverture. On montait sur la colline près de la maison et on s'asseyait sous un grenadier...

Je n'achevai pas ma phrase. Sohrab contemplait de nouveau le jardin derrière la fenêtre. Je me forçai à sourire.

— Ton père adorait l'histoire de Rostam et Sohrab. C'est à lui que tu dois ton prénom, tu sais. (Je me tus, envahi par le sentiment d'être complètement ridicule.) Bref, il me racontait dans sa lettre que c'était aussi ta préférée, alors j'ai pensé t'en lire une partie D'accord ?

Ses paupières se fermèrent. Il les couvrit de son bras meurtri.

J'ouvris le livre à la page que j'avais cornée dans le taxi.

— Allons-y, lançai-je, en me demandant pour la première fois ce qu'avait pensé Hassan quand il avait déchiffré seul le *Shahnameh* et constaté que je l'avais abusé à de nombreuses reprises. « Écoutez le récit déchirant du combat de Sohrab contre Rostam, commençai-je. Rostam se leva un matin, plein de sombres pressentiments. Il se rappela… »

Je lui lus le premier chapitre presque dans sa totalité, jusqu'au moment où le jeune guerrier Sohrab s'en va trouver sa mère, Tahmineh, princesse de Samengan, pour s'enquérir de l'identité de son père.

— Il y a le récit des batailles après, tu t'en souviens ? Sohrab marche à la tête de son armée sur le Château blanc en Iran. Je continue ?

Il me fit lentement signe que non. Je rangeai le livre dans mon sac, encouragé par ce début de réponse.

— Pas de problème. On n'aura qu'à reprendre demain. Comment te sens-tu ?

Sa bouche laissa échapper un son rauque. Le Dr Nawaz m'avait expliqué qu'il fallait s'y attendre, en raison du tube qu'on lui avait inséré entre les cordes vocales. Sohrab s'humecta les lèvres.

— Fatigué, réussit-il à articuler.

— C'est normal, le Dr Nawaz m'a prévenu…

Il secoua la tête.

— Quoi, Sohrab ?

Il grimaça lorsqu'il se remit à parler d'une voix enrouée, à peine plus forte qu'un murmure.

— Fatigué de tout.

Je soupirai et m'affaissai sur ma chaise. Un rai de lumière tombait sur le lit entre nous et, durant un court instant, le visage au teint grisâtre en face de moi m'apparut comme le sosie parfait d'Hassan. Pas l'Hassan avec lequel je jouais aux billes jusqu'à ce que le mollah entonne l'*azan* du soir et qu'Ali nous enjoigne de rentrer. Pas celui que je poursuivais sur notre colline tandis que le soleil s'abaissait derrière les toits d'argile à l'ouest. Non, l'Hassan tel que je l'avais vu pour la dernière fois par la fenêtre de ma chambre, traînant ses affaires derrière Ali sous une pluie diluvienne, en été, pour les fourrer dans le coffre de la voiture de Baba.

— Fatigué de tout, répéta-t-il.

— Que puis-je faire, Sohrab ? S'il te plaît.

— Je veux...

Il grimaça de nouveau et porta une main à son cou comme pour se débarrasser de ce qui le gênait. Mon regard fut immanquablement attiré par les bandes de gaze blanche enserrant son poignet.

— Je veux mon ancienne vie, souffla-t-il.

— Oh, Sohrab !

— Je veux mon père et ma mère. Je veux Sasa. Je veux rejouer avec Rahim khan sahib dans le jardin. Je veux notre maison. (Il cacha de nouveau ses yeux derrière son avant-bras.) Je veux mon ancienne vie.

Je ne savais que répondre, ni quelle contenance adopter, aussi fixai-je mes mains. *Ton ancienne vie,* pensai-je. *La mienne, aussi. Je me suis amusé dans le même jardin que toi. J'ai vécu dans la même maison. Mais l'herbe s'est flétrie et la Jeep d'un étranger est garée dans l'allée, où elle pisse de l'huile sur l'asphalte. Notre ancienne vie n'est plus, Sohrab,*

et tous ceux qui la peuplaient sont morts ou à l'agonie.
Il ne reste plus que toi et moi. Juste toi et moi.

— Je ne peux pas te la rendre.

— J'aurais préféré que vous n'ayez pas..

— Ne dis pas ça.

— … que vous n'ayez pas… j'aurais préféré que vous m'ayez laissé dans l'eau.

— Ne dis pas ça, Sohrab, insistai-je en me penchant vers lui. Je ne supporte pas de t'entendre parler ainsi.

Je lui effleurai l'épaule, mais il sursauta et s'écarta. Avec tristesse, je me rappelai comment il avait fini par s'habituer à moi peu avant que je rompe ma promesse.

— Sohrab, il m'est impossible de ressusciter le passé, et pourtant Dieu sait que j'aimerais. Par contre, je peux te ramener à la maison avec moi. C'est ce que je venais t'apprendre quand je suis entré dans la salle de bains. Tu as un visa pour les États-Unis. Tu vivras avec ma femme et moi. C'est vrai, je te le jure.

Il soupira par le nez et ferma les yeux. Je m'en voulus immédiatement d'avoir prononcé ces derniers mots.

— J'ai commis beaucoup d'erreurs que je déplore aujourd'hui, et peut-être aucune plus que d'avoir repris la parole que je t'avais donnée. Mais ça ne se reproduira plus. Je suis sincèrement désolé. J'implore ton *bakhshesh*, ton pardon. Tu y arriveras ? Tu arriveras à me pardonner ? À me croire ? (Je baissai la voix.) Tu viendras avec moi ?

Alors que j'attendais sa réponse, mon esprit me ramena en arrière, des années plus tôt. Hassan et moi étions assis dans la neige, sous un cerisier. J'avais joué à un jeu cruel avec lui ce jour-là en le défiant d'accepter de manger des excréments pour me prouver sa loyauté. À présent, c'était à mon tour de subir le même examen, de devoir démontrer ma valeur. Je le méritais.

Sohrab roula sur le côté, me tournant le dos. Il resta muet un long moment. Puis, juste quand je le supposai endormi, il déclara de sa voix éraillée :

— Je suis si *khasta*. Si fatigué.

Je le veillai le temps qu'il sombre dans le sommeil. Quelque chose était brisé entre lui et moi. La lueur d'espoir qui s'était timidement invitée dans ses yeux avant mon entretien avec Omar Faisal s'était enfuie, et je me demandais quand elle oserait revenir. Je me demandais aussi quand Sohrab retrouverait le sourire. Quand il me referait confiance. Si jamais il s'y risquait.

Je quittai sa chambre pour me mettre en quête d'un nouvel hôtel, loin de me douter qu'une année allait s'écouler sans qu'il prononce un seul mot.

Au bout du compte, il n'accepta jamais vraiment mon offre. Pas plus qu'il ne la déclina. Mais lorsqu'on lui ôta ses pansements et que l'hôpital récupéra les pyjamas prêtés, il sentit bien qu'il n'était qu'un orphelin hazara et sans abri parmi tant d'autres. Quel choix avait-il ? Où aurait-il pu aller ? Ce que j'interprétai comme un oui de sa part releva en réalité davantage d'une reddition silencieuse, d'un abandon, non d'un véritable consentement. Sohrab était trop las pour décider de son sort, et trop fatigué pour croire en quoi que ce soit. Lui qui rêvait de son ancienne vie dut se contenter des États-Unis et de moi. Non que cela fût si catastrophique, tout bien considéré, mais je ne pouvais bien sûr pas le lui dire. Garder le sens de la mesure se révèle utopique quand un essaim de démons bourdonne continuellement en vous.

Une semaine plus tard, je traversai une bande de tarmac noir brûlant avec le fils d'Hassan, arrachant ainsi ce dernier à la certitude du chaos pour le plonger dans un chaos d'incertitudes.

Un jour que je me trouvais dans la section westerns d'un vidéoclub à Fremont, peut-être en 1983 ou 1984, un type qui buvait du Coca-Cola à côté de moi me montra *Les Sept Mercenaires* en s'enquérant si je l'avais déjà vu.

— Oui, treize fois. Charles Bronson meurt à la fin, de même que James Coburn et Robert Vaughn.

Il me jeta un regard noir, comme si j'avais craché dans sa boisson.

— Merci, vieux, fit-il.

Il secoua la tête et grommela quelque chose en s'éloignant. J'appris à cette occasion que, aux États-Unis, mieux valait ne pas dévoiler le dénouement d'un film si l'on ne souhaitait pas être couvert d'opprobre et contraint de s'excuser aussi platement que si l'on avait commis un péché capital.

En Afghanistan, seul compte l'épilogue. Quand Hassan et moi rentrions du cinéma Zainab, la même question revenait toujours sur les lèvres d'Ali, de Rahim khan, de Baba et de la myriade de ses amis et cousins éloignés qui défilaient chez nous en permanence . l'héroïne goûtait-elle enfin au bonheur ? Le *bacheh film*, le héros, devenait-il *kamyab* ou bien *nah-kam* ? Ses rêves se réalisaient-ils ou étaient-ils voués à l'échec ?

Aucun ne se préoccupait d'autre chose.

Viendrait-on à me demander aujourd'hui si notre histoire à Hassan, Sohrab et moi se termine bien, je ne saurais quoi répondre.

Qui pourrait en décider ?

Après tout, nous n'évoluons pas dans un film *Zendagi migzara*, aiment à répéter les Afghans. « La vie continue. » Début, fin, *kamyab*, *nah-kam*, crise ou catharsis – peu lui importe, elle suit son chemin, telle une lente caravane poussiéreuse de Kuchis.

Non, je ne saurais quoi répondre. Malgré le petit miracle qui s'est produit dimanche dernier.

Nous avons regagné notre maison il y a environ sept mois, par une chaude journée d'août 2001. Soraya était venue nous chercher à l'aéroport. Jamais je n'étais resté éloigné d'elle aussi longtemps, et lorsqu'elle enroula ses bras autour de mon cou, lorsque je humai l'odeur de pomme de ses cheveux, je compris combien elle m'avait manqué.

— Tu es toujours le soleil de mon *yelda*, lui murmurai-je à l'oreille.

— Comment ?

— Non, rien.

Elle plia ensuite les genoux pour se mettre à la hauteur de Sohrab.

— *Salaam*, Sohrab jan, le salua-t-elle en lui prenant la main. Je suis ta khala Soraya. Nous t'attendions tous.

À la vue de son sourire et des larmes dans ses yeux, j'eus un aperçu de la mère qu'elle aurait pu être si le destin l'avait voulu.

Sohrab se dandina et détourna son regard.

Une fois chez nous, Soraya le conduisit à sa chambre, qu'elle avait aménagée dans notre bureau, à l'étage. Sohrab s'assit au bord du lit. Les draps avaient pour motifs des cerfs-volants aux couleurs éclatantes sur fond de ciel bleu indigo. Des inscriptions figuraient sur le mur, près du placard, avec des graduations en centimètres pour permettre de mesurer sa croissance. Des livres, une locomotive et un coffret à aquarelle étaient rangés dans un panier en osier au pied du lit

Sohrab portait le tee-shirt blanc et le jean que je lui avais achetés à Islamabad avant notre départ – le premier un peu trop large pour ses maigres épaules. À l'exception de cernes noirs sous ses yeux, son visage n'avait toujours pas recouvré la moindre couleur, et il exprimait la même impassibilité face à nous que devant ses assiettes de riz à l'hôpital.

Soraya s'inquiéta de savoir si cette décoration lui plaisait, et je remarquai que, malgré ses efforts, elle ne parvenait pas à détacher les yeux des cicatrices roses irrégulières sur ses poignets. Sohrab baissa la tête, cacha ses mains sous ses cuisses et garda le silence. Puis il s'allongea tout bonnement. Moins de cinq minutes plus tard, il ronflait.

Nous allâmes nous coucher. Soraya s'endormit sur ma poitrine, tandis que je restais éveillé dans l'obscurité, en proie une fois encore à l'insomnie. Éveillé. Et seul avec mes démons.

Au cours de la nuit, je me glissai hors du lit et marchai jusqu'à la chambre de Sohrab. Debout près de lui, je remarquai un carré de papier sous son oreiller. Je le tirai à moi. C'était le Polaroïd de Rahim khan, celui que j'avais donné à Sohrab le soir où nous avions discuté devant la mosquée Shah-Faisal. Celui où Hassan et lui se tenaient côte à côte, éblouis par le soleil, en souriant comme si le monde était un lieu bon et juste. Combien de temps avait-il passé à la contempler, à la tourner entre ses mains ?

J'étudiai la photo. *Ton père était un homme déchiré entre deux moitiés*, m'avait écrit Rahim khan dans sa lettre. J'avais été l'enfant légitime, reconnu par la société, l'incarnation involontaire du sentiment de culpabilité de Baba. Je regardai Hassan. L'autre moitié. L'enfant illégitime, défavorisé. L'héritier de tout ce qu'il y avait de pur et de noble chez Baba. Celui que, peut-être, au plus profond de lui-même, il avait considéré comme son vrai fils.

Je remis le cliché à sa place et pris alors conscience d'une chose : ma dernière pensée ne s'était accompagnée d'aucun pincement au cœur. En refermant la porte, je me demandai si c'était ainsi que naissait le pardon – non en fanfare à l'occasion d'une épiphanie, mais à partir du moment où la douleur rassemblait ses affaires et pliait discrètement bagage au milieu de la nuit.

Le général et khala Jamila vinrent dîner le lendemain soir. Les cheveux courts, d'un roux un peu plus soutenu qu'à l'ordinaire, khala Jamila tendit à Soraya le *maghout* saupoudré aux amandes qu'elle avait cuisiné pour le dessert. Son visage s'éclaira à la vue de Sohrab.

— *Mashallah !* Tu es encore plus *khoshteep* que nous l'avait dit Soraya jan. (Elle lui offrit un pull à col roulé bleu.) Je t'ai tricoté ça pour l'hiver prochain. *Inch'Allah*, il t'ira.

— Bonjour, jeune homme, se contenta de déclarer le général, appuyé des deux mains sur sa canne, en le dévisageant comme il aurait examiné un objet décoratif bizarre.

Je répondis patiemment aux nombreuses questions de khala Jamila sur mes blessures – conséquences d'une agression, ainsi que leur avait expliqué Soraya, en accord avec moi. Je l'assurai que je ne souffrirais d'aucune séquelle, que d'ici quelques semaines, on libérerait ma mâchoire immobilisée, que je pourrais ensuite de nouveau savourer ses petits plats et que, oui, je frotterais mes cicatrices avec du jus de rhubarbe sucré pour qu'elles s'estompent plus rapidement.

Puis le général et moi nous assîmes dans le salon autour d'un verre de vin tandis que Soraya et sa mère mettaient la table. Je lui parlai de Kaboul et des talibans, éludant toutefois les exécutions au stade Ghazi ainsi que mon entrevue avec Assef. Sa canne sur les genoux, il m'écouta avec attention et eut un murmure désapprobateur à l'évocation de cet homme que j'avais vu vendre sa prothèse. Il me questionna également sur Rahim khan, qu'il avait rencontré plusieurs fois à Kaboul et dont la maladie sembla le chagriner. À plusieurs reprises cependant, je le surpris qui observait Sohrab endormi sur le canapé. Comme si nous évitions le seul sujet digne d'intérêt à ses yeux.

Nous cessâmes de tourner autour du pot au cours du repas, lorsqu'il posa sa fourchette pour m'interroger :

— Alors, Amir jan, vas-tu enfin nous dire pourquoi tu as ramené ce garçon ?

— Iqbal jan ! s'indigna khala Jamila.

— Pendant que tu tricotes des pulls, ma chère, je me préoccupe de la manière dont notre communauté perçoit notre famille. Les gens vont jaser. Ils voudront savoir pourquoi un Hazara vit avec notre fille. Que devrai-je leur répondre ?

Soraya laissa tomber sa cuillère.

— Tu n'auras qu'à...

— Ce n'est rien, Soraya, l'interrompis-je. Il a raison. Les gens vont jaser.

— Amir...

— Ce n'est rien, répétai-je, avant de m'adresser au général : Il se trouve que mon père a couché avec la femme de son serviteur. Elle lui a donné un garçon prénommé Hassan, lequel est aujourd'hui décédé. L'enfant qui dort sur le canapé est son fils. Donc, mon neveu. Voilà ce que vous répondrez aux gens quand ils voudront le savoir.

Tous me regardaient fixement

— Un dernier détail, général sahib, ajoutai-je. Vous n'emploierez plus le terme « Hazara » en ma présence. Ce garçon a un nom et ce nom est Sohrab.

Personne ne pipa mot jusqu'à la fin du repas.

Il aurait été faux d'affirmer que Sohrab était un enfant calme. Le calme est synonyme de paix. De tranquillité. Le calme, c'est lorsqu'on pousse la manette volume de la vie vers le bas.

Le silence revient à presser le bouton off. À tout éteindre.

Le silence de Sohrab n'avait rien à voir avec celui que s'imposent certains protestataires, ces êtres animés de convictions qui cherchent à faire parler de leur cause en n'en parlant pas. Lui s'était réfugié dans un coin sombre et en avait bouché toutes les ouvertures.

Il occupait un espace plus qu'il ne partageait notre vie. Une toute petite portion d'espace. Parfois, au marché ou au parc, je remarquais que les autres semblaient à peine constater sa présence. Il m'arrivait de lever les yeux d'un livre et de découvrir qu'il était entré dans la pièce et s'était installé en face de moi sans que je m'en rende compte. Il marchait comme s'il avait peur de laisser des traces de pas derrière lui. Il se déplaçait comme s'il souhaitait ne pas créer le moindre mouvement d'air. La plupart du temps, il dormait.

Soraya aussi souffrait de son mutisme. Lorsque j'étais au Pakistan et que nous discutions au téléphone, elle m'avait confié tout ce qu'elle avait prévu pour lui. Les cours de natation. Le football. Le bowling. Mais quand elle passait devant sa chambre, elle n'apercevait que des livres fermés dans le panier en osier, l'échelle de croissance vierge de toute marque, le puzzle non assemblé – tous ces rappels d'une existence qui aurait pu être, d'un rêve qui se fanait au moment même où il commençait à bourgeonner. Elle n'était pas la seule cependant. Moi aussi, j'avais nourri des espoirs pour Sohrab.

Pendant qu'il se taisait, le monde se faisait entendre. Un mardi matin de septembre dernier, les Tours jumelles s'effondrèrent et, du jour au lendemain, tout changea. Le drapeau américain surgit partout autour de nous, sur l'antenne des taxis jaunes, sur les habits des piétons qui arpentaient les trottoirs, et même sur les casquettes crasseuses des mendiants de San Francisco postés sous les auvents des petites galeries d'art et des boutiques. En croisant Edith, une sans-abri qui jouait régulièrement de l'accordéon à l'angle de Sutter Street et de Stockton Street, je notai que la boîte de son instrument arborait un autocollant à l'effigie de la bannière étoilée.

Peu après ces attentats, les États-Unis bombardèrent l'Afghanistan, l'Alliance du Nord réapparut sur le devant de la scène et les talibans se sauvèrent comme des rats. Aux caisses des magasins, les villes de mon enfance, Kandahar, Herat, Mazar-e-Charif, revenaient dans toutes les conversations. Baba m'avait emmené à Kunduz avec Hassan lorsque j'étais enfant. Je n'ai guère de souvenirs de ce voyage, en dehors du fait que nous nous étions assis à l'ombre d'un acacia pour boire du jus de pastèque frais et voir qui réussirait à cracher ses graines le plus loin. Désormais, des présentateurs Dan Rather et Tom Brokaw aux clients qui sirotaient leur café *latte* dans les Starbucks, chacun ne s'intéressait plus qu'à la bataille menée autour de cette ville, dernier bastion des talibans au nord du pays. En décembre, Pachtouns, Tadjiks, Ouzbeks et Hazaras se réunirent à Bonn, et sous le regard vigilant des Nations unies débuta le processus susceptible de mettre fin un jour aux vingt années de malheur qu'avait connues leur *watan.* Le couvre-chef en caracul d'Hamid Karzai et son *chapan* vert devinrent célèbres.

Sohrab traversa cette période tel un somnambule.

Soraya et moi nous impliquâmes dans divers programmes d'aide à l'Afghanistan, autant par esprit civique que par besoin d'entreprendre quelque chose – n'importe quoi – pour meubler le silence à l'étage, un silence qui aspirait tout comme un trou noir. Je n'avais jamais été particulièrement actif, mais lorsqu'un certain Kabir, ancien ambassadeur afghan à Sofia, m'appela pour solliciter mes services, je répondis oui. L'affaire concernait un modeste hôpital situé au Pakistan. Son antenne chirurgicale, qui soignait les réfugiés afghans victimes de mines anti-personnel, avait fermé faute de moyens financiers. Avec Soraya pour adjointe, je coordonnais l'ensemble du projet et passais une grande partie de mes journées à envoyer des mails dans le monde entier, à réclamer des subventions, à organiser des manifestations pour lever des fonds. Et à essayer de me persuader que j'avais pris la bonne décision en ramenant Sohrab aux États-Unis.

Le soir du 31 décembre nous étions plantés devant une émission de Dick Clark, Soraya et moi, nos jambes bien au chaud sous une couverture. À la fin des douze coups de minuit, quand les confettis envahirent l'écran, les gens poussèrent des cris de joie et s'embrassèrent. Dans notre maison, la nouvelle année débuta de la même façon que s'était achevée la précédente. Sans un bruit.

Et puis soudain, il y a quatre jours, par un après-midi froid et pluvieux de mars 2002, un merveilleux petit événement s'est produit.

J'avais emmené Soraya, khala Jamila et Sohrab à un rassemblement d'Afghans au Lake Elizabeth Park, à

Fremont. Le général, qui avait enfin reçu une proposition de poste ministériel dans son pays, était parti là-bas deux semaines plus tôt – laissant derrière lui son costume gris et sa montre de gousset. Son idée était que sa femme le rejoindrait plus tard, une fois qu'il serait bien installé. Khala Jamila souffrait beaucoup de son absence – elle craignait pour sa santé –, aussi l'avions-nous pressée de loger quelque temps chez nous.

Le jeudi précédent, premier jour du printemps, ayant coïncidé avec le nouvel an afghan – le *Sawl-e-Nau* –, notre communauté avait organisé une série de célébrations dans l'est de la baie et l'ensemble de la péninsule. Kabir, Soraya et moi avions une raison supplémentaire de nous réjouir : le service de pédiatrie de notre hôpital à Rawalpindi fonctionnait depuis une semaine. Il faudrait encore attendre pour le bloc opératoire, mais il s'agissait d'un bon début.

Après plusieurs jours de soleil, je m'étais levé ce dimanche-là au son de la pluie qui tambourinait sur ma fenêtre. *La chance et les Afghans...* J'avais accompli le *namaz* du matin et Soraya dormait encore. Le livret de prières obtenu auprès de la mosquée ne m'était plus nécessaire maintenant – les vers me venaient naturellement, sans effort.

À notre arrivée, vers midi, nous trouvâmes quelques personnes réfugiées sous une grande bâche en plastique tendue au-dessus de six poteaux fichés dans le sol. Du *bolani* était déjà en train de frire, de la fumée s'élevait des tasses de thé et d'un plat d'*aush* au chou-fleur. Un magnétophone diffusait en grésillant une vieille chanson d'Ahmad Zahir. Un léger sourire se dessina sur mes lèvres tandis que nous courions tous les quatre sur l'herbe détrempée, Soraya et moi devant, khala Jamila au milieu et Sohrab derrière, la capuche de son imperméable jaune sautillant dans son dos.

— Qu'est-ce qu'il y a de si drôle ? s'étonna Soraya, qui se protégeait des gouttes avec un journal plié.

— On peut faire quitter leur pays aux Afghans, mais leur pays ne les quittera jamais.

Une fois à l'abri sous la tente de fortune, Soraya et sa mère se dirigèrent vers une femme obèse qui cuisinait du *bolani* aux épinards. Sohrab, lui, resta un moment immobile avant de s'avancer sous l'averse, les mains dans les poches, les cheveux – aussi bruns et raides que ceux d'Hassan désormais – plaqués sur son crâne. Il s'arrêta près d'une flaque boueuse et la contempla. Personne ne parut s'en apercevoir. Personne ne lui cria de revenir. Avec le temps, les gens avaient cessé de nous questionner sur ce garçon décidément très étrange que nous avions adopté, et sachant combien les Afghans pouvaient manquer de tact, nous en éprouvions un immense soulagement. On ne nous demandait plus pourquoi il ne parlait jamais. Pourquoi il ne jouait pas avec les autres enfants. Mais surtout, on ne nous abreuvait plus de compassion, de signes d'affliction exagérés, de Oh ! *gung bichara.* « Oh ! le pauvre petit muet. » L'attrait de la nouveauté s'était dissipé. Sohrab s'était fondu dans le décor comme du papier peint terne.

J'échangeai une poignée de main avec Kabir et fis la connaissance de plusieurs de ses amis, parmi lesquels un professeur à la retraite, un ingénieur, un ancien architecte et un chirurgien qui vendait maintenant des hot-dogs à Hayward. Tous évoquèrent avec respect le souvenir de Baba, qu'ils avaient eu l'occasion de rencontrer à Kaboul et qui avait marqué leur vie à chacun d'une manière ou d'une autre. J'avais de la chance d'avoir eu un si grand homme pour père, m'affirmèrent-ils.

Nous discutâmes des difficultés et de la tâche ingrate qui attendaient Hamid Karzai, de la *Loya jirga* – l'assemblée traditionnelle de notables – qui se préparait et du retour imminent du roi après vingt-huit années d'exil. Je revoyais encore cette nuit de 1973, quand le cousin de Zaher shah avait renversé la monarchie. Je me rappelais le bruit des mitraillettes et les éclairs argentés qui avaient illuminé le ciel. Ali nous avait pris dans ses bras, Hassan et moi, en nous répétant qu'il ne fallait pas avoir peur, que c'étaient seulement des canards que l'on chassait.

Puis quelqu'un divertit l'assistance avec une histoire du mollah Nasruddin.

— Votre père avait aussi un sacré sens de l'humour, vous savez, ajouta Kabir.

— N'est-ce pas ?

Amusé, je songeai à la manière dont il avait commencé à pester contre les mouches peu après notre arrivée aux États-Unis. Assis à la table de la cuisine, tapette au poing, il surveillait les insectes qui se ruaient d'un mur à l'autre en bourdonnant. « Dans ce pays, même les mouches sont pressées », ronchonnait-il. Comme j'avais ri alors. Cette simple image m'égayait encore.

Une accalmie s'installa vers quinze heures. Sous un ciel plombé par des nuages grisâtres, un vent frais se leva. D'autres familles nous rejoignirent. Les Afghans se saluaient, s'étreignaient, s'embrassaient, s'offraient à manger. L'un d'eux alluma un barbecue, et l'odeur de l'ail et des brochettes de poulet ne tarda pas à se répandre. De la musique résonnait – un chanteur qui m'était inconnu. Des enfants riaient. J'entrevis Sohrab, appuyé contre une poubelle, les yeux rivés sur le terrain de base-ball vide.

Un peu plus tard, alors que l'ancien chirurgien m'expliquait que Baba et lui avaient été dans la même classe au collège, Soraya m'attrapa par la manche.

— Amir, regarde !

Elle me désignait une demi-douzaine de cerfs-volants jaunes, rouges et verts qui volaient haut au-dessus de nous.

— Et là ! s'exclama-t-elle, après avoir repéré un vendeur à proximité.

— Tiens-moi ça, la priai-je en lui confiant ma tasse de thé.

Je m'excusai auprès du chirurgien et pataugeai sur le sol mouillé jusqu'au stand, où je choisis un *seh-parcha* jaune.

— *Sawl-e-Nau mubabrak*, me dit le marchand.

Il empocha mes vingt dollars et me remit le cerf-volant ainsi qu'une bobine de *tar*. Je le remerciai, lui souhaitai également une bonne année, avant de tester la ligne comme Hassan et moi en avions l'habitude – en tirant dessus avec le pouce et l'index. Mon sang la rougit aussitôt. Nous échangeâmes un sourire.

Je retournai près de Sohrab qui, bras croisés et nez en l'air, n'avait pas bougé.

— Comment tu le trouves ? lui demandai-je.

Il me considéra, moi, puis le cerf-volant que je brandissais sous son nez, puis de nouveau le ciel. Quelques gouttes dégoulinèrent de ses cheveux sur son visage.

— J'ai lu un jour que, en Malaisie, les gens se servaient des cerfs-volants pour pêcher. Je parie que tu l'ignorais. Ils y attachent une ligne avec un hameçon et les font voler au-delà des eaux peu profondes pour que leur ombre n'effraie pas les poissons. Et dans l'anti-quité chinoise, les généraux les utilisaient sur les champs de bataille pour envoyer des messages à leurs troupes. C'est vrai. Je ne te mijote pas d'entour-loupe, comme disait ton père. (Je lui montrai mon pouce ensanglanté.) Le *tar* ne posera pas de problèmes.

Soraya nous observait depuis la tente, les mains enfoncées sous ses aisselles. Contrairement à moi, elle avait peu à peu renoncé à essayer de nouer des liens avec Sohrab. Les questions sans réponse, les regards vides, les silences – tout cela lui était trop pénible. Elle restait donc en retrait, dans l'attente d'un feu vert de sa part.

Je mouillai mon index.

— Ton père shootait dans la poussière avec ses sandales pour déterminer la direction du vent. Il en avait plein en réserve, des astuces comme celle-là. (J'abaissai mon doigt.) Ouest, à mon avis.

Sohrab essuya une goutte sur son oreille et se dandina. Muet. Soraya m'avait interrogé quelques mois plus tôt sur le son de sa voix, mais j'avais oublié à quoi elle ressemblait.

— Je t'ai déjà dit que ton père était le meilleur coureur de Wazir-Akbar-Khan ? Peut-être même de tout Kaboul ? enchaînai-je en accrochant l'extrémité du *tar* à la boucle prévue à cet effet sur l'axe central. Les gamins du quartier l'enviaient. Il fonçait sans même lever la tête, si bien que les gens prétendaient qu'il poursuivait l'ombre des cerfs-volants. Seulement, ils ne le connaissaient pas aussi bien que moi. Ton père ne poursuivait aucune ombre. Il… il savait où aller, c'est tout.

De nouveaux cerfs-volants avaient rejoint les précédents. Les gens commençaient à s'attrouper avec leurs tasses de thé pour ne rien rater du spectacle.

— Tu veux bien m'aider ?

L'attention de Sohrab se porta sur mon *seh-parcha*, sur moi, puis de nouveau sur le ciel.

— D'accord, répliquai-je. Je me débrouillerai *tanhaii*. Seul.

Je pris la bobine dans ma main gauche et déroulai environ un mètre de *tar* de façon que mon cerf-volant pende juste au-dessus de l'herbe mouillée.

— C'est ta dernière chance.

Mais Sohrab était concentré sur deux concurrents emmêlés dans les airs.

— Très bien, j'y vais.

Je m'élançai dans les flaques en maintenant le bout du *tar* bien au-dessus de ma tête. Tant d'années s'étaient écoulées depuis mon dernier tournoi, et je redoutai un instant de me couvrir de ridicule. La bobine se dévida à mesure que je courais. Le verre pilé m'entailla la paume droite, mais mon cerf-volant s'élevait derrière moi à présent, gagnant sans cesse de la hauteur. J'accélérai. La bobine tourna plus vite et le fil m'infligea une nouvelle coupure. Je m'arrêtai. Pivotai sur mes talons. Souris. Tout là-haut, mon cerf-volant oscillait comme un pendule, avec ce bon vieux bruit d'oiseau de papier battant des ailes que j'avais toujours associé aux matins d'hiver à Kaboul. Moi qui n'avais pas joué ainsi depuis un quart de siècle, je retrouvai soudain mes douze ans et tous mes réflexes de cette époque

Je sentis une présence près de moi. Sohrab m'avait emboîté le pas.

— Tu veux essayer ? lui proposai-je.

Il ne répondit pas. Lorsque je lui offris la ligne cependant, il sortit la main de sa poche et, après avoir hésité, finit par l'accepter. Mon cœur se mit à battre tandis que j'enroulais la partie trop lâche du fil. Nous restâmes côte à côte, en silence, le cou tendu vers l'arrière.

Autour de nous, les enfants se pourchassaient, glissaient sur la pelouse. La bande sonore d'un vieux film indien avait succédé à la chanson d'Ahmad Zahir. Quelques vieillards effectuaient la prière de l'après-midi sur une toile de plastique posée par terre. L'air embaumait l'herbe mouillée, la fumée et la viande grillée. J'aurais aimé que le temps se fige.

Je découvris soudain que nous avions de la compagnie. Un cerf-volant vert arrivait sur nous. Je localisai son propriétaire, un gamin aux cheveux coupés ras planté à environ trente mètres de là. Sur son tee-shirt, on lisait « The Rock Rules » en lettres grasses majuscules. Voyant que je l'avais repéré, il me sourit et agita le bras. Je le saluai à mon tour.

Sohrab me rendit la ligne.

— Tu es sûr ?

Il prit la bobine à la place.

— Très bien. On va lui donner une *sabagh*, une bonne leçon, d'accord ?

Je l'examinai à la dérobée. Son regard morne et éteint avait disparu, et il ne perdait pas de vue les deux cerfs-volants. Les joues un peu rouges, il semblait sur le qui-vive. Éveillé. Vivant. Quand avais-je oublié que, en dépit de tout, il n'était encore qu'un enfant ?

Notre adversaire amorça une manœuvre.

— Patience, décidai-je. Laissons-le s'approcher un peu. (Le cerf-volant vert piqua vers l'avant à deux reprises et réduisit la distance qui nous séparait.) Allez, viens, murmurai-je.

Tout près à présent, et un peu au-dessus de nous, il ne se doutait pas du piège qui l'attendait.

— Regarde, Sohrab. Je vais te montrer l'une des attaques favorites de ton père, la montée-plongée.

À côté de moi, Sohrab respirait rapidement par le nez. Tandis que la bobine se dévidait entre ses paumes, j'aperçus les tendons de ses poignets scarifiés, semblables aux cordes d'un *rubab*. Je clignai des paupières et, un bref instant, les mains qui serraient la bobine furent celles, calleuses et aux ongles cassés, d'un garçon affligé d'un bec-de-lièvre. J'entendis un corbeau croasser quelque part et redressai la tête. Le parc étincelait sous un manteau de neige d'une blancheur si aveuglante qu'elle me brûlait les yeux. Sans bruit, elle tombait des arbres par petits paquets. Je humai l'odeur d'un *qurma* aux navets. De mûres séchées. D'oranges amères. De sciure de bois et de noix. Le silence hivernal, fait de sons étouffés, était assourdissant. Puis, de très loin, me parvint une voix nous criant de rentrer. La voix d'un homme qui traînait la jambe droite.

Le cerf-volant vert planait juste au-dessus de nous.

— Il est cuit, affirmai-je à Sohrab.

Mon rival hésita. Maintint sa position. Puis entama une brusque descente.

— Le voilà !

Je m'en sortis parfaitement. Malgré toutes ces années. Je relâchai ma prise sur la ligne, puis tirai un coup sec. Une série de rapides mouvements du bras me permit d'exécuter un demi-cercle dans le sens contraire des aiguilles d'une montre. Je me retrouvai soudain au-dessus de mon adversaire. Il paniqua et tenta de s'échapper, mais trop tard. Je tirai de nouveau, fort cette fois, et notre cerf-volant fondit sur sa proie, sciant son fil au passage. Je sentis presque celui-ci se rompre.

En moins de temps qu'il n'en fallait pour le dire, le cerf-volant vert partit en vrille.

Derrière nous, les gens nous acclamaient. Des sifflets et des applaudissements s'élevèrent. J'étais essoufflé. La dernière fois que j'avais éprouvé une telle décharge d'adrénaline remontait à l'hiver 1975, juste après ma victoire, quand j'avais surpris le visage rayonnant de joie de mon père.

Je baissai les yeux sur Sohrab. Ses lèvres s'étaient légèrement retroussées d'un côté.

Un sourire.

De travers.

À peine perceptible.

Mais bien réel.

Derrière nous, une bande d'enfants se lança bruyamment à la poursuite du cerf-volant décapité. Je me retournai vers Sohrab, dont les traits avaient recouvré leur masque impassible. Je n'avais pourtant pas rêvé, j'en étais certain.

— Tu veux que je dispute cette course pour toi ?

Sa pomme d'Adam fit un va-et-vient lorsqu'il déglutit. Le vent ébouriffa ses cheveux. Il me sembla qu'il acquiesçait.

— Pour toi, un millier de fois, m'entendis-je déclarer.

Et je courus.

Ce n'était qu'un sourire, rien de plus. Il ne résolvait pas tous les problèmes. Ni même aucun, d'ailleurs. Juste un sourire. Un détail. Une feuille dans les bois agitée par le brusque envol d'un oiseau effrayé.

Mais qu'à cela ne tienne, je m'en accommodais de grand cœur. Parce que la neige s'efface flocon après flocon à l'arrivée du printemps, et peut-être avais-je été témoin de la fonte du premier d'entre eux.

Je courus, moi, un adulte, au milieu d'un essaim d'enfants criards. Je m'en moquais. Je courus avec le vent dans la figure et sur mes lèvres un sourire aussi large que la vallée du Pandjshir.

Je courus.

Remerciements

Je tiens à exprimer ma gratitude aux personnes suivantes : à mes collègues, Alfred Lerner, Dori Vakis, Robin Heck, le Dr Todd Dray, le Dr Robert Tull et le Dr Sandy Chun, pour leur aide et leurs conseils ; à Lynette Parker, du Centre d'assistance juridique de la communauté est de San Jose, pour ses remarques sur les procédures d'adoption ; à M. Daoud Wahab, qui a partagé avec moi ses lumières sur l'Afghanistan ; à mon cher ami Tamim Ansary ainsi qu'à l'équipe de l'atelier d'écriture de San Francisco pour leurs avis et leurs encouragements ; à mon père, mon plus vieil ami et l'inspirateur de toutes les nobles qualités de Baba ; à ma mère, qui a prié pour moi et a fait un *nazr* à chaque étape de ce roman ; à ma tante, qui m'offrait des livres quand j'étais jeune ; à Ali, Sandy, Daoud, Walid, Raya, Shalla, Zahra, Rob et Kader pour avoir lu mes histoires ; au Dr Kayoumy et à sa femme, mes autres parents, qui m'ont témoigné une affection et un soutien indéfectibles.

Je suis également reconnaissant à mon agent et amie Elaine Koster de sa sagesse, de sa patience et de sa bienveillance, de même qu'à mon éditrice, Cindy Spiegel, dont l'esprit vif et judicieux m'a permis de résoudre bien des problèmes de l'intrigue. Je n'oublie pas non plus Susan Petersen Kennedy, qui a parié sur ce texte, et tout le personnel de Riverhead.

Enfin, je ne sais comment remercier ma chère femme, Roya – dont l'opinion m'est devenue si indispensable –, de la gentillesse et de la générosité avec lesquelles elle a lu, relu et corrigé tous les brouillons de ce roman. Pour ta patience et ta compréhension, je t'aimerai toujours, Roya jan.

Cet ouvrage a été imprimé en France par

C P I
Bussière

à Saint-Amand-Montrond (Cher)
pour le compte des Éditions 10/18
en novembre 2008